*Hyewon World Best*

황금을 바구니에 가득 담아
후손에게 물려 주는 것보다
한 권의 책을 가르쳐 주는 것이 낫다.
재물은 쓸수록 없어지지만
지식과 지혜는 사용할수록 늘어나기 때문이다.

*Hyewon World Best*

황금을 바구니에 가득 담아
후손에게 물려 주는 것보다
한 권의 책을 가르쳐 주는 것이 낫다.
재물은 쓸수록 없어지지만
지식과 지혜는 사용할수록 늘어나기 때문이다.

36

*九雲夢*

# 구운몽

김만중 지음 / 김중일 · 윤광원 역주

惠園出版社

**일러두기**

1. 이 책은 한문 '노존본(老尊本)' 을 대본으로, '국문 서울대본' 및 '국문 노존본' 을 저본으로 하여, 장회(章回)〈16회〉, 상하(上下), 권〈卷一～四〉의 체계로 삼아 전편을 수록하였다.
2. 원문은 현대적 감각에 맞게 의역한 곳도 있으나, 국문본을 참조하여 가능한 원문에 가깝도록 노력하였다.
3. 어려운 한자어는 독음(讀音)을 달아 이해를 도왔으며, 시문에는 직역과 고토(古吐)를 그대로 썼다. 뜻은 같되 음이 다른 한자는 〔 〕로 묶어 표시했다.
4. 원문에 충실하였으며, 명백한 오자는 현행 맞춤법에 따랐고, 방언이나 속언은 그대로 살렸다. 종결 어미는 '～더라, ～였더라, ～지라, ～이라' 등으로 끝맺었다.
5. 대화체의 부호는 " "으로, 속말 · 인용 등은 ' ' 의 문장 부호로 통일하였으며, 책명은《 》으로 표기하였다.
6. 각주(脚註)는 독자의 편의를 위하여 한자어, 인명, 지명, 고사 등 어려운 낱말을 장마다 일련 번호로 표시하여, 즉시 찾아볼 수 있도록 본문 하단에 자세하게 뜻풀이하여 제시했다.
7. 한문본의 원문에 따라 앞에서는 '춘운(春雲)' 이라 하고, 또 그 뒤에서는 '춘랑(春娘)' 이라 쓰는 등 용어상 차이가 있으나, 이는 잘못된 것이 아님을 밝혀 둔다.

## 머리말 ▸▸▸▸▸▸

고전 작품은 한 마디로 우리 겨레가 살아온 생활의 기록이다. 또한 우리 조상들이 겪어 나온 삶의 호흡이며, 그 반영이다.

우리 고전에는 조상들의 기쁨과 노여움, 슬픔과 즐거움 등 갖가지 형태가 아롱져 있다. 따라서 언제 어디서든지 우리의 마음과 함께 이야기하고, 함께 웃고, 함께 울게 하는 당길심이 넘쳐난다. 이 남다른 당길심이 바로 고전이 지닌 특징의 하나요, 또한 매력의 하나다. 이것이 곧 문학의 전통이며 또한 그 특색이다.

이 영원한 생명체인 고전을 읽는 데는 두 가지 방법이 있다. 그 하나는 고전을 고전대로 고이 간직하는 길이요, 또 하나는 고전을 현대에 맞게 되살려 오늘의 삶에 이바지하는 길이다. 고전을 읽는 목표는 현대적인 비판의 눈으로 그 거룩한 정신과 소담스런 생각을 재생하여 오늘의 삶을 가멸차게 하는 방법에 비중을 두는 것이 옳다 하겠다.

즉 현대의 눈으로 헝클어지는 마음을 도사려, 고전의 너그러운 맛과 야릇한 맛을 되살리는 데 두어야 한다. 한갓 고전으로 돌아가는 따분한 현대화가 아니라, 현재 우리들의 헝클어진 마음을 다잡는 데에 그 목표를 두어야 할 것이다.

그러므로 고전을 읽는 목적은 시대의 흐름에 따라 그 꿋꿋한 정신을 배우고, 그 떳떳한 삶을 본받는 데에 두어, 이에 다다르면 고전이 고전으로서의 구실을 다하며, 고전을 고전으로 받드는 보람이 더해질 것이다.

《구운몽(九雲夢)》은 소설의 구성에 있어서나 문체에 있어서나 사상의 깊이에 있어서나 우리 나라 고소설 중 최대의 걸작이라고 할 수 있고, 몽자류(夢字類) 소설로서의 효시가 되기도 한다.

이 소설을 직접 접하여, 그 속에 담겨 있는 작자 의식, 당대인의 욕구와 생활 감정 및 사상 등을 살펴보고, 우리 자신의 모습을 새로이 발견하는 길이 되었으면 한다.

구운몽

# 차례



## 상권(上卷)

### 〈卷之一〉

老尊師南嶽講妙法　少沙彌石橋逢仙女



華陰縣閨女通信　藍田山道人傳琴

## 하권(下卷)

〈**卷之四**〉

# 《구운몽(九雲夢)》 바로 읽기

## 1 서 언

《구운몽(九雲夢)》은 서포(西浦) 김만중(金萬重 ; 1637~1692)의 작품으로 《춘향전(春香傳)》과 함께 우리 고전소설을 대표하는 작품이다.

이 작품은, 원전의 표기는 한문(漢文)으로 되었으나, 작가가 이와 함께 한글본도 만들어 이원화(二元化)의 표기 체계를 보이며, 양반 독자와 서민 독자에게 두루 익힐 수 있는 길을 열어 놓았다. 사상면에서도 유불선(儒佛仙)이란 여러 동양 사상(東洋思想)을 포괄적으로 수용하고 있는 사대부(士大夫) 소설의 한 전형(典型)이다.

연화도량(蓮花道場)의 중 성진(性眞)이 세속에 대한 욕망과 번뇌 때문에 양소유(楊少游)로 인도환생(人道還生)하여 팔 선녀(八仙女)와 차례차례 만나면서 인간 세상의 온갖 부귀공명(富貴功名)을 다 누린 후, 인간 세상의 부귀공명은 일장춘몽(一場春夢)에 지나지 않음을 성진으로 반본환원(返本還元)한 후, 깨달은 뒤 불도(佛道)에 전심했다는 줄거리로 되어 있다. 유포되던 당대부터 지금까지 변함없이 뛰어난 작품으로 평가받고 있다.

《구운몽(九雲夢)》이 훌륭한 고전 소설이라는 평가를 받는 주 원인은, 이 작품이 단순히 양소유의 일생을 그린 영웅 소설이 아니라, 인간이 누리는 삶의 정체라든가 세계에 대한 문제, 즉 존재 원리와 세계관의 문제를 다룬 작품이기 때문이다.

## 2 창작 시기와 동기

《구운몽》은 김만중이 지은 것은 확실하지만, 구체적인 창작 시기에 대해서는 학계에서 의견 일치를 보지 못하고 있었다. 대표적인 견해들로는 김만중이 선천(宣川)에 유배되었을 때 지었으리라는 것과 남해(南海)에 유배되었을 때 지었으리라는 두 설이 있다. 그러나 1988년 '서포

연보(西浦年譜)'가 일본에서 발견되어, 학계에서는 선천 유배 때의 창작물이라고 의견이 모아지고 있다.

《구운몽》의 창작 동기는 주로 서포 김만중이 자기 모부인(母夫人) 윤씨(尹氏)를 위로하기 위해서였다는 것이 통설이다. 이것은 이규경(李圭景)의 《오주연문장전산고(五洲衍文長箋散稿)》 중 〈소설변증설(小說辨證說)〉의 '여항간에 유행하는 것으로 볼 만한 것은《구운몽》이 있을 뿐인데, 서포 김만중이 지은 것이다. 자못 뜻이 있는 것인데, 세상에 전하기는 서포가 유배되었을 때 대부인의 파한(破閑)을 위해 하룻밤만에 지었다고 한다라는 기록에서 비롯된다.

### 3 원전(原典) 문제

원전의 표기는 한문(漢文)으로 되었으나, 한글본도 만들어 이원화(二元化)된 표기 체계다.《구운몽》의 원전 문제에는 한글본 선행설(先行說)과 한문본 선행설 두 가지가 있다. 그러나 최근 연구에 의해 한문본 원전설(原典說)이 설득력 있다.

### 4 내용 전개

중국 당(唐)나라 때, 남악(南嶽)의 형산(衡山) 연화봉(蓮花峯)에 서역(西域) 천축국(天竺國)으로부터 불교를 전파하러 온 육관대사(六觀大師)가 법당(法堂)을 세우고 제자를 모아 불도(佛道)를 강론(講論)하였는데, 제자 5~6백 명 가운데 계행(戒行)을 닦아 신통력(神通力)을 얻은 자는 30여 명에 이르렀다.

그 중에서도 가장 뛰어난 제자(弟子)가 성진(性眞)이었는데, 그 얼굴이 백설같고 정신이 추수(秋水) 같으며, 나이 겨우 20에 삼장경문(三藏經文)을 모르는 것이 없었다. 한편 동정호(洞庭湖) 용왕(龍王)은 대사가 일찍 모든 제자로 더불어 대법(大法)을 강론할 때, 백의 노인(白衣老人)이 되어 법석(法席)에 참석하여 경문을 들었는지라.

대사는 용왕에게 자기가 한 번도 답례치 못하였음을 미안하게 여겨, 제자 중 누가 대신 가서 회사(回謝)할 것인가를 묻자, 이때 성진이 나서서 스승을 대신해서 가겠다고 한다. 대사의 허락을 얻은 성진은 가사(袈裟)를 정제(整齊)하고 육환장(六環杖)을 이끌고 동정호로 내려간다. 수부(水府)로 들어가니 용왕은 크게 반가워하며 큰 잔치를 베풀어서 융숭히 대접하고 술마저 권한다. 성진은 제삼 거절하였으나, 너무나도 권하기에 술 서너 잔을 기울이고 바람을 타고 돌아온다.

한편, 남악(南嶽) 서쪽에 살고 있는 선녀(仙女) 위부인진군(魏夫人眞君)은 팔 선녀(八仙女)를 대사에게 보내어 문안을 표한다. 절에서 나온 팔 선녀는 돌아가던 길에 남악의 아름다운 경치에 혹해 두루 관상하다가 석교(石橋)에 앉아서 쉰다.

바로 이때 수부에서 돌아오던 성진은 마신 술기운이 얼굴에 올라 시냇가에 내려 얼굴을 씻다가 물에 풍겨오는 그윽한 향기에 취한다. 물줄기를 따라 올라온 그는 뜻밖에도 팔 선녀(八仙女)와 상봉(相逢)하게 된다. 너무나도 황홀한 아름다움에 성진은 자기도 모르게 선녀들 앞에 나아가 인사하며 말을 주고받고 서로 희롱하다가, 성진은 길을 비켜 달라고 돈을 대신해서 꽃을 던져 여덟 개 구슬(명주)을 만들어 선물한다.

절에 돌아온 성진은 선녀들의 아름다움을 잊지 못하여, 속세의 부귀영화를 그리워한다. 그러나 이는 벌써 대사가 간파(看破)한 바라. 그는 죄를 얻어 마침내 황건역사(黃巾力士)에게 끌려 가서 풍도옥(酆都嶽)에 떨어지고, 다시 인간 세상에 환송(還送)하여 양소유(楊少游)가 된다.

한편, 같은 죄로 지옥에 떨어진 팔 선녀는 여덟 여인으로 태어난다.

진채봉(秦彩鳳 : 진어사의 딸 ; 제3부인)

계섬월(桂蟾月 : 낙양의 명기 ; 제5부인)

정경패(鄭瓊貝 : 정사도의 딸 ; 제1부인 본처)

가춘운(賈春雲 : 정소저의 시녀 ; 제4부인)

적경홍(狄驚鴻 : 하북 명기 ; 제6부인)

이소화(李簫和 : 황제의 누이동생. 난양공주(蘭陽公主) ; 제2부인)
심요연(沈裊烟 : 여자객 ; 제7부인)
백능파(白凌波 : 동정호 용왕의 딸 ; 제8부인)

양소유는 차례로 여덟 여인과 인연을 맺게 되고, 드디어 승상에 이르고, 두 부인(夫人), 여섯 낭자(娘子)를 거느린 화려한 인생이 전개된다.

그러나 세월은 흐르는 물과 같은 것, 이제는 승상의 직에서 물러나 한가히 그의 여생을 즐기던 양소유는 어느 가을 날, 두 부인과 여섯 낭자를 거느리고 뒷동산에 올라 멀리 바라보다가 어느덧 인생의 허무함을 느낀다.

때마침 찾아온 호승(胡僧)에게 불도(佛道)에 귀의(歸依)할 뜻을 말한다. 그 호승은 쾌히 응하여, 짚고 온 지팡이로 난간을 두드리자, 갑자기 연기가 주위를 둘러싸며 아무것도 보이지 않게 된다. 깜짝 놀란 양소유는 크게 소리지르나 아무 반응이 없다. 얼마 후, 연기가 걷히고 보니 호승은 간데없을 뿐만 아니라 두 부인, 여섯 낭자도 간데없고, 고대광실(高臺廣室) 그 좋은 집도 간데가 없다. 크게 놀라 주위를 살펴 보니, 손에는 백팔염주(百八念珠)가 걸려 있으며, 머리는 까칠까칠한 중의 머리, 향로(香爐)의 불은 이미 사그러졌는데, 서산(西山)에 지는 달빛은 창문을 훤히 비치고 있었다. 당황한 그는 곰곰이 생각하니, 이제까지의 부귀영화(富貴榮華)는 하룻밤의 꿈이었고, 자기는 분명히 연화도량(蓮花道場)의 성진이었다. 꿈을 꾼 성진은 급히 세수하고 대사 앞에 뛰어가 그 앞에 엎드리니, 성진이 옴을 보고 대사는 인간 재미가 과연 어떠하냐고 웃으며 묻는다.

성진은 큰 법(法)을 가르쳐 주기를 청하고, 팔 선녀도 이어 들어와 제자되기를 청하였으며, 아홉 사람은 대사 앞에서 큰 법을 듣는다.

후에 대사는 불도를 성진에게 물려 주고 천축(天竺)으로 돌아갔고, 팔 선녀는 성진 앞에서 계속 불도를 닦았다.

마침내 아홉 사람은 모두 극락 세계(極樂世界)로 왕생(往生)하였다.

《구운몽》의 작품 구조를 알기 쉽게 도식으로 나타내 보자.

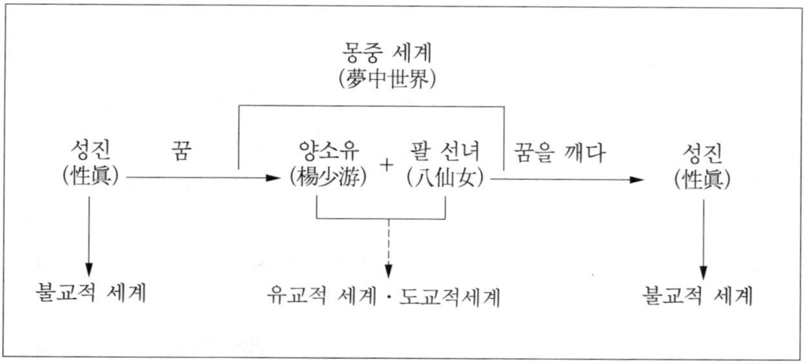


### 5 문학사적 의의

《구운몽》은 성진이 너무나 인간적이었던 이유로 잠시 동안 애욕과 영욕(榮辱)이 뒤엉키는 세속적 세계에서 살아가게 되지만, 그 세속의 삶 속에서 이상적 선의지(善意志)를 실현하여 참다운 영웅으로서 올바른 길을 걷고, 인간적 선의와 구도적(求道的) 자세로 인하여 결국은 영혼의 구제(救濟)가 약속된다는 종교적 희망을 독자에게 전하여 준다. 이처럼 《구운몽》은 높은 철학적 뒷받침 위에 유불도(儒佛道)의 사상을 조화시키고 있기 때문에, 이 작품은 중세적 정신의 완결적 양식을 보이는 고소설의 표본으로 높이 평가되고 있다.

소설사의 입장에서도 이 작품은 《삼국유사》의 〈조신몽(調信夢)〉과 같은 꿈의 문학 전통하에서 생겨난 것으로, 김만중이 인생의 총체적 경험을 투사하여 한국적 전통 의식을 서사 구조화(敍事構造化)함으로써 동양적 차원의 작품으로 형상한 몽자류 소설의 효시 작품이라는 면에서 높이 평가되고 있다. 동시에 이러한 구상은 후기의 《옥루몽(玉樓夢)》, 《옥린몽(玉麟夢)》 등에도 깊은 영향을 미쳤다. 그러나 《구운몽》이 우리 고전 소설사에서 갖는 중요한 의미는 초월주의적 존재론의 계보에서 대표적이라는 점이다.

《구운몽》에서는 작가의 관심이 삶의 현장으로서의 시간과 공간, 즉 세계란 무엇인가 등 일련의 존재 원리와 세계관의 문제에 집중되고 있다. 《구운몽》이 역사와 사회 안에서의 현실적·세속적 욕구를 극복하고 천상(天上)의 영원한 삶을 회복하려는, 그리하여 초월주의적 존재론과 세계관을 근거로 한 영원 회귀의 문학임이 선명히 부각된다.

## 6 작 자

김만중(金萬重 ; 1637~1692) 인조~숙종조의 문신. 자는 중숙(重叔), 호는 서포(西浦). 아버지 김익겸(金益兼)이 병자호란 때 강화에서 순절, 유복자로 태어났다. 현종 6년, 정시 문과(庭試文科)에 장원함으로써 파란 많은 환로가 시작되었다. 대제학과 대사헌 등을 역임하였으나, 서인(西人)의 지반 위에서 사환길에 오른 그는 조선 왕조 일대의 거센 정쟁의 회오리바람에 휘말려 끝내 최후를 적소에서 마치었다. 그는 시문(詩文)에도 남다른 재주를 보여 구투를 벗어나 의장(意匠)을 주로 하여 감상적이었고, 몇 편 안 되는 문(文) 가운데 《정경 부인 윤씨 행장(貞敬夫人尹氏行狀)》은 매우 처완한 것으로 알려져 있다. 《서포만필(西浦漫筆)》에는 그의 탁월한 문학관이 피력되어 있다. 또 《북헌집(北軒集)》에는 그가 어머니 윤씨를 위로하고자 국문 소설을 많이 썼다고 하나 현재까지 전해지는 것은 《구운몽》과 《사씨 남정기(謝氏南征記)》뿐이다. 그의 저서로는 《서포집(西浦集)》과 수록류(隨錄類)인 《서포만필》이 있으며, 《고시선(古詩選)》이 있다.

## 7 작품 개관

- 장르 : 고대소설(古代小說)
- 형식 : 한문소설, 국문소설
- 연대 : 숙종(肅宗) 14년(1688)

• 주제 : 부귀 영화(富貴榮華)의 덧없음과 불도귀의(佛道歸依 : 인간의 부귀 영화는 일장 춘몽임)
• 사상 : 유 · 불 · 선(儒佛仙)의 종합(불교 중심)
• 동기 : 어머니 윤씨(尹氏)를 위로하기 위함.
• 의의 : 1) 고대소설을 대성시킨 대표작
2) 몽자류(夢字類) 소설의 시초(始初)
3) 본격적인 이상 소설(理想小說)
• 구성 : 몽환(夢幻) 구조
• 문체 : 역어체, 산문체
• 배경 : 중국 당(唐)나라, 남악 형산(南嶽衡山)
• 인물 : 성진(性眞) — 속인(俗人)인 양소유(楊少游)로 태어남. 전형적 양반. 팔 선녀(八仙女).
• 시점 : 3인칭 전지적(全知的) 작가 시점(作家視點)
• 기법 : 직유 · 과장적 표현
• 참고 : 1) 선천 유배(宣川流配 ; 숙종 13년 9월~숙종 14년 11월)에서 지은 작품으로 추정됨.
2) 제목의 '九'는 주인공과 팔 선녀를 합친 인물의 수를 뜻하고, '雲'은 현세(現世)에서의 부귀 공명을 뜻함. '九'와 '夢'이 작품의 예술성을 실현하는 핵심 요소가 되며, '夢'의 중요성 못지 않게 '九'의 중요성도 외면할 수 없다.
3) 모방작(아류 작품) ; 《옥루몽(玉樓夢)》, 《옥련몽(玉蓮夢)》, 《옥린몽(玉麟夢)》
4) 《삼국유사(三國遺事)》의 〈조신몽(調信夢)〉과 같은 꿈의 문학 전통하에서 생겨났다.
5) 등장 인물 ; 등장 인물은 55명이나 된다. 많은 등장 인물이 무리 없이 잘 배치되어 있다는 것은 참으로 탁월한 문학적 자질을 과시하는 것이다.

## 8 등장 인물 배치도

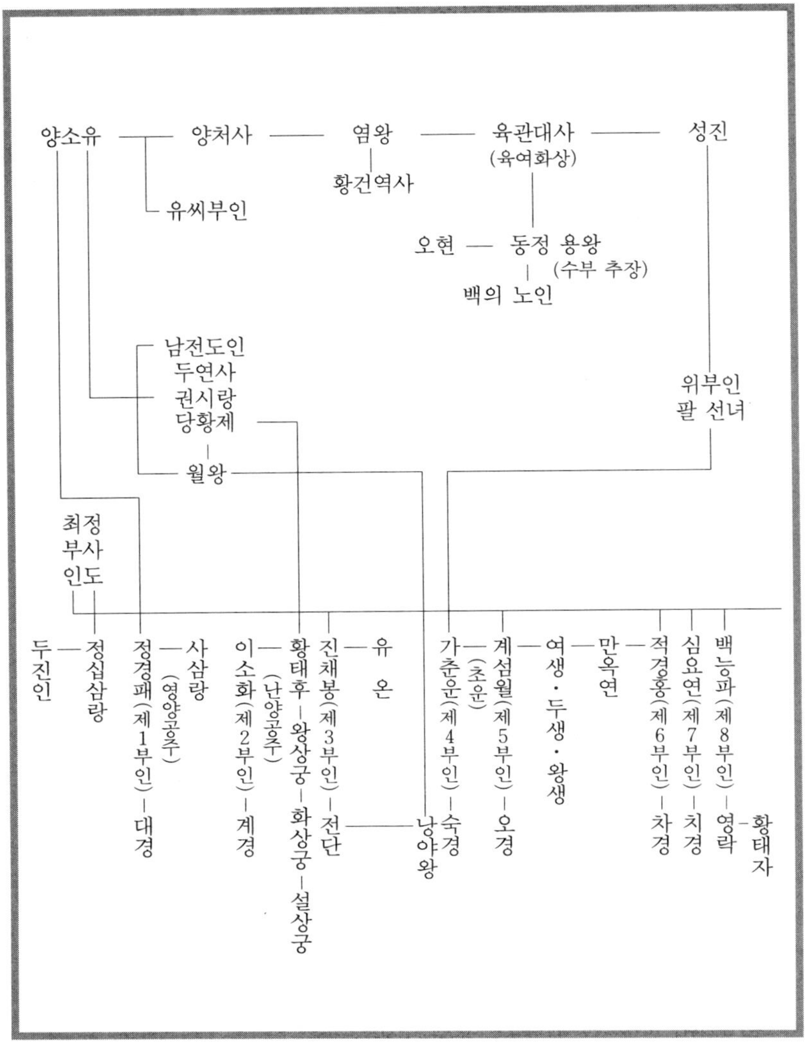
양소유
양처사
염왕
육관대사
(육여화상)
성진
황건역사
유씨부인
오현
동정 용왕
(수부 추장)
백의 노인
남전도인
두연사
권시랑
당황제
위부인
팔 선녀
월왕
최정
부사
인도
두진인
정십삼랑
정경패(제1부인)
대경
사삼랑
(영양공주)
이소화(제2부인)
계경
(난양공주)
황태후
왕상궁
화상궁
설상궁
진채봉(제3부인)
전단
유온
낭야왕
가춘운(제4부인)
(초운)
숙경
계섬월(제5부인)
오경
여생·두생·왕생
만옥연
적경홍(제6부인)
차경
심요연(제7부인)
치경
백능파(제8부인)
영락
황태자

## 9 참고 문헌

김무조(金戊祚) 《서포 소설 연구(西浦小說研究)》 형설출판사, 1974.

김병국(金炳國) 《구운몽》 시인사, 1984.

박성의(朴晟義) 《구운몽의 사상적 배경연구》 동아출판사, 1970.

성현경(成賢慶) 《조선조 몽자류 소설 연구(朝鮮朝夢字類小說研究)》 《국어 국문학》 5호, 국어 국문학회, 1971.

박태상, 설성경 《고소설의 구조와 의미》 새문사, 1986.

정규복(丁奎福) 《구운몽 연구》 고려대출판부, 1974.

정규복(丁奎福) 《구운몽 원전 연구》 일지사, 1977.

정병욱 · 이승욱(교주) 《구운몽》 민중서관, 1972.

이명구(李明九) 《구운몽고(九雲夢攷)》「성균학보」 2집, 성균관대학교, 1955.

김병국 《구운몽 연구》「국문학 연구」 6호, 서울대학교, 1968.

김병국 《구운몽 연구의 현황과 문제점》,「한국학보」 제5집, 일지사(一志社), 1976.

이상택 · 윤용식 《고전 소설론(古典小說論)》 한국방송통신대학교, 1989.

설성경 · 박태상 《고전소설강독(古典小說講讀)》 한국방송통신대학교, 1989.

정병욱 · 이어령 《고전의 바다》 현암사, 1977.

# 상 권
## (上卷)

# 卷之一

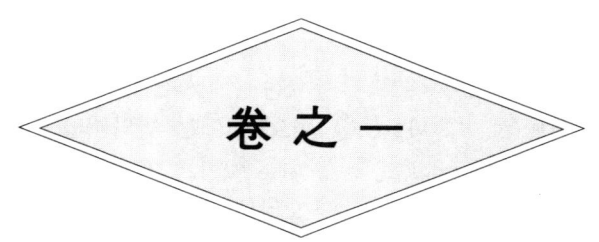

## 노존사남악강묘법 소사미석교봉선녀
## 老尊師南嶽講妙法 少沙彌石橋逢仙女

### 성진(性眞)이 수부(水府)로

천하에 명산 다섯이 있으니, 동에는 동악(東嶽), 즉 태산(泰山)이요, 서에는 서악(西嶽), 즉 화산(華山)이요, 남에는 남악(南嶽), 즉 형산(衡山)이요, 북에는 북악(北嶽), 즉 항산(恒山)이요, 한가운데는 중악(中嶽), 즉 숭산(嵩山)이니 이들이 이른 바 오악(五嶽)이라.

이 오악 중에 오직 형산만이 중토(中土)로부터 멀리 떨어져서 구의산(九疑山)이 그 남쪽에 있고, 동정호(洞庭湖)가 그 북쪽을 지나며, 소상강(瀟湘江) 물이 그 삼면(三面)을 둘러 있는데, 마치 조상을 의연하게 그 가운데 모시고, 자손(子孫)들이 그 주위에 벌려 서서 손을 모아 공손히 읍(揖)을 하는 것같이 늘어선 것 같았더라. 일흔두 봉우리가 혹은 곤두서고, 하늘을 떠받치고, 혹은 깎아 세운 묏부리가 구름을 자르니, 현란한 미장부(美丈夫)[1]처럼 온몸이 수려(秀麗)하고 청상하여, 기운이 뭉친 바 아님이 없더라.

그 중에서도 가장 높은 봉우리는 축융(祝融), 자개(紫蓋), 천주(天柱), 석름(石廩), 연화(蓮花)의 다섯 봉우리이니, 그 형세가 자못 가파르게 치솟고, 무척 높아서 구름이 그 낯을 가리고, 안개가 그 허리를 감싸고 있어, 날씨가 청명하지 못하면 사람들이 그 참모습을 보지 못하더라.

옛적에 대우씨(大禹氏)[2]께서 홍수를 다스리고 이 산에 올라가 비석을 세워 공덕(功德)을 기록하니, 하늘 글과 구름 전자(篆字)[3]가 천만 년

---

1) 형산(衡山)의 전체적인 모습을 은유한 말. 2) 중국 고대의 전설 속의 임금.

을 지나 아직도 남아 있더라.

진(晋)나라 때에 선녀(仙女) 위부인(魏夫人)[4]이 도를 닦아 깨친 다음 옥황상제의 분부를 받들어 선동(仙童)과 옥녀(玉女)를 거느리고 이 산에 와 지키니 이른 바 남악 위부인(南嶽魏夫人)이라! 예부터 그 영험한 자취와 기이한 일은 이루 다 기록하지 못할터라.

당(唐)나라 때에 고승(高僧) 한 분이 서역 천축국(西域天竺國)[5]으로부터 들어와, 형산의 맑고 아름다운 경치를 사랑하여 이 연화봉 위에 초암을 짓고 거처하며 대승불법(大乘佛法)[6]을 강론하여 중생을 가르치고, 귀신의 발호를 막아 내니 불교가 크게 행해지고 사람들이 모두 존경하여 믿으며 그를 가리켜 '생불(生佛)이 다시 세상에 나셨다' 이르더라.

그리하여 부자는 재물을 바치고 가난한 자는 부역을 맡아서, 첩첩한 산봉우리를 깎고 끊어진 골짜기에는 다리를 놓고, 재목을 모으며 공인(工人)들을 재촉하여 매우 경치 좋은, 그윽하고 고요한 숲 속에 큰 법당(法堂)을 지은지라.

두공부시(杜工部詩)[7]에 읊기를,

절문은 동정 뜰에 높이 열었고
전각 기둥은 적사호물에 박히니
오월 찬바람은 부처의 뼈 냉하고
여섯 때 하늘 풍류는 향로에 조회하더라.

寺門高開洞庭野　殿脚插入赤沙湖
五月寒風冷佛骨　六時天樂朝香爐

---

3) 한자 서체의 하나. 가장 오래 된 서체. 4) 진나라 위서(魏舒)의 딸. 도교에서의 우두머리.
5) '인도'의 옛날 이름. 6) 불교 교법(教法)의 하나로 대승 교법(大乘教法), 대승 불교(大乘佛教)의 교리. 7) 당(唐)나라 시인 두보(杜甫)의 시.

하였으니, 이 네 구의 글이 그 대법당의 참모습을 말하고도 남음이 있으려니와 산세(山勢)의 빼어남과 도량(道場)[8]의 웅대함을 남방(南方)에서 으뜸이라고 일컫더라.

그 화상은 다만 금강경(金剛經) 한 권만을 지녔는데, 혹은 육여화상(六如和尙)이라 하고, 혹은 육관대사(六觀大師)라고도 하더라. 제자 오륙백 인 가운데 계행(戒行)[9]을 닦아 신통한 자 삼십여 인이라.

한 나이 어린 중이 있는데, 이름은 성진(性眞)으로, 그는 얼굴이 영롱한 빙설(氷雪) 같고 정신이 가을 물같이 맑아서, 나이 겨우 이십 세에 삼장경문(三藏經文)[10]을 다 익혀 모르는 것이 없고, 총명과 지혜가 여러 중들 가운데서 훨씬 뛰어나매, 대사가 지극히 애중(愛重)하여 장차 그에게 의발(衣鉢)[11]을 전하고자 하더라.

대사가 매양 뭇제자와 더불어 대법(大法)을 강론(講論)할제, 동정 용왕이 백의 노인(白衣老人)으로 화신(化身)하여, 그 법석(法席)에 참여하여 경문(經文)을 음미하여 듣는지라. 하루는 대사가 뭇제자들에게 이르기를,

"내 늙고 병들어 산문(山門)을 나가지 아니한 지 이미 십여 년이라. 지금도 가벼이 움직이지 못하는지라. 너희들 가운데 누가 수부(水府)에 들어가 용왕께 나를 대신하여 회사(回謝)[12]하고 돌아올꼬?"

이때 성진이 가기를 청하거늘, 대사가 기뻐하며 그를 보내니, 성진이 칠근 가사(七斤袈裟)[13]를 입고 육환장(六環杖)[14]을 이끌면서 표연히 동정으로 향하여 가더라.

---

8) 불가(佛家)에서 불도를 닦는 곳. 9) 불교에서 계율(戒律)을 지키는 조행(操行). 10) 불교에서 경(經:부처의 말씀), 율(律:보살의 말씀), 론(論:계율을 기록한 것)의 세 가지. 11) 사제가 서로 전수(傳授)하는 도구. 12) 사례의 뜻을 표하는 예. 13) 칠 근이 되는 승려의 법의(法衣). 14) 육환(六環)으로 육대(六大)를 표시한 선장(禪杖).

## 석교상(石橋上)의 팔 선녀(八仙女)

잠시 후 문을 지키는 도인(道人)이 대사께 고하되,

"남악(南嶽)의 위진군낭랑(魏眞君娘娘)께서 여덟 명의 선녀를 보내어 이미 문에 이르렀나이다."

대사가 명하여 그들을 부르니, 팔 선녀들이 차례로 들어와 대사가 앉은 자리를 세 번 돌고 나서 선화(仙花)를 땅에 흩은 다음, 무릎을 꿇고 앉아 위부인 말씀을 전하되,

"상인(上人)[15]은 산 서쪽에 계시고 나는 동쪽에 있어 기거(起居)가 서로 가깝고 음식(飮食)이 서로 접하였으되, 자연 일이 많아 나를 수고롭고 번민케 하여 아직 한 번도 불좌(佛座)에 나아가 현담(玄談)을 듣지 못하여 사람을 대하는 지혜가 없고 이웃을 사귀는 도리를 어긴지라. 이제 시비들을 보내어 삼가 기거(起居)의 예(禮)를 묻자옵고, 아울러 천화(天花)와 선과(仙果)와 칠보문금(七寶紋錦)[16]으로써 구구(區區)한 정성을 표하나이다."

하며, 마침내 각기 가지고 온 화과(花果)와 보패(寶貝)를 떠받치어 대사께 올리니, 대사가 몸소 이를 받아 시자(侍者)에게 주어 불전에 공양하고 몸을 굽혀 합장하여 사례하며 가로되,

"노승이 무슨 공덕이 있관대 이 같은 은혜를 받아 상선(上仙)의 푸짐한 선물을 받을꼬?"

인하여 제(齋)를 베풀어서 팔 선녀들을 접대하고, 돌아갈 때에 경사(敬謝)의 뜻을 갖추어 그들을 보내니라.

팔 선녀가 산문(山門)을 함께 나와 손잡고 가면서 서로 의논하여 말하기를,

"이 남악천산(南嶽天山)[17]은 한 언덕, 한 골짜기 물까지라도 우리 집

---

15) 승려의 존칭. 16) 무늬 있는 비단. 17) 형산(衡山).

의 경계(境界) 아닌 것이 없더니, 화상(和尙)이 도량(道場)을 연 뒤로부터 곧 홍구(鴻溝)[18]의 나뉨이 되었는지라. 연화봉(蓮花峯) 경개를 지척에 두고 아직 보지 못하였더니, 우리 이제 낭랑의 명으로 다행히 이 땅에 왔더니, 또한 춘색(春色)이 아름답고 산 속의 하루가 아직 저물지 않았으니, 이때를 좇아 저 높은 산꼭대기에 올라가 연화봉 위에 옷을 떨치고, 폭포천(瀑布泉)에 관끈을 씻고, 시부(詩賦)를 읊고, 흥(興)을 띠며 돌아가 궁중(宮中) 제매(娣妹)들에게 자랑하면 또한 즐겁지 않겠는가?"

하니, 모두 이르되,

"그 말이 가장 옳다."

하고, 길을 따라 서로 완보(緩步)하여 올라가 폭포의 근원을 굽어보고 언덕을 가다가 물줄기를 도로 내려와 잠깐 석교(石橋) 위에서 쉬는데, 이때가 정히 춘삼월(春三月)이라.

들꽃이 가지런히 피고, 보랏빛 안개가 자욱하여 마치 비단을 펼쳐 놓은 듯한 경개를 바라보노라니, 골짜기의 새들이 교태로운 소리로 다투어 우는 모습은 꼭 관현곡(管絃曲)[19] 연주를 듣는 듯하니, 봄기운이 사람의 마음을 태탕(胎蕩)케 하더라.

물색(物色)이 사람들의 발길을 멈추게 하니, 팔 선녀(八仙女)도 피어오르는 기분에 기쁘고 좋아서 다리 위에 걸터앉아 산골짜기 시냇물을 굽어보니, 여러 골 물이 다리 밑에 모여 넓고 맑은 못이 되어 차고 맑음이 마치 광릉(廣陵)[20]의 새로 닦은 보배로운 거울을 걸어 놓은 듯하고, 푸른 눈썹과 붉은 단장이 물 속에 비치어 의연히 한 폭의 미인도가 용면(龍眠)[21] 손아래에서 새로 나온 듯하더라. 스스로 그 그림자를 사랑하여 차마 이내 일어나지 못하고, 석양이 고개를 넘고, 땅거미가 숲 속에 깃든 줄조차 깨닫지 못하더라.

---

18) 경계(境界)가 나뉘어짐. 완전히 갈라진 경계. 19) 관악기와 현악기. 20) 강소성(江蘇省), 강도현(江都縣) 동북에 있는 지명. 거울의 산지. 21) 당나라 때 이공린(李公麟, '미인도'의 대가)의 호(號).

## 성진의 여덟 개 명주(明珠)

이날 성진이 동정호에 이르러 잔잔한 물결을 가르고 수정궁(水晶宮)에 들어가니, 용왕이 크게 기뻐하며 궁문 밖에 마중 나와 전상(殿上)에 들게 하고 자리에 각각 앉더라.

성진이 엎드려 대사의 사례 말을 아뢰니, 용왕이 공손히 그 말을 듣고 큰 잔치를 베풀어 성진을 대접하니, 진과 선채(珍果仙菜)가 많고 깨끗하여 구미를 돋우더라. 용왕이 손수 잔잡아 권하거늘 성진이 사양하여 이르되,

"술은 사람의 본심을 어지럽게 하는 광약(狂藥)이라. 곧 불가(佛家)의 큰 경계(警戒)가 되니, 이 천승(賤僧)은 감히 마시지 못하겠나이다."

용왕이 말하되,

"부처의 오계(五戒)[22]에 술을 금하고 있음을 내 어찌 모르리오마는 과인의 술은 인간 속세의 광약과는 크게 달라, 다만 능히 사람의 기운을 제어할 따름이요, 사람의 마음을 호탕케는 아니하나니 상인(上人)은 과인의 간절한 뜻을 사양치 마라."

성진이 용왕의 후의에 감격하여 감히 사양치 못하고 잇따라 석 잔을 기울이고 용왕께 하직 인사하고, 수부(水府)를 떠나 찬바람을 타고 연화봉을 향해 돌아오다 산 밑에 이르니, 자못 취기가 얼굴에 오르고 정신이 아득해 가물가물 꽃이 눈앞에 어른거려 어지러움을 느끼며, 스스로 중얼거리되,

"사부께서 만일 뺨에 홍조(紅潮) 띤 것을 보시면 어찌 깜짝 놀라 꾸짖지 아니하시리오?"

하고, 곧 시냇가에 앉으며 웃옷을 벗어 깨끗한 모래 위에 놓고 두 손으

---

22) 불교에서 지켜야 할 다섯 가지 계율(戒律). 일불살생(一不殺生), 이불투도(二不偸盜), 삼불사음(三不邪淫), 사불망어(四不妄語), 오불음주식육(五不飮酒食肉).

로 깨끗한 물을 움켜 취한 얼굴을 씻는데, 홀연 기이한 향기가 코를 찌르니, 이는 난초와 사향의 향내도 아니요, 화초의 향기 또한 아니로되, 정신이 자연히 진탕(震蕩)하며 더럽고 지저분한 기운이 갑자기 없어졌다가 살아나고, 그윽하게 풍겨 오는 부드러운 기운이 점차 약해지니 가히 형언치 못할터라. 이에 성진이 스스로 말하되,

"이 냇물의 상류에 어떤 모양의 기이한 꽃이 있기에 이처럼 짙은 향기가 물을 따라 어리어 온단 말인가? 내 마땅히 가서 그것을 찾아보리라."

하고, 다시 의복을 정제히 하고 물길을 올라가니, 이때 팔 선녀가 석교 위에 여태까지 있다가 정히 성진으로 더불어 서로 만나니,

성진이 석장(錫杖)[23]을 놓고 손을 들어 예를 갖추어 말하되,

"여러 보살님들은 빈승(貧僧)[24]의 말을 굽어 들으소서. 빈승은 곧 연화도량(蓮花道場) 육관대사의 제자로서, 사부님의 명을 받아 산을 내려갔다가 이제 막 절로 돌아가는 중이옵나이다. 석교는 매우 좁고 보살님들이 단정히 앉았으니 남녀가 서로 길을 분변치 못하게 되어 두려옵나이다. 오직 바라옵기는 여러 보살님들이 잠깐 연보(蓮步)[25]를 옮기시어 특별히 돌아갈 길을 빌리고자 하나이다."

팔 선녀 답하고 말하되,

"첩들은 곧 위부인(魏夫人) 낭랑의 시녀들이온데, 부인의 명을 받아 대사께 문안하고 돌아가는 길에 마침 이곳에서 잠깐 쉬고 있나이다. 첩들이 듣기로는 예(禮)에 가로되 '행로(行路)에서는 남좌여우(男左女右)'라 하니, 이 다리는 본디 심히 비좁아 첩들이 또한 이미 먼저 앉아 있으니, 이제 도인(道人)께서는 다리를 좇아 가는 것은 예에 어긋나옵니다. 청컨대 따로이 다른 길로 찾아 가소서."

성진이 일컫되,

---

23) 불승(佛僧)이 짚는 지팡이. 육환장. 24) 불승(佛僧)이 자신 스스로 낮추어 일컫는 말.
25) 미인(美人)의 일컬음. 미인의 발걸음.

"냇물은 무척 깊고 다른 길이 또한 없거늘 빈승으로 하여금 어느 길을 좇아 가라 하시나이까?"

선녀들이 이르되,

"옛날에 달마존자(達磨尊子)[26]는 갈잎을 타고 대해(大海)를 건넜다 하니, 화상이 만일 육관대사에게서 도를 배웠으면, 반드시 신통술이 있을 것이니, 이런 자그마한 내를 건너기에 어떠한 어려움이 있기로 아녀자와 더불어 길을 다투시나뇨?"

성진이 웃으며 대답하되,

"여러 낭자의 뜻을 살피니 반드시 행인한테서 길 값을 구하고자 하는도다. 이에 가난한 중에게는 본래 금전이 없고, 마침 여덟 개의 명주(明珠)[27]가 있으니, 여러 낭자들에게 이를 받쳐서 한쪽의 길을 사기를 청하나이다."

얘기를 마치고, 손에 든 도화(桃花) 한 가지를 선녀 앞에 던지니, 네 쌍의 짙은 붉은 꽃봉오리가 곧 명주가 되어 상서로운 빛이 땅에 가득하고 상서로운 채색이 하늘을 밝히는데, 꼭 바닷조개의 태(胎) 속에서 막 나온 것과 같았더라. 팔 선녀들이 각각 한 개씩 서고 성진을 향해 돌아보며 찬연(粲然)[28]히 한 번 웃고 몸을 솟구쳐 바람을 타고 공중으로 높이 올라서 가 버렸더라. 성진이 석교 근처에 우두커니 서서 머리를 든 채 멀리 바라보더니 얼마 안 있어 구름 그림자가 서서히 사라지고 향기로운 바람도 다하여 흩어지더라.

---

26) 인도 향지왕(香至王)의 3자(三子). 중국 남북조 때의 승려. 소림사(少林寺)에서 참선에 정진하여 동방(東邦)의 선종(禪宗)을 엶. 선종(禪宗)의 시조. 27) 구슬. 28) 무척 화사하고도 아름답게 웃는 모양.

## 성진의 속세 생각

성진이 비애(悲哀)롭고 실망하여 섭섭한 심정으로 돌아와 용왕의 말씀을 대사께 복명하자, 대사는 그가 늦게 돌아왔음을 책하니, 성진이 대답하되,

"용왕의 환대함이 극히 정성스럽고 만류하는 것이 지극히 간절하여, 정례(情禮)가 있어서 감히 떨쳐 일어나 곧 나올 수가 없었나이다."

대사께서 대답치 않고 곧 물러가 쉬라 하거늘,

성진이 선방(禪房)[29]에 와서 이르니 날은 이미 황혼 무렵이 되어 어두웠더라. 팔 선녀들을 본 후로 고운 말과 아양떠는 소리가 아직까지 귓가에 쟁쟁하며 곱고 예쁜 자태(姿態)가 오히려 눈에 선하여 정신과 혼백이 황홀(恍惚)하고 근심스러워 마음이 편치 못하겠는지라. 움직이지 않고 단정히 앉아 마음 속으로 빌며 일컫기를,

'남아(男兒) 세상에 태어나서, 어려서는 공맹(孔孟)의 글을 읽고, 자라서 요순(堯舜) 같은 임금을 만나, 나가면 삼군(三軍)의 장수가 되고, 들어오면 백관(百官)의 장(長)이 되어, 몸에는 금포(錦袍)를 입고 허리에는 자줏빛 인끈〔紫綬〕을 매고는 임금에게 읍양(揖讓)하고, 백성에게 은택을 이롭게 하며, 눈으로 교염(嬌艶)한 빛을 보고, 귀로는 오묘한 소리를 들으며, 당대에 영화의 찬란함이 극에 이르러 공명(功名)을 후세에 드리움이 진실로 대장부의 일이라. 아아! 우리 불가(佛家)의 도(道)는 불과 한 바리의 밥과 한 병의 물, 수삼 권의 경문(經文), 백팔 개의 염주뿐이라. 비록 그 덕(德)이 높고 도(道)가 깊다 할지라도 적료(寂寥)가 아주 심하고, 메마르며 담담하게 끝나는가. 설령 상승지법(上乘之法)[30]을 깨달아 조사(祖師)[31]의 도를 받아 전하여 곧바로 연화대(蓮花臺)[32] 위에 앉을

29) 승방(僧房)으로, 중들이 쓰는 절의 방. 30) 최상의 교법(敎法). 31) 한 종파(宗派)를 세워서 그 종지(宗旨)를 열어 주장한 사람의 존칭. 32) 불상(佛像)을 모셔놓은 대(臺).

지라도, 삼혼 구백(三魂九魄)[33]이 한 번 불꽃 속에 흩어지면 곧 그 뉘라서 성진이 천지간에 살았음을 알리오?'

생각을 이리저리 하고 잠을 자고자 하나 잠을 못 자고 밤이 이미 깊었더니, 잠깐 눈을 감은즉 곧 팔 선녀들이 홀연히 앞에 벌려, 놀라 깨우쳐 감은 눈을 떠보니 이미 볼 수 없는지라. 드디어 크게 뉘우쳐 말하되,

"불교 공부란 그 마음과 뜻을 바르게 함이 곧 으뜸 행실이라. 내 출가(出家)한 지 십년(十年)에 일찍 구차(苟且)한 마음이 조금도 없었는데, 이제 사심(邪心)이 문득 일어남이 이와 같으니, 어찌 나의 앞길에 해롭지 아니하리오."

마침내 스스로 전단(栴檀)[34]을 불사르고 포단(蒲團)[35]에 앉아 정신을 가다듬어 염주(念珠)를 극진히 고르며 바야흐로 일천(一千) 부처를 조용히 염하더니,

홀연 들으니 창 밖에 서서 동자(童子)가 부르되,

"사형(師兄)[36]은 잠들었느뇨? 사부께서 부르시나이다."

성진이 크게 놀라 말하되,

'깊은 밤에 급히 부르니 반드시 연고가 있도다.'

인하여 동자(童子)와 함께 바삐 방장(方丈)[37]에 참배하니 대사께서 여러 제자를 모으고 품위 있게 정좌(正坐)하였는데, 위의(威儀)하고 촛불이 휘황하더라.

## 성진의 양가(楊家) 환생(還生)

이에 대사가 성난 목소리로 꾸짖되,

---

33) 인간의 영혼과 육체. 곧 사람의 몸가운데 있는 세 가지 정혼(情魂)과 아홉 가지 혼백(魂魄). 곧 사람들의 혼백을 통틀어 일컬음. 34) 단향수(檀香樹)라고도 하는 향나무. 35) 부들로 만든 방석. 36) 자기보다 나이와 학덕이 높은 이를 높여서 부르는 말. 37) 불승이 사는 곳.

"성진아, 너는 네 죄를 아느냐?"

성진이 섬돌 아래로 엎어졌다가 무릎을 꿇어 대답하되,

"제자 사부를 섬긴 지 십여 년에 일찍 불공순(不恭順)한 일이 조금도 없삽는데, 실로 스스로 지은 죄를 알지 못하나이다."

대사가 이르되,

"행실을 닦는 공부(工夫)에는 그 세 가지 조목이 있으니, '몸〔身〕과 말씀〔言〕과 뜻〔意〕이라. 네 용궁에 가서 술을 취하고, 돌아오는 길에 석교에 이르러 여자를 만나 말을 수작하고 꽃가지를 꺾어 주며 그들과 서로 희롱하며 친해진 후 돌아와 아직까지도 그리움을 떨치지 못하는지라. 처음에 이미 미색(美色)에 미혹되고, 얼마 안 가 부귀(富貴)에 뜻을 두어 세속(世俗)의 번화(繁華)를 흠모하고, 불가의 적멸(寂滅)[38]을 싫증내니, 이는 삼행 공부(三行工夫)가 일시에 무너져 버림이로되, 그 죄가 진실로 커서, 이 땅에 머무는 것이 불가하니라."

성진이 머리를 조아려 읍소(泣訴)하며 가로되,

"스승이시여! 스승이시여! 성진이 실로 죄 있나이다. 그러하오나 스스로 주계(酒戒)를 파하기는 주인이 괴로이 권하기에 마지 못함이요, 선녀로 더불어 말을 수작하기는 다만 길을 빎을 말미암음이니, 본래 다른 뜻이 있는 게 아니므로, 어찌 부정(不正)한 일이 있었사오리까? 선방(禪房)으로 돌아와, 비록 짧은 시간 나쁜 생각이 싹텄으나, 경망한 마음이 빨리 일어남을 삼가하여 그 옳지 않음을 스스로 깨달아 착한 마음이 자발적으로 움직여 잠시 지난 일을 뉘우치고 있는데, 진실로 제자 죄가 있사오면, 사부께서 회초리로 종아리를 쳐서 경계(儆戒)하심이, 또한 교회(敎誨)하는 게 도리이거늘, 어이 내쳐서 스스로 고치는 길을 끊게 하시나이까? 성진이 십이 세에 부모를 버리고 친척을 떠나 사부께 귀의(歸依)하여 곧 머리를 깎았으니, 그 의(義)를 말하오면 곧 저를 낳는 것이

---

38) 원래 의미는 '미망(迷妄)'의 세계를 영원히 떠난 경지. 여기서는 적막의 뜻. 곧 열반(涅槃).

나 기른 것이나 다를 바 없고, 그 정(情)을 말하오면 곧 '자식이 없어도 자식이 있음'과 같사오니, 부자의 은혜도 깊으며 사제의 친분도 중하니, 연화도량(蓮花道場)이 곧 성진의 집이거늘, 이곳을 버리고 내 어디로 가라 하시나이까?"

대사가 이르기를,

"네 스스로 가고자 할새 내 너를 가라 함이니, 네 진실로 있고자 한다면 뉘 너를 가라 하리오? 네 스스로 말하기를 '내 어디로 가리오?' 하니, 너의 가고자 하는 곳이 곧 마땅히 너의 갈 곳이니라."

이어서 다시 큰 목소리로 가로되,

"황건역사(黃巾力士)[39]는 어디에 있느뇨?"

홀연 신장(神將)[40]이 있어 공중에서 내려와 엎드려 명(命)을 듣는지라. 대사가 분부하되,

"네 이 죄인(罪人)을 영거(領去)하여 풍도(酆都)[41]에 가 염라대왕께 교부(交付)하고 돌아오너라."

성진이 이 말을 듣자 간담이 떨어지고, 눈물이 쏟아져 머리를 무수히 조아리며 가로되,

"사부는 이 성진의 말을 들으소서! 옛 아난존자(阿難尊者)[42]는 창녀의 집에 들어가 자리를 함께 하여 조수(操守)[43]를 잃었으되, 석가대불(釋迦大佛)이 죄 주지 아니하고 다만 설법(說法)하여 그를 가르쳤으니, 제자 비록 삼가지 아니한 죄 있사오나 이를 아난존자에게 견주오면 오히려 또한 가볍거늘, 하필 풍도로 보내시려 하시나이까?"

대사가 이르되,

"아난존자는 요술(妖術)을 제어(制御)치 못하여 비록 창녀 무리와 더

---

39) 도사(道士)가 부리는 신장(神將). 염라대왕의 사신. 40) 신병(神兵)을 거느리는 장수. 41) 지옥(地獄)의 하나. 42) 아난다(阿難陀)의 준말. 석가불의 종제(從弟)로서, 석가불을 따라 25년 수도하여 불법(佛法)을 전수받음. 43) 정도(正道)를 지키고 불변(不變)함.

불어 친근하였으나 그 마음은 곧 변치 아니하였거늘, 지금 너는 곧 요색(妖色)을 한 번 보고 소박한 마음을 전부 잃고, 갓난아이의 순정이 서서히 사라지며 부귀에 침을 흘리니, 아난존자와 어찌 같다고 볼 수 있느뇨? 너의 조가 이러하니 한 번 윤회(輪廻)의 괴로움을 어찌 능히 면하리오?"

하거늘 성진이 오직 눈물을 흘리고, 별안간 갈 뜻이 없거늘 대사 다시 그를 위로하여 가로되,

"마음이 정결치 못하면 비록 산중에 있어도 도(道)를 가히 이루기 어렵고, 그 근본(根本)을 잊지 아니하면 비록 열 길 홍진(紅塵) 속에 떨어지더라도, 필경 스스로 휴식(休息)할 곳이 있나니, 네가 꼭 이곳에 다시 돌아오고자 할진대, 곧 내 마땅히 친히 데려올지니, 너는 그것을 의심치 말고 행할지어다."

성진이 어찌할 바를 알지 못하여, 불상(佛像)과 사부에게 삼가 작별을 고하고 사형제(師兄弟)와 더불어 서로 이별하며, 역사(力士)를 따라 음혼관(陰魂關)에 들어가 망향대(望鄕臺)[44]를 지나고 풍도성(酆都城) 밖에 이르니, 문 지키는 귀졸(鬼卒)이 어디서 왔느냐고 묻거늘, 역사가 말하되,

"육관대사 법지(法旨)[45]를 받아 죄인을 함께 데려오노라."

귀졸이 성문을 열고 그들을 인도(引導)하거늘, 역사가 곧바로 삼라전(森羅殿)[46]에 이르러 성진을 압송해 온 뜻을 아뢰니, 염라대왕이 그들을 불러들이게 하고 성진을 가리켜 말하고 이르되,

"상인(上人)의 몸이 비록 남악산 연화봉 중에 있으나, 상인의 이름은 이미 지장왕(地藏王)[47]의 향안(香案)[48] 위에 기재하였으니, 과인은 상인

44) 세속에 전하는 저승의 누대. 귀신이 이에 올라서 이 세상 집안의 정상(情狀)을 바라본다는 뜻. 45) 부처의 뜻. 46) 염라대왕이 있다는 전(殿). 염왕전(閻王殿). 47) 지장보살. 늘 지옥 중에 현신(現身)함. 부처의 이름. 48) 향로(香爐), 촛대 등을 얹는 상.

께서 큰 불도의 깨달음을 얻어 연좌(蓮座)에 한 번 올라, 곧 천하 중생에게 장차 음덕(蔭德)이 널리 미치리라 믿었더니, 이제 무슨 일로 욕되이 이 땅에 이르렀나뇨?"

성진이 크게 부끄러워하며 한참 있다가 이에 고하여 이르되,

"성진이 무상(無狀)[49]하여 지난날 석교상에서 남악 선녀(南嶽仙女)를 만나 보고 한때의 마음을 능히 억제하지 못한고로 인하여 사부에게 죄를 얻어 대왕의 명(命)을 기다리나이다."

염라대왕이 좌우의 대신들로 하여금 지장왕께 말씀을 올려 가로되,

"남악의 육관대사께서 제자 성진을 황건역사로 하여금 압송케 하여 명사(冥司)[50]로서 죄 벌하기를 바라니, 이는 다른 죄인들과는 서로 다른지라. 감히 이를 앙품(仰稟)[51]하나이다."

보살(菩薩) 이에 대답하되,

"수행(修行)하는 사람의 왕래는 마땅히 그의 소원에 따를진대, 어찌 다시 꼭 물으리오?"

염라대왕이 바야흐로 조사하고 죄를 물어 결단하려 할새, 두 귀졸이 또 고하되,

"황건역사 육관대사의 법명(法命)에 의해 여덟 죄인을 영거하여 문밖에 이르렀나이다."

성진이 이 말을 듣고 깜짝 놀라는데,

염라대왕이 명하되,

"죄인을 불러들이라."

하니,

남악 팔 선녀가 엉금엉금 기어 들어와 뜰앞에 무릎을 꿇거늘 염라대왕이 물어 가로되,

---

49) 아무렇게나 행동하여 선행(善行)이 없음. 50) 지옥의 법률. 51) 웃어른·상사(上司)에게 무슨 일의 가부를 얻기 위해 말씀을 여쭙는 것.

"남악 여선들아, 내 말을 들으라. 선가(仙家)에는 본래 무궁한 경개와 끝없는 쾌락(快樂)이 있거늘, 여러 선녀들은 어찌하여 이 땅에 이르렀느뇨?"

여덟 선녀가 부끄러움을 머금고 대답하되,

"첩들이 위부인낭랑의 명을 받아 육관대사께 문안하러 갔다가 길에서 성진 소화상(小和尙)을 만나 문답한 말이 있삽기로 대사는 첩들이 총림(叢林)[52]의 조용한 세계를 더럽혔다 하여 위낭랑(魏娘娘)의 부중(府中)[53]에 이첩(移牒)하여 첩들을 대왕께 잡아 끌고 보내니, 첩들의 잘되고 못 되는 것과 고락(苦樂)은 모두 대왕 손에 달려 있사온즉, 엎드려 빌건대 오직 대왕께서는 대자대비(大慈大悲)하사 첩들로 하여금 좋은 땅에서 다시 살게 하옵소서."

염라대왕이 사자(使者) 아홉 사람을 정하고 앞에 불러 은밀히 분부하되,

"이 아홉 사람을 거느리고 속히 인간 세계로 떠나거라."

말을 마치자 전 앞에 갑작스레 큰바람이 일더니, 아홉 사람을 공중으로 휘몰아 올려 사면 팔방으로 흩어지더라.

성진이 사자를 좇아 가다 바람에 밀리어 흔들거리며 지향 없이 한 곳에 이르자 바람 소리 비로소 멈추면서 두 발이 이미 땅에 닿았거늘,

성진이 놀란 혼을 수습하고 눈을 들어 보니 푸른 산이 울창하게 사면에 둘러 있고, 맑은 시내가 굽이굽이 여러 갈래로 흐르는데, 대울타리 띠집이 수풀 사이로 보일락말락하는 것이 겨우 여남은 집이더라. 사자가 성진을 데리고 여러 칸이나 되는 정사문(精舍門) 밖에 섰으라 하고 스스로 안으로 들어가거늘, 성진이 홀로 서서 방황하다가 사람의 말을 들을 수가 있었은즉, 두세 아낙네 서로 마주 서서 서로간에 은밀히 말하되,

"양처사(楊處士) 부인이 오십이 넘었는데도 태기(胎氣)가 있어 참으로 인간에 희한한 일이러니, 해산에 임한 지 이미 오래거늘 아직까지도 아이 울음소리 없으니 괴이하고도 염려롭다."

---

52) 잡목이 우거진 숲. 또는 중들이 모여 있는 곳. 53) 관청(官廳).

하거늘, 성진이 가만히 생각하되,

"내가 이제 인간 세상에 윤생(輪生)[54] 당하였으나, 이 몸의 형체를 되돌아 보면 다만 한낱 정신뿐이요, 골육은 바로 연화봉 위에 있어 이미 불에 태워 버렸을지니, 내 나이 젊은 까닭에 제자를 두지 못하였으니, 어느 누가 있어 대신 나의 사리(舍利)[55]를 거두리오?"

이처럼 두루 생각하니 마음이 처창(悽愴)[56]할 따름이더니 이윽고 사자가 나와 손짓하며 불러 가르되,

"이 땅은 곧 대당국(大唐國) 회남도(淮南道) 수주현(秀州縣)이요, 이 집은 곧 양처사의 집이니, 처사(處士)는 너의 부친이요, 그 처 유씨(柳氏)는 너의 자애로운 모친이라. 네가 전생(前生)의 인연으로 이 집 아들이 되는 것이니, 너는 모름지기 속히 들어가 좋은 때를 잃지 마라."

성진이 곧 들어가 보매, 처사는 갈건(葛巾)을 쓰고 야복(野服)[57]을 꿰매어 입고 중당(中堂)에 앉아 화로에 약을 달이니 향내가 자욱하여 사람에 젖었고, 방 안에서는 은근히 부인의 신음 소리가 나더라. 사자, 성진을 재촉하여 '방 안에 들라' 하거늘, 의심스러워 근심하여 머뭇머뭇거리니 사자 몸소 뒤에서 밀치니, 성진이 놀라서 땅에 엎드리며 정신이 아득하고 숨이 막혀 천지가 번복하는 가운데 있는 것 같거늘.

성진이 크게 부르짖되,

'나를 구해 주오, 나를 구해 주오.'

하나, 소리가 목구멍에서만 나며, 능히 말을 이루지 못하고, 다만 어린애 울음소리만 하더라.

시비(侍婢)가 달려가 고하여 이르되,

"부인께서 소낭군(小郞君)을 낳으셨나이다."

---

54) 여기서는 '윤회(輪廻)'와 같은 뜻. 55) 부처의 뼈. 56) 매우 슬프고 처량함. 57) 갈포로 만든 두건과 베옷. 은사(隱士)의 거친 옷.

## 양소유(楊少游) 부친이 신선(神仙)됨

약탕관을 조심스레 들고 들어와 부처가 서로 마주 대하는데, 즐거움이 얼굴에 가득하더라.

성진이 주리면 곧 젖을 먹고 배 부르면 곧 울음을 그치고, 그가 갓나서는 마음에 오히려 연화도량 일을 기억하더니, 그가 점점 자라나 부모의 은정을 안 연후에는 전생의 일은 이미 망연히 능히 알지 못하더라.

처사가 그 아자(兒子)의 골격이 청수(淸秀)함을 보고, 머리를 어루만지며 일컫되,

"이 아이는 필연 하늘 사람이 적강(謫降)[58]하였도다."

하고, 이름을 소유(少游)라 하고, 자(字)를 천리(千里)라 하니, 세월이 물같이 빨리 흐르고 무소 뿔이 나날이 자라듯이 어언간에 이미 십세가 되었는데, 용모는 고운 옥 같고 눈은 샛별 같으며, 기질은 남달리 빼어나고 지혜와 생각이 깊고 원대하여 빼어남이 마치 대인 군자(大人君子)와 같더라.

처사가 유씨에게 이르되,

"내가 본디 세속 사람이 아니라, 그대와 더불어 하계(下界)[59]에 인연이 있는고로 오래 속세(俗世)의 인간 속에 머물더니, 봉래산(蓬萊山) 신선 친구가 글을 보내어 부른 지는 이미 오래 되었으나 부인의 외로움을 염려하여 아직 가겠다는 결정을 못하였더니 이제 하늘이 조용히 도우셔 이렇듯 영민한 아들을 얻었으니 총명하며 맑고 슬기로움이 예사 아이들보다 특별히 뛰어나니, 진실로 우리 집안이 천리(千里)로 뻗을 것이오. 부인이 이미 의지할 곳을 얻었고, 늘그막에는 필연 장차 영화를 보고 부귀를 누릴 것이니, 떠나서 없는 것을 모름지기 꺼려 마라."

하루는 도인(道人)의 무리들이 내려와 당상(堂上)에 모여 처사(處士)

---

58) 선계(仙界)에서 인간계(人間界)로 잠시 놀러 온다는 뜻임. 59) 속세. 곧 인간 세계.

와 함께 혹은 흰 백록을 타고, 혹은 청학(靑鶴)을 타고 심산(深山)으로 들어가니, 이후에는 비록 왕왕 공중(空中)으로부터 서찰(書札)을 보내올 따름이요, 그 종적(蹤迹)이 아직껏 집에 이르지 아니하더라.

# 華陰縣閨女通信　藍田山道人傳琴

(화음현규녀통신　남전산도인전금)

## 화음현(華陰縣)의 규수(閨秀)

양처사 신선이 되어 올라간 후에 모자(母子) 서로 의지하여 세월을 보내더니, 소유(少游)가 겨우 수년이 지난 후 재명(才名)이 크게 일어나 본 고을 태수(太守)가 신동(神童)으로 조정에 천거하되, 소유는 늙은 어머니를 위하여 사양하며 즐겨 나가지 아니하더라. 나이 십사오 세에 이르매 반악(潘岳)[1] 같고, 준수한 기상은 청련(靑蓮)[2]과 같더라. 문장은 연허(燕許)[3]와도 같으며, 시재(詩材)는 포사(鮑謝)[4]와 같더라. 필법(筆法)은 종왕(鍾王)을 따르고, 지략(智略)을 따름은 손자(孫子)[5]와 오자(吳子)[6]요, 제자 백가(諸子百家)와 구류 삼교(九流三敎), 천문 지리(天文地理), 육도 삼략(六韜三略)[7], 창 쓰는 법과 칼 쓰는 기술이 신이 전수받고 귀신으로부터 가르침을 받아 정통치 아니한 것이 없으니, 대체로 전세(前世)에 수행(修行)하는 사람으로 마음의 틀이 깊고 넓고 맑으며, 가슴이 바다 같이 넓고 크며, 이르는 곳과 깊은 것도 다 해결이 되니, 대나무가 칼을 맞는 것처럼 평범한 세의 선비에 비할 바 아니러라.

하루는 소유가 모친께 고하기를,

"부친께서 하늘로 올라가신 날 가문의 일을 소자에게 맡겨 부탁하신지라. 이제 가계가 빈한하여 노모께서 일에만 힘쓰시니, 소자가 만일 집

---

1) 중국 진대(晋代)의 문학가. 재주가 높고 얼굴이 아름다웠다고 함. 2) 이태백(李太白)의 호. 3) 당나라 때의 연국공(燕國公) 장설(張說)과 허국공(許國公) 소정(蘇頲). 4) 진나라 때의 시인 포조(鮑照)와 사영운(謝靈運). 5) 손무(孫武). 춘추 시대 제나라 사람. 병법서 13편 1권이 있음. 6) 오기(吳起). 전국 시대 위나라의 병법가. 7) 병법의 고전(古典).

지키는 개 되고, 꼬리 끄는 거북이 되어, 세상에 나아가 공명(功名)을 구(求)하지 않으면 가문의 이름을 빛내지 못하고, 어머님의 마음을 위로할 길이 없사오니, 아버님의 기대하신 뜻이 아니로소이다. 듣자온즉 국가에서 이제 막 과거를 베풀어 천하 인재들을 가려 뽑는다 하니, 소자는 잠깐 모친 슬하를 떠나 과거를 보러 서울로 가려 하나이다."

유씨가 아들의 의지와 기개가 본디 보잘것 없지 않음을 보고, 소년의 행역(行役)[8]이 걱정되고, 먼 길을 떠나 이별함이 또한 마음에 걸리나, 그 활달한 기상을 막지 못함을 알기에 부득이 허락하고 비녀와 팔찌를 팔아 노자를 마련하여 주었더라.

소유(少游)가 모친께 하직하고 삼척 서동(三尺書童)[9]과 한 필의 다리 저는 당나귀를 거느리고 길을 떠나니 천 리 길이 지척(咫尺)[10]같이 보이며, 여러 날을 가다가 화주(華州) 화음현(華陰縣)에 이르니 장안(長安)이 과히 멀지 아니하니라.

산천 풍물(山川風物)이 한결 맑고 고우며 과거날도 아직 멀기에, 하루 수십 리씩 가며 혹은 명산을 찾아보고, 혹은 고적(古跡)을 더듬어 보매 객지 길이 또한 과히 적막(寂寞)치 아니하더라.

문득 살펴보니 한 곳에 그윽한 별장(別莊)이 있는데, 가까이로는 향기로운 수풀이 닿아 있고, 연약한 버들 그림자가 서로 엉켜 푸른 연기는 비단을 짠 듯하며, 그 속에 작은 다락집이 있는데, 붉으락푸르락 맑게 비쳐 빛남이 아득히 멀어 그윽함이 가히 생각의 극치에 이르더라. 드디어 채찍을 드리우고 천천히 걸어 다가가서 그것을 보니, 긴 가지 짧은 가지가 땅에 얽혀 하늘거리는 품이 마치 미녀(美女)가 새로 목욕하고 검은 머리가 바람에 휘날리어 저절로 빗질되어지는 것 같아 또한 가히 아름답고 구경할 만하므로, 소유가 손으로 버들가지를 휘어잡고 머뭇거리며 능히 더 나아가지 못하고 구경하면서 매우 탄복하여 말하되,

---

8) 여행의 고생, 또는 여행. 9) 글 배우는 아이. 10) 아주 가까운 거리.

"내 고향 촉(蜀) 안에도 비록 진귀한 나무가 많으나, 천 가지가 나긋나긋하고 만 가지 실들이 너울거리는, 이런 버들은 일찍이 본 적이 없도다."

이에 양류사(楊柳詞)를 지었으니, 그 시에 일컫되,

수양버들이 푸르러 베짜는 듯하니
긴 가지 그림 그린 누각에 떨쳤도다.
원컨대 그대는 부지런히 심으라.
이 나무가 가장 풍류 있음이로다.
楊柳靑如織　長條拂畵樓
願君勤種植　此樹最風流

수양버들이 자못 이리 푸르고 푸르니
긴 가지가 비단 기둥에 떨쳤도다.
원컨대 그대는 휘어잡아 꺾지 마라.
이 나무가 가장 정이 많음이니라.
楊柳何靑靑　長條拂綺楹
願君莫攀折　此樹最多情

시를 이루어 낭랑하게 한 번 두루 읊조리니, 그 소리가 맑고 깨끗하며, 호탕하고 시원스러워서, 마치 쇠를 두드리고 돌을 치는 듯한지라. 한바탕 부는 시원한 봄바람이 불어와 그 소리의 울림이 누각 위에 흩어지니라. 그 가운데 마침 미인(美人)이 있어 막 낮잠에 취했다가 깜짝 놀라 깨어나 베개를 밀치고 자리에서 일어나 수놓은 창을 밀어젖히고는, 아로새긴 난간에 의지하여 눈을 흘기며 멍청히 사방을 돌아보고 소리나는 곳을 찾다가, 문득 양생(楊生)과 더불어 두 눈이 서로 마주치니, 치렁치렁 풀어 헤쳐진 구름 같은 머리털이 어지러이 양쪽 귀밑에 드리웠고, 옥

비녀는 아름답게 비스듬히 걸려 있고, 눈빛은 몽롱(朦朧)[11]하여 꽃다운 정신은 짐짓 넋 잃은 듯하고, 약한 기질은 힘이 없어 졸음 흔적이 아직도 눈썹끝에 맺혔으며, 뺨 위의 연지는 반이나 지워져서 본디의 자색과 예쁜 몸가짐은 가히 말로써는 도저히 형용치 못하는 단청(丹靑)의 그림이더라.

두 사람은 서로 물끄러미 바라볼 뿐이요, 한 마디 말도 건네지 못하더니, 양생이 서동(書童)을 먼저 마을 앞 주막으로 보내어 저녁밥을 준비케 하더라. 곧 서동이 돌아와서 알려 이르되,

"저녁 식사를 이미 갖추었나이다."

미인이 정다운 눈길로 그윽히 바라보다가 문을 닫고 들어가니, 오직 은은히 풍기는 그윽한 향기만 바람에 날려와 떠돌뿐이더라.

양생이 비록 서동을 크게 원망하나 그 미인이 한 번 구슬 주렴을 드리우매 약수(弱水)와 같이 격한 듯하여, 마침내 서동과 함께 돌아오면서 한 걸음에 한 번씩 뒤돌아보았으나, 사창(紗窓)[12]은 이미 굳게 닫힌 채 열리지 아니하더라. 주막에 돌아와 앉으니 못내 섭섭하여 넋이 빠지더라.

## 진채봉(秦彩鳳)의 글월

원래 이 여자의 성(姓)은 진씨(秦氏)요, 이름은 채봉(彩鳳)으로 진어사(秦御史)의 딸이니라. 모친을 어려서 여의고 형제가 또한 없으며, 나이 겨우 비녀 꽂을 때에 이르렀으되, 아직 시집을 가지 아니하였더라. 이 때 어사는 서울에 올라가고, 소저(小姐) 홀로 집에 있더니 천만 뜻밖에 문득 양생(楊生)을 만나 그 용모를 보고 풍채에 기뻐하며, 그의 시를 들었는지라. 그의 뛰어난 재능을 사모하며 마음에 생각하되,

11) 흐리멍덩하여 아득함. 의식이 분명하지 않음. 12) 여자가 거처하는 방의 창문.

"여자가 장부(丈夫)를 좇음은 평생의 큰 일이라. 일생의 영욕(榮辱)과 백년 고락(百年苦樂) 모두 장부에게 달렸으니, 탁문군(卓文君)[13]은 과부라도 오히려 상여(相如)[14]를 좇았으나, 이제 나는 곧 처녀의 몸이니, 비록 스스로 중매(仲媒)하는 혐의는 있을지라도 '신하(臣下)도 또한 임금을 가린다' 라는 옛말이 있지 아니한가? 이제 만일 그의 성명을 묻지 않고 그가 사는 곳을 알지 못한다면 후일에 부친께 품(稟)하여 알리고 중매를 보내려 하면 동서남북(東西南北) 어디 가 찾으리오?"
하고, 이에 한 폭의 전지(箋紙)[15]를 펴고 두어 줄 시구를 지어 봉하여 유모 할멈에게 주며 이르되,

"이 봉서(封書)를 지니고 저 주막에 가서, 아까 작은 나귀를 타고 이 누각 아래에서 양류사(楊柳詞)를 읊던 상공(相公)을 찾아 그것을 전하고, 내가 꽃다운 인연을 맺어 영구히 한 몸을 의탁하려는 뜻을 알리게 하되, 이는 나의 막중한 대사이니, 삼가 허술함이 없도록 할지어다. 이 상공은 용모가 옥같고 눈썹은 그린 듯하여 비록 만인 중에 섞여 있다 할지라도 닭 무리 중에서 특출한 봉황(鳳凰)과 같으니, 유모 할멈은 몸소 만나 보고 이 정(情)어린 글월을 전하라."

유모 할멈이 말하되,

"삼가 가르침대로 하려니와, 다른 날 노야(老爺)[16]께서 만약 물으시면 장차 대답하리이까?"

소저가 이르되,

"이는 곧 내 스스로 그 일을 감당할지니, 그대는 염려 마라."

유모가 문을 나가다가 도로 돌아와 물어 가로되,

"상공께서 혹시 이미 장가를 들어 아내를 맞이하였거나, 혹은 이미

---

13) 중국 한(漢)의 여류 문학가. 탁왕손(卓王孫)의 딸. 14) 한(漢)의 문학가. 사마상여(司馬相如). 자(字)는 장경(長卿). 부(賦)를 잘 지었다 함. 15) 편지를 쓰는 종이. 16) 존귀한 사람의 경칭(敬稱). 여기서는 '어르신네' 의 뜻.

정혼(定婚)을 하였으면 어찌 하오리까?"

소저 잠시 중얼거리며 깊이 생각하였다가 말하길,

"불행하여 이미 아내를 얻었으면 곧 내 군이 첩이 되기를 꺼리지 아니하거니와, 내가 이 사람을 보니 나이가 아직 젊어 보이는지라. 아직 아내가 없을까 하노라."

유모가 주막에 가서 양류사(楊柳詞)를 읊조리던 손님을 찾아 물으니, 이때 양생이 주막 문 밖에 나섰다가 노파(老婆)가 와서 찾는 것을 보고 바삐 맞으며 묻되,

"양류사를 지은 이는 곧 소생이거니와 노랑(老娘)께서 찾음은 무슨 뜻이뇨?"

유모는 양생의 잘생긴 모습을 보고 다시 의심치 않고 다만 이르되,

"이곳은 얘기할 곳이 아니로소이다."

양생이 유모를 인도하여 객탑(客榻)[17]에 앉히고, 그가 찾아온 뜻을 물은즉, 유모가 묻되,

"낭군께서 양류사를 어디에서 읊으시었나이까?"

양생이 대답하여 말하되,

"소생은 먼 땅 사람이라, 처음으로 제기(帝圻)[18]에 들어와 그 아름답고 고움을 사랑하여 경치가 좋은 곳을 골라 여러 곳을 두루 다니면서 구경하다가, 오늘 오후에 마침 한 곳을 지나는데 곧 큰길 북녘, 작은 누각 아래에 푸르게 우거진 버들이 수풀을 이루어 봄빛이 가히 구경할 만하여 흥겨운 나머지 시(詩) 한 편을 우연히 지어 그것을 읊었거니와 노랑의 물음은 어찌한 뜻이오?"

할멈이 또 묻되,

"낭군께서는 그때 누구와 서로 대면하셨나이까?"

양생이 대답하되,

---

17) 손님을 접대하는 평상. 곧 손님을 접대하는 곳. 18) 황제가 다스리는 지명. 곧 서울.

"소생은 다행히 하늘의 신선이 누상에 강림(降臨)한 때 만났는데, 고운 빛이 아직도 눈에 어리고 기이한 향내가 아직도 좀 옷에 풍겼나이다." 하였다. 할멈이 일컫되,

"늙은 이 몸이 마땅히 사실 그대로 전하건대, 그 집은 우리 주인 진어사(秦御史) 댁이요, 그 여자는 곧 우리 집 소저이오이다. 소저께서는 어려서부터 마음이 밝고 성품이 총명하여서 크게 지인지감(知人之鑑)[19]이 있더니, 상공을 한 번 보고 문득 몸을 의탁코자 하되, 어사께서 마침 서울에 계시니 왕복하여 품정(稟定)한 사이에 상공께서는 반드시 다른 곳으로 발길을 돌리실 터이니, 큰 바다에 뜬 부평초 같고 가을 바람에 떨어진 나뭇잎 신세 같은지라. 장차 어찌 그 종적을 찾을 수가 있으리오? 푸른 담쟁이가 비록 간절히 의탁하고자 하는 마음과 실로 노금(爐金)에 스스로 일어나는 부끄러운 마음이 있으나, 삼생(三生)의 연분은 중하고 한때의 적은 것이오니, 이에 도리를 버리고 권도(權道)를 따라 수치스러움을 간직하나, 부끄러움을 무릅쓰고 노첩(老妾)으로 하여금 낭군의 성씨와 향관(鄕貫)[20]을 알고, 인하여 혼취(婚聚) 여부를 알아 오라 하시더이다."

양생이 이 말을 듣고 기쁜 빛이 낯에 가득하여 사례하며 말하되,

"소생은 양소유(楊少游)로, 집은 본디 초(楚)에 있고, 나이가 어려 아직 장가들지 아니하고, 오직 노모(老母)께서 집에 계시니 화촉(花燭)의 예(禮)는 마땅히 양가 부모께 아뢴 후에 행하려니와 혼인 언약은 이제 한 말로 정하나니, 화산(華山)이 길이 푸르렀고 위수(渭水)가 지금 끊어지지 아니하였나니라."

유모 할멈 또한 크게 기뻐하며 소매 속에서 하나의 봉서(封書)를 꺼내어 양생에게 주거늘, 양생이 떼어 열어 보니 곧 양류사(楊柳詞) 한 수라. 그 시에 읊었으되,

---

19) 사람을 알아보는 높은 식견. 20) 관향(貫鄕). 시조가 난 땅. 본(本).

누각 옆에 버들을 심었으니
낭군의 말을 매어 머무르게 하더니
어찌하여 꺾어 채찍을 만들어
재촉하여 장대 길[21]로 내려가뇨.
樓頭種楊柳 擬繫郎馬住
如何折作鞭 催向章臺路

양생이 그 시의 청신(淸新)함을 사랑하여 지극히 탄복하고 칭찬하여 이르되,

"비록 옛적의 왕우승(王右丞)[22], 이학사(李學士)[23]라도 이에서 낫지 못하리오."

하고 곧 채전(彩箋)[24]을 펼치고 한 수의 시를 써서 유모 할멈에게 주니, 그 시에 읊기를,

버들이 천만실이나 하니
실마다 마음 굽이에 맺혔도다.
원컨대 월하에 노를 만들어
봄소식을 맺코자 하노라.
楊柳千萬絲 絲絲結心曲[25]
願作月下繩 好結春消息

유랑이 그것을 받아 품 속에 넣고 주막 문을 나서서 가자 양생이 불러서 이르되,

21) 전국 시대에 진(秦)나라에서 세운 궁전 이름. 여기에서는 '서울길'의 뜻. 22) 당(唐)나라 시인 왕유(王維). 문학가. 화가. 23) 당(唐)나라 시인 이태백(李太白). 24) 무늬가 있는 편지지. 아름다운 종이. 25) 애틋한 연민의 심정.

"소저는 진(秦) 사람이요, 소생은 초(楚) 사람이라. 한 번 헤어진 후로는 만리 길이 서로 사이가 떨어져 있고, 산천이 무척 멀어서 소식을 통하기가 어려운데, 하물며 오늘 이 일은 좋은 중매가 없어 소생의 마음에 가히 증거를 삼아 믿을 만한 곳이 없으니, 오늘 밤 달빛을 타서 소저의 용광(容光)[26]을 바라보고자 하온데, 노랑은 어떻게 생각하는지 알지 못하나이다. 소저의 시 속에 또한 이 뜻이 있으니, 노랑은 다시 품(稟)하여 주기 바라나이다."

노랑이 가더니 곧 돌아와 아뢰되,

"소저는 현랑(賢郞)의 화답시(和答詩)를 받고 십분 감격하시며 또한 낭군의 뜻을 다 전하니 소저가 이르되, '남녀가 아직 예식을 행하지 않고 사사로이 서로 만남은 예(禮)가 아님을 잘 알고 있지만, 이내 몸을 그 사람에게 맡기려는데, 어찌 그 말을 어길 수가 있으리오. 또 한밤중에 서로 만나면 남의 말이 무서울 뿐더러 어느 날엔가 부친이 만일 그 일을 아시면 필연 엄히 꾸짖을 터이니, 밝은 날을 기다려 대청에서 만나 서로 언약을 정하사이다' 하시더이다."

양생이 차탄(嗟歎)하여 말하되,

"소저의 명민(明敏)하신 소견과 바르고 큰 뜻은 소생의 미칠 바 아니로소이다."

노랑에게 재삼 간절히 부탁하되, '말로써 시기를 어기지 마라' 하니, 노랑이 고개를 끄덕이며 가더라.

## 남전산(藍田山)의 도사(道士)

이날 밤 양생이 주막에 머물러 묵으려 하나 엎치락뒤치락거리며 잠

---

26) 아름답고 빛나는 얼굴.

을 이루지 못하고 앉아서 새벽 닭 울기만 기다리니, 봄밤이 괴로움의 깊을 한하거늘, 이윽고 북두칠성이 처음으로 자리를 옮기고 시골 북 소리가 요란스러이 들려오는지라. 막 동자를 불러 당나귀에게 먹이를 주려 하였더니, 갑자기 천만인이 떠들썩하는 소리가 물끓듯이 용솟음치며 서쪽으로부터 들려오더라.

양생이 크게 놀라 옷매무시를 바르게 하고 밖으로 나가 거리에 서서 그것을 본즉, 병기를 잡은 군사들과 피란하는 사람들이 산과 들을 온통 휩쓸어 에워싸며 북적거려 어지러이 흩어져서 돌아오니, 군사들의 소리가 땅을 진동하고 곡성(哭聲)이 하늘에까지 울려 퍼졌더라.

옆사람에게 이 일을 물으니 곧, 말하되,

'신책장군(神策將軍)[27] 구사량(仇士良)[28]이 스스로 황제라 일컫고 군사를 일으켜 반기를 들매, 천자는 양주(楊州)로 순행하시는데, 관중(關中)이 크게 어지러워 적병(賊兵)이 네 곳으로 흩어져 인가(人家)를 겁략(刦掠)한다' 하고, 또 전하여 들은즉, '함곡관(函谷關)을 닫고 오가는 사람들을 통하지 못하게 하며 양민과 천민을 막론하고 모두 장정(壯丁)으로 삼는다' 하기에, 양생이 황망히 두려워하고 드디어 서동을 데리고 당나귀에 채찍질하며 갈 길을 재촉하여 남전산(藍田山)[29]을 바라보고 가서 깊은 골짜기 틈으로 도망해 숨으려 하였더니, 절정(絶頂) 위를 우러러보니 몇 칸 안 되는 작은 초가(草家)가 구름의 그림자에 가려 있고, 학 소리가 맑고 시원하니 양생이 인가가 있음을 알고 바위 틈의 좁은 돌길을 따라 올라가니, 한 도인(道人)이 책상에 기댄 채 누워 있다가 양생을 보고 일어나 앉으며 묻되,

"그대는 피란인으로 필연 회남(淮南) 땅 양처사의 아들이로다."

---

27) 당나라 금군(禁軍)의 하나인 신책군(神策軍)을 거느린 장군. 28) 당(唐)나라 문종(文宗), 무종(武宗) 때의 장군으로 권세를 전단하였음. 29) 중국 섬서성(陜西省)에 있는 산, 미옥(美玉)이 나서 옥산(玉山)이라 일컬음.

양생이 나아가 재배하며 눈물을 머금은 채 대답하고 이르되,

"소생은 과연 양처사의 아들이로소이다. 부친과 헤어지고부터 다만 모친께 의지하옵던 바, 기질이 심히 노둔하고 재주와 학식의 갖춤이 변변찮으나, 망령되이 요행의 생각으로 과거를 보러 가다가 화음(華陰) 땅에 이르러 갑자기 변란(變亂)을 당하여 생각지도 않게 오늘 대인(大人)을 만나 뵈니, 이는 필연 상제(上帝)께서 굽어 살피시어 적은 정성으로 일부러 외람되이 대선(大仙)[30]의 제자가 되어 따르도록 하시고, 부친의 소식을 들을 수 있도록 하온 것이오니, 엎드려 빌건대, 선군(仙君)은 한 말씀 아끼지 마시고 사람의 아들 지극한 정성을 위로해 주소서. 부친은 지금 어느 곳에 계시오며 또한 기체 어떠하시나이까?"

도인이 웃으며 말하되,

"존군(尊君)[31]이 나와 더불어 자각봉(紫閣峯) 위에서 바둑을 두고 헤어지면서 보고 들었으되 그가 어디로 향해 갔는지를 알 수 없고, 안색도 변함이 없으며, 검은 머리도 희어지지 않았으니 오직 그대는 애통해 하지 마라."

양생이 울면서 간절히 호소하며 이르되,

"혹시 선생의 연줄로 가히 부친을 한 번 뵙기를 바라나이다."

도인이 또 대답하여 말하되,

"부자의 정이 비록 깊으나 선계(仙界)와 속세의 사이가 멀고 특수하니, 비록 그대를 위해 주선하려 해도 할 수 없을 뿐더러 또한 삼신산(三神山)[32]이 아득히 멀고 십주(十洲)[33]가 넓은지라. 존공(尊公)의 거취를 어이 알 수 있으리오? 그대가 이미 여기에 이르렀으니 잠시 동안 묵다가 도로가 트이기를 천천히 기다리다 돌아간다 해도 또한 늦지 아니하

30) 선인(仙人)의 높임말. 31) 남의 아버지를 경칭하여 쓰는 말. 32) 신선이 살고 있는 곳으로, 곧 봉래산(蓬萊山), 방장산(方丈山), 영주산(瀛洲山). 33) 서왕모(西王母)가 한무제에게 소개한 신계. 신선(神仙)이 사는 곳.

리라."

양생이 비록 부친의 안후는 들었으나 도인이 주선할 뜻이 없으니, 부친을 뵙고자 하는 바람은 이미 끊어지매, 심회가 몹시 처량하여 눈물로 낯을 적시니, 도인이 그를 위로하며 말하되,

"만나고 헤어짐과 헤어지고 만남은 역시 떳떳한 이치이니, 어찌하여 무익(無益)한 슬픔을 지니리오?"

## 거문고와 퉁소 배움

양생이 눈물을 거두고 도인께 사례하며 모퉁이에 앉으니, 도인이 벽 위의 거문고를 가리키며 물어 가로되,

"그대는 능히 이것을 탈 줄 아느뇨?"

양생이 대답하여 이르되,

"비록 원래 좋아하나 어진 스승을 만나지 못하여 그 묘처를 얻지 못하였나이다."

도인이 동자를 시켜 양생에게 거문고를 주고 그것을 타게 하거늘, 양생이 드디어 그것을 무릎 위에 놓고 풍입송(風入松)[34] 한 곡조를 타니, 도인이 웃으면서 말하되,

"손 쓰는 법이 생동감 있고 가벼워서 가히 가르칠 만하도다."

이에 스스로 거문고를 옮겨 천고(千古)에 전하지 못하던 네 곡조를 차례로 가르치니, 그 소리가 맑고 그윽하며 우아하고 밝아 실로 인간 세상에서 듣지 못하던 바라.

양생이 음률(音律)에 정통하고 또한 신비할 정도로 깨치는 바 많아서 한 번 배우면 능히 그 오묘함을 다 이어 받으매, 도인(道人)이 크게 기

34) 중국계에 속하는 악장.

빼하며 또 백옥(白玉) 퉁소를 내어 몸소 한 곡조를 불어 양생에게 가르치고, 이에 일컬어 말하되,

"지음(知音)[35]을 서로 만나기는 옛사람의 어려워하던 바라. 이제 거문고 하나와 퉁소 하나를 그대에게 주나니, 후일에 필연 쓸 곳이 있으리라. 그대는 이 말을 기억하여 둘지어다."

양생이 절하여 받고 사례하며 이르되,

"소생이 선생을 만나 공경하니, 이는 반드시 부친께서 지도(指導)하심이로다. 또한 선생은 곧 부친의 친구이시니 소생이 선생을 공경하여 섬기는 것이 부친께 어찌 이상하오리오? 원컨대 선생의 지팡이와 짚신을 모셔 제자의 열(列)을 갖추고자 함이 소생의 바람이오다."

하였다. 도인이 웃으며 말하기를,

"인간의 부귀가 스스로 와서 그대에게 닥치는 바를 그대는 가히 벗어나지 못하리니, 어찌 능히 노부(老夫)를 좇아 바위 굴에서 살 수 있으리오? 하물며, 그대는 필경 돌아갈 곳이 나와 각각 다르니 나의 제자될 사람이 아니니라. 다만, 은근(慇懃)한 뜻을 저버리지 못하리라. 이 팽조 방서(彭祖方書)[36] 한 권을 주노니, 노부의 정으로 알고 이것을 기꺼이 받고, 이를 익히면 곧 수명을 연장하여 오래 살지는 못할지라도 또한 병이 없고 늙음을 물리치리라."

양생이 다시 일어나 절하여 그것을 받고 인하여 물어 가로되,

"선생께서 소자에게 인간 부귀를 기약하실새 감히 앞길의 일을 묻겠사온대, 소자는 화음현(華陰縣) 진가(秦家) 여자와 더불어 바야흐로 혼인을 의논하다가 난병(亂兵)에 쫓기어 이곳에 도망 와 숨어 있으니, 이 혼인이 가히 이루어지겠나이까?"

---

35) 거문고의 음을 아는 것. 거문고의 명수인 백아(伯牙)의 거문고 소리를 알아듣는 사람도 오직 그의 친구인 종자기(鍾子期)뿐이었다는 고사. 36) 중국 상고 시대(요순 시대)의 선인(仙人) 팽조(彭祖)가 지은 글.

도인이 크게 웃으며 이르기를,

"혼인에의 길은 어둡기 밤 같으니 천기(天機)[37]를 어이 가벼이 누설하리오. 곧 그대의 아름다운 인연이 여러 곳에 있으니, 스스로 진녀(秦女)만을 일편되이 생각하여 그리워할 필요가 없을지어다."

양생이 무릎 꿇고 명을 받아 도인을 모시고서 객실에서 함께 자더니, 날이 채 밝기 전에 도인이 양생을 부르면서 깨우길,

"도로가 이미 통하고, 과거 시기가 내년 봄으로 물렀으니, 대부인이 바야흐로 동네 문을 의지하여 간절히 애타게 기다리심을 생각하여 고향으로 빨리 돌아가 모친께 근심을 끼치지 마라."

이에 노비를 장만해 주거늘, 양생이 상 아래에서 백배하여 후히 돌봐 줌을 사례하고 거문고와 퉁소와 책을 수습하여 동문 떠날 때 슬픔을 이기지 못하여 머리를 높이 들어 돌아다 보니 띠집과 도인은 이미 간 곳이 없고, 오직 산천에만 서광이 어슴프레하고 맑은 채색놀이 영롱할 뿐이요, 양생이 처음 산에 들어올 때에는 버들꽃이 지지 않았더니, 하룻밤 사이에 국화가 만발하였기에 양생이 무척 괴이히 여겨 사람들에게 물으니, 이미 추팔월(秋八月)이 되었더라.

지난날의 주막을 찾아와 보니, 병화가 새로 지나가서 촌락이 쓸쓸하고 더불어 지난번 지났을 때와는 크게 다르니, 과거 보러 가던 선비들은 어지러이 내려가고 없더라. 양생이 서울 소식을 물으니 곧 답하여 말하되,

"국가에서 여러 도(道)의 병마를 불러서 오 개월이 지난 뒤에 비로소 참란(僭亂)[38]을 삭탈하여 평정하고, 천자의 수레는 서울로 돌아왔으며, 과거 또한 내년 봄으로 물리어 정하였더라."

---

37) 하늘의 비밀. 38) 참람(僭濫: 분수에 지나쳐 방자함)한 난리.

## 양생의 비회(悲懷)와 모친의 경계(警戒)

양생이 진어사(秦御史)의 집을 찾아가 보니 시내를 에워싼 시들은 버들은 풍상을 겪은 후에 곧 유달리 지난날의 경치가 아니었고, 화려한 누각과 하얀 담장은 이미 다 재가 되었으며, 오랜 그을음과 깨어진 기와만이 빈 터에 덮쳐 쌓여 있을 따름이라. 사방 이웃이 황량하여 또한 닭과 개의 소리가 들리지 아니하고, 양생이 사람의 일이 쉽게 변함을 슬퍼하며, 가약이 이미 헛된 것을 한탄하여 버들가지를 휘어잡고 석양(夕陽)을 등지고 우두커니 서서 홀로 진소저의 '양류사(楊柳詞)'를 읊으며, 그 시(詩)의 한 자〔一字〕 한 자마다에 눈물을 흘려 옷자락이 촉촉히 다 젖었더라. 지난 일을 묻고자 하나 인적을 볼 수 없어, 이에 망연히 돌아와 주막 주인에게 묻되,

"저 진어사의 가족은 이제 어느 곳으로 갔느뇨?"

주막 주인이 한숨지어 탄식하며 말하되,

"상공은 듣지 못하였나이까? 지난번에 어사가 서울에서 벼슬을 하고 오직 소저가 비복들을 거느리고 집을 지키더니, 관군이 서울을 회복한 후 조정에서는 진어사가 역적의 거짓 벼슬을 받았다 하여 극형으로 참하고 소저는 서울로 잡혀 가니, 그 후에 혹은 말하되, 끝내 참화를 면치 못했다고 하고, 혹은 적몰(籍沒)[39]하여 액정(掖庭)[40]에 들어갔다고 하더니, 오늘 아침에 관인들이 죄인 등 수많은 가속들을 호송하고 이 주막 앞을 지나가기에 그 일을 묻자, 이에 말하되, '이 무리는 다 영남현(嶺南縣) 노비로 삼은 자'라 하며, 혹은 이르되 진소저도 또한 그 속에 들어 있다고 하나이다."

양생이 그 말을 듣자 저절로 눈물을 줄줄 떨구며 이르되,

"남전산 도인(道人)께서 진씨와의 혼사가 어둡기가 밤과 같다 하더니

---

39) 죄인의 재산을 몰수하고, 그 가족을 벌 주는 것. 40) 후궁(後宮)이나 귀빈(貴嬪)이 사는 집.

소저 필연 이미 죽었으리라."

다시 따져 물을 곳도 없어서 이내 갈 행장을 차려 수주(秀州)로 내려가니, 이때 유씨는 서울에서 화란(禍亂)이 일어났다는 보고를 듣고 아마 아들이 병화(兵火)에 죽었으리라 생각하여 밤낮 목놓아 슬피 울다가, 거의 스스로 몸을 보전치 못함에 이르더니, 양생을 보자마자 서로 부둥켜 통곡하니, 흡사 저승에서 다시 만난 사람과 같더라.

## 양생이 다시 과거길로

얼마 지나지 않아 묵은 해는 이미 끝나고 새 봄이 문득 이르는지라. 양생이 또 장차 과거 보러 가려고 할 때 유씨가 생에게 말하되,

"지난 해에 네가 서울에 가서 거의 위태로운 처지에 빠졌던 것을 지금 곰곰이 생각해 보면 온몸이 떨리고 몸서리가 치더라. 네 나이가 아직 어리어 공명(功名)이 급하지 아니하나, 이에 내가 네 가는 것을 말리지 못하는 것은 나 역시 주된 뜻하는 바가 있는 까닭이니라. 이 수주를 돌아보면 본디 땅이 좁고 또한 궁벽하여 가문과 재주, 용모가 실로 너의 배필을 맡을 만한 자가 없는지라. 네 나이 이미 열여섯 살이니, 지금 만일 정혼치 않으면 어찌 그때를 잃지 않는다 하겠느냐? 서울에 있는 자청관(紫淸觀)[41]의 두연사(杜鍊師)는 곧 나의 표형(表兄)[42]으로, 집을 떠난 지 오래 되었지만 그 나이를 헤어 본즉, 혹시 아직껏 생존하였을 듯하니, 이 형은 기개와 도량이 범상치 아니하고 지식과 계교가 넉넉하여, 명문 귀족(名門貴族)[43]들과 출입(出入)하지 않음이 없으매, 나의 이 정어린 글월을 전하면 곧 반드시 너를 아들과 같이 여기고 힘을 다하여

---

41) 선도관(先道館)의 이름. 42) 중표 형제(中表兄弟). 내외 종형(內外從兄). 부(父)의 자매와 모(母)의 형제, 자매의 아들.

주선하여 어진 짝을 구해 줄 것이니, 너는 마땅히 이를 유의하거라."

이에 글월을 써서 건네 주니, 생(生)이 명을 받으며 처음으로 화음현의 진씨 일을 고하고 말을 마치자, 문득 처량한 표정의 안색이 되는지라. 유씨(柳氏)가 혀를 차고 탄식하면서 말하되,

"진씨가 비록 아름다우나 이미 하늘의 인연이 없고, 화(禍)를 입은 집안에서의 여생은 반드시 온 생애가 어려우며, 설사 죽지 않았다 하더라도 서로 닥뜨려 만나기 또한 어려울 것이니, 너는 모름지기 덧없는 생각을 길이 끊어 버리고 다시 다른 혼처를 찾아 이 노모의 바라는 마음을 위로하라."

생이 삼가 경의를 표하고 길을 떠나 낙양에 이르자 갑자기 소나기를 만나, 남문 밖 주점에 피해 드니 주인이 물어 이르되,

"상공께서 술을 자시려 하느뇨?"

생이 말하되,

"좋은 술을 골라 가져오라."

주인이 큰 술통 하나를 손에 들고 이르니, 생이 연거푸 일곱, 여덟 잔에 이르러 주인에게 이르되,

"이 술은 비록 좋으나 역시 상품(上品)은 아니로다."

주인이 말하되,

"조그만 주막의 술로 이보다 더 좋은 것은 없으니, 상공께서 만일 상품 술을 구할진대 천진교(天津橋) 머리의 주루(酒樓)에서 파는 술의 이름은 낙양춘(洛陽春)이요, 한 말 술값은 천 전(千錢)인데, 비록 맛은 좋지만 값이 너무 비싸나이다."

생이 조용히 생각하되,

"낙양은 예부터 내려오면서 제왕의 도읍이요, 번화(繁華), 장려(壯麗)함이 천하의 으뜸이거늘, 내 지난 해에는 다른 길을 택하여 갔으므로 그

43) 훌륭한 가문, 훌륭한 문벌과 귀한 직위에 있어서 특권을 가진 사람들.

뛰어나게 좋은 경치를 보지 못하였으니, 이번 행차에는 마땅히 이들을 빠뜨리지 아니하리라."

# 양천리주루탁계 계섬월홍피천현
# 楊千里酒樓擢桂 桂蟾月鴛被薦賢

## 술좌석의 계섬월(桂蟾月)

생이 이에 서동(書童)에게 술값을 셈하여 주게 하고 거듭 나귀를 몰아 천진(天津)을 향해 가는데, 성중(城中)에 미처 다다르매 산수가 빼어나고 인물의 융성함이 정말 듣던 바와 같더라. 낙수(落水)가 도성(都城)을 가로질러 뚫음은 흰 깁을 펼쳐 놓은 듯하고, 천진교는 맑은 물결을 아득히 걸치고서 곧바로 큰 길로 통하니, 무지개가 물을 마시고 있는 것 같이 은은하고, 창룡(蒼龍)[1]이 허리를 뒤척이듯 꿈틀거리며, 붉은 용마루가 하늘 높이 우뚝 솟고 푸른 기와 햇살에 반짝이며, 빛깔이 맑은 잔물결처럼 비치어 그림자는 향내나는 거리에 비꼈으니, 천하 제일의 명승지라 말할 수 있더라.

생은 그것이 주막 주인이 말한 이른 바 주루임을 알고 이에 재촉하여 가서 그 누 앞에 이르니, 금안 준마(金鞍駿馬)[2]가 사거리를 메이어 막고 있으며, 사내종들이 임목(林木)처럼 죽 늘어 서 있으며, 소란한 소리가 천둥치는 듯 떠들썩하여 누각 위를 우러러 본즉, 거문고와 퉁소의 크게 울리는 소리는 반공에 있고, 아름다운 비단자락이 어지러이 날리어[3] 향내는 십 리까지 퍼졌더라.

생이 하남 부윤이 이곳에서 손님을 접대하리라 생각하고 서동(書童)을 시켜 그 사실을 물어 본즉, 사람들이 다투어 말하길,

---

1) 털이 푸른 말. 청룡(青龍). 산세(山勢)의 형용. 2) 금으로 장식한 안장과 날랜 말. 3) 기녀들이 어지러이 춤을 추는 모습의 비유.

"성 안의 소년들과 여러 공자(公子)가 한 때의 명기들을 모아들여 잔치를 베풀고 경치를 즐기고 있나이다."

생이 그 말을 듣자 벌써 취흥이 돌고 득의하여 호기(豪氣) 등등하자, 이에 누각 아래에서 당나귀를 내려 곧바로 누각 속으로 들어가니, 나이 어린 서생 십여 명이 미인 수십 명과 더불어 화려한 자석 위에 섞여 앉아 고담을 펴고 큰 잔을 기울이니 의관이 선명하고 의기가 헌지(軒輊)[4] 하더라. 여러 서생들이 양생을 보건대 용모가 수려하고, 부채(符彩)[5]가 쇄락(洒落)[6]하므로 일제히 일어나 맞으며 읍(揖)하고 자리를 나누어 죽 벌여 앉아 서로 성명(姓名)을 통한 후에, 윗자리에 있는 노생(盧生)이 있다가 먼저 물어 말하되,

"내 양형(楊兄)의 차림새를 보건대, 이른 바 누런 홰나무꽃을 걸기 위해 바삐 가는 자[7]인 듯하오이다."

생이 말하되,

"진실로 형씨의 말과 같소이다."

또 왕생(王生)이 있다가 이르되,

"양형이 진실로 과거 보러 가는 유생(儒生)이면, 곧 비록 급히 청하지 않은 손님이라도 오늘 연회에 참여함이 또한 무방하오이다."

생이 말하되,

"양형(兩兄)의 말로 보건대, 오늘의 연회는 다만 술잔이나 나누기 위해 머무르는 게 아니요, 시사(詩社)[8]를 맺어서 문장을 비교함이라. 소제(小弟) 같은 이는 초국의 미천한 사람으로 나이가 본디 어리며, 견식도 매우 좁고, 하물며 엷으며 뒤떨어져 외람되이도 향공(鄉貢)[9]을 채워서 제공(諸公)들의 성대한 모임에 말석으로 참여하였음이 또한 어긋난 일

---

4) 헌앙(軒昻). 풍채가 좋고 의젓함. 5) 상서롭고도 휘황한 모습. 6) 기분이 상쾌하고 정신이 깨끗함. 7) '과거를 보러 가는 자'의 뜻. 8) 시(詩)를 짓는 모임. 9) 당대(唐代)의 인재 등용 제도의 하나.

이 아닌지요?"

여러 사람들이 양생의 말이 겸손함을 보고 또 나이 어림을 자못 가볍고 쉽게 여겨 대답하되,

"우리들의 모임은 시사를 맺음이 아니라 양형의 이른 문장을 비교하기 위함과 아마도 비슷하거니와, 형은 뒤에 온 손님이니 곧 시를 지어도 좋고 또한 안 지어도 좋으니, 우리와 더불어 술 마시는 게 꼭 좋을 것이라."

인하여 잔 돌리기를 재촉하니, 그 자리의 여러 기생으로 하여금 여러 풍악(風樂)을 번갈아 연주하매, 양생(楊生)이 잠깐 취기(醉氣)어린 눈을 들어 뭇기생을 찬찬히 보니 이십여 인이 각기 나름대로의 재예를 지니고 있되, 오직 한 사람만이 초연(超然)히 단정하게 앉아서 풍악도 연주하지도 않고 말을 주고받지도 않는데, 맑고 아름다운 얼굴과 요염(妖艶)한 자태는 실로 국색(國色)[10]이라.

그를 바라보매, 남해관음(南海觀音) 같고 아름다움이 회소(繪素)[11] 중에서 홀로 빼어나더라. 생이 정신과 혼백이 산란해져서 자연히 잔 돌리는 것도 잊고, 그 미인 또한 자주 양생을 돌아보며, 가만히 은근한 눈짓으로 정을 보내더라. 생이 또 자세히 보니 곧 여러 폭의 시전(詩箋)이 미인 앞에 수북히 쌓였거늘, 마침내 여러 서생들을 향해 말하여 가로되,

"저 시전은 필연코 여러 형씨들의 아름다운 글이라. 가히 한 번 감상함을 얻으면 안 되리오?"

여러 사람들의 대답이 아직 미치지도 아니하여 미인이 갑자기 몸을 일으켜 그 화전(華箋)[12]을 거두어 양생 자리 앞에 놓거늘, 생이 하나하나 들추어 확인해 보니, 곧 대략 십여 장의 시가 그 중에 비록 우열과

---

10) 전국 제일의 미인. 모란꽃. 11) '회사 후소(繪事後素)'의 준말. '그림'의 뜻. 그림을 그릴 때 백분을 마지막에 칠하여 각각 그 색을 선명하게 나타내게 하는 것. 12) 남의 편지를 존경해 하는 말. 화려한 시전.

생숙(生熟)[13]이 없지 아니하되, 대개 예사롭고 평평하여 경어(驚語)[14]나 좋은 글귀 없더라. 생이 속마음으로 이르되,

'내 일찍이 들으니 낙양에는 재사(才士)가 많다 하더니, 이것으로 볼작시면 허언이로다!'

이에 시전을 앞에 도로 보내고 여러 서생들을 대하여 두손 맞잡고 말하여 이르되,

"토박한 땅의 천한 선비 일찍이 상국(上國)의 문장 보지 못하였더니, 이제 다행히 여러 형의 주옥 같은 글을 완상하니 쾌락한 마음 어이 다 이르리오."

이때 여러 서생들이 다 크게 취하였는지라. 껄껄 웃고 이르되,

"양형이 다만 시구의 묘한 줄만 알 뿐이요, 그 중에 더욱 묘한 일이 있는 줄은 알지 못하는도다."

생이 말하되,

"소제가 과분한 여러 형씨들의 지무한 사랑을 입어 배주 간에 이미 망형(忘形)하는 벗[15]이 되었건만, 어이 묘한 일을 소제에게 이르지 아니하느뇨?"

왕생(王生)이 크게 웃고 말하되,

"형에게 도(道)를 말하여 어찌 해로우리오? 우리 낙양은 본디 인재가 많다고 일컫는 곳, 전부터 과거에 낙양 사람이 장원 아니면 곧 반드시 방안(榜眼)[16], 탐화(探花)[17]를 하는지라. 우리 모든 사람이 다 문자의 허명을 탐하였으나, 스스로 그 고하(高下)와 우열을 능히 정치 못하더니, 저 낭자의 성(姓)은 계(桂)요, 이름은 섬월(蟾月)이라. 다만 자색(姿色)과 가무가 천하에 뛰어날 뿐만 아니라, 고금 시문에 통하지 않은 것이 없으

---

13) 날 것과 익은 것. 서투름과 익숙함. 14) 경인구(驚人句). 두보(杜甫) 시 '어불경인사불휴(語不驚人死不休).' 15) 친밀한 교우(交友). 16) 과거에 2등으로 합격하는 것. 17) 과거에 3등으로 합격하는 것.

며, 또한 시를 보는 눈이 더욱 오묘하여 귀신과 같이 영묘한 바 낙양의 여러 선비가 과거에 들어, 그 지은 글을 한 번 보고 그 입락(立落)[18]을 단정하면 말과 꼭 들어맞아 한 번도 틀린 적이 없으니, 신감(神鑑)이 이와 같나이다. 이러므로 우리가 각각 지은 글을 계랑(桂娘)에게 보내어 그 품제(品題)를 살피면 그 중 눈에 드는 것을 골라 가곡에 실어 관현(管絃)으로 연주하고 그 고하를 정하는데 그 성가(聲價)가 오래 됨이 기정[19] 고사(旗亭故事)와 같으며, 하물며 계랑의 성명이 대개 '달 가운데의 계수에 응하였으니' 신방(新榜)[20] 괴원(魁元)[21]할 길조가 실로 여기에 있는지라. 양형은 그를 들어 보라. 이 아니 묘하냐?"

두생(杜生)이 있다가 또 말하되,

"이 밖에 따로 묘하고 또 묘한 것이 있으니, 여러 편의 시 중에서 계경(桂卿)이 그 중 한 수를 택하여 노래하면 그 시를 지은 이는 오늘 밤 마땅히 계경과 더불어 좋게 꽃다운 인연을 맺고, 우리 모두는 하객이 될 것이니, 이 어찌 묘하고 또 묘한 일이 아니리요? 양형도 역시 남자라, 만일 일단의 호방한 흥취가 있다면 역시 시 한 편을 지어 우리 무리와 더불어 쟁형(爭衡)[22]함이 좋지 않으리오?"

"여러 형들의 시가 경지에 들은 지 이미 오래이니, 알지 모르는 터라. 계경이 누구의 시를 노래하였느뇨?"

왕생이 대답하되,

"계경이 아직도 시가 맑고 깨끗한 소리를 아끼는지라. 앵두 같은 입술을 오래 꼭 다문 채 옥 같은 이를 열지 아니하여 고상한 가곡의 절조가 우리들 귀에 들어오지 아니하니, 계경이 만약 교태를 부리는 까닭이 아니라면 곧 필연 부끄러워 머뭇거리는 마음이 있기 때문이리라."

생이 말하길,

---

18) 합격하고 낙제(落第)하는 것. 19) 술집, 요리집. 20) 새로 발표되는 합격자 명단. 21) 장원(壯元) 합격. 22) 우열, 경중(輕重)을 다툼.

"소제가 일찍이 초에 있으면서 비록 간혹 남의 것을 모방하고 흉내내어 일양수시(一兩首詩)를 지어 보았으나, 곧 관 밖 사람이라. 여러 형들과 더불어 재주를 비교함은 삼가 미안하외다."

왕생이 큰 소리로 이르되,

"양생이 용모 아름답기가 여자와 같더니, 또 어이 이리도 장부의 뜻이 없느뇨? 성인이 이르시되, 어진 일을 당하여는 스승에게도 사양치 아니한다 하였고, 또 이르되, 그 다툼이 곧 군자라 하였으니, 만일 양형이 시재가 없을까 두려울진대, 다만 재주 있다면 어찌 부질없이 고집하여 겸양해 하느뇨?"

양생이 비록 면치레로 사양하는 체하나 언뜻 보아 계랑의 호상(豪爽)[23]한 정은 이미 능히 자신의 마음을 이기지 못하여, 여러 서생들의 자리 옆에 아직껏 빈 시전이 있음을 보고 생이 그 중 한 폭을 뽑아 종횡으로 붓을 날려 삼장시(三章詩)[24]를 써가매, 이는 바람 만난 배가 바다로 달려가고, 목마른 말이 시내로 달아나는 것과 같아, 여러 서생들이 그 시정이 민첩하고 붓힘이 날아 움직임을 보고, 놀라 의아해하며 얼굴빛이 변하지 않을 수 없더라. 양생이 자리 위에 붓을 던지고 여러 서생들을 가리키며 이르되,

"마땅히 여러 형씨들에게 먼저 가르침을 청해야 하나, 오늘은 좌중의 계경이 곧 고관(考官)이라. 글을 바칠 시각이 지날까 두렵노라."

곧, 그 시전을 섬월에게 보내니, 그 시에 읊었으되,

초나라 손이 서로 놀매 길이 진에 들었으니
주루에 와 낙양 봄에 취하도다.
달 가운데 붉은 계수나무 뉘 먼저 찍을꼬?
금대에 문장이 스스로 다 모였도다.

---

23) 호탕하고 시원시원함. 24) 3개의 장(章)으로 된 시.

楚客西游路入秦　酒樓來醉洛陽春
月中丹桂誰先折　今代文章自由人

천진교 위에 버들꽃 날고
구슬발 주룽주룽 저녁 빛에 비치더라.
귀 기울여 듣고자 노래 한 곡조
비단 자리 누구라 다 비단옷에 춤출꼬.

天津橋上柳花飛　珠箔重重映夕暉
側耳要聽歌一曲　錦筵休復舞羅衣

꽃가지는 옥인의 단장에 오히려 부끄러워
가녀린 노래 토하기도 전에 입에서는 이미 향기롭더라.
대들보 먼지 날기 다한 뒤를 기다려
동방에 화촉 켜고 신랑을 하례하리라.

花枝羞拂玉人粧　未吐纖歌口已香
待得樑塵飛盡後　洞房花燭賀新郎

섬월이 샛별 같은 눈동자를 언뜻 굴려 잠시 대충 보더니, 단판(檀板)[25]한 소리에 맑은 노래를 스스로 낸즉, 간들거림은 가는 실과 같고 인인(咽咽)[26]은 울부짖는 것과 같으며, 학이 청전(靑田)에서 눈물을 흘리고, 봉황이 단구(丹丘)에서 우는 듯, 진쟁(秦箏)[27]은 그 소리를 빼앗으며, 조슬(趙瑟)[28]이 그 곡조를 잃으니 만좌의 사람들이 넋을 잃고 낯빛을 고치더라.

처음에 여러 사람이 양생을 업신여기다가 시를 짓도록 허용하매, 그

---

25) 박자(拍子)를 맞추는 목판(木板). 26) 가락을 빨리하여 치는 북 소리. 27) 진나라의 쟁(箏). 현악기, 아쟁의 종류. 28) 악기명. 조나라의 비파(琴).

세 수의 시가 모두 섬월의 노래에 오르매 오직 실의하여 흥은 깨어지고 말없이 서로 둘러보는데, 섬월을 양생에게 사양하고자 하나, 쓸개가 없는 노릇인 듯하고 좌중에서 처음에 한 언약을 저버리고자 하지만, 곧 실언하기도 어려워라. 얼굴을 서로 똑바로 보며 묵묵히 멍청하게 있더라. 양생이 그 기색을 알고 벌떡 일어나 작별을 고하여 이르되,

"소제가 우연히 여러 형들로부터 후한 대접을 받아 외람되이 성대한 잔치에 참여하여, 이미 취하고 또 배부르니 참으로 실로 무척 다감하도다. 앞길이 아직 멀고 행색(行色)[29]이 매우 바쁘니 종일토록 털어놓고 말할 수 없으니, 후일 곡강(曲江)[30]의 잔치에서 마땅히 남은 정을 다하리라."

하고 천천히 내려가니, 여러 서생들이 또한 만류하지 아니하더라.

## 섬월이 베갯머리에서 규수 천거

생이 누각 앞에 이르러 당나귀에 걸터앉으려 향할 때 섬월이 바쁜 걸음으로 달려와 생에게 일러 말하되,

"이 길 남쪽가에 분장한 담이 있고, 담 밖에 앵두화(櫻桃花)가 성히 핀 이곳이 첩의 집이라. 바라건대 상공께서 먼저 가 이 집에 들러 첩이 돌아오기를 기다리시면 첩 또한 이곳으로 뒤따라 가오리다."

생이 머리를 끄덕이며 승낙하고 남으로 향하여 갔더라. 섬월이 누각 위에 있는 여러 서생들에게 묻되,

"여러 상공이 첩을 더럽다 아니하시고 여러 곡의 끝남으로 오늘밤의 인연을 점복(占卜)하였더니 장차 어찌 처신하오리까?"

여러 사람들이 오히려 애모(愛慕)의 정을 버리지 않고 답하여 말하되,

29) 갈 길. 30) 장안 근교의 강, 매년 과거에 급제한 수재들이 놀이하는 곳.

"양가(楊家)는 객(客)이라. 우리 무리 중의 사람이 아니니 어찌 거리끼리오?"

서로 화답에 응하여 정론(定論)을 내리지 못하매 섬월이 쌀쌀하게 대답하여 말하되,

"사람에게 믿음이 없음이 옳은 일이라고 첩은 알고 있지 않나이다. 좌상의 창악(娼樂)이 부족치 아니하니, 여러 상공께서는 다하지 못한 흥을 다하소서. 첩은 몸이 아파 잔치가 다할 때까지 앉아 모실 수가 없나이다."

이에 느린 걸음으로 나오니 여러 사람들이 처음에 한 약속도 있고 또 섬월의 냉담한 모습을 보고, 감히 나서서 무어라 한 마디도 못하더라.

이때 양생은 주점으로 가서 행리(行李)[31]를 옮겨, 황혼 무렵 섬월의 집을 찾아가니 섬월이 이미 먼저 집에 돌아와 중당을 쓸고 화촉을 밝히어 기운 없이 양생을 기다리고 있기에,

양생이 당나귀를 앵두나무 아래에 매어 놓고 중문(重門)에 가서 두드리니, 섬월이 문 두드리는 소리를 듣고 신발을 끌고 천천히 나와 맞으며 이르되,

"누각 아래에서 낭군이 먼저 가고 첩이 뒤에 왔거늘, 이제 첩이 먼저 도착했는데 낭군은 어이 뒤에 오시나이까?"

양생이 말하되,

"주인이 손님을 기다리는 게 옳느뇨, 손님이 주인을 기다리는 게 옳느뇨? 진실로 이른 바 감히 뒤늦게 오려 한 것이 아니라 말〔馬〕이 나아가지 않음이오이다."

마침내 서로 부축하고 함께 들어가 두 사람이 서로 대하매, 그 기쁨을 가히 알 만한지라. 섬월이 옥배(玉盃)에 술을 가뜩 따르고 금루의(金縷衣)[32] 한 곡을 권하니, 아리따운 자태와 간드러진 소리가 능히 사람의

31) 행장(行裝). 32) 가곡(歌曲)의 명칭.

간장를 끊는 듯, 사람의 혼을 혼미케 하여, 생이 솟구치는 정을 자제치 못하고, 서로 이끌어 잠자리에 드니 곧 무산(巫山)[33]의 꿈과 낙포(洛浦)의 만남[34]도 그 즐거움이 이에서 지나지 못할터라.

한밤중에 이르니 섬월이 침상에서 생에게 일러 가로되,

"첩의 한 몸을 오늘부터 이미 낭군께 의탁하였으니, 청컨대 첩의 정을 대강 말하오리니 오직 낭군은 두루 굽어 살피시어 불쌍히 여기소서. 첩은 본디 소주(韶州) 사람으로 부친이 일찍이 이 고을의 역승(驛丞)이 되었는데, 불행히도 타향에서 객사하니, 가사가 구차하게 되고, 고향 산은 멀고, 힘과 기세는 다만 움츠러들어 이장할 길이 없기에 계모가 첩을 창가(娼家)에 팔아 백금(百金)을 받아 가니 첩이 욕됨을 참고 설움을 머금은 채 몸을 굽혀 사람들을 섬기면서 다만 하늘에 기원하고 간원한 바 다행히 군자를 만나 다시 일월의 광영을 볼까 함이라. 첩의 집 누각 앞은 곧 장안(長安)[35]으로 가는 길이라 거마 소리가 주야로 그친 적 없으니 오가는 사람 그 누구가 첩의 문 앞에 채찍을 내리지 아니하리오. 지난 삼사 년간 수많은 사람들을 눈여겨 보았으나, 아직껏 낭군과 조금이라도 닮은 이를 못 보았는데, 이제 어찌 다행히 우리 낭군을 만났으니, 소원은 이미 다 이루었나이다. 낭군께서 만일 첩을 더럽다고 멸시하지 않으신다면, 곧 첩은 밥 짓고 물 긷는 종되기 원하오니, 낭군의 뜻이 어떠한지 감히 묻나이다."

생이 이에 정답고 친절하게 답하며 이르되,

"나의 깊은 정이 어찌 계랑과 더불어 조금이라도 다를까마는, 다만 나는 본디 가난한 수재요, 또 당에는 노친께서 계시니, 계경과 더불어 해로(偕老)코자 하나 모친의 뜻에 어긋나지나 않을까 두려우며, 만일 처첩을 갖추면 곧 계랑이 즐겁지 않을까 또한 두렵고, 계랑이 비록 거리끼

---

33) 초나라 회왕과 양왕이 산대(山臺)에서 낮잠을 자다가 신녀(神女)를 만난 것. 34) 낙수(洛水)의 여신(女神) 복희(宓姬)를 조식(曹植)이 만난 것. 35) 당시의 서울.

지는 않는다 할지라도 천하에 가히 계랑의 정실이 될 만한 숙녀가 필연 없으리니 이것 또한 염려되리오."

섬월이 말하되,

"낭군께선 어인 말씀이십니까? 이제 천하에 재주가 낭군의 오른쪽에 나설 자 아무도 없으며, 신방(新榜)의 장원은 굳이 말할 것도 없거니와 승상의 인수(印受)[36]와 대장의 절월(節鉞)[37]이 오래지 않아 마땅히 낭군의 손 안에 돌아올 것이니, 천하의 미녀 그 누구가 낭군좇고자 아니하리오? 장차 홍불(紅拂)이 이정(李靖)의 필마를 따르고 녹주(綠珠)가 석숭(石崇)[38]의 향내나는 티끌을 밟을 것을 보건대, 섬월이 어떤 사람이라고 감히 낭군의 총애를 독차지하려는 마음을 털끝만치라도 품을 수 있으리오? 오직 원컨대 낭군께서는 부귀한 집의 어진 부인을 얻어 대부인(大夫人)을 삼은 연후에 천첩을 버리지 마옵소서. 첩은 청하건대, 이후부터 몸을 깨끗이 하여 명을 기다리겠나이다."

생이 말하되,

"지난 해에 내 일찍이 화주를 지날 적에 우연히 진가 여자를 보니, 그 용모와 재화(才華)가 족히 계랑과 더불어 비교하여 어금지금할 것이로되 불행히도 이제는 없으니, 계경이 나로 하여금 어디 가 다시 숙녀를 구하라 하느뇨?"

섬월이 이르되,

"낭군이 이르는 사람은 필연 진어사의 딸 채봉(彩鳳)이로다. 어사가 일찍이 이 고을의 원님이 되었을 때 진낭자 곧 첩과 더불어 자못 정의(情誼)가 도타웠는데, 이 낭자가 곧 탁문군(卓文君)의 재모(才貌)를 지니고 있으니 낭군께서 사마(司馬)의 유정함이 마땅하나, 지금 그를 생각하

---

36) 관인(官印)의 꼭지에 달린 끈, 인끈〔印綬〕. 병권을 장악한 벼슬아치가 매달아 차는 길고 넓적한 녹비 끈. 37) 부절(符節)과 부월(斧鉞). 생살권(生殺權)을 상징함. 38) 서진(西晉)의 사람. 대부호. 자는 계륜(季倫). 형주 자사(荊州刺使)에 이름. 낙양의 금곡원(金谷園)에 별장을 지음. 금곡주수(金谷酒數)의 고사가 있음.

옴은 또한 무익한 일이오니, 청컨대 낭군께서는 다시 다른 가문에 구혼토록 하소서."

양생이 일컫되,

"예부터 절색은 본디 대마다 나지 못하였으니, 이제 일시에 진녀와 계경 두 사람이 있으니, 나는 천지에 정명(精明)한 기운이 이미 다하였을까 두려울 따름이라."

섬월이 활짝 웃으며 말하되,

"낭군 말이 진실로 '우물 안 개구리〔井底蛙〕'와 같도다. 첩이 잠시 우리 창기 중 공론을 낭군께 아뢰리이다. 천하의 청루(青樓)[39] 삼절색(三絶色)[40]이란 말이 있으니, 강남의 만옥연(萬玉燕)이요, 하북의 적경홍(狄驚鴻), 낙양의 계섬월(桂蟾月)이라. 섬월은 곧 첩이니, 첩이 홀로 허명(虛名)을 얻었거니와 옥연과 경홍은 참으로 당대의 절염(絶艶)이라, 어찌 천하에 다시 절색이 없으리라 이르나뇨?"

생이 말하되,

"내 뜻에는 저 두 사람이 외람되이 계경과 더불어 이름을 같이 하는가 하노라."

섬월이 이에 대해 언급하되,

"옥연은 땅이 멀어 비록 보지 못하였으나, 남방에서 오는 사람치고 칭찬하지 않는 이 없으니 그것이 결코 허명이 아님을 가히 알 수 있으며, 경홍은 첩과 더불어 정이 형제와 같아 경홍의 일생 본말을 간략히 말하나이다.

경홍은 곧 파주(播州) 양가 여자로 일찍이 어버이를 잃고 그 고모에게 의탁하였더니 십 세 때부터 용모의 미려(美麗)함이 하북에 이름 높으니 근처 사람들이 천금에 사서 첩을 삼으려 중매 할멈들이 문을 메우고 벌 떼와 같이 들렜는데, 모두를 물리쳐 보내고 경홍이 고모에게 말하

39) 기생의 집. 기루(妓樓). 40) 뛰어난 세 사람. 또는 뛰어난 세 가지 것.

니 중매 할멈의 무리들이 고랑(姑娘)[41]에게 묻되,

'고랑은 동으로 뿌리치고 서로 물리쳐서 사람을 허락치 않으니, 반드시 어떤 가랑(佳郞)[42]을 얻어야 고랑의 뜻에 맞으리오? 대승상의 사랑받는 첩이 되고자 하느뇨, 절도사의 부실(副室)이 되고자 하느뇨, 명사를 좇고자 하느뇨, 수재를 따르고자 하느뇨?'

경홍이 잠시 있다가 답하되,

'만일 진(晉) 시절에 동산에서 기생을 이끌던 사안석(謝安石)[43] 같으면 곧 대제상의 첩이 될 것이고, 만일 삼국 시대 사람들에게 곡조를 알게 하던 주공근(周公瑾)[44] 같으면 곧 가히 절도사의 첩이 될 것이요, 만일 현종조에 청평사(淸平詞)를 드리던 한림학사(翰林學士)[45] 같은 이가 있으면 곧 명사를 따를 것이요, 만일 무제(武帝) 때 봉황곡(鳳凰曲)[46]을 타던 사마장경(司馬長卿)[47] 같은 이가 있다면 곧 수재를 좇을 것이니, 오직 뜻대로 행할진대 어찌 미리 요량하리오?' 하니 중매 할멈들이 크게 웃으며 흩어졌나이다.

경홍이 마음 속으로 생각하되, '궁벽(窮僻)한 시골 여자로서 이목이 넓지 않으니, 장차 어찌 천하의 기재를 가리어 규중의 어진 배필을 택하리오? 오직 창녀는 곧 영웅 호걸과 자리를 가까이 하여 수작하지 아니함이 없으며, 공자 왕손을 또한 문을 다 열어 받들어 맞이하니 현우(賢愚)를 가려 내기 쉽고 우열을 나눌 수 있으니, 이를 비유컨대 대를 초안(楚岸)에서 구하고 옥을 남전(藍田)에서 캐는 것과 같은지라. 기재와 미품(美品)을 얻지 못한다고 어찌 근심하리오?' 하고서, 마침내 자원하여 창가(娼家)에 몸을 팔아 반드시 기남(奇男)에게 몸을 의탁하고자 한데, 몇 년이 지나지 않아 명성이 크게 일어난지라. 지난 해 가을 산동 하북

---

40) 뛰어난 세 사람. 또는 뛰어난 세 가지 것. 41) 부모(父母)를 뜻함. 42) 얌전한 신랑. 얌전한 소년. 43) 동진의 명신. 이름은 안(安), 자는 안석(安石). 사태부(謝太傅). 44) 삼국 시대 오(吳)나라의 장수. 주유(周瑜), 자는 공근(公瑾). 45) 이백을 말함. 46) 무제 때 사마상여가 지은 곡. 47) 사마상여(司馬相如).

십이주(山東河北十二州)의 문인 재사가 업도(鄴都)[48]에 모여 잔치를 베풀어 놀이할새, 경홍이 자리 위에서 예상곡(霓裳曲)[49]을 한 곡 부르며 춤을 추니, 펄펄 나는 모습이 놀란 기러기 같고 교교(嬌嬌)하기는 나는 봉황과 같아 미녀 수백 인이 모두 낯빛을 잃었다 하오니, 그 재주와 그 용모를 이로써 가히 짐작할 수 있으오리다. 잔치가 파하매 홀로 동작대(銅雀臺)에 올라 달빛을 띤 채 배회하며 옛 일을 생각하고 슬픔에 잠겨 단장의 심중을 남긴 글구를 읊으며 분향(分香)의 지나간 자취를 조상(弔喪)하고, 이에 조맹덕(曹孟德)이 능히 이교(二喬)[50]를 누각 속에 감추지 못함을 절소(竊笑)[51]하니, 그를 보는 사람마다 그 재주를 사랑하고 그 뜻을 기이하게 여기지 않는 이가 없었으니, 돌아보건대 지금 규합(閨閤)[52]중 어찌 홀로 그런 사람이 없으리이까?

경홍이 첩과 더불어 상국사(上國寺)에서 함께 놀 때 그와 더불어 정회를 의논할새, 경홍이 첩에게 그 까닭을 이르길,

'너와 나 두 사람이 만일 마음 속에 있는 군자를 만나거든 서로 천거하여 한 사람을 같이 섬기면 거의 백년 신세를 그르치지 아니하리라' 하기에 첩 또한 그를 허락하였는데, 첩이 우연히 낭군을 좇은즉, 문득 경홍이 생각나오니, 경홍이 바야흐로 산동(山東) 제후의 궁중에 들었으니, 이것이 이른 바 호사다마(好事多魔)[53]인가 하겠나이다. 제후나 왕에게 총애받는 첩의 부귀가 지극하나 또한 경홍의 바라는 바가 아니오이다."

하더니 거듭 슬피울며 아뢰되,

"분하오이다! 어찌하오면 경홍을 능히 한 번 보고 이 사정을 말해 볼까 하고 안타깝기만 하나이다."

양생이 이르되,

---

48) 위(魏)나라의 수도. 하북성(河北省) 임장현에 있었음. 49) 당나라 현종(玄宗)이 윤색한 무곡(舞曲), 천녀(天女)를 노래한 무곡. 예상우의곡(霓裳羽衣曲). 50) 한나라 교현(橋玄)의 두 딸로 국색(國色)의 두 여자. 51) 남모르게 자기 혼자 조용히 웃음. 52) 여염집 안방 여자. 53) 좋은 일에는 흔히 나쁜 일이 생김.

"청루 중에 비록 재주 있는 여자가 많다 하나 사대부 집안의 규수가 기녀 중에서 제일 뛰어난 자에 못지 않으리라는 걸 어이 알리오?"

섬월이 말하되,

"첩이 목격한 바는 진낭자(秦娘子)와 같은 이가 없으니, 만일 진낭자보다 한 등급 아래라면 첩이 낭군께 감히 천거하지 못하거니와, 이에 첩이 익히 듣자오니 장안 사람들이 서로 다투어 칭찬하되, '정사도(鄭司徒)의 여자 얌전하고 정숙한 고운 자색과 그윽하고도 한가한 덕이 지금의 여자 중 제일이라' 하니 첩이 비록 친히 보지는 못했으나, '큰 이름 아래에 본디 헛인물이 없다' 하온즉, 낭군께서 서울에 도착하거든 유의하시어 찾아보길 바라나이다."

이처럼 문답하는 사이 사창(紗窓)[54]이 이미 흐미하게 밝더라. 두 사람이 함께 일어나 머리 빗고 세수를 마치자 섬월이 말하되,

"이곳이 낭군의 오래 머물 땅이 아니라. 하물며 어제 여러 공자(公子)들이 불만스러운 마음이 없지 않을 것이라 생각되기에 상공께 이롭지 아니할까 두렵컨대 마땅히 일찍 길을 떠나도록 하소서. 앞날에 모실 날이 아직 많으오니, 어찌 구태여 아녀자의 사소한 슬픔을 말하리이까?

생이 사례하여 일컫되,

"낭자의 말이 금석과 같으니, 마땅히 마음 속에 깊이 새기리라."
하고, 드디어 서로 눈물을 뿌리고 떨어져서 가더라.

---

54) 사(紗)붙이로 바른 창.

청여관정부우지음 노사도금방득쾌서

# 倩女冠鄭府遇知音 老司徒金榜得快壻

## 거짓 여관(女冠)의 거문고

양생이 낙양으로부터 장안에 이르러 묵을 곳을 정하고 행장(行裝)을 챙기는데 과거날은 아직도 멀었는지라.

사관 주인한테 자청관(紫淸觀)의 거리를 물으니 춘명문(春明門) 밖에 있다 하거늘, 곧 예단을 갖추어 두연사(杜鍊師)[1]를 찾으니, 연사 나이는 가히 육십여 세에 계행(戒行)이 매우 높아 관중 여관(女冠)[2]의 우두머리가 되었더라.

생이 예로써 나아가 뵙고 그 모친의 서간을 전하니, 연사가 그 안부를 묻고 눈물을 흘리며 말하되,

"내 영당(令堂)[3] 저저(姐姐)[4]와 함께 서로 이별하기 벌써 이십여 년이라. 그 후에 난 사람이 저렇듯이 헌앙(軒昂)[5]하였으니 인간 세상은 흰 망아지가 바삐 달리는 것과 같이 실로 흐르는 물처럼 세월이 지나도다. 내 나이 늙어 번잡하고 시끄러운 서울 속에 있기가 싫어 바야흐로 멀리 공동산(崆峒山) 속으로 가서 신선의 도를 찾아 혼을 가다듬고 참〔眞〕을 지켜 세상 물정의 바깥에 마음을 머금으려 하였더니, 저저의 글 속에 부탁하는 말이 있어, 내 자네를 위해 마땅히 부득이 잠시 머물려니와 양랑의 풍채가 맑고 아름답기가 신선 같으니 당세의 아름다운 규수 가운데서

---

1) 도사(道士)의 칭호. 2) 여도사(女道士). 3) 남의 어머니를 높이어 부르는 말. 4) 여자(女子)의 존칭(敬稱). 5) ① 헌지(軒輊). 풍채가 의젓하고도 씩씩함. ② 수레 앞이 높았다 낮았다 함. 상하(上下).

상적(相敵)할 만한 좋은 배필 얻기가 어려울까 하노라. 이에 따라 모름지기 헤아려 생각할 것이니, 만일 겨를이 있거든 다시 한 번 올지어다."

양생이 말하되,

"소질의 어머님은 늙으시고 집은 곤궁한데 나이 이십에 가깝도록 몸이 궁벽한 시골에 있어 능히 배필을 가리지 못하오니 이제 희구(喜懼)[6]가 간절한 날을 당하여 도리어 의식의 근심을 끼치고 정말로 효(孝)를 펴지 못하여 부끄러운 마음이 매우 깊더니, 이제 숙모(叔母)를 뵈오매 돌봐 생각하심이 이에까지 이르매 감격스런 마음이 더욱더 깊나이다."

곧 하직 인사를 올리고 물러가니, 이때는 과거 일자가 점점 다가오나, 혼처를 구하겠노라는 대답을 들은 이후로는 공명을 구하는 마음이 차차 멀어져 수일 후 다시 관증에 연사가 웃으며 말하되,

"한 곳에 처녀가 있는데, 그 재주와 용모로 말하면 실로 양랑의 배필이 됨직하나, 다만 그 가문이 너무 높아 육대의 공후요, 삼대의 상국이라. 양랑이 만일 이번 과거에서 장원을 하면 이 혼사는 거의 가망이 있으나, 그 전에 입을 놀리면 이롭지 않으리라. 양랑은 번거로이 늙은이 몸을 찾을 필요가 없으니, 과업을 힘써 닦아 대첩(大捷)[7]을 기약토록 할지어다."

양생이 묻되,

"대체 뉘 집이니까?"

연사가 이르되,

"춘명문 밖 정사도 집으로 붉은 문이 길에 임하고 문 위에 계극(棨戟)[8]을 배설해 놓은 곳이 바로 그 집이니라. 사도에게 한 딸이 있는데, 그 처자(妻子)는 신선이요, 세상 사람이 아니로다."

---

6) 즐겁고 두렵도다. 《논어》의 '子曰父母之年 不可不知也 一則以喜 一則以懼' 7) '크게 이긴다'는 뜻이나, 여기서는 '장원 급제'를 일컬음. 8) 의식용으로 장식된 창. 창을 들고 문을 지키는 문지기.

생이 문득 섬월이 한 말을 생각하여 가만히 생각에 잠겨 이르되,

"이 여자가 과연 어떠하길래 두 서울 사이에서 이렇듯이 성풍(聲風)을 크게 얻었느뇨?"

하고서 연사에게 묻되,

"정씨 여자를 사부(師傅)께서는 일찍이 보셨나이까?"

연사가 대답하되,

"내 어찌 보지 못하였으리오? 정소저는 곧 하늘 사람이니, 그 아름다움을 입으로 형언하리오."

생이 말하되,

"소질이 감히 너무 지나치게 자랑하는 말이 아니라 올봄 과거에 장원하기란 자기 수중에 들어 있는 물건 찾기와 같으오니, 이것은 굳이 괘념(掛念)할 것이 아니거니와 평생 어리석고 못난 소원이 있사온즉, 처자를 보지 못하고서는 구혼할 생각이 없사오니, 바라옵건대 사부님께서 특별히 자비로우신 마음을 베풀어 소자로 하여금 그 얼굴을 한 번 보게 하심이 어떠하나이까?"

연사가 크게 웃으며 말하되,

"재상가(宰相家) 여자를 어찌 능히 볼 수 있는 길이 있으리오? 양랑이 혹 늙은이의 말을 의심하여 믿지 못하느뇨?"

생이 대답하되,

"소자가 어찌 감히 존언(尊言)에 의심하리이까마는 사람의 소견이 다 각각 다르니, 어찌 사부님의 눈이 소자의 눈과 꼭 같으오리까?"

연사가 이르되,

"결코 그럴 리가 없도다. 봉황(鳳凰)과 기린은 부인과 처자도 다 상서롭다 일컫고, 청천백일은 노예들 또한 청명함을 분별하니 만일 눈 없는 사람이 아니면 곧 어찌 그 자도(子都)[10]의 고운 줄을 모르리오?

---

10) 미남자(美男子)의 이름.

양생이 오히려 불쾌하여 돌아갔더니, 꼭 연사의 수락을 받고자 이튿날 맑은 첫새벽에 또 도관(道觀)에 이르니, 연사가 웃고 이르되,

"양랑이 일찍이 오니 반드시 일이 있도다!"

생이 말하기를,

"소자가 정소저를 보지 못하고는 곧 마침내 마음에 의심이 가시지 않겠나이다. 다시 바라옵건대 사부는 모친께서 부탁하신 뜻을 생각하시고 소자의 위곡(委曲)[11]한 정을 살펴 깊이 헤아리어 따로 묘계를 베풀어 소자가 한 번 만나 바라보게 해 주신다면 마땅히 띠를 엮어서라도 은혜를 갚길 꾀하나이다."

연사가 머리를 흔들고 이르되,

"쉽지 아니하도다."

잠시 생각에 잠기다가 이내 말하되,

"내 양랑을 보아 총명과 예지가 분명히 밝게 비치나니 학문하는 여가에 혹시 음률을 익힌 바 있느뇨?"

생이 말하되,

"소자 일찍이 기이한 사람을 만나 신묘한 곡조를 배워 익혔는는 바 육률 오음(六律五音)에 자못 다 정통하나이다."

연사가 이르되,

"재상의 집이라 크고 잘 지어 엄숙하여 중문(中門)이 다섯 겹이요, 화원(花園)이 매우 깊으며 낮은 담이 여러 겹으로 둘러 있는 바, 몸에 날개가 돋지 아니하면 감히 넘을 수가 없을 것이로다. 또한 정소저가 시를 읽고 예를 배워 몸가짐에 법도가 있어 한 번 움직이고 한 번 그치는 바〔一動一靜〕가 절도에 합당하고 예의에 합당한지라. 일찍이 도관(道觀)에 분향도 아니하고 이원(尼院)[12]에 제를 드리지도 아니하였으며, 정월 상원(上元)의 관등(觀燈)놀이와 삼짇날〔三月三日〕[13]의 곡강(曲江) 놀이에

---

11) 자상하고 세밀함. 또 그 곡절, 사정. 12) 여승이 있는 절. 13) 15일. 보름날. 삼월 삼짇날.

도 오지 아니하니 외인이 어디로부터 볼 수 있었겠느뇨? 오직 한 가지 일이 있으니 혹시 만행을 바라서 양랑이 즐겨 따르지 아니할까 걱정되나이다."

생이 말하되,

"정소저를 볼 것이면 비록 승천입지(升天立地)하고 악화도수(握火蹈水)[14]하는 한이 있더라도 어이 좇지 아니하리이까?"

연사가 이르되,

"정사도가 근래에는 늙고 병이 들어 벼슬살이를 즐겨 아니하고 오로지 원림(園林)과 종고(鐘鼓)[15]에 흥을 붙였고, 부인 최씨도 성품이 음악을 좋아하며, 소저도 총혜(聰慧)[16] 영오(穎悟)[17]하여 천지간의 온갖 일을 분명히 모를 일이 없어서 음률의 청탁과 절주(節奏)의 느리고 급함에 이르기까지 한 번 들으면 곧 미세한 부분까지도 자세히 나누어서 풀이하니, 비록 사양(師襄)[18]의 기묘함이나 자기(子期)[19]의 신통함도 이보다 반드시 더 낫지 못하리니라.

채문희(蔡文姬)[20]의 끊어진 가락조차도 능히 알고 있나니, 하물며 나머지 일뿐이랴? 최부인은 새로 엮은 곡이 있는 걸 들으면 곧 그 사람을 불러들이고는 자리 앞에서 연주케 하고, 소저로 하여금 고하를 논하여 잘된 점과 못된 점을 평하게 하고는 책상에 기대어 그를 들으며, 이로써 늘그막의 즐거움을 삼느니라.

내 생각에는 양랑이 만일 제대로 거문고를 탈 줄 알거든 미리 한 곡을 익혀 기다리면 이월 그믐날은 영부도군(靈符道君)[21]의 탄일인이기에

---

14) 하늘로 오르고 땅으로 들어감. 자취를 감춤. 불 속으로 뛰어들고 물 위를 걸음. 15) '음악(音樂)'의 뜻. 16) 총명하고 슬기로움. 17) 남보다 뛰어나게 총명함. 18) 춘추 시대 노(魯)나라의 악사(樂師:음악의 관). 이름은 양(襄). 거문고의 대가. 공자도 그에게 거문고를 배웠다 함. 19) 중국 춘추 시대의 초나라 사람. 당시 백아(伯牙)는 거문고를 잘 탔는데, 그 거문고 소리를 듣고 백아의 심정을 잘 헤아렸다는 일로 유명함. 20) 동한(東漢) 채옹(蔡邕)의 딸로, 본명은 염(琰), 자는 문희(文姬). 여류 문학가로 음률에 능통하였음. 21) 오제(五帝)의 한 사람.

정부(鄭府)에서 매년 꼭 시중드는 계집종을 보내어 관중에서 향촉을 가져오니, 양랑이 바로 이때에 여복으로 바꾸어 입고 손으로는 삼척 악기를 타서 저로 하여금 그를 듣게 하면 저가 반드시 돌아가서 부인께 아뢸 것이라.

부인이 그 말을 들으면 반드시 청하여 데려갈 것이니, 정부에 들어간 후 소저를 능히 보고 못 보고는 모두가 하늘의 인연에 매어 있으니, 늙은 이 몸이 알 바 아니며, 이 밖에 다른 계교는 없도다. 또한 그대의 용모가 미인과 같고 수염도 자라지 아니하였고, 출가한 사람이 머리를 싸매지 아니하고 귀를 가리지 아니한 이도 간혹 있는데, 변복하기 또한 어렵지 아니하리라.

양생이 기뻐서 사례하여 말하되,

"삼가 높은 가르침대로 받들겠나이다."

도관에서 객관으로 돌아가 머무르며 손꼽아 그날만을 기다리더라.

본디 정사도(鄭司徒)는 다른 자녀 없고 오직 외동딸 소저뿐이더니, 최부인이 해만(解娩)[22] 날 혼곤(昏困)[23]할 때 보니, 곧 선녀(仙女)가 명주(明珠) 한 개를 쥐고 방 안으로 들어오자 별안간 소저를 낳으니, 이름을 경패(瓊貝)라 하니라. 점점 자라매 아름다운 자태가 우아하고도 품위가 있으며, 기이한 재주 또한 뛰어남이 아마도 천고에 제일이라. 이로써 그 부모의 종애(鍾愛)[24]가 매우 돈독하여 마땅한 배필을 구하고자 하나 가히 뜻에 합당한 자가 없어 나이 십육〔二八〕세에 이르도록 여태껏 비녀를 꽂지 못하였더라. 하루는 최부인이 소저의 유모인 전구(錢嫗)를 불러 이르되,

"오늘이 도군 탄일(道君誕日)이니 네 향촉을 가지고 자청관에 가서 두련사에게 전하여 주고, 거듭 의단(衣緞)과 다과(茶果)를 또한 받고 나

---

22) 아기를 출산(出産)함. 23) 정신이 흐릿하고 기운이 없음. 24) 사랑을 한쪽으로 모음. 매우 사랑함.

의 그립고 애틋하여 잊지 못하는 뜻을 이루라."

전구가 명을 받아 작은 가마를 타고 도관에 이르니, 연사가 그 향촉을 받아 삼청전(三淸殿)에 공향하고, 또 세 종류의 풍성한 선물 받음을 백배 사례하며 전구를 공손히 대접하여 보내더라. 이때 양생은 이미 별당에 이르러 거문고를 옆에 끼고서 곡조를 타고 있는지라. 전구가 연사에게 작별을 고하고 정히 교자를 타려다가 문득 들으니, 거문고 소리가 삼청전 서쪽 조그만 복도 위에서 새어 나오는데, 그 소리가 매우 묘하고 무척 청신하여 운소(運霄)[25]의 밖에 있는 듯만 싶었더라. 전구가 교자를 멈추고 서서 자못 오랫동안 귀를 기울여 듣다가 되돌아보며 연사에게 묻되,

"내가 부인의 옆에 있어 유명한 거문고 소리를 많이 들었으되, 이 거문고 소리는 과연 처음 듣는지라. 어떤 사람이 하는 것인지 알지 못하겠나이다."

연사가 대답하되,

"어제 젊은 여관이 초 땅으로부터 와서 서울의 장관을 구경하고자 하여 아직 이곳에 머물러 때때로 거문고를 타며 즐기는데, 그 소리가 사랑할 만하나 빈도(貧道)[26]는 음률에 눈 멀어 그 잘된 부분과 못된 부분을 알지 못하더니, 이제 아리땁다고 이렇듯이 칭찬하니 필연 훌륭한 솜씨로다."

전구가 말하되,

"우리 부인이 만일 들으시면 곧 반드시 부르라는 명이 있을 터이니, 연사는 모름지기 그 사람을 만류하여 다른 곳으로 떠나지 못하게 하소서."

연사가 말하되,

"당연히 가르치는 대로 하리다."

전구를 보내고 동문을 나선 뒤에 들어와 이 말을 양생에게 전하니,

---

25) '높은 하늘' 또는 높은 지위(地位), 청운(淸雲). 26) 중이 자신을 낮추어 겸손하게 이르는 말.

생이 크게 기뻐하며 부인이 부르기만을 고대하더라.

## 정사도(鄭司徒) 댁의 지음(知音)

전구가 돌아가서 부인께 고하여 말하되,

"자청관에 어떤 여관이 있어 능히 절묘한 소리를 타는데 실로 이상하더이다."

부인이 이르되,

"내 한 번 듣고자 하노라."

이튿날 작은 가마 한 채에 시비 한 사람을 관중에 보내어 연사에게 말을 전하되,

"젊은 여관이 비록 오기를 꺼리더라도 도인께서 반드시 권하여 보내도록 하소서."

연사가 시비를 앞에 두고 생에게 말하되,

"귀인의 명이 계신즉, 그대는 반드시 사양치 말고 갈지어다."

생이 말하되,

"하방천종(遐方賤蹤)[27]이 비록 귀하신 분 앞에 나아가 뵈옵기가 합당치 못하나 대사의 가르치심을 어찌 감히 어길 수가 있겠나이까?"

이에 여도사가 건복(巾服)[28]을 갖추어 거문고를 안고 나서니 은연중 위선군(魏仙君)[29]의 도골(道骨)이 있고 표연히 사자연(謝自然)[30]의 선풍(仙風)을 풍겨 정부[31]의 필환(疋鬟)[32]이 흠모하여 찬탄하여 마지않더라. 양생이 작은 가마를 타고 정부에 이르자 시비가 안뜰로 이끌고 들어가는데, 부인이 중당(中堂)에 앉았으니, 위의가 단정 엄숙하더라. 양생이

27) 먼 지방의 미천한 사람. 28) 두건과 의복. 옷차림. 29) 위부인(魏夫人). 30) 당대(唐代)의 여관(女冠). 선녀의 이름. 31) 정씨 집. 32) 비녀에 쪽질 머리를 한 이. 곧 '시비(侍婢)'를 가리킴.

당하(堂下)에서 머리를 조아려 재배하니 부인이 자리를 주도록 명하며 일러 가로되,

"어제 도관에 간 시비로부터 선악(仙樂)[33]이 왔다는 말을 다행히 듣고 늙은 이 몸이 문득 한 번 뵙고 싶었는데, 막상 도인의 맑은 거동을 접하니 모름지기 속세의 근심이 저절로 사라짐을 깨닫겠도다."

양생이 자리를 사양하며 대답하되,

"빈도는 본디 초(楚) 땅의 외롭고도 천한 사람으로, 낭적(浪迹)[34]이 아침에는 동에 있고 저녁에는 서에 있는 구름과 같더니, 이렇듯 천한 재주로 외람되이도 부인의 자리 아래편에 가까이 있으니, 이것이 어찌 처음에는 이루어지리라 바라던 일이겠느뇨?"

부인이 시비에게 명하여 양생의 수중에 있는 거문고를 가져오게 하여 무릎에 놓고 손으로 어루만지다가 이에 칭찬하여 이르되,

"진실로 묘한 재목이로다."

생이 대답하여 가로되,

"이것은 용문산 위에 백 년된 자고동(自枯桐)으로 벼락에 나무의 성질이 다하여, 굳세고 견강하기가 금석 못지 않으니, 비록 천금으로 그것을 사기가 쉽지 않으오리이다."

이렇듯 얘기를 주고받는 사이에 섬돌의 그늘이 이미 옮겼으되 자리에 없는 소저의 형체와 그림자가 막연한지라. 생의 마음이 몹시 급해지고 의심스런 생각이 저절로 일어나 부인에게 고하여 이르되,

"빈도가 비록 옛 곡조를 취득했으나, 요새 사람들이 타지 못하는 것이 많은데 빈도 또한 스스로 그 소리의 틀린 점을 알 수 없음은 지금이나 예나 한가지오이다. 이에 잠시 자청관의 여러 여관들에게서 듣자오니, 따님께서 음률을 아는 것이 금세의 사광(師曠)[35]이라 하오니, 원컨

---

33) 신선의 풍악. 아름답고 듣기 좋은 음악을 칭찬하는 말. 34) 정처없이 떠돌아다닌 자취.
35) 춘추(春秋) 시대, 진(晉)나라의 국악사(國樂師)(음악의 관). 이름은 광(曠). 음조를 잘 알아들었다고 함.

대 천한 재주를 시험하여 따님의 가르침을 듣고자 하나이다."

부인이 시비로 하여금 소저를 부르게 하니, 이윽고 수놓은 장막이 문득 열리며 향내가 가득하여 생을 어지럽게 하더니, 소저가 부인의 자리 옆에 앉은즉 양생이 몸을 일으켜 절한 다음 잠깐 눈을 들어 그 모습을 바라보매, 태양이 처음 붉은 놀에 솟아올라, 아름다운 연꽃이 정말 푸른 물에 비친 것 같아서, 정신이 요란하고 눈이 현란하여 똑바로 바라볼 수 없더라. 양생이 그 좌석이 점점 멀어져서 안력(眼力)에 장애됨을 꺼리어 이에 고하여 이르되,

"빈도가 소저의 현명한 가르침을 받고자 하오나, 대청이 광활(廣闊)하여 소리가 흩어져 혹시 자세히 듣기에 전념치 못할까 두렵소이다."

부인이 시중드는 아이에게 이르되,

"여관의 자리를 앞으로 옮기도록 하라."

시비가 자리를 옮겨 앉기를 청해 비록 부인의 자리와는 무척 가까우나, 결국에는 소저 자리의 모퉁이가 되어 오히려 곧바로 대하여 서로 바라볼 때만도 못하였더라. 생이 크게 한(恨)이 되어 감히 다시 청치 못하더라. 시비가 앞에서 향안(香案)[36]을 배설하고 금로(金爐)[37]에 향을 피우거늘 생이 이에 고쳐 앉아 천천히 거문고로 먼저 예상우의곡(霓裳羽衣曲)을 타니 소저가 말하되,

"아름답도다, 이 곡조여! 완연히 천보(天寶)[38] 1년 태평(太平) 기상이라. 이 곡조를 사람들이 꼭 알기는 하나 노래의 다다름이 이렇듯 신묘하기는 도인의 수단과 같은 게 없으리이다. 이 이른 바 '어양비고동지래(漁陽鼙鼓動地來)하니 경파예상우의곡(驚罷霓裳羽衣曲)[39]' 이 아니오? 무릇 어지럽고도 음란한 노래라 족히 들을 바 못 되니 원컨대 노래를 들려 주오."

---

36) 제사 때 향로나 향합을 올려놓는 상. 향상(香床). 37) 금칠을 한 향로. 38) 당(唐) 현종(玄宗)의 연호(年號). 39) 백거이(白居易)의 장한가(長恨歌) 중의 2구(二句).

양생이 다시 한 곡을 연주하니 소저가 말하되,

"이 노래는 즐겁되 음란하고 슬프되 촉급하니, 곧 진후주(陳後主)[40]의 '옥수후정화(玉樹後庭花)[41]라', 이것은 이른 바 '지하약봉진후주(地下若逢陳後主)'면 '기의중문후정화(豈宜重問後庭花)'[42]라는 것이 아니오? 망국(亡國)의 색채가 짙은 음이라 족히 숭상할 바 못 되니 다시 다른 곡을 아뢰도록 하나이다."

양생이 또 한 곡조의 연주를 마치자, 소저가 말하되,

"이 곡은 슬픈 듯, 기쁜 듯, 사련(思戀)하는 듯하니, 옛적에 채문희가 난을 만나 잡힌 몸이 되어 오랑캐에게 홀리어 두 아들을 낳아 조조(曹操)가 몸값을 치르고 데려오니 문희가 바야흐로 고국으로 돌아올 때 두 아이와 작별하며 호가십팔박(胡笳十八拍)을 지어 슬프고도 가련한 뜻을 부쳤으니, 이 이른 바 '호인낙루첨변초(胡人落淚沾邊草)요, 한사단장대귀객(漢使斷腸對歸客)이라'는 것이라. 그 소리 비록 들을 만하나 절개를 잃은 사람이니, 어찌 족히 칭송하리오? 새 곡조를 청하나이다."

양생이 또 노래 한 곡조를 타니, 소저가 말하되,

"왕소군(王昭君)[43]의 출새곡(出塞曲)[44]이라. 소군이 옛 임금을 생각하고 고향을 바라보며, 그 몸 잃은 바를 슬퍼하고, 화사(畵師)가 공평치 못함을 원망하여 끝없이 불평한 마음을 이 한 곡 중에 부쳤으니, 이른 바 '수련일곡전악부(誰憐一曲傳樂府)하여 능사천추상기라(能使千秋傷綺羅)[45]고' 하는 것이라. 곧 오랑캐 계집의 노래요, 변방 소리이니 근본이 바른 소리가 아닌가 하나이다. 혹시 다른 곡조가 있겠느뇨?"

양생이 또 한 곡조를 타니, 소저가 낯빛을 고치며 말하여 이르되,

"내 이 소리를 오랫동안 듣지 못하였더니, 도인(道人)은 진실로 범인

---

40) 중국 남북조 시대의 진의 왕, 즉위한 뒤로부터 시주(詩酒), 여색(女色)에 빠져 망국(亡國)의 주(主)가 되었음. 41) 가곡(歌曲)의 이름. 악부(樂府)의 오성가곡(吳聲歌曲). 42) 이상은(李商隱)의 수궁시(隨宮詩) 중의 2구. 43) 전한(前漢) 원제(元帝)의 궁녀. 이름은 장(嬙). 자는 소군(昭君). 44) 전한의 횡취곡명(橫吹曲名). 45) 유장경(劉長卿)의 왕소군가(王昭君歌) 중의 한 구.

(凡人)이 아니로다. 이는 곧 영웅이 때를 만나지 못해 마음을 속세 밖에 붙여 방탕한 가운데 충의의 기운을 듬뿍 머금었으니, 바로 혜숙야(嵇叔夜)[46]의 광릉산(廣陵散)[47]이 아니오이까? 급기야 동시(東市)에서 죽임을 당했을 때 햇빛을 돌아보며 한 곡조를 타고 이르되 '원통하도다! 광릉산을 배우고자 하는 사람이 있었으나, 내 아껴 전하지 않았더니 슬프도다! 광릉산이 이로부터 끊어지도다' 하니 이른 바 '독조하동남(獨鳥下東南)하니 광릉하처재(廣陵何處在)라' 하는 것이라. 후인치고 전한 자 없더니 도인께서 마침내 혜강(嵇康)의 영혼을 만나 이 곡을 배우셨나이다."

생이 꿇어앉아서 대답하되,

"소저의 영혜(英慧)하심은 뛰어난 이 가운데서도 유독 뛰어나시도다. 빈도가 일찍이 스승에게 그 말을 들었으니, 그 말 또한 소저의 말과 같나이다."

또, 한 곡을 연주하니 소저가 이르되,

"우우(優優)[48]하고도 범범(渢渢)[49]하도다! 청산은 아아(峨峨)[50]하고 녹수는 양양(洋洋)[51]하여 신선의 자취가 티끌 가운데서 유독 뛰어났으니 이는 백아(伯牙)[52]의 수선조(水仙操)[53]가 아니오이까? 이른 바 '종자기(鍾子期)를 이미 만났으니 유수를 아룀에 무엇이 부끄러울꼬?' 하는 것이라. 도인이 이에 오랜 세월 뒤에 지음(知音)을 백아(伯牙)의 영혼이 만일 안다면 반드시 종자기의 죽음을 그다지 슬퍼하지 아니하리이다."

양생이 또 한 곡조를 타니, 소저 문득, 바로 옷깃을 여미고 무릎을 꿇어앉아 말하되,

"지극하고도 극진하도다. 성인이 우연히 난세를 당하여 사해 황황(遑遑)[54]하여 모든 백성을 건져 구제할 뜻이 있으니 공선부(孔宣父)[55]가

---

46) 이름은 강(康). 자는 숙야(叔夜). 죽림칠현(竹林七賢) 중의 한 사람. 위(魏)의 문학가. 47) 금곡(琴曲)의 이름. 48) 너그럽고 부드러움. 너그러운 모양. 49) 적당한 소리. 알맞은 소리. 곧 적당한 모양. 50) 산이 높이 솟은 모양. 51) 물의 넓은 모양. 52) 춘추 시대의 음악가. 종자기의 친우. 53) 금곡(琴曲)의 이름. 54) 급박한 형세. 55) 공자(孔子).

아니면 이 곡조를 누가 능히 지으리오? 필연 의란조(猗蘭操)[56]로소이다. 이른 바 '구주에 조용히 떠돌아다니매, 정처 없도다' 하는 것이 그 뜻이 아니오이까?"

양생이 무릎을 꿇어앉아 향을 더 피우고 한 소리를 다시 타니, 소저가 이르되,

"높고도 아름답도다! 의란조는 비록 혼란스런 때에 세상을 구하려는 마음을 지닌 대성인에게서 나왔으나, 오히려 때를 만나지 못한 서글픔이 있도다. 이 곡조는 천지 만물과 더불어 화합하여 한가지로 봄이 되었는지라. 외외 탕탕(嵬嵬蕩蕩)[57]하여 이름을 지을 수가 없으니, 이는 필연 대순(大舜)의 남훈곡(南薰曲)[58]이라. 이른 바 '남풍지훈혜(南風之薰兮)'여 '해오민지온(解吾民之慍)[59]은 그 시가 아니오니까? 지극히 선하고 지극히 아름다움이 이에 더 나을 것이 없으니, 비록 다른 곡조가 있을지라도 듣기를 바라지 않나이다."

생이 공경히 대답하되,

"빈도가 들으니 '풍류의 악률 곡조가 아홉 번 변하면 천신이 내린다' 하오니 빈도가 탄 것은 다만 여덟 곡으로 아직 한 곡조 남았으니, 마저 타기를 청하나이다."

거문고 기둥을 바로잡고 줄을 고르며 손을 번쩍이면서 타니, 그 소리가 유유히 울리고 개열(闓悅)[60]하여 능히 사람으로 하여금 혼을 잃고 마음을 방탕케 하며, 뜰 앞의 온갖 꽃이 일시에 가지런히 터지고 어린 제비가 쌍쌍이 날며 꾀꼬리가 서로 우짖는 듯 소저가 아미(蛾眉)[61]를 잠시 내리깔고 안파(眼波)[62]를 거두지 아니한 채 잠잠히 앉았더라. '봉혜봉혜귀고향(鳳兮鳳兮歸故鄕)' 하여 '오유사해구기황(遨遊四海求其

---

56) 금곡(琴曲)의 이름. 57) 높고도 넓음. 넓고도 아득한 모양. 58) 일명 남풍시(南風詩). 59) '십팔사략(十八史略)' 에 나오는 시로, 남풍(南風)을 노래하여 천하 태평을 노래한 시. 60) '열락(悅樂)' 의 뜻. 61) 미인의 아름다운 눈썹. 62) 여자가 아양부리는 눈짓. 곧 '추파(秋波)' 의 뜻.

凰)[63]' 이란 구절에 이르러서는 눈을 뜨고 다시 보며 그 의대(衣帶)를 내려다보는데, 붉은 빛이 두 뺨에 아롱지고 누른 기운이 팔자 눈썹에 문득 사라지며 정말 봄술에 취한 듯하더니, 곧 얼굴을 가리고 일어서서 몸을 움직여 안으로 들어가 버리니, 생이 깜짝 놀라 말을 못하고 거문고를 밀치고 서서 오직 소저의 등쪽만을 찬찬히 바라보는데, 혼이 날아가 버리고 정신이 아찔하여 진흙 소상(塑像)처럼 우두커니 서 있더니, 부인이 명하여 앉으라 하고 물어 가로되,

"사부의 별안간 탄 소리는 무슨 곡조인고?"

생이 거짓으로 대답하되,

"빈도가 비록 스승에게 전하여 얻었으나, 그 곡명은 알지 못하는고로, 정히 소저의 명을 기다리나이다."

소저가 오래도록 나오지 아니하거늘 부인이 시비로 하여금 그 연고를 물으니, 시비가 돌아와 고하되,

"소저께서 반나절을 바람 쐬였기로 기후가 편치 못하여 나오지 못하겠다 하옵니다."

양생이 소저가 깨닫고 알지나 않았는가 크게 의심스러워서 조심스럽고 불안하여 감히 더 머무르지 못하고 일어나 부인에게 절하며 하직하되,

"엎드려 듣자옵건대, 소저 귀체 불편하시다 하니 빈도는 실로 우려되옵니다. 엎드려 생각컨대 부인께서 몸소 진맥을 보실 듯하옵기에 빈도는 물러가길 청하나이다."

부인이 금과 비단을 상으로 내주거늘, 생이 사양하며 받지 않고 말하되,

"집을 나선 사람으로 성률을 약간 안다 하나, 스스로 즐기는 데에 지나지 않는데, 어찌 감히 전두(纏頭)[64]를 받을 수 있겠나이까?"

인하여 머리를 조아려 사례하고 섬돌에 내려가더라.

---

63) 봉구황곡(鳳求凰曲). 64) 악공(樂工)에 대한 사례비. 곧 놀이채.

## 양소유의 장원 급제(壯元及第)

부인이 소저의 병이 걱정되어 곧 불러서 물으니, 이미 쾌유되어 있었더라. 소저가 침실로 돌아와 시비에게 묻되,

"춘랑(春娘)의 병은 오늘 어떠하였느뇨?"

시비가 아뢰되,

"오늘은 소저께서 곧 나으셔서 거문고 소리를 들으려 하심을 듣고 친히 일어나 소세(梳洗)[65]하나이다."

원래 춘랑의 성은 가씨(賈氏)요, 그 아버지가 서촉(西蜀) 사람이라 서울에 올라와 승상부 서리가 되어 정사도 집에 공로가 많더니 오래지 않아 병들어 죽으매, 이때 춘랑의 나이 겨우 십 세에 사도 부처가 그의 의지할 바 없음을 불쌍히 여겨 부중에 두어 소저와 더불어 함께 놀게 하니, 그 나이 소저와 꼭 한 달이 다르니라. 용모가 수려[66]하고 온갖 태도를 구비하니 단장하며, 존귀한 기상이 비록 소저를 따르지 못하나 또한 절세의 가인이요, 시재의 기묘함과 필법의 신묘함, 그리고 여홍(女紅)[67]의 공교(工巧)함이 소저와 더불어 족히 위아래를 나눌 만하니, 소저가 동기와 같이 생각하여 잠시도 떠나지 못하매, 비록 종과 주인의 구분이 있다 하나 실로 붕우의 우의가 한가지라.

본명은 초운(楚雲)인데, 소저가 그 태도를 사랑하여 한퇴지(韓退之)[68] '다태도춘공운(多態度春空雲)'이라는 구절을 취해 그 이름을 고쳐 춘운(春雲)이라 하니 집안 사람들이 모두 춘랑이라 부르더라.

춘랑이 와서 소저를 보고 묻되,

"아침에 여러 시녀들이 모두 말하기를 '중당에서 거문고를 탄 여관의 얼굴이 하늘의 선녀와도 같고 손으로는 드문 음을 타니, 소저께서 대단

---

65) 머리를 빗고 세수를 함. 66) 순수하고 고움. 67) 여자가 하는 일. 68) 당대(唐代)의 문장가 한유(韓愈).

히 칭찬하시더라' 하기로 소비(小婢) 병이 있음을 깜빡 잊고 구경코자 하였더니, 그 여관이 어찌 그리 빨리 떠나갔나이까?"

소저가 낯빛을 붉히고 천천히 말하되,

"내가 몸을 사랑함이 옥과 같고, 마음가짐을 편안히 하여 발자취가 중문을 나서지 아니하고 친척들과 말을 나누지 않음은 이에 춘랑도 아는 바이라. 하루 아침에 남한테 속임을 당하여 문득 씻기 어려운 수치와 모욕을 받으니, 이제부터 어찌 차마 낯을 들어 사람들을 대하리오."

춘운이 놀라서 묻되,

"이상하옵니다! 이 어인 말씀이니이까?"

소저가 말하되,

"아까 왔던 여관의 그 용모도 과연 빼어나고, 거문고 곡조도 신묘하더라……."

말을 다 마치지 못하고 주저할 때에 춘운이 이르되,

"그 여관이 차례는 어떻게 하더이까?"

소저가 말하되,

"이 여관이 처음에는 예상우의곡(霓裳羽衣曲)을 연주하고 차례로 여러 곡조를 타다가 나중에 제순의 남훈곡을 타기로 내 일일이 평론하고 계찰(季札)[69]의 말을 좇아 거듭 그치기를 청하니, 그 여관이 한 곡조가 더 있다고 말하고는 다시 새 곡조를 타는데, 곧 사마 상여(司馬相如)가 탁문군(卓文君)의 마음을 돋우던 봉구황(鳳求凰)이라. 내 처음으로 유의하여 그를 보건대 그 용모와 몸가짐이 여자와는 크게 다르니, 이는 필시 간사한 사람이 춘색을 엿보려 하여 변복하고 온 것이므로, 한스러운 것은 춘랑이 만일 병들지 않았다면 함께 보고서 그것이 거짓임을 분별할 수 있었을 것이니라. 내가 규중 처녀로서 본디 알지 못하는 남자와 함께

69) 춘추 시대 오(吳)나라 사람. 음악을 잘하여 주(周)의 악(樂)을 보고, 열국(列國)의 치란(治亂), 흥망(興亡)을 알았다고 함.

반나절이나 마주 앉아 얼굴을 드러내어 놓고 이야기를 나누었으니, 천하에 어찌 이런 일이 있을 수 있겠느냐? 비록 모자간이라도 필연 내 차마 이 말을 고할 수가 없구나. 춘랑이 아니라면 누구에게 이렇듯 품은 생각을 말하겠느뇨?"

춘랑이 웃으면서 이르되,

"상여의 봉구황을 처자 홀로 듣지 못하오리까? 소저께서 반드시 '잔 가운데 활 그림자'[70]를 보시었도다."

소저가 대답하되,

"그렇지 아니하다. 이 사람이 곡조를 타는 것이 다 차례가 있으되, 만일 무심할진댄 봉구황곡을 하필이면 모든 곡조의 끝에 타겠느냐? 하물며, 여자 중에 용모가 간혹 청약(淸弱)한 자도 있고 혹은 장대한 자도 있으나, 기상의 호상함이 이 사람과 같은 자는 보지 못하였나니, 내 생각으로는 과거 시험이 벌써 임박하여 모든 지방 선비들이 모두 서울로 모여들었는데, 그 중에서 내 이름을 잘못 들은 자가 꽃을 탐할 꾀를 망령되이 꾸민 듯싶구나."

춘운이 이르되,

"그 여관이 과연 남자일작시면, 그 얼굴의 청수함이 이와 같고, 그 기상의 호상함이 이와 같으며, 음률에 정통하기가 또 이와 같을진대, 가히 그 재주의 높음을 알리로소이다. 어찌 참 사마상여가 되지 아니할 걸 아리이까?"

소저가 말하되,

"제 비록 상여라 할지라도 나는 결단코 탁문군이 되지 아니하리로다."

춘랑이 일컫되,

"소저께서는 우스운 말을 하지 마시옵소서. 문군은 과부요, 소저는 처

---

70) 일의 허환(虛幻). 또는 지나치게 신경을 씀.

녀이시며, 문군은 뜻이 있어 좇았고 소저는 무심하여 들었으니, 소저는 어찌 문군과 서로 비길 수 있으리오?"

두 사람이 희희담소(嬉嬉談笑)[71]하여 종일토록 즐거워하였더라.

하루는 소저가 부인을 모시고 앉아 있노라니, 정사도가 밖에서 들어와 손에 지닌 새로 난 과거방(科擧榜)을 부인에게 주며 말하되,

"여아의 혼사를 지금껏 정하지 못한 까닭에 새로 치른 과거에서 좋은 신랑감을 택하려 하였더니, 듣자온데 장원은 양소유로 회남 사람이요, 나이는 십육 세요, 또 과거에서 글 지은 것을 사람들이 모두 칭찬하니, 이는 반드시 일대의 재주꾼이며 또 들은즉, '풍의(風儀)[72]가 준수하고 표치(標致)[73]가 무척 시원스러우니 장차 대성(大成)하리라' 하고, 때마침 처를 얻지 아니하였다 하니, 만일 이 사람을 얻어 동상지객(東床之客)[74]을 삼으면 내 마음에 흡족할 듯하오."

부인이 답하되,

"귀로 들음이 본디 눈으로 보는 것만 못하니, 사람들이 비록 지나치리만큼 칭찬하나 내 어찌 다 믿으리오? 반드시 친히 본 뒤에야 정할 것이니이다."

사도가 이르되,

"이 또한 어렵지 아니하다."

하더라.

---

71) 즐거이 얘기하며 웃음. 72) 훌륭한 풍채. 모습, 기거 동작(起居動作). 73) 씩씩한 골격. 74) 사위(婿)의 딴이름.

영화혜투로회춘심　환선장성취소성연
# 詠花鞋透露懷春心　幻仙莊成就小星緣

## 양한림(楊翰林), 정사도의 사위됨

소저가 그 부친의 말씀을 듣고 돌아와 편안히 쉬는 침실[1]에 들어와서 춘운에게 일러 가로되,

"지난날 거문고를 타던 여관이 스스로 초(楚)나라 사람이라 칭하고, 나이가 십육칠 세 가량 되었는데, 회남이 곧 초 땅이요, 또한 연기(年紀)[2]가 서로 비슷하니, 내 마음에 실로 의심이 없지 못하리로다. 이 사람이 만일 그 여관이라면 필연 와서 부친을 뵈오리니 너는 모름지기 그가 와 닿기를 기다려 유의하여 볼지어다."

춘운이 말하되,

"그 사람을 첩이 일찍 본 적이 없으니, 비록 서로 대한들 어이 그를 알 수 있으리오? 춘운의 뜻에는 곧 소저께서 청쇄(靑鎖)[3] 안에서 친히 몸소 엿보는 것만 못하리라 믿소이다."

두 사람이 서로 보고 웃음짓더라.

이때 양소유는 회시와 전시에 잇따라 장원을 하고 곧 한원(翰苑)[4]에 뽑히어 성명이 한때를 진동하니 공후 귀척(貴戚)[5]가운데 딸을 가진 사람들이 다투어 중매 할멈을 보내나, 생이 이를 다 물리치고 예부 권시랑을 가 보고 정사도 집에 구혼할 뜻을 매우 극진히 아뢰며 거듭 소개함을 부탁하니, 시랑이 한 통의 편지를 써서 주거늘, 생이 곧 소매에 넣고

1) 연침(燕寢)의 번역. 2) 연령, 나이. 3) 푸른 칠을 한 궁문(宮門). 4) 한림원(翰林院). 5) 존귀(尊貴)한 집안.

정사도 집으로 나아가 그의 성명을 통하니, 사도는 양장원이 다다름을 알고 부인에게 일러 말하되,

"신방(新榜) 장원이 왔소이다."

곧 맞아들이고 말하되, 바깥 난간에서 보니 양장원이 계화(桂花)를 꽂고 선악을 거느리고, 사도에게 나아가 절하고 뵈온즉 풍채가 아름답고 예절이 공손하여 사도는 이미 입을 흠뻑 벌리며 이까지 드러내 보이더라.

한 부의 사람치고 오직 소저 한 사람을 제외하고는 분주하게 삼가며 구경하지 않은 이가 없는데, 춘운이 부인의 시비에게 묻되,

"내 노야(老爺)와 부인 마님이 서로 주고받는 말씀을 들은즉, 지난날 거문고를 타던 여관이 곧 양장원의 사촌 누이라 하시니, 얼굴 모습이 과연 그 사촌 누이와 닮은 곳이 있는지 알지 못하겠구나."

시비들이 다투어 말하되,

"과연 그러하오이다. 그 얼굴 모습과 몸가짐을 본즉, 다른 곳이 조금도 없으니, 사촌 형제가 어찌 그리 꼭 서로 닮았는지요?"

춘운이 즉시 들어가 소저더러 일러 가로되,

"저의 명감(明鑑)[6]이 과연 그르지 아니하도소이다."

소저가 이르되,

"너는 모름지기 다시 가서 그가 무슨 말을 하는지 듣고 오너라."

춘운이 즉시 나가더니 오랜 후에 돌아와 고하되,

"우리 노야께서 소저를 위하여 양장원에게 구혼하시니 장원이 절하며 대답하시되, '만생(晩生)[7]이 몸소 서울에 들어와 영아(令娥)[8] 소저께서 요조(窈窕)[9] 유한[10]함을 듣고 망령되이 분수에도 맞지 않은 바람이 일어, 오늘 아침 좌사(座師) 권시랑께 의논하고, 곧 시랑께 허락하시어

---

6) 밝게 살피는 힘. 7) 선배에 대한 자신의 겸칭(謙稱). 8) 남의 딸의 경칭(敬稱). 9) 여자의 행동이 아름답고도 얌전함. 10) 여자의 인품이 매우 점잖음.

한 편의 글로써 대인 어른께 통해 주셨으나, 되돌아 생각하옵건대 문호[11]가 어울리지 않음이 푸른 구름과 흐린 물이 서로 어울린 듯하고 인품의 다름이 봉황과 오작이 각기 서로 다름과 같사온즉, 시랑의 글월이 비록 만생의 소매 속에 있으나 부끄럽고도 망설여져 감히 드리지 못하였더니이다' 하고 공손히 받들어 그것을 드리니, 노야가 보시고 크게 기뻐하시며 바야흐로 술상을 재촉하시나이다."

소저가 깜짝 놀라며 이르되,

"혼인 대사는 엉성해서는 안 되는 것인데도 아버님께서는 어찌 이리도 쉽사리 허락하신고?"

말이 미처 끝나지도 않아서 시비가 부인의 명을 받들어 부르거늘, 소저가 명에 따라 가 보니, 부인이 이르되,

"양장원은 단 한 번의 시험에 이름을 떨쳐 만인이 칭찬하는 바라. 너의 아버님께서 이미 혼인을 허락하셨으니, 우리 늙은 부처는 이제야 몸을 의탁할 사람을 얻었으매, 다시는 근심할 것이 없도다."

소저가 아뢰되,

"소녀가 시비의 말을 듣자오니 양장원의 얼굴과 모습이 지난날 거문고를 타던 여관과 꼭 닮았다 하온데, 과연 그러하나이까?"

부인이 대답하길,

"시비들의 말이 옳도다. 내 그 여관을 아끼고 선풍도골(仙風道骨)[12]이 세상에 유독 뛰어나매 오히려 오래도록 잊지 못하여 바야흐로 다시 대하고 싶었으나 지금까지 집에 일이 많아서 그것을 이룰 수 없었더니, 이제 양장원을 보건대, 완연히 그 여관과 서로 대한 듯하니 이만하면 양장원의 아름다움을 족히 알리라."

소저가 이르되,

---

11) 문벌(門閥). 12) 신선의 풍채와 도인의 골격. 뛰어나게 고아한 풍채의 형용. 인품이 속되거나 천박하지 않음.

"양장원이 비록 아름다우나 소녀 저와 더불어 꺼리는 바가 있으니, 그와 혼인을 맺음은 마땅치 않을까 하나이다."

부인이 말하되,

"이는 심히 괴이한 일이로고! 괴이한 일이로고! 나의 여아는 깊은 규중에 처하고 양장원은 회남에 있었거늘, 본디 서로 관계한 일이 없으니, 무슨 혐의쩍은 단서가 있으리오?"

소저가 아뢰되,

"소녀의 일을 말하기가 차마 부끄럽기에 아직까지 어머님께 고하여 아뢰지 못하였나이다. 전일의 여관이 곧 오늘의 양장원으로 변복하고 거문고를 탄 것은 소녀의 미추를 알고자 함이었거늘, 소녀가 그 간계에 빠져 종일토록 이야기를 주고받사오니, 어찌 혐의가 없다 하리이까?"

부인이 깜짝 놀라 말이 없는데, 사도가 양장원을 보내고 바삐 내실(內室)로 들어와 희색(喜色)이 가득하여 소저에게 일러 말하되,

"내 딸 경패(瓊貝)야! 네가 오늘에 '용을 타는 기쁨[13)]'이 있으니, 심히 이는 쾌활한 일이로다."

부인이 가로되,

"여아의 뜻은 우리 부처와 크게 다르오이다."

거듭 소저의 말을 전하니, 사도가 소저에게 다시 물어 구황곡(求凰曲)을 탄 전말(顚末)을 알고 크게 웃으며 말하되,

"양장원은 정말로 풍류재로다! 옛적에 왕유(王維) 학사가 악공의 복색으로 태평공주 집에서 비파(琵琶)를 타고 거듭 장원 급제를 구하되, 지금에 이르도록 미담으로 흘러 전하나, 양랑이 숙녀를 구하기 위하여 여복으로 바꾸어 입은즉, 실로 재주가 많은 사람이로다. 한때의 유희(遊戲)한 일에 어찌 혐의를 두겠는가? 하물며 여아가 다만, 여도사만을 보았을 뿐 양장원을 보지 않았으니, 양장원이 여도사 차림을 한 것이 너에

---

13) 여서(女婿)의 귀성(貴盛)함.

게 무슨 관계가 있으리오? 탁문군이 주렴(珠簾)[14] 틈으로 엿본 것과 같이 도가 아니거늘, 어찌 스스로 혐의 있으리오?"

소저가 아뢰되,

"소녀의 마음에 실로 부끄러움이 없으되, 사람에게 속음이 이에 이르고 보니, 실로 분개하여 성이 나서 죽을 듯하도소이다."

사도가 또 웃으며 말하되,

"이는 늙은 아비가 알 바 아니니, 네가 다른 날 양생에게 그것을 물어보도록 하라."

부인이 사도에게 물어 말하되,

"양랑이 혼례를 어느 때 행코자 하더이까?"

사도가 말하되,

"납폐(納幣)[15]의 예는 풍속에 따라 행하고 친영(親迎)[16]은 곧 가을되기를 기다려 대부인을 모셔 온 연후에 날짜를 정하자 하더이다."

부인이 말하되,

"예칙[17]에 따른즉, 더디고 빠름을 어이 가리겠나이까."

마침내 길일을 택하여 양한림의 예폐(禮幣)를 받고 거듭 청하여 한림을 화원 별당(花院別堂)에 거처케 하니, 한림은 사위의 예로써 사도 부처를 공경하고, 사도 부처 또한 한림을 친자식같이 사랑하더라.

## 소저와 춘운의 묘계(妙計)

하루는 정소저가 우연히 춘운의 침방을 지나다가, 춘운이 바야흐로 비단신에 수를 놓다가 봄볕에 몸이 노곤하여 수틀〔繡機〕을 베고서 졸거

---

14) 구슬을 꿰어 만든 발. 15) 혼인 때 신랑 집에서 신부 집으로 보내는 폐백. 16) 육례(六禮)의 하나. 신랑이 신부를 친히 맞음. 17) 예의(禮儀)의 규칙.

늘, 소저가 방 안으로 들어가 수 뜨는 솜씨를 자세히 보고는 그 재주의 신묘함에 탄식하다가 틀 아래에 여러 행의 글이 씌어진 조그만 종이가 있기에 펼쳐 본즉, 곧 신을 읊은 글이라.

> 으뜸가는 옥인을 얻어 사귐을 어여삐 여기니
> 걸음마다 서로 좇아 잠시도 버리지 못하더라.
> 촛불 끄고 비단 휘장에서 띠를 벗을 때에는
> 너로 하여금 코끼리 상 아래 던지게 하리라.
> 　憐渠最得玉人親　步步相隨不暫捨
> 　燭滅羅帷解帶時　使爾抛却象床下

소저가 보기를 마치고 스스로 말하되,

"춘랑의 글 재주가 더욱 늘었도다! 수놓은 신으로써 제 몸을 비하고 옥인(玉人)으로써 나를 견주어, '항상 나와 더불어 일찍이 서로 떠나지 못하더니 제가 장차 시집을 가면 반드시 나와 더불어 서로 사이가 뜸' 을 가리킨 것이니, 춘랑이 진실로 나를 사랑하는도다!"

또 조용히 읊조리고 웃으면서 하는 말이,

"춘운이 내가 자는 침상 위에 오르고 싶어하였으니, 이는 한 사람을 나와 더불어 함께 섬기고 싶어함이라. 이 아이의 마음이 이미 움직였도다."

춘랑(春娘)을 놀라게 할까 두려워, 몸을 돌이켜 가만히 나와서 내당으로 들어가 부인을 뵈온즉, 부인이 마침 시비들을 거느리고서 양한림의 저녁 상을 차리기에, 소저가 말하되,

"양한림이 우리 집에 오고부터 모친이 그의 의복과 음식을 걱정하시어 비복들을 지휘하시고 정신을 허비하시니, 소녀 마땅히 스스로 수고를 당한 것이로되, 다만 그 사람의 일에 거리낌이 있으며 예법에도 또한 의거할 바가 없사옵니다. 춘랑의 나이 이미 장성하여 능히 모든 일을 감

당할 수 있사온즉, 소녀의 뜻에는 춘운을 화원으로 보내어 양한림의 안일을 보살펴 받들게 하면, 곧 늙으신 어머님의 근심을 가히 그 일부라도 덜 수 있을 듯하나이다."

부인이 이르되,

"춘운의 기묘한 재주와 기이한 재질로 무슨 일을 감당해 내지 못하리오마는 다만 춘운의 아비가 일찍이 우리 집안에 공로가 있고 또한 그 인물이 남보다 빼어나서 상공(相公)이 매양 춘운을 위하여 어진 배필을 구하려 하시니, 아마도 여아를 섬기는 것이 춘운의 바람이 아닐까 하노라."

소저가 말하되,

"소녀가 춘운의 뜻을 보건대 소녀와 더불어 떠나지 않으려 하더이다."

부인이 말하되,

"신행길에 비첩을 데려감은 예부터 또한 있는 일이나, 곧 춘운의 재모는 예사로운 시아(侍兒)[18]와 비할 바 아니니, 너와 함께 시집 간다는 것은 실로 깊은 생각이 아닌가 하노라."

소저가 아뢰되,

"양한림이 먼 곳으로부터 온 십육 세 서생으로, 삼척 거문고를 이끌고 재상가의 깊은 규중에 있는 처녀를 희롱하여 놀리니, 그 기상이 어찌 한 여자만 홀로 지키며 끝내 늙으오리오? 다른 날 승상부에 붕거하여 만종(萬鍾)의 녹[19]을 누리면, 곧 당 안에 장차 몇 사람의 춘운이 있으리까?"

마침 사도가 들어오매 부인이 소저가 한 말을 사도에게 이르되,

"여아는 춘운을 양랑에게 보내어 시중을 들게 하고자 하나, 내 뜻에는 마땅한 줄 알지 못하고, 예 전에 잉첩(媵妾)[20]을 먼저 보냄은 결단코

---

18) 시중드는 이. 곧, 시비(侍婢). 19) 매우 후(厚)한 봉록(俸祿). 20) 가까이 있어 시중드는 여자 종. 시집 갈 때 따라가는 시녀(侍女).

그것이 옳지 않음을 알고 있나이다."

"춘운이 여아와 재주가 서로 비슷하고 용모가 서로 닮았으니, 정과 사랑이 돈독하기 또한 서로 같소이다. 서로 따르게 함은 마땅하나 서로 헤어지게 함은 마땅치 않으니, 마침내 함께 시집보내어 먼저 가도록 한들 어찌 해가 되리오? 나이 어린 남자가 비록 풍정(風情)[21]이 없다고 또한 한 자루의 깜빡이는 촛불과 짝을 삼아 외로운 방에서 홀로 지내게 함은 또한 옳지 않은데, 하물며 양한림에 있어서랴? 바삐 춘랑을 보내어 적막한 회포를 위로함이 옳지 않음이 없으되, 예를 다 갖추지 아니하면 혼인이 너무 조촐한 듯하고, 예를 차리려 하면 곧 또한 불편한 것이 있을 듯하니, 어찌하면 가히 치우치지 않게 할 수 있으리오?"

소저가 말하되,

"소녀에게 한 가지 계교가 있으니 춘운의 몸을 빌어 소녀의 수치심을 씻고자 하나이다."

사도가 묻되,

"네게 어떤 계교가 있는지 시험삼아 말해 보도다."

소저가 대답하되,

"십삼형(十三兄)으로 하여금 여차여차하게 하면, 곧 소녀가 보기에는 업신여김받은 수치심을 가히 없앨 수가 있나이다."

사도가 크게 웃으며 말하길,

"이 계교가 심히 기묘하도다."

대개 사도의 여러 조카 중에 십삼랑이라는 자가 있는데, 어질고 기경(機警)[22]하며 지기(志氣)[23] 또한 호탕하여 평생 해학하기를 즐겨하는지라. 또한 양한림과 기미(氣味)[24]가 서로 맞아 진실로 막역한 친교 사이더라. 소저가 그의 침소로 돌아와 춘운에게 이르되,

---

21) 풍치가 있는 정회(情懷). 풍치(風致) 또는 취미. 22) 기지가 있어 영리함. 사물에 대한 이해가 빠름. 23) 의기와 의지. 24) 심기와 취미.

"춘랑아! 내 너와 더불어 머리털이 이마를 덮였을 때부터 심간(心肝)[25]이 이미 통하여 꽃가지를 놓고 함께 다투다가 종일토록 울기도 했는데, 이제 내가 빙례(聘禮)[26]를 받았으니 춘랑의 나이 또한 어리지 않음을 가히 알 만하였노라. 백년 신사[27]를 너는 반드시 스스로 헤아리고 있을 것이니, 어떤 사람에게 의탁코자 하는지 아직 모르겠도다."

춘운이 대답하되,

"천첩(賤妾)이 편벽되이 낭자께서 애무해 주신 은혜를 입사와 털끝만큼이라도 은혜를 갚기 위해 저의 정성을 다해 왔으니, 오직 바라옵기는 이 몸이 다하도록 낭자께 건이(巾匜)[28]를 길이 받들어 모시고자 하나이다."

소저가 이르되,

"내가 원래 춘랑의 정이 나와 더불어 한가지임을 알고 있기에 춘랑과 함께 한 가지 일을 의논코자 하는데, 양랑이 거문고 한 소리로 이 규중 속의 처녀를 희롱하여 심한 욕을 보이고 업신여김을 많이 주었는데, 춘랑이 아니라면 뉘 능히 나의 부끄러움을 씻어 줄 수 있느뇨? 우리 집 산장은 곧 종남산(終南山) 가장 외진 곳이라, 거리로 따지면 서울이 겨우 소 울음소리가 들릴 정도의 땅이며, 경치가 소쇄(蕭洒)[29]하여 사람들이 사는 속세가 아니니, 이 기이한 곳을 빌어 춘랑의 화촉[30]을 만들고, 또 정형으로 하여금 양랑의 마음을 미혹되게 하여 이리저리한 계교를 행하면 곧 거문고를 켜던 거짓 계교를 저가 다시는 팔 수 없을 것이요, 그 노래를 들은 수치심을 가히 유쾌하게 깨끗이 씻을 수 있을 것이니, 춘랑은 한때의 노고를 꺼리지 마라."

춘운이 대답하되,

"소저의 명을 천첩이 어찌 감히 어길 수 있으리오마는, 다만 다른 날

---

25) 깊이 감추어 둔 마음. 26) 약혼의 예로 보내는 물건. 27) 종신대사(終身大事). 28) 한 낭군을 같이 모심. 29) 말쑥하고 깨끗한 모양. 30) 신방(新房).

한림 앞에서 어이 고개를 들 수 있으리오?"

소저가 이르되,

"사람을 속이는 부끄러움이 속임을 당하는 부끄러움보다는 더 낫지 아니하느냐?"

춘운이 잔잔한 미소를 띠며 말하되,

"죽어도 피하지 아니할 것이며, 마땅히 명대로 하겠나이다."

한림이 맡은 일은 폭직(瀑直)[31] 외에는 분망(奔忙)의 수고로움이 없어 명 받기를 기다리는 틈에 한가한 날이 오히려 많아 간혹 친구를 찾기도 하고, 혹은 주루에 가 취하기도 하며, 나귀에 걸터앉아 교외로 나가서 방화 수류(訪花隨柳)하더니,

하루는 정십삼(鄭十三)이 한림에게 일러 말하되,

"성남이 멀지 않은 곳에 한 고요한 땅이 있으니 산천이 절승이라. 내 함께 한 번쯤 노닐며 이곳에서 그윽한 정을 나누고 싶나이다."

한림이 말하되,

"그것이 정히 내 뜻이라."

드디어 절승을 찾아 추예(騶隷)[32]를 물리치고 십여 리를 나아가니 아름다운 풀들이 언덕에 널리어 있고 푸른 숲이 시내를 휘어 감고 있어 산번(山樊)[33]의 흥취를 더하고 있었더라. 한림이 정생과 함께 물에 가까이 앉아 술을 들며 흥얼거릴 때, 이때가 곧 봄과 여름의 어름이라. 온갖 꽃이 아직도 피어 있고, 모든 나무가 서로 비치는데,

문득 떨어진 한 떨기 꽃이 시내에 떠오거늘, 한림이 춘래편시도화수(春來遍是桃花水)[34]라는 글귀를 읊조리며 이르되,

"이 사이에 반드시 무릉 도원(武陵桃源)[35]이 예 있으렷다."

---

31) 어떤 일을 한 번에 가뜩 하는 것. 32) 시중드는 종. 시종(侍從). 33) 산의 곁, 산 그늘, 산 밑. 34) 왕유(王維)의 〈도화원행(桃花源行)〉의 한 구. 뒷구는 불변선원하처심(不辨仙源何處尋). 35) 동진(東晉)의 도잠(陶潛)의 '도화원기(桃花源記)'에 그려진 선경(仙境).

정생이 말하되,

"이 물은 자각봉(紫閣峯)에서 발원(發源)하여 내려오는지라. 일찍이 듣건대 꽃피고 달이 밝은 밤이면 이따금 신선의 풍악 소리가 아득히 먼 구름 사이에서 울려 퍼져 간혹 들은 자가 있다 하나, 소제(小弟)는 신선(神仙)과의 연분이 매우 얕아 아직껏 동천(洞天)[36]으로 들어가 보지 못하였는데, 오늘 큰 형과 함께 영경(靈境)[37]을 밟고 신선의 자취를 찾아 홍애(洪厓)의 어깨를 두드리고 옥녀의 창을 엿보고자 하나이다."

양한림은 성정(性情)이 본래 기이한 것을 좋아한 까닭에, 그 말을 듣자 기쁘고 즐거워서 이렇게 말하되,

"천하에 신선이 없다면 모르되, 만일 있다면 곧 이 산중에 있을 것이니라."

바야흐로 옷을 떨쳐 버리고 구경하려 할 때 문득 보니 정생집의 가동(家僮)[38]이 땀을 흘리면서 달려와 숨을 헐떡이며 급히 말하되,

"낭자의 환후가 갑자기 위급하여 급히 낭군을 청하시나이다."

정생이 급히 일어나 말하되,

"본래 형과 더불어 신선 동부(神仙洞府)에서 마음껏 놀려고 하였는데, 집안의 근심이 이렇듯 닥치매 선계를 구경하기는 이미 멀어졌으니, 이른 바 선분(仙分)이 매우 얕다는 것을 더욱 증험(證驗)하였소이다."
하고, 나귀의 채찍을 재촉하며 총총히 돌아가더라.

## 선녀와 한림과의 만남

한림이 비록 무척 무료하나 구경할 흥취가 아직 다하지 않았으므로,

---

36) 선인(仙人)이 산다는 명산. 하늘〔天〕. 37) 아주 외딴 조용한 곳. 영묘한 경지. 38) 한 집안의 종. 집안 심부름하는 어린 사내종.

흐르는 물줄기를 따라 걸어서 동구로 돌아 들어가니, 은은한 산골 물이 차갑고 여러 봉우리들이 우뚝 솟아서 날아다니는 티끌 한 점 없고, 흉금이 스스로 말쑥하고 시원스러워짐을 느낄 수가 있더라. 한림이 홀로 시내 위에 서서 배회하며 읊조리더니, 붉은 계수나무 이파리 하나가 물 위에 떠내려오더라. 이파리 위에 여러 행의 글월이 있거늘, 서동으로 하여금 주워 오게 하여 그것을 보니 한 구의 시가 있는데, 그 시에 이르되,

신선 삽살개 구름 밖에 짖으니
양랑이 옴을 알겠도다.
仙狵吠雲外　知是楊郞來

한림이 마음에 은은히 괴이쩍게 여겨 이르되,

"이 산 위에 어찌 인가 있으며, 이 시 또한 어찌 범인(凡人)의 글이리오?"

하여, 삼을 휘어잡고 벽을 따라 바삐 걸어서 계속 나아가더니 서동이 말하되,

"날이 저물고 길이 험하여 나아가지만 의탁할 곳이 없고, 노야(老爺)께서 성중으로 되돌아오기를 바라나이다."

한림이 듣지 아니하고 또 칠팔 리(七八里)를 갔는데 동쪽 봉우리에는 첫달이 벌써 산허리에 있더라. 그림자를 좇고 달빛을 따라 걸어 수풀을 뚫고 산골 물을 건너니, 오직 듣건대 놀란 짐승이 울고 슬픈 원숭이가 울부짖을 뿐이요, 별은 봉우리끝에서 흔들리고 이슬은 솔가지에 내리니, 가히 밤이 장차 깊어 감을 알겠더라.

사면에는 인가가 없어서 투숙할 곳이 없은즉, 선암불사(禪菴佛寺)를 찾으려 하나 또한 가능치 아니한지라. 바야흐로 창황(蒼黃)하여 하더니, 십여 세쯤 되는 푸른 옷을 입은 계집아이가 시냇가에서 옷을 빨다가 그들이 오는 것을 보고 갑자기 깜짝 놀라 일어서 달려가며 소리쳐 불러

이르되,

"아가씨, 아가씨! 낭군께서 오시나이다."

생이 그 말을 듣고 더욱 괴이쩍게 여겨 또 수십 보를 가더니 산이 둘러 있고 길이 외딴 곳에 조그만 정자가 시내에 임해 날아갈 듯이 있는데, 안존하고 깊으며 그윽하고 고요하여 진실로 신선이 사는 곳이더라. 한 여자가 놀빛을 받고 달빛을 띤 채 외로이 벽도화(碧桃花)[39] 아래에 홀로 서 있다가 한림을 향해 예를 베풀면서 이르되,

"양랑이 오기를 어이 이리 늦게 하시나이까?"

한림이 놀라 그 여자를 살펴보니, 몸에는 비단옷을 입고 머리에는 비취 비녀를 꽂고 허리에는 백옥패(白玉佩)[40]를 비꼈으며, 손에는 봉미선(鳳尾扇)[41]을 들었는데, 선연[42]하고 청고하여 이 세상 사람이 아님을 알 수가 있더라.

"학생[43]은 곧 티끌 세상의 속된 사람이라 본래 월하에 기약 없거늘, 이렇듯 늦게 옴을 가르치심은 어이 된 연고이뇨?"

여자가 정자 위에 올라 함께 조용히 이야기를 나누길 청하고 거듭 정자 속으로 이끌고 들어가 주객으로 나눠 앉고 계집아이를 불러서 이르되,

"낭군이 먼 길을 오시어 주린 빛이 있을지니, 약간의 변변찮은 음식이나마 올리라."

계집아이가 명을 받고 물러가서 한참만에 구슬상에 진찬(珍饌)을 베풀고, 벽옥의 술잔을 받들어 자하주를 올린즉, 맛이 산뜻하고 향내 무르녹아 한 잔 술에 벌써 얼큰히 취하더라. 한림이 말하되,

"이 산이 비록 높으나 하늘 아래에 있거늘 선랑(仙娘)은 어찌 요지(瑤池)[44]의 낙을 싫다 하시고 옥경(玉京)[45]의 짝을 사양하고 욕되이 여

---

39) 선경(仙境)에 있다고 하는 복숭아의 일종. 선과(仙果)의 이름. 40) 흰 옥으로 만든 패물. 41) 의장(儀仗)의 한 가지. 봉황(鳳凰)의 꽁지 모양으로 만든 부채를 말함. 42) 선연(嬋娟). 무척 곱고 예쁨. 43) 학문을 닦는 사람. 벼슬을 못한 고인(故人)의 명정(銘旌)이나 신주(神主)에서 쓰는 존칭. 44) 서왕모(西王母)가 산다는 곳. 45) 하늘 위의 옥황 상제가 산다는 가상의 서울.

기에 기거하시나이까?"

미인이 길이 탄식하고 얼른 한숨 쉬며 말하되,

"지난 일을 얘기하고자 하면 오직 슬픈 기분만 더하오이다. 첩은 왕모(王母)[46]의 시녀요, 낭군은 곧 자부(紫府)[47]의 선리(仙吏)였는데, 옥제께서 왕모께 잔치를 베푸실제 여러 선녀들이 모두 모이었는데, 낭군이 우연히 소첩을 보시고 선과(仙果)를 던져 희롱하였더니, 낭군이 곧 잘못되어 중벌을 받아 인간 세상에서 환생(幻生)하시고, 첩은 다행히 가벼운 벌을 받아 귀양살이로 여기에 있사온데, 낭군은 이미 고화(膏火)[48]에 가린 바 되어 능히 전신의 일을 기억하지 못하시거니와, 첩은 귀양살이의 기한이 이미 차서 장차 요지를 향해 갈 터인데, 꼭 한 번 낭군을 보고 잠깐 옛 정을 펴보고자 하여 선관(仙官)께 간청을 드려 하루의 기한을 물리고, 또 낭군이 여기에 이르실 줄 미리 알고서, 바야흐로 손꼽아 기다렸더니, 낭군께서 이제 욕되이 오시니 본래의 인연을 가히 잇겠나이다."

이때 계수나무 그림자는 장차 비끼려 하고 은하수는 이미 기울어졌거늘 한림이 미인을 이끌고 함께 잠자리에 드니, 바로 옛날에 유신(劉晨)과 완조(阮肇)[49]가 천태산(天台山)에 이르러 선녀와 더불어 인연을 맺음과 흡사하니, 꿈 같되 꿈이 아니요, 참일 같되 참이 아니더라. 겨우 잊혀지지 않는 정을 다 풀매 산새는 벌써부터 꽃가지에 지저귀고 사창이 이미 약간 밝았는지라. 미인이 먼저 일어나 한림에게 일컫되,

"오늘은 곧 첩이 하늘에 오를 기한이오라. 선관이 상제의 칙교(勅教)를 받들어 당절(幢節)[50]을 갖추어 소첩을 맞을 적에 만약 낭군께서 여기 계시온 줄 아오면 저가 이 일을 모두 아뢰어 허물을 책망하여 처벌

---

46) 중국 곤륜산에서 산다는 선녀. 47) 자미궁(紫微宮). 48) 기름불. 여기서는 인간 세상의 먼지와 티끌을 가리킴. 49) 한나라 때 천태산(天台山)에서 약을 캐다가 선녀를 만나 놀았다는 사람. 50) 휘날리는 정기(旌旗). 51) 손을 감추기 위하여 두루마기나 여자의 저고리 소매끝에 흰 헝겊으로 길게 덧대는 소매. 속적삼.

을 받을 것이오니, 낭군은 빨리 가소서. 낭군께서 만일 옛 정을 잊지 아니하오면 또 다시 만나 뵐 날이 있사오리다."

드디어 비단 수건에 이별시를 써서 한림에게 주니, 그 시에 읊었으되,

서로 만나니 꽃 하늘에 가득하고
서로 이별하니 꽃 땅에 있도다.
봄빛은 꿈 가운데 있고
약수는 천리에 아득하도다.
相逢花滿天　相別花在地
春光如夢中　弱水杳千里

양생이 그 글을 보매, 이별하는 회포가 문득 일어 몹시 슬프고 처량한 마음을 이기지 못하여 스스로 한삼(汗衫)[51]을 찢어 화답하는 한 수의 시를 지어 그에게 주니, 그 시에 읊었으되,

하늘 바람이 옥패를 부니
흰구름이 어찌해 흩어지고,
무산 다른 밤 비에
양왕의 옷깃을 적시려노.
天風吹玉佩　白雲何離披
巫山他夜雨　願濕襄王衣

미인이 받들어 그 글을 보고 이르되,

"아름다운 나무에 달이 숨고 계전(桂殿)[52]에 서리가 날리는데, 구만리 밖의 모습을 그려 내는 것이 오직 이 한 수의 시뿐이옵니다."

---

52) 계수나무가 있는 궁전. 월궁(月宮).

드디어 향 주머니에 감추고, 재삼 재촉하며 이르되,

"때가 이미 다 되었으니, 낭군은 바삐 떠나소서."

한림이 손을 잡고 눈물을 닦으며 '몸 조심하라' 고 각별히 당부한 후 작별하고 겨우 수풀 밖으로 나와 정사(亭榭)[53]를 돌아보니, 푸른 나무는 빽빽하고 상서로운 무지개는 자욱하여 마치 요대(瑤臺)의 한 꿈을 깬 듯하기에 별당에 돌아와서 정신이 시원스럽고 불꽃이 타올라 홀연히 즐겁지 아니하매, 홀로 앉아 생각에 잠기며 이르되,

"그 선녀가 비록 스스로 이르되 이미 하늘의 귀양이 풀려 돌아가는 때가 곧 지금이라 했건만, 그가 반드시 오늘 갈 줄 어이 알리오? 잠깐 산중에 머물러 은밀한 곳에 몸을 숨기고 눈으로 여러 신선들이 당번(幢幡)[54]을 가지고 와서 맞이하려 간 것을 본 후에 내려와도 또한 늦지 않을 것을, 내 어이 생각이 깊지 못하여 심히 조급히 행하였을꼬?"

후회스런 마음을 진정치 못하여 밤이 깊도록 잠을 이루지 못하고, 오직 손으로는 헛되이 글을 쓰며 짓는 것은 한숨뿐이니라. 다음 날 새벽에 일찍 일어나 서동을 거느리고 다시 어제 유숙한 곳으로 간즉, 곧 복사꽃이 웃음을 띤 듯 냇물은 흐느끼는 듯한데, 정자만 덩그러니 남아 있고 향기로운 티끌이 이미 고요하거늘. 한림이 근심스레 빈 난간에 의지하여 푸른 하늘을 물끄러미 바라보며 색구름을 가리키며 탄식하며 이르되,

"생각컨대, 선랑이 저 구름을 타고 상제께 조회(朝會)하리니, 선랑의 모습이 이미 사라졌으니 어찌 닿을 수 있으리오?"

이에 정자에서 내려가 복숭아나무를 의지하여 술을 마시며 눈물을 흘리면서 탄식하되,

"이 꽃만이 응당 최호(崔護)가 성 남쪽에서 품은 한을 짐작하리라." 하고, 저녁이 이르매 이에 무연(憮然)히 돌아가더라.

---

53) 정자. 54) 당(幢)과 번(幡)을 겹쳐 만든 기.

## 장여랑(張女娘)의 해후

여러 날이 지나자 정생이 와서 한림에게 말하되,

"지난날에는 집사람의 신병으로 부득이 형과 더불어 함께 놀지 못하더니 지금까지 유한(遺恨)함이 있는지라. 곧 이제 복숭아꽃, 자두꽃이 비록 다하였으나, 성 밖의 긴 들의 버들 그늘이 정말 좋으니, 마땅히 형과 더불어 반나절의 틈을 가벼이 내어 한바탕 놀이를 다시 벌이고, 나비가 춤추는 것을 구경하며 앵무새의 노래 소리를 듣고 싶나이다."

한림이 말하되,

"녹음 방초가 또한 꽃이 피는 시절보다 더 낫나이다!"

두 사람이 나란히 고삐를 잡고 동행하여 바삐 성문을 나서서 먼 들판을 건너가 무성한 수풀을 택하여 풀을 자리삼아 깔고 앉고는 꽃가지로 수놓으며 술잔을 주고받을새, 옆에 황폐한 무덤이 하나 있는데, 가파른 절벽 위에 붙어 있으며, 다북쑥이 두루 다하고 잔디가 다 벗겨져 오직 잡풀만이 떨기를 이루어 푸른 그림자가 서로 어리비치고 두어 떨기 말라빠진 꽃이 황폐한 무덤과 어지러이 선 나무 사이로 보일락말락하는지라. 한림이 취흥으로 인해 무덤을 가리키며 탄식하고 이르되,

"현우 귀천(賢愚貴賤)을 막론하고, 백 년 후에는 모두가 한 언덕의 흙으로 돌아가나니, 이것이 바로 맹상군(孟嘗君)[55]이 옹문(雍門)[56]의 거문고 곡조에 눈물을 흘린 바라. 내 어찌 생전에 취하지 아니하리오?"

정생이 이르되,

"형은 틀림없이 저 무덤을 알지 못하리로다. 이것은 곧 장여랑(張女娘)의 무덤으로 여랑의 아름다운 자색이 일세에 떨침으로 장여화(張麗華)라 일컫더니, 불행히 이십 세에 요절하매, 여기 이곳에 묻어 주고 후인들이 그를 슬퍼하여 꽃과 버들을 무덤 앞에 어지러이 심어 그곳에 기

55) 중국 제(齊)나라 정치가인 전문(田文)의 봉호(封號). 56) 제(齊)나라 음악가. 이름은 주(周).

록하였으니, 술 한 잔을 그 무덤에 부어 여랑의 꽃다운 넋을 위로함이 어떠하뇨?"

한림은 본래 다정한 사람이라 이에 대답하되,

"형의 말이 지극히 옳소이다."

마침내 정생과 더불어 그 무덤 앞에 이르러 술을 들어서 붓고, 각기 사운(四韻)으로 된 한 수(一首)의 글을 지어 외로운 넋을 조상(弔喪)하니, 한림의 시에 읊었으되,

미색이 일찍이 나라를 기울이더니
꽃다운 혼이 이미 하늘에 올라갔도다.
거문고 줄〔琴絃〕은 산새가 배우고
깁과 비단은 들꽃이 전하더라.
옛 무덤에 부질없이 봄풀이요,
빈 다락에 스스로 저무는 연기더라.
진천의 옛 성가는
오늘날 뉘집에 붙였는고.

美色曾傾國 芳魂已上天 管絃山鳥學 羅綺野花傳
古墓空春草 虛樓自暮烟 秦川舊聖價 今日屬誰邊

정생의 시에 읊었으되,

묻노니 옛적 번화한 곳에
뉘집의 요조한 낭자런고.
소소[57]의 집이 황량하고
설도[58]의 별장이 적막하더라.

57) 남제(南齊) 전당(錢塘)의 명기(名妓). 기녀(妓女)의 범칭(凡稱)으로 쓰임. 58) 당(唐)의 명기(名妓). 자(字)는 홍도(洪度). 음률과 시사에 능함.

풀은 깁치마 빛을 띠었고
꽃은 보배 사마귀의 향기를 지녔더라.
꽃다운 넋을 불러 얻지 못하는데
오직 저녁 까마귀만 날게 하더라.
問昔繁華地　誰家窈窕娘　荒凉蘇小宅　寂寞薛濤莊
草帶羅裙色　花留寶靨香　芳魂招不得　惟有暮鴉翔

두 사람이 전하여 보고 소리내어 읊조리고는, 다시 한 잔을 올리려고 정생이 무덤 둘레를 머정거리며 돌다가, 무너져 움패인 곳에 이르러 절구(絶句) 한 수(一首)가 씌어진 흰 비단을 주워 그것을 읊조리며 이르되,

"어느 곳에 사는 부질없는 사람이 이 시를 지어 여랑의 무덤에 넣었느뇨?"

한림이 그것을 구하여 본즉 곧 자기가 한삼(汗衫)을 찢고 시를 지어서 선랑(仙娘)에게 준 것이거늘,

이에 마음으로 크게 놀라 말하되,

"지난날에 만났던 미인이 과연 장여랑(張女娘)의 신령이라?"

놀라 식은땀이 저절로 흐르고 머리털이 으쓱하게 솟구치며 마음을 스스로 진정치 못하더니 스스로 깨달아 말하되,

"그의 자색의 아름다움이 이와 같고, 그의 정(情)이 많음이 이와 같으니, 신선도 또한 하늘의 연분이요, 귀신이라면 또한 숙연(宿緣)[59]이니. 신선과 귀신을 굳이 분변할 필요는 없으리라."

정생이 마침 일어나 돌아선 틈을 타서 다시 한 잔 술을 따라 무덤 위에 뿌리고 묵도(默禱)하며 이르되,

'비록 유명(幽明)[60]은 다르나 정의(情義)에는 간격이 없으니, 오직 바

59) 오랜 인연. 60) 이승과 저승.

라건대 꽃다운 영혼은 나의 지극한 정성을 굽어살피고 다시 오늘 밤을 좇아 옛 인연을 거듭 이을지어다.'

묵도를 마치자 정생을 데리고 돌아와 이 밤에 홀로 화원에서 베개에 기대어 비스듬히 앉고, 그 미인을 생각하는 마음이 심히 간절하여 마음에 잊혀지지 않으니, 잠 못 이루고, 이때 달빛은 주렴에 가만히 비치고 나무 그림자 창에 가득하고, 근중의 움직임이 이미 그쳐 사람 소리가 정말 고요한데, 발자국 소리 비슷한 것이 어둠 속으로부터 들려오거늘, 한림이 문을 열고 그를 본즉 접때 자각봉의 선녀더라. 한림이 마음에 놀라움과 기꺼움이 가득하여 문지방을 박차고 나아가 옥수(玉手)[61]를 이끌어 방에 들어감을 청한대 미인이 사양하며 말하되,

"첩의 근본을 낭군이 벌써 알고 계시니 어찌 거리끼는 마음이 없으리이까? 첩이 처음으로 낭군을 만나서 바른 대로 아뢸 것이로되, 혹시 낭군이 놀라 두려워할까 거짓으로 신선을 의탁하여 외람되이 하룻밤 침석을 모시니, 영광이 벌써 극진하고 정이 이미 깊어서 끊어진 혼이 다시 이어지고 썩은 뼈에 다시 살이 붙은 듯하더니, 오늘 또 낭군이 첩의 유택을 찾아 술을 뿌리고 조상하여 이 주인 없고 외로운 영혼을 위로하니, 첩이 이로 인해 감격을 이기지 못하여 은혜를 간직하고 덕을 사모하여 후히 돌봐 주심을 사례하고자, 얼굴을 대하고 미미한 정성이나마 표하고자 왔은즉, 어찌 감히 유음지질(幽陰之質)[62]로 다시 군자의 몸을 가까이 모시리이까?"

한림이 다시 그의 옷소매를 당기며 이르되,

"세상에 귀신을 미워하는 자는 우매하고 겁 많은 사람이라. 사람이 죽으면 귀신이 되고, 귀신이 변하면 사람이 되나니, 사람으로서 귀신을 두려워함은 못 생긴 사람이요, 귀신으로서 사람을 피하는 자는 신령치

61) '섬섬옥수(纖纖玉手)' 의 준말. 매우 가날프고도 어여쁜 여자의 손을 말함. 62) '귀신이 된 썩은 몸' 을 의미.

못한 것이라. 그 근본인즉 하나요, 그 이치가 똑같으니 어찌 사람과 귀신을 가리어 유명(幽明)을 분간하리오? 내 견해가 이와 같고, 내 정이 또한 이와 같은데, 낭자는 어찌 차마 나를 배반하리오?"

미인이 말하되,

"첩이 어찌 감히 낭군의 은혜와 낭군의 정을 홀연히 저버리리오? 첩의 눈썹이 나비 눈썹과 같이 푸르고 뺨이 성성이와 같이 붉은 것을 낭군이 보시고 권련(眷戀)[63]하는 정을 품으나 이는 다 거짓것이요, 참된 모습이 아니며, 요사한 꾀로 교묘하게 꾸며서 산 사람으로 하여금 상접(相接)케 함에 불과하나이다. 만일 낭군이 첩의 참모습을 보고자 한다면, 곧 백골 두어 조각에 푸른 이끼가 서로 끼었을 뿐이니, 낭군은 어찌 가히 더러운 물건을 귀하신 몸에다 가까이 하시려 하나이까?"

한림이 말하되,

"부처 말에 이르되 '사람의 몸은 물거품과 바람과 꽃을 가탁하여 이루어진 것이라 하느니, 누가 그것이 참인 줄을 알며 누가 또 거짓인 줄을 알리오?"

미인을 안고 침실로 들어가 그 밤을 편히 지내니, 오가는 정의 진밀(縝密)[64]함이 전보다 갑절이나 더하더라.

한림이 미인에게 일러 말하되,

"이제부터는 밤마다 서로 만나서 어색함이 없도록 하오."

미인이 대답하되,

"오직 사람과 귀신이 길이 비록 다르나 깊은 정에 이르는 바에는 자연히 서로 감응(感應)되나니, 낭군이 첩만을 생각하심이 실로 지극한 정에서 우러나는 것이온즉, 첩이 낭군께 의탁코자 함이 무릇 어찌 간절치 아니하리이까?"

---

63) 간절히 생각함. 64) 잘고 빽빽함. 세심하고 깊이 삼가는 것. 65) '재빨리', '총총(忽忽)히' 또는 '갑자기', '문득'.

이윽고 새벽 종 소리를 듣고 미인이 일어나 온갖 꽃나무가 무성한 곳으로 사라지매 한림이 난간에 의지하며 그를 보낼새, 밤으로써 만남을 기약하나, 미인은 대답치 아니하고 숙연(倏然)[65]히 가 버리더라.

# 卷之二

가 춘 운 위 선 위 귀　적 경 홍 사 음 사 양

# 賈春雲爲仙爲鬼　狄驚鴻乍陰乍陽

## 두진인(杜眞人)과 양한림의 관상

한림이 선녀를 만난 이래 붕우(朋友)도 찾지 아니하고, 손님도 맞는 일 없이 고요히 화원에 있으면서 한 가지 생각에만 전심하니, 날이 밝으면 곧 밤을 기다리고 밤이 되면 곧 선녀가 오기를 기다리며, 오직 바라기는 저로 하여금 감격하여 마지 아니하되, 미인이 자주 오지 아니하니 한림의 생각이 점차 두터워지고 기다림이 더욱 간절하더라. 오랜만에 두 사람이 화원의 좁은 문을 거쳐 들어오는데, 앞에 선 이는 곧 정십삼랑(鄭十三郞)이요, 뒤따르는 이는 처음 보는 얼굴이라. 정생이 뒤따르는 사람을 불러 한림에게 소개하며 말하되,

"이 사부(師傅)는 태극궁(太極宮)의 두진인(杜眞人)[1]으로 관상보는 법과 점치는 술법이 원천강(袁天綱)[2], 이순풍(李淳風)[3]과 더불어 서로 막상막하한지라. 양형의 상을 보이려고 맞아 왔소."

한림이 두진인을 향하여 읍(揖)하며 이르되,

"높은 이름을 우러러 사모한 지 오래였고, 아직 한 번도 삼가 만나 뵙지 못하기 또한 여러 해더니, 선생은 필연 정생의 상을 보았을 터인데 어떠하뇨?"

정생이 먼저 답하여 말하되,

"이 선생이 소제의 상을 보고 '삼 년 안에 반드시 과거에 급제하고

---

1) 원(元)나라 때의 도사(道士). 두충(杜沖). 또는 두처일(杜處逸). 2) 중국 당대(唐代) 상술(相術)에 능한 사람. 3) 중국 당대(唐代)에 역산(曆算)·점술(占術)에 능한 사람.

장차 팔주자사(八州刺使)가 되리라' 하니, 소제에게 족한지라. 이 선생의 말은 꼭 맞으니, 형은 시험삼아 물어 보오."

한림이 이르되,

"군자는 곧 복(福)을 묻지 아니하고 다만 재앙(災殃)만을 물을 따름이니, 오직 선생은 바른대로 말해 보라."

진인이 눈여겨보고 말하여 이르되,

"양 선생의 양 눈썹이 다 빼어나고 봉(鳳)의 눈이 살쩍을 향했으니 벼슬은 가히 삼태(三台)[4]에 오를 것이요, 귓불이 분을 바른 듯 희고 수주(垂珠)와 같이 둥그니 이름이 반드시 천하에 들릴 것이요, 권골(權骨)이 낯에 만면하였으니, 꼭 병권을 잡아 위엄이 사해에 떨치고, 만리 밖까지 공후(公侯)를 봉(封)할 것, 온갖 일에 한 가지도 흠이 없으되, 다만 지금 눈앞에 횡액(橫厄)이 있으니, 만일 나를 만나지 아니했더라면 매우 위태하리로다."

한림이 말하되,

"사람의 길흉화복은 자신에게 구하지 아니함이 없으나, 오직 질병이 오는 것은 사람이 면키 어려운지라. 이에 나에게 중병이 들릴 징조는 있느뇨, 없느뇨?"

진인이 대답하되,

"이것은 심상한 재앙이 아니라! 푸른 빛이 천장을 뚫었고, 간사한 기운이 명당을 침노하였으니, 상공의 집안에 혹시 내력이 분명치 않은 노비가 있지 않느뇨?"

한림이 마음에 벌써 장랑의 빌미인 줄 아나 은정(恩情)에 가려 조금도 놀라거나 두려워하지 아니하고 대답하되,

"그런 일이 없으리라."

진인이 다시 말하되,

---

4) 삼공(三公)이나 삼정승(三政丞).

"그런즉, 혹시 옛 무덤을 지나치다가 마음에 감동을 하였거나, 혹은 귀신과 함께 꿈 속에서 상접한 일이 있나이까?"

한림이 대답하되,

"역시 그런 일도 없으리라."

정생이 이르되,

"두 선생의 말씀이 일찍이 한 마디도 틀림이 없으니, 양형은 다시 더 곰곰이 생각해 보도록 하오."

한림이 대답하지 않으므로 진인(眞人)이 이르되,

"사람은 양명(陽明)으로써 그 몸을 보존하고 귀신은 유음(幽陰)으로써 그 기운을 이루었으니 만약 주야가 상반되고 물과 불이 서로 용납지 못함과 같은지라. 지금 보건대, 여자 귀신에게 홀림이 이미 상공 몸에 들었으니, 3일 후면 반드시 골수에 박혀 상공의 목숨을 구하지 못할까 두려워하나니, 그때에 빈도(貧道)가 일찍이 일러 주지 않았다고 원망치 마라."

한림이 생각하며 이르되, '진인의 말이 비록 근거가 있긴 하나, 여랑이 나와 함께 길이 우의 있게 지낼 것을 굳게 맹세하고, 서로 사랑하는 정이 더하니, 무릇 어찌 나를 해칠 리 있으리오? 초의 양왕(襄王)이 신녀를 만나 자리를 함께 하고 유춘(柳春)이 귀처(鬼處)에게 산 자식을 낳으니, 예부터 또한 이럴진대 내 어찌 홀로 근심하리오!' 이에 진인에게 이르되,

"사람의 사생(死生)과 수요(壽夭)는 처음 날 때부터 정한 바 있거늘, 내게 진실로 장상(將相)될 상과 부귀(富貴)할 상이 있을진대, 귀신이 어찌 감히 나를 범하리오?"

진인이 이르되,

"요절(夭折)함 또한 상공께 달려 있고 장수(長壽)함 또한 상공께 달려 있은즉, 저와는 관계가 없나이다!"

이에 소매를 떨치고 가 버리니, 한림 또한 강하게 붙잡지는 아니하더

라. 정생이 양한림을 위로하여 말하되,

"양형은 본디 길(吉)한 사람이라. 신명(神明)[5]이 반드시 도우실 터이니, 어찌 귀신이 가히 염려되리오! 이렇듯 이따금 허튼 술책(術策)으로써 사람을 동요케 하니 가증스런 노릇일 뿐이오."

이에 술을 내오매 날이 저물도록 취한 후 각기 헤어지더라. 이날 한림이 한밤중이 되어서야 술이 깨어 향을 피우고 고요히 앉아서 여랑 오기를 고대하더니, 밤이 매우 깊어 가나 여랑의 형적은 아득하고 없기에 한림이 책상을 치며 탄식하고 이르되,

"하늘에는 샛별이 빛나거늘 낭자는 오질 않는구나."

불을 끄고 잠자리에 들려 하니, 갑자기 창 밖에서 홀연 여랑이 울며 호소하되,

"낭군께서 요사한 도사의 부적(符籍)[6]을 머리 위에 감추어 두었기에 첩이 감히 그 앞에 가까이 가지 못하나이다. 첩이 비록 낭군의 뜻이 아닌 줄 알거니와 이 또한 꽃다운 인연이 다하여 요사한 마귀가 날뛰는 바이오니, 엎드려 바라옵건대 낭군은 보중(保重)하소서. 첩은 이제부터 영 이별을 하나이다."

한림이 크게 놀라 일어나 문을 밀치고 그를 보니, 이미 사람의 모습은 온데간데 없고, 다만 하나의 봉서(封書)[7]만이 계단 위에 놓였거늘, 이에 떼어 보니 곧 여랑이 지은 글이라. 그 시에 읊었으되,

옛적 아름다운 기약을 찾아 채색 구름을 밟았고,
다시 맑은 술잔 가져와 황량한 무덤에 뿌렸더라.
깊은 정성 보답지 못하여 은혜 먼저 끊겼구나.
낭군을 원망함이 아니라 정군을 원망하노라.

---

5) '천지 신명'의 준말. 하늘과 땅의 신령. 6) 악귀(惡鬼)를 쫓고 재액을 물리치기 위해 붉은 글씨로 써 붙인 물건. 7) 겉봉을 봉한 편지.

昔訪佳期躡彩雲　更將淸酌酹荒墳
深誠未效恩先絶　不怨郎君怨鄭君

한림이 한 번 읊을 적마다 한 번 훌쩍이며 마음 속이 초조하며, 또 한스럽고 또 괴이쩍어 손으로 머리를 어루만져 보니 상투머리 아래에 한 물건이 있거늘, 내어 보니 곧 귀신을 쫓는 부적이라. 크게 노하여 꾸짖어 이르되,

"요사한 사람이 내 일을 그르쳤도다!"

드디어 그 부적을 갈기갈기 찢어 버린즉, 몹시 성이 나고 더욱 간절하여, 다시 여랑의 시를 잡고 한 번 나직이 읊다가 깨달아 이르되,

"여랑이 또한 정생을 원망함이 깊으니 이는 곧 정십삼랑의 일이로다! 비록 악한 뜻은 아닐지라도, 좋은 일을 막아 낭패케함이 도사의 요술이 아니요, 곧 정생이 한 짓이니 내 반드시 그에게 욕을 보여 주리라!"

드디어 여랑의 글을 차운하여 시 한 편을 지어 주머니 속에 감춘 뒤 탄식하고 이르되,

"시는 비록 이루어졌으나, 누구에게 가히 주리오?"

그 시에 읊었으되,

차갑게 바람 몰아 신선한 구름에 올라가니
꽃다운 넋이 외로운 무덤에 묻혔다고 말하지 마라.
동산 속은 꽃 가득, 꽃 밑에는 달인데
고인은 어느 곳에서 낭군을 생각않는고.

冷然風馭上神雲　莫道芳魂寄古墳
園裡百花花底月　故人何處不思君

## 정사도 집에서 해혹(解惑)

날이 밝자 정십삼의 집으로 가니 정생이 밖에 나간즉, 연삼일을 찾았으나 끝내 한 번도 만나지 못하더라. 여랑의 그림자와 소리가 더욱 아득하고 막막하여 자각정(紫閣亭)으로 가려 하지만 정령(精靈)[8]이 이미 돌아가 버리고 남쪽 밖의 묘에서 찾고자 하나, 곧 여랑의 소리와 얼굴을 접하기가 어려우니, 가히 물을 만한 곳도 없고 베풀 만한 꾀도 없어, 마음이 억눌려 답답하고 우울한즉, 침식이 점차 줄어들므로 하루는 정사도 부처가 주효를 마련하고 초대하여 한림을 불러 한담을 나누며 잔을 돌리다가, 사도가 말하되,

"양랑의 신관(神觀)[9]이 근래에 어찌 저리 초췌하였나뇨?"

한림이 이르되,

"십삼형과 더불어 연일 과음하더니, 아마도 그로 말미암음인가 하나이다."

정생이 홀연히 온지라, 한림이 성난 눈으로 흘겨보며, 서로 말을 아니하거늘, 정생이 먼저 묻되,

"형이 근래에 벼슬일에 골몰하여 심사가 불편한가, 고향 생각에 괴로워하신가, 지나치게 술을 마셔 병이 난 것인가, 용모가 어찌 그리 초췌하며 정신도 어찌 그리 삭막하오이까?"

한림이 마지못해 대답하되,

"떠돌며 노니는 사람이 어찌 그렇지 아니하리오?"

사도가 이르되,

"집의 비복들이 말을 전하기를 '양랑이 아름답고 어여쁜 한 여자와 더불어 화원에서 함께 이야기를 나누더라' 하니, 이 말이 옳으뇨?"

한림이 답하여 말하되,

---

8) 육체를 떠난 죽은 사람의 혼백(魂魄). 9) '얼굴'의 존칭.

"화원이 외진 곳인데 어느 누가 왕래하겠나이까? 필경 전한 자가 그릇된 것이옵니다."

정생이 말하되,

"양형의 활달(豁達)한 도량으로써 아녀자의 부끄러워하는 모습을 지으려 하느뇨? 형이 비록 큰 소리로 두진인을 물리쳤으나 형의 기색을 보니 가히 숨길 수가 없는지라. 소제가 형이 미혹되어 깨닫지 못함을 두려워하고 장차 미칠 화를 헤아릴 수 없기에, 가만히 두진인의 귀신 쫓는 부적을 형의 속발(束髮)[10]사이에 감추어도 형이 대취하여 알지 못하기로, 소제가 그 밤에 빽빽이 우거진 원림(園林)[11] 속에 몸을 숨기고 엿본즉, 여자 귀신이 형의 침실 창 밖에서 울며 하직하고 담을 넘어 갔으니, 이로 보아 진인의 말이 영검하고 소제의 정성이 지극하거늘 형이 내게 사례치 아니하고, 이에 도리어 노여움을 품음은 어찌 된 일이오?"

한림이 가히 완강히 감추기 어려운 줄 알고, 사도를 향하여 고하여 이르되,

"소서(小婿)[12]의 일이 과연 해괴하오니 마땅히 악장(岳丈)[13]께 자세히 사뢰겠나이다."

이에, 전후 사실을 남김없이 죄다 아뢰고 또 말하되,

"소서가, 십삼형(十三兄)이 나를 위하는 줄 이미 알고 있으나, 여랑이 비록 귀신이라고 하나 씩씩하고 속임이 없으며 바르고 요사스럽지 아니하니 결단코 사람에게 해를 끼치지 않을 것이요, 소서가 비록 잔망하고 용렬하나 또한 대장부이온대, 반드시 귀물에게 홀릴 바 아니거늘, 정형이 불경한 부적으로써 여랑의 오는 길을 끊으니, 실로 마음에 걸리는 바 없지 않나이다."

사도가 박장 대소하며 이르되,

---

10) 머리털을 잡아 묶음. 상투머리칼. 11) 집터에 딸린 수풀. 12) 사위가 자신을 낮추어 부르는 말. 13) '장인'의 높임말.

"양랑의 문채(文彩)와 풍류(風流)가 송옥(宋玉)[14]과 같으니 필연 이미 신녀부(神女賦)[15]를 지었으리로다. 노부(老夫)가 양랑을 희롱하는 말이 아니라, 어릴 적에 우연히 이인(異人)을 만나서 마침내 소옹(少翁)의 도술을 배워 귀신 부르는 술법을 배웠으니, 이제는 사위를 위하여 장여랑의 신혼(神魂)을 불러들여 조카의 죄를 사죄케 하고, 어린 사위의 마음을 위로코자 하나, 그대의 생각이 어떠한지를 모르겠노라."

한림이 이르되,

"이는 악장어른이 소서를 놀리시는 것이오이다. 소옹이 비록 이 부인의 혼을 불러들였다 하나, 이 술법이 전해 오지 못한 지 오래 되니, 소서는 악장어른의 말씀을 감히 믿지 못하겠나이다."

정생이 말하되,

"장여랑의 혼을 양형께서는 곧 한 마디의 말도 허비하지 아니하고 불렀으며, 소제는 그를 곧 한 조각 부적으로 능히 쫓아 냈으니, 귀신을 어지간히 부릴 수 있을 것이온데, 형은 어찌 의심을 두나이까?"

사도가 이르되,

"네 보라."

파리채로 병풍을 치며 가로되,

"장여랑이 어디에 있느뇨?"

한 여자가 홀연히 병풍 뒤로부터 나와 웃음을 띠고 교태를 머금은 채 부인의 뒤에 서거늘, 한림이 한 번 눈을 들어 보니 벌써 장여랑임을 알 수 있는지라. 오직 황홀하여 일의 처음과 끝을 눈치채지 못하고 사도와 정생을 똑바로 보며 묻되,

"이는 사람이뇨, 귀신이뇨! 어찌 능히 귀신이 밝은 대낮에 나올 수 있나이까?"

사도와 부인은 이를 드러내어 웃고, 정생은 배를 그러안고 껄껄 웃으

14) 전국 시대 초(楚)나라 문인. '초사(楚辭)'가 있음. 15) 송옥(宋玉)이 지은 글.

며 엎어져서 넘어지고 능히 일어나지를 못하며, 좌우의 시비들도 허리 굽혀 머리 숙이고만 있을 뿐이라. 사도가 말하되,

"노부가 바야흐로 어진 사위를 위하여 그 사실을 토로하겠노라. 이 아이는 선녀도 아니요, 귀신도 아니오. 곧 우리 집에서 자란 가씨(賈氏) 여자로 그의 이름은 춘운(春雲)이니, 근래에 양랑이 화원에서 고독하게 지내며 고난을 겪은 정황을 보고, 노부가 이 미녀를 보냄은 현랑(賢郞)을 모셔 객지의 무료함을 위로케 하였더니, 대개 우리 늙은 부처의 호의에서 나온 것이었으나, 나이 어린 것들이 소개하는 도중에 꾀를 써서 농지거리함이 너무 지나쳐서, 양랑의 마음을 무단히 괴롭고도 번뇌케 했으니, 또한 우습지 아니하리오?"

정생이 문득 웃음을 멈추고 말하여 이르되,

"앞뒤로 다시 만남은 다 내가 소개한 때문이거늘, 중매를 한 은혜에는 감사치 아니하고 오히려 원수와 같이 여기니, 양형은 과연 부공망덕(負功忘德)하는 사람인가 보오."

한림 또한 크게 웃으며 이르되,

"장인이 이미 이 여자를 소서에게 보내시는 것을, 정형이 중간에서 가로채어 조롱했거늘, 무슨 공으로 상이 있으리오?"

정생이 이르되,

"조롱한 책임은 소제 실로 마음에 달갑게 받으려니와 그 계책을 꾸며 지시한 사람이 따로이 있으니, 이 어찌 소제 혼자만의 죄라 하리오?"

한림이 사도를 향하여 웃으며 말하되,

"진실로 이런 일이 있었다면 혹시 장인께서 소서를 위해 장난삼아 놀리신 일이니라."

사도가 말하되,

"천만부당하도다. 노부의 머리털이 이미 노랗거늘 어찌 어린애 장난을 하겠느뇨? 양랑이 잘못 생각하였도다."

한림이 정생을 돌아보며 이르되,

"형이 꾸미지 않았으면 누가 이런 장난을 다시 하리오?"

정생이 일컫되,

"성인의 말씀에 '너에게서 나간 자 네게로 돌아온다'[16] 하셨으니, 양형은 다시 생각할지어다. 일찍이 어떤 꾀로써 어떤 사람을 속였느뇨? 남자가 오히려 여자로 변하였거든 속인이 신선도 되고, 신선이 귀신도 됨이 어찌 그다지 괴이타 하리오?"

한림이 이에 크게 깨닫고 웃으며, 사도에게 여쭈되,

"옳소이다, 옳소이다! 소서가 일찍이 소저에게 죄를 지은 적이 있삽더니, 소저 필연 아주 작은 원망을 잊지 아니함이로소이다."

사도와 부인이 다 웃고, 대답치 아니하더라.

한림이 춘운을 돌아보며 이르되,

"춘랑아! 네 실로 교활하도다! 사람을 섬기고자 하면서 그 사람을 먼저 기만하니 그것이 부녀자의 도리라 하느뇨?"

춘운이 무릎을 꿇고 대답하되,

"천첩이 다만 장군의 영만 들었을 뿐, 천자의 조서(詔書) 듣지 못하였나이다."

한림이 탄식하고 말하되,

"옛 신녀(神女)는 아침에 구름이 되고 저녁에 비가 되더니, 이제 춘랑은 아침엔 선녀가 되고 저녁에 귀신이 되니 구름과 비가 비록 다르다 하나 한 신녀요, 신녀와 귀신이 비록 분별되긴 하나 한 춘랑이라. 양왕(襄王)은 오직 한 신녀만을 알았을 뿐 구름과 비가 자주 변화함에 어찌 개의하였을 것이며, 이제 나는 한 춘랑만을 알 뿐으로 그가 선녀와 귀신으로 바꾸어 변함을 어찌 의논하리오? 그러나 양왕은 구름을 보고서 구름이라 하지 않고 신녀라 했으며, 비를 보고서도 비라 하지 않고 신녀라

---

16) 맹자(孟子)에 나온 말. '曾子曰戒之戒之 出乎爾者返乎爾者也(증자께서 이르시길 경계하고 또 경계하라. 너에게서 나간 것이 다시 너에게로 돌아온다).'

했으나, 지금의 나는 신선을 만나고서도 춘랑이라 하지 않고 신선이라 했으며, 귀신을 만나고서도 춘랑이라 하지 않고 귀신이라 했으니, 이는 내가 양왕에게 까마득히 미치지 못함이요, 춘랑의 변화는 신녀가 미치지 못할 바이로다. 내 듣건대, 강한 장수에게 약한 병졸이 없다 하는 바 그 비장(裨將)[17]이 이와 같으니, 그의 대장은 가까이 대해 보지 아니하여도 가히 지략이 많음을 알리로다!"

좌중이 또 한바탕 크게 웃고 다시 술과 안주를 내어와 종일토록 크게 취할새, 춘운이 또한 새 사람으로 말석에 참석하였다가 밤이 이슥하여 춘운이 촛불을 잡고 한림을 모셔 화원에 이르니, 한림이 무척 취하여 춘운의 손을 잡고 희롱하여 말하되,

"너는 참말로 선녀냐, 넌 참말로 귀신이냐?"

거듭 다가서서 찬찬히 보며 말하되,

"선녀도 아니요, 귀신도 아니며 사람이로구나. 내 선녀도 또한 사랑했고 귀신도 사랑했거늘, 하물며 사람에 있어서랴?"

또 말하되,

"선녀도 또한 네가 아니요, 귀신도 또한 네가 아니로다. 혹은 너를 선녀가 되게 하고 혹은 네가 귀신이 되게 한 자는 또한 참말로 신선도 되고 귀신도 되는 술책을 지니고 있은즉, 양한림으로서는 속객(俗客)이 되어 서로 좇지 않으려 할 것이요, 화원은 양계(陽界)[18]가 되어 서로 찾지 않으려 할 것이로다. 사람이 능히 너를 선녀도 되게 하고 귀신도 되게 하니, 나 홀로 너를 변화시키지 못하겠느뇨? 너로 하여금 선녀가 되게 할진대, 장차 월전(月殿)의 항아(姮娥)[19]가 될꼬? 남악(南嶽)의 진진(眞眞)[20]이 될꼬?"

춘운이 대답하여 이르되,

---

17) 부장(副將), 부군(副軍). 18) 생자가 사는 곳. 19) 옛 선녀의 이름. 상아(孀娥). 20) 진인(眞人). 도교의 진의(眞義)를 닦는 사람.

"천첩이 외람된 일을 저질러 실로 남을 속인 죄가 많사오니, 오직 상공의 관대함만을 비나이다."

한림이 이르되,

"사실 네가 변화하여 귀신이 되어도 또한 꺼리지 아니하였거늘, 지금에 이르러 어찌 허물을 탓하고자 하는 마음이 있으리오?"

춘운이 일어나 절하고 한림께 깊이 사례하더라.

## 양한림, 연(燕)나라 사신(使臣)으로

양한림이 과거에 급제한 후 곧 한원(翰苑)에 들어가 벼슬에 매인 몸이 되어 아직 근친(覲親)을 못 하다가, 바야흐로 틈을 청하여 고향으로 내려가 모친을 모시고 서울에 올라와서 곧 성례하려 할새, 때마침 나라에 일이 많았더라. 토번(吐蕃)[21]은 자주 변경을 침노하고 하북의 세 절도사는 혹은 연왕(燕王)이니, 혹은 조왕(趙王)이니, 혹은 위왕(魏王)이니 자칭하고, 강한 이웃과 연결하여 군사를 일으켜 어지럽게 하므로, 천자께서 근심하시고 묘당에서 여러 신하들에게 깊은 꾀를 널리 물으시고, 장차 군사를 내어 치고자 할새 모든 신하들의 의론이 분분하여 한결같지 아니하고, 모두 눈가리고 아웅하는 식의 구차한 계획만을 품고 있는지라. 한림학사 양소유가 출반(出班)[22]하여 아뢰되,

"옛적에 한무제(漢武帝)가 남 월왕(越王)을 불러 효유(曉諭)하던 옛일과 같이 급히 조서를 내리시어 화와 복으로써 효유하옵시고, 마침내 명에 좇지 아니하거든 무력을 사용하여 승리를 취함이 만전의 계책인 줄 아뢰오."

천자가 그 말을 좇아 소유로 하여금 상전에서 곧 조서를 초하도록 하

---

21) 티벳 족. 22) 여러 신하 가운데 특히 혼자 나아가 임금께 아룀.

니, 소유가 엎드려 명을 받잡고 붓을 날려 지어 올린즉, 천자께서 무척 기꺼워하며 말씀하시되,

"이 글월은 전중 엄절(典重嚴截)한 은덕과 위엄을 함께 갖추어 깨우치도록 일러 주는 예(禮)를 크게 얻었으니, 미친 도적들 반드시 스스로 군사를 거두리라."

곧 삼진(三鎭)에 조서를 내리니, 조와 위 양국은 곧 왕의 칭호를 거두고 조정의 명에 굴복하여 표(表)를 올리고 죄를 청하면서 사신을 보내어 말 일만 필과 비단 일천 필을 조공하고, 오직 연왕만은 땅이 멀고 군이 강함을 믿고 귀순치 아니하더라.

천자께서 '양 진(鎭)이 항복함은 모두가 소유의 공이니라' 하시며, 교지를 내려 포숭(褒崇)[23]하시며 이르되,

"하북의 삼 진이 오직 한 모퉁이에 웅거하고 강함을 믿고 남에게 굴하지 아니하여 난을 일으킨 지 거의 백 년이라. 덕종 황제께서 십만 대군을 일으켜 장수로 하여금 정벌토록 명하시었으나, 끝내 능히 그 강함을 꺾지 못하고 그 마음을 항복받지 못하였거늘, 이제 양소유의 한 자 남짓 정도의 글로써 두 진의 도적으로부터 항복을 받으니, 군사 한 명도 수고치 아니하고, 또한 한 사람도 죽이지 아니하고, 황실의 위엄을 널리 만 리밖에까지 떨친지라. 짐이 실로 그를 가상히 여겨 비단 삼천 필과 말 오십 필을 주어 크게 칭찬하는 내 뜻을 표(表)하고자 하노라."

인하여 거듭 품직을 높이고자 하시거늘, 소유가 앞으로 나아가 사양하여 상주하며 가로되,

"왕언을 대신 초하는 것은 곧 신하된 자의 직분이옵고, 양 진이 귀화함은 곧 천자 폐하의 위엄이오니 신이 무슨 공으로써 이 중한 상을 탐하겠으며, 하물며 한 진은 오히려 성화(聖化)[24]를 막고 감히 함부로 날뛰거늘 신은 칼을 들고 창을 잡아 나라의 수치를 능히 다 씻지 못함을

---

23) 칭찬하며 우러러봄. 24) 임금의 덕화(德化).

한탄하오니 승탁(陞擢)[25]하신 명을 어찌 마음에 두리이까? 신하된 자로서 충성을 다함은 계급의 높고 낮음에 간격이 없으며, 싸움에 이기고 패함은 군사의 다과에 있지 아니하오니, 신은 바라옵건대 한무리의 병사를 얻어 대조(大朝)[26]의 위엄에 의지하여 나아가 연나라의 도적과 더불어 죽기로써 결단을 보아 성은의 만분의 일이라도 갚고자 하나이다."

천자께서 그 뜻을 장하게 여기시어 대신들에게 물으매, 모두 아뢰어 이르되,

"세 진이 서로 순치(脣齒)의 형세(形勢)더니 이제 두 진이 이미 굴복하였으므로, 조그만 연(燕)나라 미친 도적은 유난히 솥에 든 고기나 구멍에 든 개미와 같사오니, 군사로써 그에 임하면 곧 반드시 말라 썩는 것을 꺾는 것과 같사오며, 또 왕된 자의 군사는 먼저 꾀를 쓰고 뒤에 치나니, 청컨대 소유를 보내어 이해로써 효유하다가 끝내 항복치 아니하거든 곧 군사를 보탬이 좋을까 하나이다."

천자께서 그 말을 옳게 여기어 양소유로 하여금, '절월(節鉞)[27]을 지니고 가서 효유하라' 하시니, 한림이 조지(詔旨)[28]를 받들어 부월(鈇鉞)[29]을 받고, 장차 떠나려 할 즈음 사도에게 하직하니, 사도가 말하되,

"변방의 진이 몹시 황실에 거역하여 조정의 명을 따르지 않은 지가 다만 하루 이틀이 아니거늘, 양랑이 한낱 서생(書生)의 몸으로 위태로운 땅에 들어가려 하니, 만일 생각하지도 아니한 변이 준비도 없는 곳에서 생기면 어찌 아니 이 노부의 불행이겠는가? 내 늙고 병이 들어 비록 조정 의논에는 참여치 아니하였으나 한 장의 상소를 올려 그를 간쟁(諫爭)코자 하노라."

한림이 그를 만류하며 말하되,

---

25) 높이 벼슬을 올림. 26) 왕세자(王世子)가 섭정(攝政)할 때의 임금을 일컫는 말. 27) 절도사나 장수에게 준 절부(節符)와 부월(斧鉞). 28) 임금의 명령. 칙지(勅旨). 29) 옛날에 임금이 대장이나 제후에게 생살권(生殺權)을 주는 뜻으로 손수 주던 것.

"장인은 지나치게 걱정치 마옵소서. 번진(藩鎭)[30]이 조정의 편안치 못함을 틈타서 한때 소란을 피우는 것에 불과하오며, 지금 천자께서 신무(神武)[31] 하시고 조정이 청명하여 조(趙), 위(魏) 양국이 또한 이미 저항하지 못하고 귀순하였으니, 외롭고 약한 조그만 진(鎭)으로 한쪽에 치우친 조그만 한낱 연(燕)나라가 능히 무슨 일을 하겠나이까?"

사도가 이르되,

"왕명이 이미 내리시고 그대의 뜻이 또한 이미 정해졌을진대 노부가 다시 다른 할 말이 없겠거니와 오직 몸조심 하기만 바라리오."

부인이 눈물을 흘리고 작별하면서 이르되,

"어진 낭자를 얻고부터 자못 늙은 마음을 위로하더니, 양랑이 이제 먼 길을 떠나니 내 가슴 속이 어떠하리오? 관리의 여정에는 한도가 있으니, 오직 빨리 돌아오기만을 축원하리오."

한림이 물러나 화원에 이르러 행장을 갖추고 곧 떠나려 할새, 춘운이 옷을 잡고 울며 이르되,

"상공이 옥당(玉堂)에 잠자리 드실 때 첩이 반드시 일찍 일어나 침구를 가지런히 싸고 조포(朝袍)를 받들어 입혀드리면, 상공께서는 필히 곁눈을 흘기셔 첩을 돌아보시고 안타까이 여기사 차마 떠나기를 싫어하심이 많사옵는데, 이제 만리 길의 이별을 당하여 어찌 무어라 한 마디 말씀이 없나이까?"

한림이 크게 웃으며 이르되,

"대장부가 나라 일을 당하여 중임(重任)을 맡았으니 생사를 또한 돌아보지 못하겠거늘, 구구한 사정(私情)을 어찌 마음대로 의논하랴? 춘랑은 부질없이 슬퍼하여 꽃 같은 얼굴을 상치 말고, 삼가 소저를 받들어 편안한 마음으로 얼마 동안 나를 기다리면, 사업을 마쳐 성공한 후에 말〔斗〕과 같이 큰 금인(金印)을 허리에 차고 득의 양양하게 돌아오리라."

---

30) 당대(唐代)의 지방관(地方官)의 절도사(節度使). 31) 뛰어난 무용(武勇). 무덕(武德)이 뛰어남.

곧, 문을 나가서 수레를 타고 가더라.

행차가 낙양(落陽)에 다다르니, 지난날 지나던 자취가 아직도 변치 아니하였더라. 당시에 십육 세의 막연한 한낱 서생으로서 베옷을 걸치고 다리를 저는 당나귀에 걸터앉아 골골서서(搰搰栖栖)[32]하고 행색이 심히 어렵고 구차하였었는데, 소진(蘇秦)이 열 나라 위에 군림한 공로와는 같지 않다 할지언정 겨우 몇 년이 지나 옥절(玉節)[33]을 세우고 사마(駟馬)를 몰아 이르니, 낙양 현령이 분주히 길을 고치고 하남 부윤(河南府尹)이 공손히 길을 인도하매, 광채가 한길에 밝게 비치고, 미리 알려진 명성이 여러 주를 떨며 두렵게 한즉, 마을 백 사람들이 조용히 가는 길을 바라보며 부러워하니, 이 어찌 정말 장관이 아니리오?

한림이 먼저 서동으로 하여금 계섬월의 소식을 탐방하라 하여 서동이 섬월의 집을 찾으니 중문은 깊이 잠기고 화루(畵樓)도 열지 않은 채, 아직 앵두꽃만이 담 밖에 무성이 피어 있을 뿐이거늘, 이웃 사람에게 물은즉, 곧 가로되,

"섬월이 지난 해 봄에 먼 고장의 상공(相公)과 더불어 하룻밤 인연을 맺은 후로는 병이라 핑계하고 손님 대접하기를 사절하며 관가에서 베푼 잔치에도 그 이유를 들어 나아가지 아니하더니, 얼마 안 가서 거짓 미친 체하며 구슬과 비취 따위의 패물붙이들을 다 떼어 버리고, 도사의 의복으로 바꿔 입고는 두루 산수(山水)를 구경하는데, 아직 돌아오지 아니하였으니, 어느 산에 있는지 그 정처를 알지 못하노라."

서동이 돌아와 이 연유를 아뢰니, 한림의 기쁘고 즐거운 마음이 마침내 깊은 갱에 떨어지는 것과 같이 막혀 그 문(門)과 담을 지날새, 남몰래 그 자취를 어루만지고 밤에 객관(客館)에 들어서도 잠을 이루지 못하더니, 부윤이 기생 수십 명을 보내어 즐거이 해 주려는데, 모두가 한

---

32) '골골(搰搰)'은 힘을 쓰는 모양. '서서(栖栖)'는 바쁜 모양을 나타내어, 힘을 쓰고 바쁘게 가는 것. 33) 옥(玉)으로 만든 부신(符信).

때에 곱기로 이름난 자들이라. 붉은 단장과 화려한 의복을 하고서 삼면으로 둘러 앉았는데, 전번에 천진루(天津樓) 위에 있던 여러 기생들도 또한 그 중에 있더라. 모두가 아름다움을 두고 교태를 자랑하며 한 번 눈여겨보기를 바라되, 한림은 자연 아무런 흥취가 없어 한 사람도 가까이함이 없이 이튿날 새벽 떠날 즈음에 마침내 한 수의 시를 벽 위에 지어 놓으니, 그 시에 읊었으되,

비 내린 천진 지나니 버들빛 새로워
풍광은 완연히 지난 봄과 같건만
가련타, 옥절은 다시 찾아 왔는데
술자리에 술권하던 이 보이지 않네.
雨過天津柳色新　風光宛似去年春
可憐玉節歸來地　不見當壚勸酒人

시 쓰기를 마치자 붓을 던지고 수레에 올라 앞길을 취하여 나아가니, 여러 창기(娼妓)들이 우두커니 서서 가는 길에 이는 먼지만을 바라보고 다만 무척 부끄러워 무안해할 뿐이라. 서로 다투어 그 글을 베껴서 부윤께 바치니, 부윤이 여러 창기들을 꾸짖으며 말하되,

"너희들이 만일 양한림의 한 번 돌아봄을 얻었던들, 곧 가히 그 값은 세 배나 더할 것을, 한무리나 새로 단장을 하고서도 모두 한림의 눈에 들지 못하니, 이로부터 낙양 땅이 무색하도다."

여러 창기들에게 물어 한림의 마음에 있는 사람을 알아서 네 문에 방을 붙여 섬월이 간 곳을 찾아 내고, 한림은 다시 길을 지나는 날만을 기다리더라.

## 천진교의 계섬월 재회(再會)

한림이 연나라에 다다르니, 아득한 변방 사람들이 일찍이 황화(皇華)[34]의 위의를 보지 못하였다가 한림을 보니, 상서로운 땅 위의 기린 같고 구름 속의 상서로운 봉황과 같기에, 마침내는 다투어 수레를 둘러싸고 길을 메우며 한 번 보기를 원치 않는 이가 없더라.

한림의 위엄이 빠른 우레와 같고 은혜는 때를 맞춰서 내리는 비와도 같아서 변방 백성들이 역시 기뻐하며, 북치고 춤을 추면서 서로 다투어 이르되,

"성천자(聖天子)가 장차 우리를 살리실 것이로다."

한림이 연왕과 서로 만날새, '천자의 위덕(威德)과 조정의 처분을 자주 일컬으면서, 향배(向背)의 세력과 순역(順逆)의 도리'를 자주 역설하고, 이치를 잘 알아듣도록 타이르는데, 도도함이 물결을 뒤치는 듯하고, 늠름함이 추상 같아서, 연왕이 놀라며 두려워하더니, 곧 사리를 깨닫고 땅에 꿇어앉아 사죄하여 이르되,

"변방이 벽루(僻陋)하고 성화(聖火)가 자연히 미치지 못하는고로 외람되이 조정의 명에 거역하였음을 알지 못하였는데, 이제 명교(明教)를 받사오니, 이전의 잘못을 스스로 깨닫겠소이다. 이로부터 응당 어리석은 마음을 길이 정제하고 삼가 신자(臣者)의 직분을 닦으리니, 오직 황사(皇使)는 돌아가 조정에 아뢰어, 우리 조그만 나라가 오로지 위태함으로 인하여 편안함을 얻고, 전화위복이 되도록 해 주시면, 이 소진(小鎭)에는 이러한 다행이 없을 줄로 아나이다."

인하여 벽루궁(壁鏤宮)에서 잔치를 베풀고 한림이 장차 길을 떠나려 할 때, 황금 천 근과 명마 열 필을 주거늘, 한림은 이를 물리치고 받지 않고서 연나라 땅을 떠나서 서쪽으로 돌아올새, 길을 떠난 지 십여 일

34) 황제의 덕화(德化).

만에 한단(邯鄲) 땅에 이르니, 미소년이 한 필의 말을 탄 채 앞 길에 있다가 뒤이어 앞에서 이끄는 벽제(辟除)[35] 소리를 듣고 말에서 내려 길가에 섰기에, 한림이 물끄러미 바라보고 말하되,

"저 서생이 탄 말이 필연 준마(駿馬)로다!"

점차 가까이 보매 그 소년의 아름다움은 위개(衛玠)[36]와 같고 교태로움은 반악(潘岳)과 닮았느니라. 한림이 말하되,

"내 일찍이 두 서울의 사이를 두루 돌아다녔지만, 남자로서 저 소년과 같이 잘생긴 이는 보질 못하였으니, 그 얼굴이 이와 같을진대 그 재주도 가히 알 만하도다."

종자(從者)에게 일러 가로되,

"너는 저 소년을 청하여 뒤따라오게 하라."

한림이 낮에 잠시 역관(驛館)에서 쉴새, 소년이 이미 도착했기에 한림이 사람을 시켜서 맞아들이매 소년이 들어와 배알하니, 한림이 그 소년을 사랑하여 일러 말하되,

"노상에서 그대에게 번위(潘衛)의 풍채 있음을 우연히 보고서 문득 사랑스럽고 그리운 마음이 일어, 감히 사람을 시켜서 그대를 받들어 맞아들이게 하였는데, 혹시 나를 돌아보지 않을까 염려하더니, 이제 날 버리지 않고 다행히도 합석을 하게 되니, 이것이 꼭 예부터 사귄 친구처럼 친해지는 듯하외다. 원컨대 현형(賢兄)의 성명(姓名)을 듣기 원하노라."

소년이 대답하되,

"소생은 북방 사람으로 성은 적(狄)이요, 이름은 백란(白鸞)이니, 궁벽한 시골에서 자라나 아직껏 훌륭한 스승과 좋은 친구를 만나지 못하여 학술이 조잡하고 얕으며 글이나 무술을 다 이루지는 못하였으되, 아직껏 지기(知己)를 위하여 죽고자 하는 일편지심(一片之心)은 있나이다.

---

35) 귀인(貴人)의 행차에 행로인(行路人)을 피하게 하는 소리. 36) 진대(晋代) 사람으로, 풍채가 청수하고 담론에 뛰어남.

이제 상공이 사신으로써 하북을 지나시매 위덕(威德)이 병행하시어 우레가 치고 바람이 휘몰아치는 듯하여 땅이 떨고 물이 두려워한즉, 그 영명(榮名)을 사모하는 사람들이 얼마나 많겠느뇨? 소생이 비천하고 졸렬함도 헤아리지 아니하고 상공의 문하에 의탁하여 계명구도(鷄鳴狗盜)의 천한 재주를 한 번 일깨워 보고자 하더니, 상공의 이 지극한 바람을 굽어 살피시어 이렇듯 고맙게도 빨리 불러 주시니 어찌 곧바로 소생의 영광이 되지 않겠나이까? 대인의 몸을 굽히시고서 선비를 기다리시는 성덕(盛德)에 실로 황공할 뿐이오이다."

한림이 더욱 기뻐하여 이르되,

"바로 옛말에 이르는 '동성상응(同聲相應)이요, 동기상구(同氣相求)'니, 이제 두 사람의 정이 서로 투합되었은즉 이는 매우 즐거운 일이로다! 이후로는 적생(狄生)과 함께 말고삐를 나란히 하고 길을 가며, 밥상을 같이하여 먹고, 경치 좋은 곳을 지나면 함께 산수에 대해서 얘기하며, 밝은 밤을 만나면 함께 풍월을 읊조리면서 안마의 피로와 행의 괴로움을 잊으리라."

다시 낙양에 이르러 천진교를 지나매, 옛 생각으로 해서 가슴이 뭉클한즉, 양한림이 말하되,

"계랑이 스스로 여관이라 칭하고 산수 사이로 떠돌아다니는 것은 생각컨대 내가 오길 기다리면서 처음에 한 굳은 약속을 지키고자 함이로다. 그래서 나는 벼슬을 얻어 되돌아왔는데, 계랑은 촛불을 밝히며 기다리고 있지 않으니, 사람의 일이 서로 어긋나고, 좋은 시절이 뒤바뀌어 버린 것인즉, 어찌 가엾고 슬픈 마음이 없을 수 있으리오? 계랑이 만일 내가 지난번에 헛되이 지나간 줄 알면 반드시 여기에 와서 기다릴 것이로다. 생각컨대 그 종적이 도관(道觀)에 있지 아니하면 반드시 이원(尼院)에 있을지니, 도로에서 어찌 그 소식을 들으리오? 슬프도다! 이번 길에 또 서로 보지 못하면 얼마나 많은 세월을 허비해야 할지, 또 만날 때가 있을지 모르겠도다."

홀연히 눈을 들어 멀리 바라본즉 한 가인(佳人)이 누각 위에 홀로 서서 누른 빛의 주렴을 높이 걸고, 채색 비단으로 장식된 난간에 비스듬히 기대어 거마(車馬)가 티끌을 일으키며 오는 것을 유심히 보고 있으니 이는 곧 계섬월(桂蟾月)이더라.

한림이 골똘히 생각하던 차에 문득 낯익은 얼굴을 보게 되니, 그 아리따운 모습을 충분히 잡을 듯한지라. 수레를 바람같이 몰아 얼른 누각 앞을 지날 때, 두 사람이 서로 보고 엉기는 정은 이루 말로써 다할 수 없더라. 이윽고 한림이 객관에 이르매 섬월이 먼저 지름길로 달려와 이미 객관 안에 들어가 있더라.

한림이 수레에서 내리는 것을 보고 앞으로 나아가 인사를 올리며 거듭 장막 안으로 들어가 옷깃을 여미고 마주하고 앉으니, 슬픔과 기쁨이 함께 서려 올라 말보다 눈물이 앞서 흐르는지라. 이에 몸을 굽혀 하례하되,

"건조하고 습한 땅에 말을 빨리 달리시되 귀체가 만복(萬福)하시오니, 연모하는 천한 이내 마음에 족히 위로가 되겠나이다. 인하여 이별한 후의 일을 세세히 말씀드리자면 상공께서 떠나시고부터 공자왕손(公子王孫)의 모임과 태수 현령의 잔치에 좌우에서 부르고 동서에서 매우 핍박하여 역경을 만난 것이 한두 번이 아니오이다. 그래서 스스로 머리털을 베고 악질을 가탁하여 가까스로 협박을 받는 욕을 면하였으며, 곡진히도 화장하기를 마다하지 않고서 산사람의 옷으로 바꿔 입고 성중(城中)의 시끄럽고도 번잡한 곳은 피하여 골짜기 사이의 고요한 곳에 깃들었는데, 산을 찾아 나선 객이나 도를 구하여 나선 객 중에서 혹은 성부(城府)에서 다다른 사람도 있고, 혹은 서울로부터 온 자도 있어서, 문득 듣기로 상공께서 천륜을 받들고, 이 땅을 지나셨다 하기로 수레를 달려 가보니 벌써 멀리 사라지셨더이다. 멀리 연나라 땅의 구름만 바라보고서 오직 피눈물만을 흘릴 뿐이었는데, 현령이 상공을 위하여 상공께서 객관(客館)의 벽에 써 놓으신 한 수의 시를 가지고 몸소 도관(道觀)에 이르러 천첩에게 그것을 보이면서 말하되 '지난번에 양한림께서 천자의

명을 받들어 혹은 좋은 귤을 수레에 가득 싣고 이곳을 지나셨으나, 섬랑을 보지 못하신 것이 한이 되어 종일토록 꽃을 보되, 한 가지도 꺾지 않으시고 이 시만을 짓고 돌아가셨는데도, 낭께서는 어찌 홀로 산림에 깃들어 옛 사람을 생각치 않으시며 나로 하여금 접대의 예를 갖추게 함은 매우 매몰스럽지 않으신지요?' 하고 거듭 지나친 칭찬과 경례를 표하며 스스로 전날의 일을 사과하고, 내가 돌아가서 옛집에 머무르며 상공께서 돌아오시는 걸 기다리도록 간청을 한즉, 천첩이 처음으로 여자의 몸 또한 중한 줄을 알았나이다. 천첩이 천진루 위에 홀로 서서 상공의 행차를 바라보니, 성 안의 모든 난가(攔街)의 기녀들과 행인들이 그 누구가 소첩이 귀명(貴命)을 받음을 부러워하지 않으며, 소첩의 광영에 흠탄하지 않았느뇨? 상공께서 이미 장원 급제를 하셔 한림학사의 직책을 받으신 줄은 첩이 이미 들었거니와 주궤(主饋)[37]할 부인은 얻으셨는지 모르겠나이다."

한림이 이르되,

"이미 정사도 집의 여자와 정혼하여 화촉의 예는 비록 행하지 아니하였으나, 그 규수의 현숙한 품행이 이미 소문이 자자하였으며, 계경의 말과 조금도 틀리지 아니하니, 좋은 중매의 후한 은혜가 태산보다 더하노라."

다시 옛정을 이으매, 차마 즉시 떠나지 못하고 잇따라 이틀을 머물더라. 한림은 계랑이 침방에 있는고로, 오랫동안 적생을 보지 아니하였는데, 서동(書童)이 바삐 와서 조용히 아뢰되,

"소복이 보건대 적생 수재[38]는 좋지 못한 사람이더이다. 섬낭자와 함께 이 많은 사람들 속에서도 서로 장난을 치니 섬낭자께서는 이미 상공을 따르고서도 전일과 무척 다르거늘. 제 어이 감히 이처럼 무례하리이까?"

한림이 이르되,

37) 음식을 맡은 이. 흔히 아내를 이름. 38) 미혼 남자에 대한 존칭(尊稱).

"적생은 그런 짓을 할 사람이 아니며 섬랑은 더더욱 의심할 바 없으니, 네가 필연 잘못 본 듯하다."

서동이 만족치 못한 마음으로 물러가더니, 이윽고 다시 와서 이르되,

"상공은 소복의 말이 그릇되고 망령되다 하시나, 두 사람이 바야흐로 서로 노닥거리고 있사오니 상공께서 만일 친히 그 광경을 보시면 소복의 말이 옳은지, 그른지를 가히 아실 수 있을 것이옵니다."

한림이 문득 서편 행랑으로 나서서 그 광경을 바라본즉, 두 사람이 조그만 낮은 담을 사이에 두고 서서 혹은 웃기도 하고 혹은 얘기도 나누며 손을 잡고 장난을 치거늘, 한림은 그들이 나직이 속삭이는 말을 듣고자 하여 점차 가까이 가니, 적생은 신 끄는 소리를 듣고 깜짝 놀라 달아나고 섬월은 되돌아보고 자못 수삽(羞澁)[39]한 모습이 되어 있더라.

한림이 묻되,

"계랑이 일찍이 적생과 서로 친하였느냐?"

섬월이 이에 대답하되,

"첩과 적생은 비록 옛적에 별로 친한 것은 없으나, 그의 누이와 오랜 정분이 있는 까닭에 그 안부를 물었나이다. 첩은 본디 창루(娼樓)의 천한 여자로 자연 이목에 젖어 남녀가 서로 멀리 꺼려 할 줄도 모르고, 손을 잡고 희롱도 하며 귀를 대고 조용히 말도 하여 상공의 의심을 불러일으켰으니, 천첩의 죄는 실로 만 번 죽어 마땅하겠나이다."

한림이 이르되,

"난 그대를 의심하는 마음 없으니 그대는 조금도 꺼려할 것 없노라."

거듭 조용히 생각하여 말하되,

"적생은 소년이라 필연 나를 보고 꺼려할 것이니, 내가 마땅히 그를 불러 위로할 것이라."

하고 서동으로 하여금 청하여 오라 하니 이미 어디론가 가 버린지라. 한

---

39) 마음이 부끄러워 거동이 부자연스러워 머뭇거리는 모양.

림이 크게 후회하여 이르되,

"옛적에 초장왕(楚莊王)[40]은 갓끈을 끊어 그 모든 신하의 마음을 편케 하였거늘, 나는 곧 모호한 일을 살피고자 하여 이로 인해 재주 있고 아름다운 선비를 잃었으니, 이제 비록 스스로 책한들 무엇하리오."

곧 종자로 하여금 성 안팎을 두루 찾아보게 하더라.

이날 밤에 한림이 섬월을 데리고 옛 일을 말하며 마음을 밝히고 술자리를 벌여 즐겁게 놀다가, 한밤중이 되매 촛불을 끄고 잠자리에 들더라. 미명(微明)이 되자 비로소 잠을 깬즉, 섬월이 바야흐로 화대에 마주앉아 단장을 새로 하거늘, 정을 두고 자세히 보다가 깜짝 놀라 그를 다시 보매, 곧 푸른 눈썹과 맑고 아름다운 눈동자며, 구름같은 살쩍과 꽃같은 뺨이며, 버들같이 가는 허리와 눈빛과 같이 흰 살결이 섬월 같으나 자세히 살펴보니 곧 섬월이 아니더라. 한림이 놀라고 마음에 의혹이 나거늘 또한 감히 힐문(詰問)치 못하더라.

---

40) 초목왕(楚穆王)의 아들. 이름은 려(侶).

## 금란직학사취옥소 봉래전궁아걸가구
## 金鑾直學士吹玉簫 蓬萊殿宮娥乞佳句

### 객관(客館)의 적경홍(狄驚鴻) 만남

한림이 미인을 자세히 헤아리고 깊이 생각하여 섬월이 아님을 안 후 이에 물어 말하되,

"미인은 어떤 사람인가?"

미인이 대답하되,

"첩은 본디 파주(播州) 사람이오며, 성명은 적경홍(狄驚鴻)이니이다. 어렸을 때부터 섬랑과 형제를 맺었었는데, 어젯밤에 섬랑이 첩에게 일러 말하되, '내가 마침 병이 들어 상공을 모시지 못하니, 네가 반드시 내 몸을 대신하여 상공의 꾸짖음을 면케 해 달라 하거늘, 감히 첩이 계랑을 대신하여 외람되이 상공을 모셨나이다."

말이 미처 끝나지도 아니하여 섬월이 문을 열고 들어오면서 덧붙여 말하되,

"상공께서 또 새 사람을 얻었으니 첩은 감히 축하드리나이다. 천첩이 일찍이 하북의 적경홍을 상공께 천거했사온데, 천첩의 말과 지금의 경홍이 과연 어떠하나이까?"

이에 계속해서 한림이 말하되,

"얼굴을 보니 이름을 듣던 것보다 훨씬 낫도다!"

다시 경홍의 의용을 살펴본즉, 적생과 털끝만큼도 다르지 않은지라. 이에 계속해서 한림이 말하되,

"원래 적생이 홍랑(鴻娘)의 동기(同氣)인 듯하도다. 남과 여와는 다른 점이 비록 있긴 하나, 용모가 똑같으니 적랑이 적생의 누이가 되는가,

적생이 적랑의 오라비가 되는가? 내가 어제 적형(狄兄)에게 죄를 지었는데, 적형은 지금 어디 있느뇨?"

경홍이 더욱 웃으며 대답하되,

"천첩은 본디 형제가 없나이다."

한림이 또 자세히 살펴보고 확연히 깨닫는 바가 있어 웃으며 말하되,

"한단(邯鄲)의 길 위에서 나를 따라온 이 본디 적랑이요, 어제 담엽에서 계랑과 얘기를 나눈 자 또한 홍랑일진대, 그러나 홍랑이 남복을 하고 나를 무슨 까닭으로 속였는지 알지 못하겠도다!"

경홍이 대답하되,

"천첩이 어찌 감히 상공을 기망(欺罔)하리이까? 천첩이 비록 얼굴이 다른 사람보다 뛰어나지도 못하고 재주도 다른 사람만 못하오나, 평생에 대인 군자된 자 좇기를 바라나이다. 연왕이 첩의 이름을 지나치게 듣고 명주 한 섬으로 첩을 사서 궁중에 두니, 비록 입으로는 진미를 싫도록 먹고, 몸에는 비단을 싫을 정도로 걸치나 이는 첩이 바란 바가 아니옵고, 괴로움은 조롱(雕籠)에 깊이 갇힌 앵무(鸚鵡)와 같아서 마음으로는 훨훨 떨쳐 버리고 날고 싶으나, 그렇게 할 수 없음이 한이 되었나이다. 지난날 연왕이 상공을 맞아들여 큰 잔치를 베풀제, 첩이 창 틈으로 상공을 본즉 이는 천첩이 따르길 바라던 자이었나이다. 그러나 궁문이 아홉 겹이니 어찌 능히 뛰어 넘으며, 길이 만 리이니 어찌 스스로 상공께 다다를 수가 있겠나이까? 이리저리 곰곰이 생각하여 가까스로 한 가지 계책을 얻었으나, 상공이 연나라를 떠나시는 날, 이 몸을 빼쳐 상공을 따르면 연왕이 꼭 사람을 보내어 뒤쫓을 터인고로, 상공이 떠나는 길에 오른 지 십일 후에 연왕의 천리마(千里馬)를 가만히 훔쳐 타고, 이틀만에 한단 땅에 상공을 따라 이르러, 상공을 뵈올 적에 마땅히 실상을 고할 것이로되, 번잡한 이목이 두려워서 감히 입을 열지 못하였으며 상공을 속이고 사실을 숨긴 책임은 실로 면키 어렵겠나이다. 전일에 남자의 건복을 입은 것은 뒤쫓는 자를 피하고자 한 사정이었고, 어젯밤에 당

희(唐姬)[1]의 옛 일을 본받은 것은 무릇 계랑의 정어린 간청에 따른 것이오니, 전후의 죄를 비록 용서하실지라도 황공한 마음은 오래도록 잊지 못하겠나이다. 상공이 만일 그 허물을 따지지 않으시며, 그 비루함을 꺼려하지 않으시고, 교목(喬木)에 그늘을 빌리시어 한 가지에 깃들기를 허락하시면, 첩은 마땅히 섬랑과 그 거취를 함께 하여 상공이 부인을 맞이하신 후에 섬랑과 함께 문하에 나아가 하례하리이다."

한림이 말하되,

"홍랑의 높은 의기는 비록 양가의 집불기생(執拂妓生)[2]이라도 감히 따르지 못하겠거늘, 내 이위공(李衛公)[3]과 같은 장수나 재상이 될 만한 재질이 없음을 부끄러워할 뿐이로다. 서로 좋도록 지내고자 하니, 어찌 내 꺼리는 바가 있으리오?"

홍랑이 또한 그 말에 감사를 표하매 섬월이 이르되,

"홍랑이 이미 첩의 몸을 대신하여 상공을 모셨으니, 첩 또한 마땅히 홍랑을 대신하여 상공께 사례하나이다."

이에 일어나서 꾸벅꾸벅 거듭 절하더라.

이날 한림이 두 미인과 더불어 밤을 지새고, 다음 날 아침에 장차 길을 떠나려 할제 두 낭자에게 일러 말하되,

"길거리의 많은 사람들의 이목이 번거로워 동거(同車)는 못 하나, 장차 혼례를 치른 후에 곧 서로 만나게 되리라."

하고, 서울을 향하여 떠나가더라.

---

1) 후한(後漢) 홍풍왕(弘豊王)의 희(姬)로 남편이 죽은 뒤 정절(貞節)을 지켰음. 2) 수나라 양소(楊素)의 시기(侍妓)였던 홍불(紅佛). 뒤에 이정(李靖)을 따름. 3) 당(唐)의 병략가. 이름은 정(靖).

## 한림의 배필 난양공주(蘭陽公主)

한림이 서울에 이르러 궐하에서 복명할새, 연나라 변방에서 표문(表文)과 공물로 바치는 금은채단(金銀綵緞)이 때마침 이른지라. 천자 크게 기꺼워하며, 그 근로(勤勞)를 위로하고, 그 공훈을 표창하여 그 공에 대한 보답으로 장차 후(侯)를 봉하려 의논하시거늘, 한림이 힘써 사양하매, 그 의논을 그치고 예부상서를 표탁(表擢)[4]하여 한림학사를 겸대하게 하시며 상을 거듭 많이 내리고 총우(寵遇)가 융숭하시니 사람들이 모두 그를 부러워하더라. 한림이 집에 돌아오니 사도 부처가 중당에서 맞아들여 만나 보며 그 위험한 곳에서 성공함을 하례하고, 그 벼슬이 경월(卿月)에 훌쩍 오른 것을 기꺼워하니 환성이 온 집안을 뒤흔들더라.

상서가 화원으로 돌아와 춘랑과 함께 이별의 회포를 풀며 새로운 즐거움을 맺으니, 정중한 정은 생각케 할 만하더라.

천자, 양소유의 글재주를 매우 여기시어 자주 편전으로 불러들여 경서와 사기를 토론하시니, 한림이 숙직하는 날이 가장 잦아지더라. 하루는 야대(夜對)[5]를 파하고 곧바로 직소(直所)에 돌아오니, 궁호(宮壺)[6]와 누적(漏滴)[7]이 무척 잠잠하고 금원(禁苑)[8]에 달이 떠오른즉, 한림이 홀로 높은 누각에 올라 난간을 의지하고 앉아서 달을 대하여 시를 읊조리는데, 문득 바람결에 들으니, 퉁소 노래 한 곡조가 멀리 구름을 따라 어렴풋이 점점 들려오더라. 땅에는 어둠이 짙게 깔리고 소리가 멀어서 비록 그 조향(調響)은 변치 못하나, 그 소리는 일반 사람의 귀로는 듣지 못한 바라. 생이 원리(院吏)를 불러서 물어 이르되,

"이 소리가 궁의 담 밖에서 나느뇨, 혹은 궁중 사람 가운데 이 곡조를 능히 부는 자가 있느뇨?"

---

4) 벼슬자리를 높임. 5) 왕이 밤중에 신하를 불러 경연을 베풀고 경서를 대강(對講)하던 일. 6) 궁중에서 받는 술. 7) 궁중의 물시계의 일종. 8) 대궐 안에 있는 동산.

원리가 이르되,

"알지 못하나이다."

이에 생이 술을 내오라 명하여 잇따라 여러 잔을 들이킨 후 거듭 깊이 넣어 둔 옥퉁소를 내어 자신이 여러 곡을 부니, 그 소리가 곧바로 하늘에 올라서 채색 구름이 사방에서 일어나고, 그 소리를 듣나니 난봉(鸞鳳)이 서로 어울리어 우는 듯한지라. 청학(靑鶴) 한 쌍이 홀연 대궐 안으로 날아들어 그 절주(節奏)에 맞춰 가볍게 훨훨 날면서 춤추거늘, 한림원 안의 모든 관리들이 무척 신기하게 여겨 왕자 진(晋)이 한림원 안에 있을 것이라 여기더라. 이때 황태후에게는 두 아들과 딸이 있으니, 이들이 황상과 월왕(越王)과 난양공주(蘭陽公主) 셋이니라. 난양공주가 탄생할 적에 태후의 꿈에 선녀가 구슬을 받들어 태후의 품 속에 넣어 주는 게 보였는데, 공주가 점점 장성하매 난초와 같은 자태와 좋은 성질, 그리고 규범(閨範)[9]이 은황옥엽(銀黃玉葉)[10] 중에서 유독 빼어나고, 한 번 움직이는 것과 멈추는 것, 한 마디 하는 말과 입을 다무는 것이 모두 법도가 있어서 도무지 속된 것이 없고, 문장이나 침선이 또한 모두 실물과 아주 비슷하여 이로써 태후가 깊이 사랑하고 매우 든든히 여기셨느니라.

이때 서역 태진국(西域太眞國)에서 백옥 퉁소를 바쳤는데, 그 꾸밈새가 극히 묘하므로 악공으로 해서 그것을 불어 보게 하나, 소리가 나지 아니하더라. 공주가 어느 날 밤 꿈에 선녀를 만나서 한 곡조를 배워 공주가 그 신묘함을 다 익혔는데, 이에 꿈을 깨어 태진국의 옥퉁소를 시험삼아 불어 보니, 성운(聲韻)이 매우 맑으며 음률과 악률에 저절로 맞아서 태후와 천자께서 다 기이하게 여겨 칭찬하시되, 다른 사람은 아무도 그 사실을 알지 못하더라.

공주가 매양 한 곡조를 불면, 학의 무리들이 저절로 전각 앞에 모여

---

9) 여자가 지켜야 할 본보기. 10) '은황'이란 '은하수', '옥엽'이란 임금의 가족에 대한 존칭.

들어 빙빙 돌면서 마주 보고 춤을 추는지라. 태후가 황상께 이르시되,

"옛날에 진목공(秦穆公)의 딸 농옥(弄玉)이 옥퉁소를 잘 불었다고 하는데, 이제 난양의 묘한 곡조가 농옥에게 뒤떨어지지 아니할지니, 꼭 소사(簫史) 같은 사람이 있은 뒤에야 가히 난양을 하가(下嫁)하리라."

이리하여 난양공주는 이미 장성하였으되, 아직까지 배필을 가리지 못하더니, 이날 밤에 난양공주가 마침 달 아래에서 퉁소를 불어 학의 춤을 끝냈는데, 곡조를 마치자 청학이 옥당을 향해 날아가 그 한림원에서 춤을 추니, 이후에 궁인들이 서로 전하여 일컫되,

'양상서가 옥퉁소를 불어 선학이 춤을 춘다' 하더니, 그 말이 궁중으로 흘러들어가 천자가 이를 들으시고, 신기하게 여기며 생각하기를,

'공주의 인연이 필연 양소유에게 있을 것이라' 생각하더라.

태후께 입조(入朝)하고 이 사실을 고하여 이르되,

"양소유의 나이가 어매(御妹)와 서로 상당하옵고, 그 풍채와 재주, 학식은 뭇신하들 중에서 둘도 없사오니, 비록 천하에 가리어 이보다 더 나은 이는 얻을 수 없으리이다."

태후께서 무척 즐거워하시며 이르시되,

"소화(簫和)의 혼사를 아직 정한 곳이 없으니 항상 내 마음에 거리낀 듯하더니, 이제 그 말씀을 들으니 양소유는 곧 하늘이 정해 준 난양공주의 배필이로다. 그러나 이 몸이 친히 그 사람됨을 보고 정하고자 하노라."

황상이 대답하시되,

"이는 어렵지 아니하니, 후일에 마땅히 양소유를 별전으로 불러 보고 문장을 강론할 것이니, 낭랑[11]이 주렴 안에서 한 번 보면 곧 가히 알 수 있을 것이니라."

태후께서 더욱더 즐거워하시며 황상과 계책을 정하더라.

---

11) 황후(皇后)나 천녀(天女)를 부르는 말.

난양공주의 이름이 소화(簫和)인데, 그 옥퉁소에 소화라는 두 글자를 새겼으므로, 이러한 연고로 그렇게 이름한 것이니라.

## 봉래전(蓬萊殿)의 궁녀와 글짓기

하루는 천자가 봉래전에 연좌(燕坐)[12]하시고 어린 황문(黃門)[13]으로 하여금 양소유를 불러오게 하시니 황문이 명을 받잡고 한림원에 간즉 원리(院吏)가 이르되 '한림께서는 방금 나가셨다' 하므로, 정사도의 집에 가서 물어 본즉, 곧 이르되,

'한림께서는 아직 돌아오지 않았다' 하기로, 황문이 황망하게 찾았으나 한림이 간 방향을 알 수 없느니라. 이때 양상서는 정십삼과 더불어 장안의 주루에서 크게 취하여 명기 주랑(朱娘)과 옥로(玉露)로 하여금 노래를 부르게 하고 오만스레 껄껄 웃으며 의기가 침착한지라. 환관이 급히 달려가 명패[14]를 가지고 그를 부르니, 정십삼은 기급하여 뛰어나가고 한림은 취안이 몽롱하여 몸가짐이 엉성하며 환관이 말을 달려와서 한림이 벌써 누각에 오른 줄 깨닫지 못하거늘, 환관이 서서 그를 재촉하니 한림이 두 창기로 하여금 부축을 받으며 일어나 조복을 입고 환관을 따라 대궐로 들어가 뵈온즉, 천자께서 자리를 내 주시고 뒤이어 역대 제왕의 치란 흥망(治亂興亡)을 의논하시더니, 상서가 고금의 일을 들추어 내어 명확하고도 밝게 아뢰니, 천안(天顔)에 기꺼운 빛을 띠시고 다시 묻되,

"시구를 짜서 읊어 내기란 비록 제왕의 긴요한 일은 아니라 하나, 오직 우리의 조종이 또한 언제나 이 일에 유의하여 시문이 간혹 천하에

---

12) 편안히 앉음. 13) 궁중의 환관. 곧 내시를 일컬음. 14) 왕명(王命)으로 삼품(三品) 이상의 관원을 부를 때 성명(姓名)을 써서 돌린 패.

전파되어 지금까지 칭송되니, 경이 나를 위해 시험삼아 성제 명왕의 문장을 논하고, 문인(文人), 묵객(墨客)의 시편(詩篇)을 평하되 꺼리거나 숨김없이 그 우열을 정하도록 하라. 위로는 제왕의 작품 가운데서 누가 으뜸이며, 아래로는 신하들의 시 가운데 누가 최고가 되느뇨?"

상서가 엎드려 대답하되,

"군신이 글로써 서로 부르고 화답함은 대요(大堯)와 제순(帝舜)에서부터 비롯되니, 아직 이를 논할 계제는 아니오며, 한 고조의 대풍가(大風歌)와 위 태조(魏太祖)의 월명성희(月明星稀)[15]는 제왕의 시사(詩詞) 중 으뜸이요, 서경의 이릉(李陵), 업도(鄴都)의 조자건(曹子建), 그리고 남조의 도연명(陶淵明), 사영운(謝靈運)의 두 사람이 가장 현저히 드러난 작품을 지은 자들이거니와 예부터 문장의 성함이 우리 국조[16]만한 시대가 없고, 국조와 인재(人才)가 울흥(蔚興)함이 개원(開元) · 천보(天寶) 사이보다 더 두루 미친 때도 없으니, 제왕의 문장으로서는 현종 황제가 천고의 으뜸이 되시고, 시인의 재주로 천하에서 이태백에 대적할 이 없으리이다."

황상께서 일컫되,

"경의 말이 실로 짐의 생각과 맞는도다. 짐이 매양 태백학사의 청평사(淸平詞)와 행락사(行樂詞)를 보면, 그와 한때에 있지 못한 줄을 한하더니, 이제 짐이 경을 얻었으니, 어찌 이태백을 부러워하리오? 짐이 나라의 제도를 좇아 궁녀 십여 인으로써 한묵(翰墨)을 맡게 하니, 이른 바 여중서(女中書)[17]로다. 조전(彫篆)의 재주[18]가 있고 달 아래에 생겨난 이슬을 능히 모방해 그 가운데도 가히 또한 볼 만한 자가 있도다. 경은 이백이 취중에 시를 짓던 옛 일을 본받아서 시험삼아 채호(彩毫)[19]를

---

15) 위무제(魏武帝)인 조조(曹操)의 단가행(短歌行). 16) 본조(本朝). 곧 당(唐) 시대. 17) 여관(女官)의 이름. 여비서관. 18) 전자(篆字)를 새길 수 있는 재주. 좋은 글씨를 이름. 19) 그림을 그리는 붓.

발휘하고 한 번 주옥과 같은 글을 토해 내어, 아무튼 궁녀들의 바라는 정성을 저버리지 말 것이며, 짐 역시 경의 의마지작(倚馬之作)[20]과 토봉지재(吐鳳之才)[21]를 보고 싶도다."

곧 궁녀들을 시켜 어전에 유리 벼룻집과 백옥 필상(筆床)과 옥섬여연적(玉蟾蜍硯滴)을 상서의 자리 앞으로 옮겨 놓게 하셨고, 모든 궁인들이 이미 상서의 글을 받으라는 어명을 들었으므로 각각 예쁜 종이, 비단 수건과 그림 부채를 상서에게 공경히 바치니, 상서가 바야흐로 취흥이 돌아 시사가 저절로 용솟음쳐서 채색 붓을 들어 차례로 시를 쓰는데, 풍운이 별안간 일고 운연(雲烟)이 다투어 일어나는지라. 혹은 절구를 짓기도 하고, 혹은 사운도 지으며, 한 수를 쓰다가 그치기도 하고, 두 수를 다 쓰기도 하였는데, 해 그림자가 아직 옮기지 아니하여 앞에 가득한 부채 등속이 이미 다하였더라. 궁녀들이 차례로 꿇어앉아 상감께 바친즉, 상감께서 하나하나 감별하시고 개개의 것들에 칭찬하시며 궁녀들에게 이르시되,

"학사가 또한 이미 수고하였으니, 너희들은 마땅히 궁중에서 특별히 빚은 술을 대접해야 할 것이로다."

모든 궁녀가 혹은 황금 쟁반에 받들어 올리기도 하고 혹은 유리로 만든 술병으로 올리기도 하며, 혹은 앵무 술잔을 잡고 백옥상(白玉床)을 받들어 좋은 술을 가득히 내오며, 맛좋은 안주를 가득히 준비하였는데, 잠깐 꿇어앉았다 잠깐 서면서 다투어 바치고 다투어 권하므로, 한림이 좌우 두 손으로 잡아 차례로 마시어 어느덧 십여 잔에 이르자 예쁘고 잘생긴 얼굴이 벌써 붉어지고 옥산(玉山)이 무너지고자 하거늘, 황상께서 그만두도록 명하시고 또 하교하여 이르되,

"학사의 글 한 구절은 가히 천금과 맞먹을지니, 이는 진실로 이른 바

---

20) 빠르게 잘 지은 작품. 21) 재주가 있어 문장(文章)의 재능이 뛰어남.

가치를 헤아릴 수 없는 보석이로다. 모시(毛詩)에 이르되, '모과〔木果〕로 써 던지거늘 경거(瓊琚)로 갚는다' 하니 너희들이 무슨 물건으로 윤필지자(潤筆之資)[22]를 하려느뇨?"

궁녀들 중에는 혹은 금비녀를 빼거나 혹은 옥패도 떼어 내고 또는 가락지를 빼고 금팔찌를 빼기도 하여, 다투듯이 어지러이 던지니, 극히 짧은 시간에 그것들이 더미를 이루었더라. 황상께서 어린 내관을 불러 이르되,

"너는 상서가 쓰던 필연(筆硯)과 연적(硯滴) 그리고 궁인들이 차례로 내놓은 물건들을 거두어 상서를 따라가서 그 집에 전하여 주도록 하라."

상서가 머리를 조아려 사은하고 일어나다가 다시 자리에 쓰러지는지라. 상께서 환관에게 부축하여 데리고 나가도록 명하니 궁문에 이르러 추종들이 일제히 옹위하여 말에 올리니라. 양상서가 돌아와 화원에 이르니 춘운이 붙들어 높은 난간으로 올리고 그의 조복을 벗기며 물어 이르되,

"상공께서 지나치리만큼 취하셨는데, 뉘 집에서 술을 드셨나이까?"

한림이 취하여 이미 대답할 수가 없어서 고개만 끄덕일 뿐인데, 상께서 상으로 주신 필연(筆硯)과 비녀, 팔찌와 머리 장식품 등의 물건을 받들어 하인들이 난간 위에 쌓아 놓으매, 상서가 희롱삼아 춘운에게 말하되,

"이 물건 모두를 천자께서 춘랑에게 상으로 내리신 것이라. 나의 소득이 동방삭(東方朔)[23]과 견주어 누가 더 낫느뇨?"

춘운이 다시 묻고자 하나, 한림은 이미 정신 없이 쓰러져서 코 고는 소리가 마치 천둥과도 같더라.

---

22) 서화(書畵), 문장(文章)을 쓴 보수. 23) 전한(前漢) 사람. 무제 때에 벼슬이 시중(侍中)에까지 이름.

## 진채봉과 양소유의 재회

이튿날에 무척 늦게서야 상서가 비로소 일어나 손과 낯을 씻는데, 문 지키는 자가 달려와서 고하되,

"월왕(越王) 전하께서 오시나이다."

상서가 깜짝 놀라 말하되,

"월왕이 왕가(枉駕)하시니 필연 일이 있도다."

엎어지고 넘어질 듯이 당황하여 급히 나아가 맞아 왕을 상좌에 앉히고 예를 베푸니, 나이는 대략 이십 세요, 미우(眉宇)[24]가 형연(炯然)하여 정말 천인(天人)과도 같더라.

상서가 꿇어앉아 묻되,

"대왕께서 누추한 곳에까지 왕림하시니, 무슨 가르치심이 있나이까?"

왕이 대답하되,

"과인이 은근히 경의 성덕(盛德)을 사모하였으나 출입하는 길이 달라 여태껏 한 번도 맑은 말을 듣지 못하였는데, 이제 황상의 명을 받들고 와서 성지(聖旨)를 전하오이다. 난양공주가 정말로 꽃다운 나이가 되며 조가(朝家)에서 바야흐로 부마를 간택하려 하는데, 황상께서 상서의 재주와 덕을 매우 사랑하시어 공주 혼사의 의논을 정하시고, 과인으로 하여금 먼저 이 일을 알리라 하시니, 장차 계하는 황상의 명을 받게 되리이다."

이 말에 상서가 깜짝 놀라며 아뢰되,

"황은(皇恩)이 이 정도까지 이르니 신은 감히 땅에서 머리를 들 수가 없나이다. 복이 지나치면 재앙이 생긴다 함은 이미 말할 나위 없는 바이오며, 신은 이미 정사도의 딸과 약혼하여 예물까지 받은 지 벌써 여러 해가 지났사오니, 엎드려 바라건대 대왕은 이 뜻을 황상께 아뢰어 주옵

24) 이마의 눈썹, 또는 얼굴.

소서."

왕이 대답하되,

"내가 돌아가서 마땅히 황상께 아뢰려니와, 아깝도다! 황상께서 인재를 사랑하시는 뜻이 이미 허사로 돌아갔도다."

상서가 다시 여쭈되,

"이 관계는 인륜 대사이오니 소홀히 할 수 없으며, 신이 마땅히 궐 아래에서 죄를 청하겠나이다."

왕이 곧 작별하고 돌아가자 상서가 들어가 정사도를 보고, 월왕의 말한 바를 아뢰고, 춘운이 이미 부인에게 그 사실을 고하였기에 온 집안이 황황하여 어찌할 바를 모르며, 사도는 비참하여 마음이 상하여 능히 한 말도 못하거늘 상서가 말하되,

"악장(岳丈)은 염려치 마옵소서. 천자께서 덕망이 높고 밝으셔 법도를 지키고 예의를 중히 여기시니, 반드시 신하의 윤기(倫紀)를 어지럽게 아니하실 것이오매, 소서(小壻)가 비록 불초하오나 맹세코 송홍(宋弘)[25]의 죄인은 되지 아니하오리다."

지난번에 태후께서 봉래전에 친림하시어 양소유를 몰래 보시고, 마음에 몹시 흡족히 여겨 황상께 이르시되,

"이 자는 진실로 난양의 배필이 될 자로, 내가 이미 몸소 보았으니 어찌 다시 논하리오?"

곧 그 월왕으로 하여금 먼저 양소유에게 알리게 하였던 것이라. 천자께서 바야흐로 양소유를 부르도록 명을 내려서 직접 그 사실을 알리려고 하셨는데, 이때 상께서 별전에 계시다가 문득 어제 양소유가 지은 시재와 필법 모두가 극히 정묘(精妙)함을 생각하시어 다시 친히 보시고 싶어서 태감(太監)으로 하여금 여중서(女中書) 등을 받아 가진 시전(詩牋)을 거둬들이게 하였으나, 모든 궁녀들이 다 상자에 깊이 감추었으되,

25) 후한의 광무제가 송홍을 사위로 삼으려 했지만 뜻을 거역했다는 이야기.

오직 한 궁녀가 시를 쓴 그림 부채를 가지고 홀로 침소에 돌아가 품 속에 넣어 두고, 밤새도록 울며 침식을 전폐하였는데, 이 궁녀는 다른 사람이 아니라 성은 진(秦)이요, 이름이 채봉(彩鳳)으로 화주 땅 진어사(秦御史)의 딸이니라. 어사가 비명에 죽고 궁액(宮掖)[26]에 몰입하여, 계집종이 되었는데, 궁인들이 모두 진녀의 아리따움을 일컬어 주거늘, 상께서 부르시어 그를 보시고 '첩여(婕妤)를 봉코자 하자, 황후께서도 그녀를 아끼시나 진녀가 심히 아름다움을 꺼리시어 상께 간하되,

"진가의 딸은 가히 폐하께서 지극히 귀중하게 여기시어 가까이 대할 만하오나, 폐하께서 그 아비를 죽이시고 그 딸을 가까이 하심은, 옛날에 밝은 인군이 색을 멀리하고 형벌을 세우던 도리에 어긋날까 염려되나이다."

그러자 상께서도 그 말을 옳게 여겨 받아들이시고, 이에 진녀를 불러 물으시되,

"네가 글을 아느냐?"

진녀가 대답하되,

"가까스로 어(魚)와 노(魯)를 구별할 정도이오이다."

상이 명하여 여중서를 삼아 궁중 문서를 맡게 하시고, 거듭 황태후궁으로 나아가 난양공주를 모시고 글도 읽고 글씨도 익히게 하시니, 공주가 진녀의 묘색기재(妙色奇才)를 지극히 사랑하여 종친과 왕실의 외척같이 여기고, 약간 움직일 때도 항상 같이 다니며 차마 잠시도 서로 나뉘어 떨어지지 못하더니,

진녀가 이날 태후를 모시고 봉래전에 나아가 이에 황상의 명을 받들어 여중서들과 더불어 양상서의 시를 받을 때, 상서의 몸의 모든 부분이 일찍이 이미 진씨의 마음 깊숙한 곳에 새겨져 있었으니, 어찌 알아보지 못할 리가 있겠는가? 진녀가 생존해 있으리라곤 상서는 일찍이 알 수도

---

26) 대궐 안 또는 후비(后妃)가 거처하는 곳.

없었거니와 하물며 천위(天威)가 지척에 있으니 또한 감히 눈을 들 수도 없었더라.

진녀는 상서를 한 번 보매, 마음에 불이 타는 듯, 살이 녹는 듯하여 설움을 감추고 쓰라림을 숨겨, 다른 사람이 만일에 수상히 여길까 두려워하며, 인정과 의리를 통하지 못함을 마음 아프게 여기고, 옛 인연을 잇기가 어렵게 되었음을 못내 탄식하며 안타까워하더니, 손에 부채를 들고 많은 시를 읊조리며, 한 번 펼 적마다 그 시를 읊조리고 차마 잠시도 놓지 못하는데, 그 시에 읊었으되,

깁부채가 둥글둥글 밝은 달 같고
가인의 옥수로 희고 맑음 겨루더라.
오현금 속에 훈풍 많으니
가슴과 소매 속으로 드나들어 쉴 때 없구나.
　紈扇團團似明月　佳人玉手爭皎潔
　五絃琴裏薰風多　出入懷袖無時歇

깁부채가 둥글둥글 달 한 바퀴 돌아
가인 옥수가 정히 서로 따르네.
꽃같은 얼굴 가리려 애쓰지 마오.
봄 사람이 도시 모르네.
　紈扇團團月一團　佳人玉手正相隨
　無路遮却如花面　春色人間摠不知

진씨가 앞의 한 수를 읊조리며 탄식하되,

"양랑은 내 마음을 알지 못하는도다. 내 비록 궁중에 있으나, 어찌 승은(承恩)[27]할 뜻이 있으리오?"

또 뒤의 한 수를 읊조리며 탄식하되,

"내 얼굴을 자기가 비록 볼 수는 없으나, 양랑은 필연 마음에 있지 아니하였을 터인데, 글 뜻이 이와 같으니 실로 지척이 천 리 같도다."

거듭 예전에 집에 있을 때 양랑과 양류사(楊柳詞)를 화창(和唱)하던 일을 생각하고, 슬픔을 스스로 억제치 못하여 눈물이 옷깃을 적시거늘, 드디어 붓을 들어 부채 머리에 시 한 수를 이어 쓰고, 바야흐로 읊으며 탄식하는데, 홀연 듣나니 태감(太監)이 상명(上命)으로 그림 부채를 찾은즉, 진씨는 뼈가 으스러지며 간이 떨어지는 듯하고 살이 찢어지는 듯하여 저절로 사지를 떨며, 입에서는 괴로운 탄성이 저절로 나와 부르짖으며 이르되,

"어찌할꼬? 어찌할꼬? 내 이제는 죽으리로다."

하더라.

---

27) 임금의 특별한 은혜를 입음.

## 궁녀엄루수황문 시첩함비사주인
## 宮女掩淚隨黃門 侍妾含悲辭主人

### 황상이 진씨의 죄 사함

태감이 진씨에게 일러 말하되,

"황상이 부채에 쓴 양상서의 시를 다시 보고자 싶어 하시기에 소환(小宦)이 명을 받들어 가지러 왔소이다."

진씨가 울면서 이르되,

"박명한 사람이 죽을 때가 이미 다다라, 우연히 그 시의 끝부분에 그 시제에 화답하는 글을 써서 스스로 꼭 죽을 죄를 범하였는지라. 황상이 만일 그것을 보시면 곧 필연 주륙(誅戮)의 화를 면치 못할 것인즉, 법에 걸려 죽는 것보다는 차라리 편안히 자결함이 시원할 듯하나, 바야흐로 이 쇠잔한 목숨이 장차 삼척(三尺)[1] 아래에서 끝나면 이 몸이 죽은 후의 암토(揜土)[2] 일은 오직 태감만을 믿겠으니, 바라건대 태감은 나를 불쌍하고도 가련히 여기시어 나의 잔해를 거두어 까마귀나 솔개의 밥이 되지 않게 해 주면 이만 다행한 일이 없을 듯하나이다."

태감이 가로되,

"여중서는 어찌 이런 말씀을 하는고? 성상께서는 인자 관후(仁者寬厚)하심이 여러 왕 가운데서도 유독 뛰어나시니 간혹 끝내는 죄를 아니 주실 듯하고, 설령 진노(震怒)하는 위엄을 보이신다 해도 내 마땅히 나서서 힘껏 구하리니 중서는 나를 좇아오라."

---

1) 형구(刑具)의 이름. 두 발의 복사뼈 사이에 끼워서 고통을 줌. 2) 흙이나 덮어서 겨우 지내는 장사(葬事).

진씨 울며 나서서 태감을 좇아가니 태감이 진씨를 전문 밖에서 세워 두고 모든 시들을 가지고 들어가 상께 드리니, 상이 차례로 어람하여 보시다가 진씨의 부채에 다다라서는 상서의 글 아래에 또 다른 시가 있는지라. 상께서 그것을 의아히 여겨 태감에게 물으신대, 태감이 고하되,

"진씨가 신더러 이르되 황상이 그것을 거두어 들이라는 명을 내리실 줄도 모르고 외람되이 어지러운 말들을 그 아래에 계속해서 써 놓았으니, 이 죽을 죄는 연면키 어렵도다 하고, 이에 스스로 죽으려 하거늘, 신이 개유(開諭)하여 멈추게 하고 그녀를 거느리고 왔나이다."

상이 또 그 시를 읊조리니, 시에 읊었으되,

> 깁부채 둥글어 가을달 둥금 같아,
> 일찍 다락 위에 수줍은 얼굴 대함을 생각하노라.
> 처음에 지척에서 서로 알아보지 못할 줄 알았더면
> 오히려 후회하노라, 그대 자세히 보라 할 것을.
> 　紈扇團如秋月團　憶曾樓上對羞顔
> 　初知咫尺不相識　却悔教君仔細看

상이 다 보시고 이르시되,

"진씨 필연 사정(私情)이 있도다. 알지 못하겠노라. 어느 곳에서 누구를 서로 보았기에 그 시의(詩意) 이와 같으뇨? 이에 그 재주가 넘치고 또한 가히 권장할 만하도다."

태감으로 하여금 그녀를 부르게 하니 진씨가 계하에 엎드려 머리를 조아리고 죄를 청하매, 상께서 하교하시되,

"곧바로 고하면 마땅히 곧 죽을 죄를 용서해 주리라. 네 어떤 사람과 사정(私情)이 있느뇨?"

진씨가 또 머리를 조아리고 여쭈되,

"신첩이 어찌 감히 엄문(嚴問)하신 사실을 숨기겠나이까? 신첩의 집

안이 패망하기 전에, 양상서가 과거보러 가는 길에 때마침 첩의 집 누각 앞을 지나다가, 신첩과 우연히 서로 보고서 그 양류사(楊柳詞)를 화답하고, 사람을 보내어 뜻을 통하여 함께 혼인 약속을 맺었나이다. 지난번 상이 그를 봉래전으로 불러 보시는 날 첩은 능히 옛 얼굴을 알아보았으되, 양상서 홀로 알지 못한고로, 첩이 옛 생각과 느낌이 절실하여 몸소 옛 일을 회상하고 슬퍼하다가 우연히 난삽한 글을 지었는데, 끝내 황상이 보시게 되매, 신첩의 죄 만번 죽어도 오히려 가볍겠나이다."

상이 그 뜻을 불쌍히 여기어 이에 이르시되,

"네 운운한 혼인 언약을 맺던 양류사를 네가 능히 기억하겠느뇨?"

진씨가 즉시 그것을 써서 상께 드리니 상이 말씀하시되,

"너의 죄가 비록 중하나 너의 재주가 가히 아깝고, 또한 어매(御妹) 널 유독 심히 사랑하는 까닭에 짐이 특별히 관용을 베풀어 너의 중한 죄를 사하나, 네 나라의 은혜에 감읍하고 또한 마음과 정성을 다하여 어매를 섬기라."

곧 깁부채를 내리시니 진씨가 절하여 받고, 황공하여 머리를 조아리며 은혜에 감사드리고 물러가더라.

## 정사도 집의 양소유 예폐

이날 황상이 태후를 모시고 앉아 있는데, 월왕이 양상서의 집으로부터 돌아와서 양상서가 입조(入朝)하여 일찍이 약혼 예물을 받은 사실을 아뢰니, 황태후 즐겁지 않게 말씀하시되,

"양소유 벼슬이 상서에 이르렀으니 마땅히 조정의 사체(事體)를 알 것이어늘 그 고체(固滯)가 어찌 이같을꼬?"

상이 대답하시되,

"소유가 이미 혼약을 하였다 하나 이는 성친(成親)한 것과는 다르니,

짐이 직접 만나 타이르면 곧 짐의 말을 따르지 않을 수 없으리이다."

다음 날 명을 내려 예부상서 양소유를 부르시매 소유가 명을 받들어 입조하니, 상이 이르시되,

"짐에게 한 누이가 있어 자질이 유독 비상한데 경이 아니면 배필될 만한 자가 없겠기로, 짐이 월왕을 시켜 짐의 뜻을 알리게 하였더니, 듣건대, 경이 납채함을 칭탁(稱託)하더라 하니, 이는 경이 짐을 생각지 않음이 심하도다. 전대의 제왕은 부마를 선택할 때에, 혹은 정처를 내쫓는 고로 왕헌지(王獻之)는 종신토록 그를 뉘우치고, 오직 송홍(宋弘)만은 임금의 명을 받지 아니하였으되, 짐의 생각인즉 옛적의 선제왕과는 다르며, 이미 천하 만민의 부모가 되었거늘, 어찌 예에 어긋난 일을 다른 사람에게 가할 수 있으리오? 이제 경이 정씨 집안과 혼약을 뿌리쳐도 정녀는 마땅히 스스로 갈 곳이 있으리니, 경이 조강(糟糠)을 당에서 내리는 혐의 없거늘, 어찌 윤기(倫紀)에 해침이 있으리오?"

상서가 머리를 조아리며 아뢰어 이르되,

"성상이 죄 주지 않으실 뿐 아니라, 거듭 따르도록 순순히 직접 명을 내리심을 집안의 부자지친(父子之親)과 같이 하시오니, 신이 천은에 감축하와 달리 더 아뢰올 말씀이 없나이다. 그러하오나 신의 정세는 타인과 판이하게 달라서 신이 원방(遠方) 서생의 몸으로 서울에 들어오던 날 가히 의탁할 만한 곳이 없었는데, 정씨 집안의 따뜻한 은혜를 후하게 입어, 저를 맞아 머물게 해 주고 예로써 저를 대하였은즉, 다만 짝을 맺는 예만 아직 행하지 않았지 그 집에 들어오는 날 이미 사도 어른과 옹서(翁婿)[3]의 사이를 정하고, 옹서의 정이 있었나이다. 또 남녀가 이미 서로 낯을 보았으니 흡사 부부의 은의(恩義)가 있사옵나이다. 친영(親迎)[4]의 예를 행하지 못하옴은 대개 국가에 일이 많아 급히 모친을 모셔 올 겨를이 없사옵더니, 이제 다행히 번진(藩鎭)이 평정되고 천우(天憂)

3) 장인과 사위 사이. 4) 신랑이 신부를 친히 맞음.

가 이미 가라앉았은즉, 신이 바야흐로 급히 청을 드리고 고향으로 돌아가 노모를 모셔온 후 택일하여 성례를 하려고 하였나이다. 그런데 뜻밖에도 별 재주가 없는 소신에게 황명이 내리오니 소신은 깜짝 놀라웁고 두려워 스스로 처할 바를 모르겠나이다. 신이 만일 위엄에 떨고 죄를 두려워하여 황명을 받자오면 곧 정녀는 죽기로써 스스로를 지키어 반드시 다른 곳으로 출가하지 않을 것이오니, 이 어찌 필부(匹婦)가 잃는 것만이 아니요, 왕정에도 거리끼는 것이 있지 않으오리이까?"

상께서 이르시되,

"경의 정리가 비록 딱하고 박절하나, 대의(大義)의 측면에서 말할 것 같으면 곧 경은 정녀의 본디 부부의 의가 없으니, 정녀가 어찌 다른 사람의 집안으로 들어가지 않겠는가? 이제 짐이 경과 혼인의 관계를 맺으려 함은 짐이 경을 국가의 주석지신(柱石之臣)[5]으로 대하려 하는 것 뿐만 아니라, 경을 수족으로 삼으려 함이라. 태후가 경의 위용과 덕기(德器)를 흠모하사 친히 몸소 혼례를 주장하시니, 두렵건대 짐 또한 자유로이 할 수가 없느니라."

상서가 오히려 또 굳이 사양하매, 상이 말씀하시되,

"혼인은 대사이매 한 말로써 결정함은 옳지 않은즉, 짐은 경과 함께 바둑이나 두며 소일이나 하겠노라."

어린 환관에게 바둑판을 내오라 명하시어 군신이 서로 승부를 겨루시다가 날이 저물어서야 파하니라. 정사도는 양상서가 온 것을 보고 비참한 모습을 만면에 띤 채, 눈물을 씻으며 이르되,

"오늘 황태후 조칙을 내리사 양랑의 예채(禮綵)를 도로 물리라 하거늘, 노부(老夫)가 이미 내놓고서 춘운에게 맡겨 화원에 두었다네. 소녀의 신세를 곰곰이 생각컨대 우리 노부처의 심사가 어떠하겠는고? 나는 가까스로 부지할 수 있으나 노처는 지나치게 근심한 탓으로 병이 들어 바

5) 가장 중요한 자리에 있는 신하. 나라의 기둥이 될 만한 사람.

야흐로 정신이 아득하게 된 바 인사 불성이로다."

상서가 얼굴빛을 잃고 잠깐 동안 아무 말도 못하더니 고하되,

"이 일은 옳지 않은 일이리오. 소서가 마땅히 표(表)를 올려 힘껏 싸우면 조정에 또한 어찌 공론이 없으리이까?"

사도가 그를 만류하되,

"양랑이 상명(上命)을 거역함이 이미 여러 번이라. 이제 만일 상소하면 어찌 물고기의 비늘을 찌르는 것 같은 두려움이 없으리오? 반드시 중한 죄책이 있을 것이니 순순히 따르는 것만도 못할 것이로다. 또한 일이 있는데, 양랑이 거듭 화원에 있는 것은 일의 형편상 무척 불안하니 창졸지간에 서로 헤어짐은 비록 무척 서운하나 다른 곳으로 옮기는 것이 실로 합당한 일이로다."

상서가 대답치 아니하고 신을 끌면서 화원에 이르매, 춘운이 흐느껴 울다가 이에 폐물(幣物)을 받들어 올리면서 말하되,

"천첩이 소저의 명을 받고 와서 상공을 모신 지 이미 오래 되었는데, 특별히 후한 은애(恩愛)를 입어 항상 무척 감격해하였으나, 신이 투기하고 귀신이 시기하여 일이 크게 그릇되매, 소저의 혼사에는 여망(餘望)이 없나이다. 천첩도 또한 마땅히 상공과 영원히 이별하고 돌아가 소저를 모시겠나이다. 아! 하늘이시여! 땅이시여! 귀신이시여! 사람이시여!"

가늘게 계속 흐느껴 울거늘 상서가 이르되,

"내 바야흐로 상서를 올리어 극력 사양하면 황상이 혹은 마음을 돌리고 들으실지도 모르며, 설령 듣지 않으신다 해도 여자가 한 번 몸을 남에게 허락하였은즉, 지아비를 따르는 것이 예에 합당하거늘, 춘랑은 무릇 어찌 나를 등지는 사람이 되려 하는고?"

춘랑이 대답하되,

"천첩이 비록 불명하오나 또한 일찍이 고인의 서론(緖論)을 들었으니, 어찌 여자가 가야 할 삼종(三從)의 의(義)를 알지 못하리이까? 춘운의 정사(情事)는 다른 사람과 다르니, 첩은 일찍이 어릴 적부터 소저와 함

게 노닐고 또 나이가 들어서는 소저와 함께 거처하여 귀천의 신분을 잊고 사생(死生)의 맹세를 맺은즉, 소저와 길흉 영욕(吉凶榮辱)을 달리함은 아니 되오며, 춘운이 소저를 좇음은 그 그림자가 형체를 따름과 같사오니, 몸이 이미 갈거늘, 곧 그림자가 어찌 홀로 남을 수가 있사오리까?"

상서가 이르되,

"춘랑이 주인을 위한 정성은 가히 극진하다 일컬을 수 있겠으나, 다만 춘랑의 몸은 소저와는 다르니라. 소저는 동서남북에서 오직 뜻대로 길을 택할 수 있으려니와 춘랑이 소저를 좇아 다른 사람을 섬김은 여자의 절행(節行)[6]에 어찌 거리끼는 바가 없으리라."

춘운이 대답하되,

"상공의 말씀이 이에 이르니, 저와 소저의 마음을 알지 못하는 것이외다. 소저께서 이미 정한 계교가 있는데, 우리 노야와 부인의 슬하에 오래 계시다가 백 년이 지난 뒤를 기다리어서 몸을 깨끗이 하고 머리를 깎아 공문(空門)[7]에 가서 의탁하여 부처 앞에서 발원하길 세세생생(世世生生)[8]에 맹세코 여자의 몸이 되지 않으려 하시니 춘운의 종적 역시 이와 같을 뿐이오이다. 상공께서 만일 춘운을 다시 보고자 하시면 상공의 예폐가 소저의 방 속으로 다시 들어간 연후에 마땅히 논의할 것이되, 그렇지 않으면 오늘이 곧 생리사별(生離死別)하는 날일 것이외다. 첩은 상공께 모든 것을 맡기고 영을 듣는 데에 전념하였으며, 상공의 은애를 입은 지가 오래 되었나이다. 오직 침석을 떨치고 건즐(巾櫛)을 받드는[9] 데에는 첩이 있었으며, 일과 마음으로 섬긴 지 이에까지 이르렀나이다. 오직 바라옵기는 후세에 상공의 개와 말이 되어 주인을 위하는 정성을 본받으려 하오니 오직 상공께서는 몸을 보전하옵소서."

---

6) 절개 있는 행실. 7) 불교(佛敎)의 법문(法門). 8) 몇 번이든 다시 환생하는 일. 9) 여자가 아내나 첩으로서 남편을 받들어 모심.

모퉁이를 향하여 돌아앉아서 반나절이나 흐느껴 울다가, 몸을 일으켜 계단을 내려가 재배하고 안채로 들어가 버리더라.

## 양소유의 혼인 상소(上疏)

양상서가 화원에서 춘운을 보낸 후에는 오정(五情)이 심란하고 무슨 일에나 마음이 내키지 않아서, 푸른 하늘을 우러러 깊은 한숨 쉬며 손을 어루만지고 자주 탄식할 뿐이었다. 다음 날 이내 상소문을 올리매, 언사가 심히 격절하였는데, 그 상소문에 씌었으되,

'예부상서 신 양소유는 돈수(頓首) 백배하옵고, 말씀을 황상폐하께 올리나이다. 엎드려 아뢰건대, 윤기는 왕정의 근본이요, 혼인은 인륜의 시작이라. 그 근본을 한 번 잃은즉 풍화가 크게 무너져서 그 나라가 어지럽고, 그 처음을 삼가지 아니한즉 그 가도(家道)가 이루어지지 못하여 그 집이 망하나니, 국가의 흥망성쇠에 관련됨이 어찌 현저치 않으리이까? 그러므로 성왕 철벽께서는 미상불 이에 유의하사 그 나라를 다스리고자 하시매 반드시 그 윤기를 붙드는 것으로써 그 중함을 삼고 그 집을 가지런히 하고자 하매, 반드시 혼인을 올바르게 함으로써 으뜸을 삼았는지라. 신이 이에 예폐를 정녀에게 보내고 또는 자취를 정가에 의탁하였사온즉, 신은 이미 처가 있고 가정이 있는 것이외다. 뜻밖에도 이제 황상의 누이를 시집보내려는 성례(盛禮)가 무사한 천신에게 내리시니, 신은 처음과 끝이 어리둥절하여 깜짝 놀랍고 두려우며 성상께서 취하신 행동과 조가의 처뿐이 과연 그 예를 다하고, 또한 그 예에 타당한 것이었는지 실로 알지 못하겠나이다.

신이 설령 약혼을 행하지 아니하여 정사도의 사위가 되지 않았다 할지라도, 지방이 별 볼이 없으면 재주가 얕고 학식이 짧은즉 부마로 간택됨이 실로 합당치 못하옵거든, 하물며 정녀와 짝이 되고자 한 의를 맺고

부옹(婦翁)과 더불어 사위와 장인이 되기로 정하였으니, 육례(六禮)를 행하지 아니하였다고 이르지 못할 것이요, 어찌 귀하고 착하시며 존귀하신 공주마마를 필부(匹夫)[10]나 다름없는 미천한 신에게 하가(下嫁)시키려 하시어, 예에 맞는지 어떤지도 묻지 아니하시고, 일의 경중을 분간치도 않으신 채 구차한 기롱(譏弄)[11]을 무릅써서 예 아닌 예를 행하고자 하시나이까? 이에 내지를 내리사 이미 행한 예의(禮儀)를 파기케 하여 이미 받은 약혼 예물을 물리게 하시니, 더더욱 신은 그것을 들어 줄 수 없나이다. 신은 폐하께옵서, 광무제께서 송홍을 관대히 대하신 것을 본받지 못하실까 두려우며, 천신의 위박(危迫)한 성정은 이미 성상께옵서 명철히 들으심에 매달려 있으니, 신은 굳이 죽어가는 데에서까지 감히 다시 욕을 보이고 싶진 않나이다. 신이 두려워하는 바는 왕정이 신으로 말미암아 어지럽고, 인륜이 신으로 말미암아 무너져서 위로는 성상의 성치(聖治)에 누를 끼치옵고, 아래로는 가도를 무너뜨려 마침내는 어지럽고 망하게 되는 화를 면치 못할까 우려되오니, 엎드려 바라건대 성상께옵서는 예의의 근본을 중히 하옵시고 풍화의 비롯함을 바르게 하사 빨리 조명(詔命)을 거두시어 천한 분수를 편안히 해 주시오면 이만 다행한 일이 없을까 하나이다.'

황상이 그 상소를 보시고 태후에게 아뢰시니, 태후가 크게 노하여 양소유를 옥에 가두라 하거늘 조정의 대신들이 일시에 함께 간하매, 상이 이르시되,

"짐 또한 그의 죄와 벌이 심히 과한 줄 알지만 태후 낭랑께서 저렇듯 진노하시니 짐 또한 감히 구할 수가 없구려."

태후, 양소유를 곤케 하려 하사 공사를 내리지 않음이 수개월에 이르매, 정사도 또한 황공하여 두문불출하고 손님도 맞지 않더라.

---

10) 한 사람의 남자. 신분이 낮은 사내. 11) 희롱함. 실없는 말로 농락함.

## 양상서의 원수(元帥) 등용

이 무렵에 토번(吐蕃)이 강성하여 중국(中國)을 업신여기고 십만 대군을 일으켜 변방 고을들을 잇따라 함락시키고, 그 선봉이 이미 위교(渭橋)에 다다랐으니, 경사(京師)가 소란스러워지는지라. 상이 만조백관들을 모으고 이 일을 논의하시매 모든 신하들이 아뢰되,

"경성(京城)에 있는 군사는 불과 수만에 지나지 못하고 외방(外方)의 구원병의 세력도 이에 미치지 못하니, 상이 잠시 경성을 버리고 관동으로 나아가 순행하시고, 여러 도의 병마를 불러 그로써 회복을 도모하심이 옳을까 하나이다."

하자, 상이 머뭇거리며 결단을 내리지 못하다가 이르시되,

"제신 중에 오직 양소유만이 꾀를 잘 쓰고 결단을 잘 하기로, 짐이 그를 그릇〔器〕이라 여기더니, 전일 삼진(三鎭)으로부터 항복받은 것이 다 양소유의 공이로다."

조회를 파하고 태후께 들어가 고하여 사자로 하여금 절월(節鉞)을 지니고 소유를 풀어 주게 하더라.

상이 보고 계교를 물으시니 양소유가 아뢰되,

"경성은 종묘(宗廟)가 있는 곳이요, 궁궐이 딸려 있는지라. 이제 만일 이곳을 버리면 곧 천하의 인심이 반드시 따라서 동요할 것이며, 또한 강한 도적이 웅거하게 되어 또한 그를 회복하는 날을 기약하기가 어려운 줄로 아뢰오. 옛날 대종조(代宗朝)에 토번이 회흘(回紇)[12]과 더불어 힘을 합하여 백만 군사를 몰고 와서 경사를 침범하였는데, 그때 왕사[13]의 단약(單弱)함이 지금보다 심하였으나, 분양왕(汾陽王)의 신하 곽자의(郭子儀)[14]와 비교하여 비록 만분지 일도 미치지 못하나, 원컨대 수천의 군사를 얻어 이 도적을 소탕하여서 재생의 은혜를 갚고자 하나이다."

---

12) 터키 계의 고대 국가. 13) 임금의 군사. 14) 중국 당대의 명장. 분양왕으로 봉군(封君)됨.

황상이 소유에게 장수의 재질이 있음을 평소에 아시는지라. 곧 대장을 삼아 경영군(京營軍)[15] 삼만으로 그들을 토벌케 하여 즉시 떠나도록 하시니, 상서가 하직 인사를 올리고 나와 군사를 지휘하여 위교(渭橋)에 진을 치고, 도적의 선봉을 쳐서 좌현왕(左賢王)을 사로잡으니, 도적들의 힘이 크게 꺾이어 사기가 꺾인 도적들이 도망을 가매, 상서가 추격하여 세 번 싸워 세 번 모두 이기고 수급 3만을 베었으며 전마 8천 필을 노획하고서 첩서(捷書)[16]를 황상께 아뢰니, 천자께서 무척 기뻐하시어 즉시 군사를 돌이키도록 하여 여러 장수들의 공을 논하여 차례로 상을 주려 하시거늘 그 상소는 다음과 같더라. 소유가 군중(軍中)에 있으면서 상소를 올렸으되, 그 상소는 다음과 같더라.

'신이 들은즉 '왕자의 군사는 만전함이 귀하니 앉아서 기회를 잃으면 공을 가히 이루지 못할지라' 하고, 또 듣사오니 '항상 이기는 군사는 더불어 적을 염려하기가 어렵고, 주리고 약한 때를 타서 치지 않으면 도적을 가히 깨뜨리지 못할지라' 하오니, 지금 도적의 병력이 별로 강하지 않다고 할 수 없고, 그 기계가 이롭지 않다고 할 수 없겠사온즉, 저들은 객으로서 주인을 범하고 우리는 배부른 것으로써 주린 것을 기다렸사오니, 이는 소신이 마디〔尺寸〕 만한 공로를 세운 것이요, 도적의 형세가 날로 줄고 군사도 날로 약해지는 바이오며, 병법에 '수고를 타야 하는데, 수고로움을 타되 이기지 못하는 자는 양식이 미치지 못하여 식사를 공급할 수가 없고 지리가 편치 못함에 말미암음이라' 하나니, 이제 도적의 기세가 이미 꺾여 도망하였사오매 도적의 피폐함이 극진하고, 웅주대성(雄州大城)이 다 군량과 마초를 산같이 쌓아 우리는 조금도 주리는 근심이 없삽고, 평원과 광야에 가장 좋은 지형의 편리함을 얻었은즉, 저들이 복병을 놓을 근심도 없사오니, 만일 용감하고 날랜 군사로 하여금 그 뒤를 쫓게 하면 거의 온전한 공을 앉아서 이루겠거늘, 이제 한순간의 적

---

15) 서울에 주둔하고 있는 군대. 16) 승전(勝戰)한 보고서.

은 승첩을 다행으로 여겨 만전의 좋은 계책을 버리고 지레 짐작으로 왕사를 파하여 토평(討平)을 아니하시니, 신은 그 계교를 알지 못하나이다. 엎드려 바라건대, 폐하께옵서는 조정의 의논을 널리 캐어 보시고 조정의 결단을 내리시어 신으로 하여금 군사를 몰아 멀리 엄습하여 곧바로 소혈(巢穴)을 소탕케 허락해 주시면, 신이 비록 용성(龍城)의 업적까지는 이룰 수 없어도 연연(燕然)의 돌은 새길 수 있사오매, 맹세코 도적들의 수레 하나도 돌아가지 못하고, 하나의 화살도 쏘지 못하게 하여 우리 성상께옵서 서녘을 근심하시는 것을 덜게 하겠나이다.'

이렇듯 상소를 아뢰니, 상께서 그 뜻을 장하게 여기시고 충정에 감탄하시어 벼슬을 돋우어 어사대부 겸 병부상서 정서대원수를 삼으시고, 상방참마검(尙方斬馬劒)과 동궁(彤弓)과 적전(赤箭) 그리고 통천어대(通天御帶)와 백모황월(白旄黃鉞)을 주시고 이에 조서를 내리시어, 삭방과 하동과 농서(隴西) 등 각도 병마를 발하여 군사의 기세를 돋우라 하시더라. 이에 양소유가 조서를 받자와 대궐을 바라보며 배은(拜恩)하고, 길일을 택하여 기둑(旗纛)에 제사하고 이에 떠나니, 그 병법을 말하자면 육도(六韜)의 신기한 꾀요, 그 진세를 일컫자면 팔괘가 기이하게 변하는 법이며, 군용[17]이 정정(井井)하고 호령이 엄숙하매, 이는 마치 기와를 세우는 기세로 대나무를 깨치듯 공을 이루어 수개월 사이에 잃었던 오십여 고을을 회복하더라. 대군을 휘몰아 적설산(積雪山) 아래에 이르니 일진의 회오리바람이 홀연히 말 앞에서 일어나고 까마귀 울며 진중을 뚫고 지나기에 상서가 점을 쳐 보고, 한 괘를 얻자 이르되, '적병이 필연 우리 진을 기습하겠으나 나중에 길할 징조로다' 하고, 산 밑에 진을 치고 녹각(鹿角)[18]과 질려(蒺藜)[19]를 사면에 벌여 펴고 삼군을 가지런히 정돈, 설비하고 적병을 기다리더라.

---

17) 군대의 장비. 18) 옛 전쟁터에서의 방어용. 나무를 깎아서 둘러 세운 것. 19) 쇠를 삼각형 모양으로 뾰족히 깎아 적의 길에 까는 군용지물(軍用之物).

## 원수와 심요연(沈裊烟)의 만남

원수가 장막 가운데 앉아 연촉(椽燭)을 밝히고 병서를 자세히 보더니 순라군이 벌써 삼경이 되었음을 알리는지라. 홀연 음산한 바람이 일어나 촛불을 꺼뜨리고 찬기운이 사람을 엄습하는데, 한 여인이 공중으로부터 내려와 장막 속에 섰는데, 손에는 서릿발 같은 비수를 들고 있었는지라. 상서는 그가 자객인 줄 알면서도 조금도 신색을 변치 아니하고, 위릉(威稜)을 더욱 늠름히 하면서 서서히 묻되,

"여자는 어떠한 사람이며, 밤에 군중에 들어오니 필연 깊은 연고 있느뇨?"

여인이 대답하되,

"첩이 토번국 찬보(贊普)[20]의 명을 받아, 상서의 머리를 얻고자 하여 왔나이다."

상서가 웃으며 말하되,

"대장부가 어찌 죽기를 두려워하리오? 마땅히 빨리 하수(下手)하라."

여인이 칼을 던지고 앞에서 머리를 조아리며 대답하되,

"귀인께서는 염려마옵소서. 첩이 어찌 귀인을 깜짝 놀라게 할 수 있겠나이까?"

상서가 앞으로 가서 그녀를 부축하여 일으키면서 이르되,

"그대가 이미 비수를 끼고 군영에 들어왔거늘, 도리어 나를 해치지 않음은 어떤 까닭이뇨?"

여인이 대답하되,

"첩의 본말(本末)을 스스로 아뢰고자 할진대, 아마도 이렇게 서서 잠깐 하는 말로는 이루 다 할 수 없나이다."

상서가 자리를 내주며 묻되,

---

20) 토번의 군장(軍長).

"낭자가 위험을 무릅쓰고 소유를 찾아와 만나매 필연 좋은 뜻이 있으리. 장차 무슨 가르침을 주시려 하는고?"

그 여자가 대답하되,

"첩이 비록 자객이란 이름이 있사오나, 실로 자객의 마음은 없은즉, 첩의 깊은 마음을 마땅히 귀인께 토설하겠나이다."

스스로 일어나 촛불을 켜고 상서 앞에 나와 앉으매, 상서가 자세히 보니 그 여자는 구름 같은 머리털을 쓸어 묶고서 머리에는 금비녀를 높이 꽂았으며, 몸에는 소매가 좁은 전포를 두루고, 그 위에 석죽화(石竹花)를 수하였으며, 발에는 봉미화(鳳尾靴)를 신고, 허리에 용천검(龍泉劍) 꺼풀을 비스듬히 찼으되, 천연한 절색이 이슬에 젖은 해당화 같더라. 만일 종군(從軍)하던 목란(木蘭)[21]이 아니라면 금합(金盒)[22]을 도둑질하던 홍선(紅線)[23]과 같으니라. 그녀가 계속해서 말하되,

"첩은 본디 양주(楊州) 고을 사람이오라 여러 대에 걸쳐 당나라 백성이오니이다. 어려서 부모를 여의고 한 여자를 따라서 그녀의 제자가 되었더니, 그 여자의 검술이 신묘하여 제자 세 사람을 가르쳤는데, 진해월(秦海月), 김채홍(金綵虹), 심요연이며, 첩은 곧 심요연이옵니다. 검술을 배운 지 삼 년에 능히 변화하는 법을 전수받아 바람을 타고 번개를 따라 순식간에 천여 리를 달리며, 세 사람이 검술에 별로 고하(高下)가 없사온데, 스승이 원수를 갚으라 하거나 혹은 악한 사람을 없애라 하면 반드시 채홍과 해월의 두 제자만 보내고 첩만 홀로 보내지 않기로, 첩이 스승께 묻자오되 '우리 세 사람이 함께 사부님을 모시고 가르치심을 받았으나, 제자 가운데 첩단 홀로 스승의 은혜를 갚지 못하였사온즉, 감히 묻기는 첩의 재주가 용렬(庸劣)하여 사부님의 명을 받아 행하기에 부족하나이까?' 하자, 스승께서 이르되 '너는 우리 무리와는 다르니라. 후일

---

21) 부친을 대신하여 남장을 하고 종군했던 여자. 시대, 성명 미상. 22) 금(金)으로 만든 그릇.
23) 당(唐) 때의 여자.

에 마땅히 바른 도를 얻어 마침내 뜻을 펴게 되겠거늘, 이제 만일 너도 저 두 사람과 같이 인명을 살해하면 어찌 너의 마음과 행동에 손해가 없겠느냐? 이러므로 너를 보내지 않는 것이로다' 하시기에 첩이 또 묻되, '만일 그러하오면 첩이 배워서 깨친 검술은 장차 어디에 쓰게 되리이까?' 한즉, 스승이 또 타이르시기를 '네 전생(前生)의 연분이 대당국(大唐國)에 있고, 또한 그는 큰 귀인인데 너는 외국에 있는지라. 만날 도리가 없으니 내 너에게 검술을 가르침은 너로 하여금 이 조그만 재주로 인해 귀인을 만나게 하려 함이니, 네 후일에 마땅히 백만군중에 들어가 융마(戎馬)의 사이에서 좋은 인연을 이루리라' 하시고, 다시 금년 봄에 첩더러 이르시되 '대당국의 천자께서 대장군으로 하여금 토번을 정벌케 하시매, 찬보(贊普)가 방(榜)을 붙이고 자객을 모집하여 당나라 장군을 해치려 할 터이니, 너는 마땅히 이때 주저하지 말고 산에서 내려가 토번국에 가서 모든 자객들과 더불어 장단의 검술을 겨루어 일변으로는 당나라 장수의 급한 화를 면하게 하고, 일변으로는 전생의 좋은 연을 맺으라' 하시기로, 첩이 스승의 명을 받들고 토번국에 가서 몸소 성문에 붙인 방을 떼매 찬보가 첩을 불러서 들어간즉, 먼저 온 여러 자객과 재주를 겨루게 하기에 첩이 이때 십여 사람의 상투를 능히 잘라서 그들 가운데 으뜸이 된즉, 찬보가 무척 기꺼워하여 첩을 보내면서 말하되, '네가 당나라 장수의 머리를 베어 오길 기다려서 내 너를 귀비로 삼겠노라' 하더이다. 이제 막상 상서(尙書)를 만나 뵈오니 과연 사부님의 말씀과 같은지라. 원컨대 이로부터 영원히 상공의 신발이나마 받들며 좌우에서 모시고자 하온데 상공께서는 과연 승낙하실는지요?"

상서가 무척 기뻐하며 말하되,

"낭자가 이미 죽게 된 내 목숨을 구하고 또 몸으로써 섬기고자 하니, 이 은혜를 어찌 다 갚으리오? 오직 백년해로하는 것이 실로 내 뜻이로다."

뒤이어 동침하니, 창검의 빛으로 화촉을 대신하고, 동라(銅羅) 소리로 거문고와 비파 소리를 대신하니, 복파 장군(伏波將軍)의 군영 가운데 달빛이 뚜렷하고 옥문관 밖에 춘색이 이미 가득하였으니, 비록 융막(戎幕) 속일지언정 한 조각의 호방한 흥취가 더 나을 듯하더라.

이후로부터 상서는 새벽과 황혼녘에 심요연에게 빠져들어 장수와 사졸들을 보지 않음이 연 사흘이 되니, 심요연이 말하되,

"군중은 부녀자가 거처할 곳이 아닐 뿐더러, 군병의 사기가 오르지 못할까 두렵나이다."

이어서 하직 인사를 올리고 돌아가려 하거늘 상서가 이르되,

"선랑(仙娘)은 세상의 보통 여자들과 견줄 바가 아니니, 바야흐로 나에게 기묘한 계책을 알리고 묘책을 사용하도록 가르쳐 주어 내가 적을 깨뜨리도록 해 주어야지, 선랑께서는 어찌 나를 버리고 돌아가려고 하느뇨?"

요연이 말하되,

"상공의 신무(神武)로 쇠잔한 적의 소굴을 소탕하기는 순식간이온데, 어찌 상공께서 근심하실 필요가 있겠나이까? 첩이 여기에 온 것은 비록 스승의 명 때문이오나, 아직 길이 하직을 하지 않았으니 돌아가서 사부님을 뵙고 산 속에 아직 머물러 있다가 상공께서 군사를 돌이키시는 것을 서서히 기다려서 마땅히 경성으로 돌아가서 뵈옵겠나이다."

상서가 말하되,

"그러나 낭자가 간 후에 찬보가 다시 자객을 보내면 장차 어찌 준비해야 되겠느뇨?"

요연이 말하되,

"자객이 비록 많으나 모두가 요연의 적수가 아니옵니다. 만일 첩이 상공께 귀순한 것을 알면 다른 사람이 어찌 감히 오겠나이까?"

손으로 허리춤을 더듬어서 구슬 한 개를 내놓으며 이르되,

"이 구슬의 이름은 묘아완(妙兒玩)으로 곧 찬보의 상투 위에 맨 것이외다. 상공께서 명을 내리시어, 사자(使者)에게 이 구슬을 보내어 찬보에

게 첩이 다시 돌아갈 뜻이 없음을 알리어 주소서."

상서가 또 묻되,

"이 밖에 다른 가르침은 없소."

요연이 말하되,

"앞길에 반사곡(盤蛇谷)[24]이 있는데, 상공께서 반드시 그 길을 지날 것이옵고, 그 골짜기에는 먹을 수 있는 물이 없으니 상공께서는 반드시 신중을 기하시어 우물을 파서 삼군을 먹이시면 곧 좋을 것이니이다."

상서가 또 계책을 물으려 하자 요연이 한 번 몸을 공중으로 솟구치니 다시는 볼 수가 없더라. 상서가 장수와 사병들을 모아 놓고 요연의 일을 얘기하니, 모두 이르기를 '원수의 홍복(洪福)이 하늘과 같아서 신무(神武)로 적을 떨게 하니, 이는 생각건대 신인(神人)이 와서 도운 것'이라 하더라.

24) 긴 뱀처럼 생긴 골짜기.

# 하 권
## (下卷)

# 卷之三

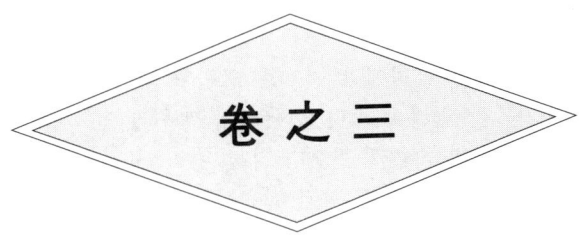

백룡담양랑파음병 동정호룡군연교객

# 白龍潭楊郎破陰兵 洞庭湖龍君宴嬌客

## 상서와 백능파(白凌波)의 상봉

상서가 즉시 사자를 발하여 토번으로 묘아완 구슬을 보내려 하고 드디어 행군하여 큰 산 밑에 이르니, 산골길이 매우 좁아 겨우 말 한 필이 지나갈 형편이기에, 벽을 붙잡고 시냇가를 따라 고기를 잡으며 나아가매, 수백 리를 지나서야 비로소 약간 넓은 곳이 있어 그곳에 영채(營寨)를 만들어 세우고 말의 갈증을 풀고 군사를 쉬게 하더라. 군사들이 노곤하고 갈증이 심하여 물을 구하려 하나 구할 수가 없었는데, 산밑에 맑은 물이 있음을 보고 다투어 나아가 마시고, 마치 온몸이 온통 푸르고 말이 불통되어 떨며 죽어 가거늘. 상서가 친히 몸소 와서 보니 그 물빛이 깊고 푸르러 깊이를 가히 측량할 수가 없었으며, 마치 가을 서리가 낀 것 같은 찬 기운이 늠률(凜慄)[1]하거늘 처음으로 깨달아 이르되, '이곳은 필연 요연이 이르던 반사곡(盤蛇谷)이로다' 남은 군사들을 독려하여 우물을 파고, 여러 군사들은 수백여 개의 우물을 팠으나, 깊이가 가히 십장(十丈)이나 되어도 한 곳도 물이 솟아나지 아니하니 상서가 무척 민망하게 생각하여 바야흐로 영을 철거하고 다른 곳으로 진(陣)을 옮기려 하자 꽹과리와 북 소리가 홀연 산 앞뒤로부터 들려 오는데, 그 뇌성(雷聲)이 땅을 진동하고, 암곡(岩谷)이 다 응접하여 모두 적병들이 지세가 험난하고 막힌 곳에 웅거한 채 돌아갈 길을 끊으니 관군들의 진퇴가 어려워지고, 굶주림과 목마름이 심하매, 상서는 바야흐로 영중에 있으면서

1) 추워서 떠는 것.

적을 물리칠 계교를 생각하나 마침내 좋은 계책이 떠오르지 않아 오랫동안 고민끝에 신기(神氣)가 자못 곤(困)한즉, 탁자에 기댄 채 잠깐 졸고 있는데, 홀연 기이한 향내가 영중에 가득 차며 계집아이들이 상서 앞으로 나아와 서는데, 그 용상이 신선이 아니면 곧 귀신인 듯하더라. 고하여 계집아이들이 상서에게 아뢰되,

"우리 낭자 귀인께 한 말씀을 아뢰고자 하오니, 바라옵건대 귀인은 누추한 곳에 한 번 왕림하시기를 아끼지 마옵소서."

상서가 묻되,

"낭자는 실로 어떤 사람이며, 어느 곳에 있는고?"

계집아이가 대답하되,

"우리 낭자는 곧 동정 용왕(洞庭龍王)의 작은 딸이온데, 요즘 잠시 궁중을 떠나 이곳에 와 거처하나이다."

상서가 다시 말하되,

"용왕이 사는 곳은 수부(水府)요, 나는 인간 세계의 사람이니, 장차 무슨 술법으로 내 몸을 가게 하겠는고?"

계집아이가 대답하되,

"신마(神馬)를 이미 문 밖에 매어 놓았사오니, 귀인이 그것을 타시면 자연 이르게 되옵니다. 수부가 멀지 않으니 무슨 어려움이 있겠나이까?"

상서가 계집아이들을 따라 진문을 나아가니 종자 수십 인의 의복이 이상하게 지어졌으며, 의형(儀形)이 예사롭지 않더라. 그들이 상서를 거들어서 말에 올리니 말 걸음으로 물 흐르듯 나는 것 같았고, 말굽에서 먼지가 일어나지 아니하더라. 이윽고 수부에 다다르니 궁궐이 대단히 장려(壯麗)하여 임금이 계신 곳 같고, 문 지키는 군사가 모두 물고기 머리에 새우 수염이더라. 계집아이 여러 명이 안으로부터 문을 열고 나와서 상서를 인도하여 당상(堂上)에 오르게 하매, 보니 전각 가운데 백옥교의(白玉交倚)[2]를 남향으로 놓았는데, 시녀가 상서에게 청하여 그 위에 앉게 하고 섬돌 계단 아래에 비단 자리를 깔아 놓고서 곧 내전으로

들어가더니, 얼마 되지 않아 시녀 십여 인이 낭자 한 사람을 인도하여 왼편 월랑(月廊)[3]을 따라 전각 앞에 이르니, 자태가 아름답고 의복이 산뜻함은 가히 형언할 수 없겠더라.

시녀 하나가 앞으로 나와 청하되,

"동정 용왕의 딸이 양원수 뵈옵기를 청하나이다."

상서가 깜짝 놀라며 피하고자 하나 시녀가 붙들고 자리에서 내려오지 못하게 하고, 그 용녀가 앞을 향하여 네 번 절하는데 임랑(琳琅)[4] 소리는 맑고, 꽃다운 향기가 사람을 사로잡는지라. 상서도 또한 그녀가 전상(殿上)에 오르기를 청하매, 용녀가 여러 번 사양하다가 작은 자리를 펴고 앉기에 상서가 말하되,

"양소유는 진세(塵世)[5]의 천한 몸이요, 낭자는 수부의 영신(靈神)이시거늘 어찌 예모가 이토록 공손하신지 소유는 알지 못하겠나이다."

용녀가 대답하되,

"첩은 동정 용왕의 막내딸 백능파(白凌波)이오이다. 소녀가 갓났을 적 부왕께서 상계(上界)에 조회(朝會)하실 때 장진인(張眞人)[6]을 만났는데, 그가 첩의 명(命)을 점쳐 보고 이르되, '이 낭자는 전신이 곧 선녀로서 죄로 인해 귀양을 와서 왕의 딸이 되었으나, 필경에는 다시 사람의 모습을 얻어 인간 세상에서 귀인의 총애받는 첩이 되어 부귀와 영화의 낙을 누리고 이목심지(耳目心志) 모두가 즐거울 것이니라. 그리고 마침내 불가로 돌아가서 영원히 큰 중이 되리이다' 하였으니, 우리 용신은 수족(水族)의 조종으로서 사람의 모습으로 환생하는 것을 큰 영광으로 알고, 신선과 부처님에 이르러서는 더욱 공경하는 바이오이다. 첩의 맏형은 처음에 경수(涇水)[7] 용군(龍君)의 아내가 되었는데, 부처가 반목하여 두

---

2) 백옥으로 꾸민 의자. 3) 행곽(行廓). 4) 아름다운 옥(玉)의 한 가지. 5) 티끌 세상. 곧 인세(人世). 인간계. 6) 장정상(張正常). 정일개교진인(正一開敎眞人)의 호를 받음. 7) 섬서성에 있는 물 이름.

집의 화합이 깨어지고, 유진군(柳眞君)[8]에게 개가하매 온 친척들이 그를 높이고 온 집안 사람이 공경하나, 첩은 장차 정과(正果)[9]를 얻어 일신의 영귀함이 필연 만형보다 나을 것이라 생각되옵니다.

부왕께서 진인의 말씀을 들으신 후로 첩을 사랑하는 정이 한층 더 돈독하시고 궁중의 크고 작은 시첩(侍妾)들이 하늘 위의 참신선과 같이 대접하더니 점점 자라매 남해 용왕의 아들 오현(五賢)이 첩이 약간의 자색(姿色)이 있다는 말을 듣고 부왕께 구혼하였나이다. 그러나 우리 동정은 곧 남해 용왕의 관하가 되었는고로 부친께서 감히 거절치 못하시고, 친히 남해에 가셔서 장진인의 말을 이르고 강경히 거절하여 따르지 아니하오신즉, 남해 용왕이 교만하고 방자한 아들을 위하여 도리어 부왕께 '그런 탄설(誕說)[10]에 미혹되었다' 하고 방자스레 성을 내면서 꾸짖어 구혼이 더욱 급하기로, 첩이 스스로 헤아리되 '만일 부모 슬하에 있으면 필연 몸에 욕이 미칠 것이다' 하고 멀리 슬하를 떠나 몸을 빼치고 도망하여 가시덤불을 헤치고 누추한 집을 지어서 홀로 오랑캐 땅에서 칩거(蟄居)[11]하며 구차로이 세월을 보내오나, 남해의 핍박이 더욱 심하거늘 부모께서 다만 이르시되, '딸이 사람 좇기를 원하지 아니하여 멀리 도망하였으니 끝내 포기하지 않으려거든 딸에게 가서 물으라' 하시자, 오직 저 미친 아이가 첩이 외롭고 약함을 업신여겨 스스로 군병을 거느리고 와서 천첩을 핍박하고자 하더이다. 첩의 지극한 원통함과 괴로운 절개에 천지가 감동하사 저택(瀦澤)[12]의 물이 거연(居然)히 변화하여 쌀쌀하기가 차가운 얼음과 같고 어둡기가 지옥 같아서 타국 군사들이 능히 쉽게 들어오지 못하였나이다. 첩이 이에 힘입어 온전하고, 지금까지 위태한 목숨을 보전하였나이다. 그런데 오늘 다행히 귀인을 맞아들여 누추한 곳에 왕림하시게 함은, 다만 첩의 정세를 아뢰고자 할 뿐

---

8) 유의(柳毅). 9) 수행한 결과로 얻는 바른 과보(果報). 10) 허무맹랑한 이야기. 11) 나가서 활동하지 않고 집에만 죽치고 있음. 12) 큰 못.

만 아니옵나이다. 바로 지금의 천자의 군사들이 곤경에 처한 지 이미 오래이고, 수로(水路)에서는 물이 통하지 않으며, 우물에는 물이 나지 않아 흙을 파고 땅을 뚫음도 또한 수고롭거늘, 하물며 산 하나를 온통 만장(萬丈)이나 되게 판다고 해도 물을 얻지 못하면 군력을 지탱하지 못하리이다. 이 물의 본디 이름은 청수담(淸水潭)인데, 수성(水性)이 매우 아름다웠으나 첩이 와서 거처하고부터는 물 맛이 무척 고약하여 그 물을 마시는 자는 병이 생기는고로 이름을 고쳐서 백룡담(白龍潭)이라 하였나이다. 이제 이곳에 천첩이 의지할 곳을 얻었사오니, 이는 곧 음산한 골짜기에 봄이 온 것이 아니나이까. 귀인이 이미 귀인께 명(命)을 의탁하고 몸을 허락하였사오니 귀인의 근심이 곧 천첩의 근심인즉, 어찌 감히 미련한 소견을 다하여 군공(軍功)을 돕지 않으리이까? 이후로는 물맛의 달기가 응당 옛날과 같을 것이니 군사들과 소에게도 아무런 해가 없으며, 이왕 물로 인해 병이 생긴 군사도 또한 마땅히 절로 쾌차하리이다."

상서가 말하되,

"이제 낭자의 말을 들으니 우리 두 사람의 마음은 하늘이 이미 정한 연분이구려. 신(神)이 그것을 안다면, 월하 노인(月下老人)[13]의 언약을 가히 점칠 수 있음직한데 낭자의 뜻 또한 나와 같으뇨?"

용녀가 대답하되,

"첩의 누추한 재질을 비록 이미 낭군께 허락키로 하였사오나, 지레 낭군을 모심은 가당치 않은 점이 셋이 있나이다. 첫째는 부모께 고하지 못하였으니 여자가 사람을 좇음이 예(禮)에 어긋나매 불가하옵고, 둘째는 첩이 환형 변질(幻形變質)[14]한 후에야 바야흐로 가히 귀인을 모실 것이거늘, 이제 비늘 껍질에 지느러미와 갈기를 지닌 누추한 몸으로써 귀인의 자리를 더럽히지 못할 것이요, 셋째로 남해 용왕의 아들이 매양

13) 부부의 인연을 맺어 준다는 전설의 노인. 14) 모습이 변하여 전보다 아름답게 됨.

나졸들을 이 근처로 보내어 암암리에 정탐하온즉, 만일 그가 알게 되면 반드시 한바탕 풍파를 일으킬 것이오매, 그 노여움을 격동시킴은 해로울까 두려워함이오니, 귀인은 모름지기 속히 진중으로 돌아가시어 군사를 바로잡고 도적을 멸하사 큰 공을 이루어 개가(凱歌)를 부르고 서울로 돌아오시면, 첩은 마땅히 치마를 걷고서 진수(溱水)[15]를 건너 갑제(甲第)[16] 가운데로 귀인을 따라가오리다."

상서가 말하되,

"낭자의 말은 비록 가상하오만 내가 생각컨대 낭자가 이곳에 와 있는 것은 비록 뜻을 지키고자 함이나, 또한 부왕께서 낭자로 하여금 여기에 머물러 소유가 오기를 기다려서 곧 따르게 함이오이다. 오늘 서로 만난 것이 어찌 부왕의 명이 아니겠느뇨? 또한 낭자는 신명(神明)[17]의 후손이요, 영이한 성품이라 사람과 귀신 사이에 출입함에 간 데마다 옳지 않음이 없은즉, 어찌 비늘과 지느러미와 갈기로 인해 그대를 꺼려하리오? 소유가 비록 재주가 없다 하나, 천자의 명을 받들어 백만의 웅병(雄兵)을 거느리고 비렴(飛廉)[18]으로 선도를 삼고 해약(海若)[19]으로 후진을 삼으니, 저 남해의 어린애 보기를 모기나 하루살이같이 생각한 따름인즉, 이제 만일 스스로를 헤아리지 아니하고 망령되이 서로 핍박코자 하면 곧 내 보검을 더럽히는데 불과할 뿐이오이다! 오늘 밤 명월과 청풍이 우리의 호방한 정취를 도우니 좋은 밤을 어찌 헛되이 보낼 수가 있으며, 아름다운 기약을 어찌 홀로 저버릴 수가 있으리오?"

드디어 용녀를 이끌고 하룻밤을 은밀히 보내니 교회(交會)[20]하는 즐거움은 꿈인지 곧 생시인지 모를 지경이더라.

---

15) 하남성 밀현에서 발원하는 강. 16) 크고 넓게 잘 지은 저택. 17) 하늘과 땅의 신령(神靈). 18) 바람을 일으킨다는 상상의 새, 혹은 바람을 맡은 신(風神). 19) 해신(海神). 바다 신. 20) 만나서 정(情)을 서로 주고받음.

## 용왕(龍王)의 초대

날이 채 밝지도 않아서 우레 같은 소리와 쇠북 소리가 잇따라 들리며 수정궁전(水晶宮殿)이 키 까불리듯이 뒤흔들리기에 용녀가 문득 깜짝 놀라서 사리를 깨닫고 일어나니, 궁녀가 급히 알려 이르되,

"큰 화(禍)가 일어났나이다. 남해 태자가 무수한 군병들을 몰고 와서 벌써 산에 진을 치고 양원수와 자웅을 결(決)하고자 하였나이다."

용녀가 상서를 불러 깨우며 이르되,

"첩이 처음에 상공께서 돌아가시도록 권함은 무릇 이 일을 염려함이었나이다."

상서가 벌컥 화를 내며 이르되,

"미친 아이가 어찌 감히 꺼려하는 것이 없느뇨?"

소매를 떨치고 일어나 물가로 걸어서 나아가니, 남해의 군병들이 이미 백룡담을 에워싸고 있더라. 상서가 소리를 질러 병사들을 손짓하여 부르고 남해 태자와 진을 마주 대하매 남해의 진중에는 떠도는 소리가 크게 진동하고 진운(陣雲)이 사면에서 일어나매 태자가 말 위에서 걸터앉은 채 말을 박차고 나와서 크게 꾸짖되,

"양소유! 너는 어떻게 생긴 인물이기에 남의 일을 희롱하여 방해해 놓고 남의 아내를 겁략하는고? 맹세코 천지간에 너와 함께 서지 아니하리라."

상서가 말을 세우고 크게 비웃되,

"동정 용녀가 소유가 삼생(三生)[21]의 숙연(宿緣)이 있음은 천궁의 명부에 기록한 바요, 진인(眞人)께서도 아시는 것인즉, 나는 천명에 따르고 하늘의 가르침을 받은 것에 불과하도다. 요마(幺麽)[22]한 고기 새끼가 무례함이 어찌 이 같을꼬?"

---

21) 전생(前生). 이승, 저승 또는 과거, 현재, 미래. 22) 미소(微小)함.

태자가 대로하여 천만 가지의 물고기들에게 양서를 잡도록 영을 내리니, 제독과 자라 참군(參軍)이 기운을 돋우고 용맹을 내어 뛰어나오더라. 그러자 상서가 군사들을 한 번 지휘하여 다 목을 베고, 백옥 채찍을 들어 한 번 휘두르매 백만 용졸들이 일제히 일어나서 그들을 차고 짓밟은즉, 삽시간에 부스러진 비늘과 깨어진 껍질이 땅에 가득하였으며, 태자는 몸에 여러 개의 화살을 맞아 능히 변화를 일으키지 못하고 마침내 당군(唐軍)에게 잡힌 바 되었으니, 상서가 징을 쳐서 군사를 거두고 태자를 결박하여 영으로 돌아오니 문을 지키는 군사가 아뢰되,

"백룡담의 낭자께서 몸소 진 앞에 나아와 원수께 치하를 드리고 군사들을 배불리 먹이고자 하시나이다."

상서가 무척 기꺼워하여 사람을 시켜 맞아들이니, 용녀가 나와서 원수의 전승함을 치하하고 술 천 석과 소 만 필로써 삼군에 잔치를 베푼즉, 사졸들이 배불리 먹고 즐거워하여 노래를 부르고 발을 흔들며 춤을 추매 용맹스럽고도 예리한 사기는 전보다 백 배나 더하더라. 양원수가 용녀와 같이 앉아서 남해 태자를 잡아들이니 태자가 머리를 숙이고 꼬리를 오므라뜨려 감히 우러러보지 못하거늘 양원수가 소리를 높여 꾸짖되,

"내 천자의 명을 받아서 사방의 오랑캐를 토벌하고 정벌함에 백귀수신(白鬼水神)도 감히 내 명을 거역하는 자가 없거늘, 네 조그만 아이가 천명을 알지 못하고 감히 대군을 항거하니, 이는 스스로 죽기를 재촉함이로다. 내게 한 개의 보검이 있는데, 이는 위징(魏徵)[23] 승상이 경하(涇河)의 용왕을 벤 매우 잘 드는 칼이로다. 내 마땅히 네 머리를 베어서 우리 군사의 위엄을 떨칠 것이로되, 네 애비가 남해를 진정하고 인간 스스로에 비를 널리 내려 만민에게 공이 있는고로 네 죄를 특별히 용서하여 네 죽음을 면케 해 주겠나니, 너는 지금부터 힘써 네 전의 행실을

---

23) 당나라 초기의 명신(名臣). 자는 현성(玄成). 곡성인(曲城人). 정국공(鄭國公)에 봉해짐.

고치고 영원히 구악을 되풀이하지 않으며 행여 다시는 낭자께 죄를 짓지 말지어다!"

인하여 금창약(金瘡藥)을 내어 태자의 상처에 바르고 보내매, 남해 태자가 숨도 크게 못 쉬고 몸둘 바를 몰라하며 쥐 숨듯이 달아나 버리더라. 홀연 서광과 서기가 동남으로부터 일며 붉은 놀이 자욱이 끼고 동운(彤雲)[24]이 명멸하며, 정기(旌旗)와 절월(節鉞)이 공중으로부터 어지러이 내려오더니, 붉은 옷 입은 사자가 종종걸음으로 와서 이르되,

"동정 용왕이 양원수께 남해 태자를 파하고 귀주(貴主)의 위급을 구하신 줄 아시고, 벽문 앞에서 몸소 하례코자 하나 소임이 영토를 지키는 일이라 감히 자리를 마음대로 떠나실 수 없는고로, 바야흐로 응벽전(凝碧殿)에 베풀어 원수를 받들고 맞아들여, 원수께서 잠깐 행차하시기 원하오니, 대왕께서 소신에게 귀주와 함께 돌아오도록 영을 내리시었나이다."

상서가 말하되,

"적군이 비록 물러갔으나 벽루(壁壘)[25]가 아직껏 남아 있고, 또 동정은 만 리 밖에 있으니 오고가는 사이에 날짜가 많이 걸릴 것인즉, 병들을 거느리는 사람으로써 어찌 감히 멀리까지 나갈 수가 있으리오?"

사자가 말하되,

"이미 수레 하나를 준비하여 여덟 용으로 매어 놓았으니, 반나절 안에 마땅히 갔다 올 수 있으리이다."

하더라.

---

24) 붉은 빛을 띤 구름. 25) 쳐들어오는 적을 막아 내기 위하여 흙과 돌 따위로 쌓은 진지.

# 양원수투한고선비　공주미복방규수
# 楊元帥偸閑叩禪扉　公主微服訪閨秀

## 양원수의 불전(佛前) 분향과 꿈

양상서가 용녀와 더불어 수레를 타니 기이한 바람이 사납게 불어 바퀴를 굴려 공중으로 올라가매 하늘로 가는 데 몇 척이나 남았는지 거리가 땅으로부터 몇 리나 떨어졌는지 알지 못하되, 다만 흰구름만 일산(日傘)같이 평평하게 세계를 덮었을 따름이더라.

점점 아래로 내려 동정에 이르니 용왕이 멀리까지 나와서 그들을 맞이하며 빈주(賓主)의 예의를 차리고 장인과 사위의 정을 펼새, 허리 굽혀 절하고 상층의 전각에 오른 다음, 잔치를 베풀고 술잔을 잡은 채 사례하되,

"과인의 덕이 박하고 세력이 고단하여 능히 한낱 딸자식에게조차 그곳을 편하게 해 주지 못했는데, 이제 원수께서 신위(神威)를 떨쳐 교만한 아이를 사로잡고 후의를 베풀며 어린 딸을 구하여 주었으니, 그 덕을 갚으려 한즉, 하늘보다 높고 땅보다 두텁소이다."

상서가 답하되,

"이는 다 대왕의 위령(威令)이 미친 바인데, 어찌 그토록 사례하심이 과하시나이까?"

술이 취하니, 용왕이 분부를 내려 여러 가지 풍악을 들려 주게 한 후, 그 음률이 융융(融融)[1)]하고 조절(條節)[2)]이 있어서 세속의 풍악과는 다르더라.

---

1) 화평하게 즐기는 모양. 기운. 2) 절조가 있음.

장사 천 명이 전각의 좌우에 벌리고 서서 각기 손에 칼과 창을 잡고 흔들며 큰 북을 울리면서 나오는데, 미인 여섯 쌍이 부용의(芙蓉衣)를 입고 명월패(明月佩)를 차고 표연히 한삼(汗衫) 소매를 떨치며, 마주 보고 춤을 추니 보기에 참으로 장관이더라.

상서가 용왕에게 묻되,

"이 춤에 쓰인 곡조가 무슨 곡조인지 알지 못하겠나이다."

용왕이 대답하되,

"옛날에는 수부에 이 곡조가 없었으나, 과인의 맏딸이 시집가서 경하왕(涇河王) 태자의 처가 되었는데, 유생(柳生: 柳毅)이 전하는 글로 말미암아 내 딸이 목양(牧羊)의 곤(困)함을 만난 줄 알고, 과인의 아우 전당군(錢塘君)이 경하왕과 더불어 크게 싸워 그 군사를 크게 무찌르고 딸아이를 데려오니, 궁중 사람들이 이 풍악을 짓고 춤을 붙여 이름하여 부르되 '전당 파진악(錢塘破陣樂)' 혹은 '귀주 행궁악(貴主行宮樂)'이라 일컬으며, 궁중 잔치에서 때때로 연주한 것이외다. 이제 원수께서 남해 태자를 격파하고 우리 부녀를 서로 만나게 하니 전당군의 옛 일과 자못 서로 비슷한고로, 그 이름을 고쳐 '원수 파진악(元帥破陣樂)'이라 하노라."

상서가 또 물어 이르되,

"유 선생이 지금 어디에 있으며, 가히 서로 만날 수 있사오리까?"

왕이 말하되,

"유랑은 지금 영주(瀛州)의 선관(仙官)이 되어 바야흐로 일을 맡고 있으니, 어찌 가히 데려올 수 있으리오?"

술이 아홉 순배가 지나자 상서가 하직을 고하여 이르되,

"군중이 다사하여 오래 머무르지 못함이 한이 되오니, 오직 바라건대 낭자로 더불어 뒷날의 기약을 놓치지 마라."

용왕이 대답하되,

"마땅히 언약대로 할 것이니라."

전문 밖에까지 가서 전송할새, 상서가 얼른 보니 산악이 우뚝 솟아

있고, 다섯 봉우리가 유독 빼어나 구름과 안개 사이에 높이 들었거늘, 상서가 유람하고 싶은 흥취가 돋는지라. 이에 용왕께 묻되,

"이 산의 이름을 무엇이라 하나이까? 소유가 천하를 두루 돌아다녔으되, 오직 이 산[3]과 화산(華山)[4]만을 보지 못하였나이다."

용왕이 이르되,

"원수는 이 산의 이름을 듣지 못하셨나이까? 이는 곧 남악 형산(南嶽衡山)으로 신기하고도 이상한 산이오이다."

상서가 간청하되,

"어찌하면 이 산에 오를 수 있나이까?"

용왕이 대답하되,

"일세(日勢)[5]가 아직 늦지 아니하였으니, 비록 잠깐 구경하고 돌아가도 또한 날이 저물지 않을 것이로다."

상서가 곧 수레에 오르자 벌써 형산의 아래에 다다른지라. 대지팡이를 짚고 돌길을 찾아가매 한 언덕을 지나고 한 구렁을 건너서 산이 더욱 높고 지경이 점점 그윽하며 경물(景物)이 빽빽이 널려 있어 이루 다 구경할 수 없으니, 이른 바 '일천 개의 바위가 다투어 솟아 있고, 일만의 깊은 골짜기가 다투어 흘러가는 바 바로 진선(眞善)의 형용'이더라. 상서가 사면을 둘러보매 그윽한 생각이 저절로 모이거늘 탄식하되,

"괴로운 군대 일이 쌓인 사이에 정이 피폐하고 정신이 고달프게 되어, 이 몸의 속세 인연이 어찌 그리 중할꼬? 마땅히 공을 이루고서 몸은 물러나 초연한 물외(物外)[6]의 사람이 되리로다."

문득 들으니, 석경(石磬)[7] 소리가 수목 사이에서 울려 오기에 상서가 생각하되,

'필연 절간이 멀지 않으리라' 하고 이어 걸어서 언덕의 높은 꼭대기

---

3) 매우 핍박을 받는 모양. 4) 중국 섬서성(陝西城)의 화음현에 있는 산. 5) 해의 형편. 6) 세상의 물정(物定)을 떠난 바깥. 7) 돌로 만든 경쇠.

에 올라 보니 한 절이 있거늘, 전각이 깊숙하고 그윽하며, 여러 중들이 모여 있고 노승이 포단(蒲團)[8]에 부좌(趺坐)[9]한 채 바야흐로 경문을 외우며 설법하는데, 눈썹이 길고 푸르며 골격이 맑고 파리하여 그 연기(年紀)가 높음을 가히 알 수 있더라. 노승이 상서가 도착하는 것을 보고 제자들을 거느리고 당에서 내려가 맞이하며 말하되,

"산야 사람이 귀가 밝지 못하여 대원수 사는 줄 전혀 알지 못하여 산문까지 나가서 영접치 못하니 청컨대 상공께서는 그 일을 용서하소서. 그러나 원수께 이번은 영구히 오는 날이 아니오니, 모름지기 전각에 올라 예불을 올리고 돌아가소서."

양서가 곧 불전에 나아가 분향 전배(展拜)하고, 바야흐로 전각을 내려오더니 문득 실족하고 깜짝 놀라 깨달으니, 몸이 영중(營中)에서 탁자를 의지하여 앉았는데, 동방(東方)이 희미하게 밝았더라.

상서가 이상히 여겨 여러 장수에게 물어 이르되,

"공들도 또한 꿈을 꾸었느뇨?"

여러 장수들이 일제히 대답하되,

"소장 등도 모두 꿈에 원수를 따라서 신병귀졸(神兵鬼卒)과 크게 싸워 그들을 격파하고, 그 대장을 사로잡아 돌아왔으니, 이는 실로 오랑캐를 사로잡을 길조(吉兆)로소이다."

상서가 꿈 속의 일을 낱낱이 말하고 여러 장수들과 함께 백룡담에 가 보니, 부스러지고 깨진 비늘 껍질이 땅에 가득하고 흐르는 피가 내를 이루었더라. 상서가 잔을 들고 물을 떠서 먼저 맛보고 이에 병든 군사들에게 먹이니, 그들의 병이 씻은 듯이 낫는지라. 그러자 모든 군사들과 전마를 몰고 물에 다가가서 흡족히 마시게 하니 기꺼워하는 소리가 천지를 진동하는지라. 적들이 이를 듣고 무척 두려워하여 곧 무리를 지어 항복하고자 하더라.

---

8) 부들 풀로 만든 둥근 방석. 9) 발등을 다리 위에 얹고 앉는 좌법(坐法).

## 정경패의 발원서(發願書)

상서가 출사한 이후로 첩서(捷書)가 서로 잇따르니 천자께서 그를 가상히 여기사 하루는 태후께 조회하고 양소유의 공을 칭찬하시되,

"소유는 곽분양(郭汾陽)[10] 이후의 유일한 사람이로소이다. 그가 조정에 돌아오길 기다려서 곧 승상(丞相)을 시키시어 세상에 드문 공을 갚을까 하옵니다. 그러나 다만 누이의 혼사를 아직껏 확실하게 정하지 못했사오니, 그대가 만일 마음을 돌리고 명에 따르면 곧 무척 다행하옵거니와, 만일 또 굳이 고집한다 해도 곧 공신(功臣)을 아무래도 죄를 주지는 못할 것이요, 또한 그 뜻을 아무래도 빼앗지 못할 터이오니, 굳이 처치할 도리가 실로 아주 마탕하기 어려우니 이것이 극히 민망하옵니다."

태후 이르시되,

"내가 듣기에 정사도의 딸아이가 실로 아름답고 또한 소유와 더불어 일찍이 서로 본 적이 있다 하니, 소유가 어찌 정녀(鄭女)를 버릴 수가 있으리오. 내 뜻에는 곧 소유가 변방에 나아간 틈을 타서 정씨 집안에 조서를 내리고 정녀로 하여금 타인과 결혼케 하면 소유도 소망이 끊어질 터이니, 군명(君命)을 어찌 가히 따르지 않으리오?"

상은 오래도록 대답치 아니하시더니 아무 말 없이 나가 버리더라. 이때 난양공주가 태후 곁에 있다가 이에 고하여 태후께 여쭈되,

"마마의 하교는 일의 형편에 크게 어긋나나이다. 정녀가 혼인을 하고 아니하고는 친히 그 집의 일이요, 어찌 조정에서 지휘할 바이겠나이까?"

태후 이르시되,

"이 일은 곧 너에게는 중한 일이요, 나라의 큰 예절이니, 본디 내 너와 더불어 상의코자 하노라. 상서 양소유는 풍채(風彩)와 문학이 조신(朝紳) 중 다만 홀로 뛰어날 뿐 아니라, 지난날 퉁소 한 곡조로써 너와

---

10) 당인(唐人)으로 토번의 정벌에 혁혁한 공을 세운 분양왕 곽자의(郭子儀).

진루(秦樓)[11]의 연분인 줄 알았은즉, 결코 양가를 버리고 타인을 구하지 말지며, 또한 소유가 본디 정사도 집과 더불어 정분이 범연치 아니하여 서로 저버리지는 못할지라. 이로써 이 일은 극히 난처하여, 소유가 군사를 거느리고 돌아온 후에 너의 혼례를 먼저 치르고 다음에 소유로 하여금 정녀에게 다시 장가들어 첩을 삼게 하면 곧 소유도 가히 사양치 못할 듯하나, 너의 의향을 알지 못하기에 이렇듯 주저하고 있느니라."

공주가 여쭈되,

"소녀가 일생에 투기(妬忌)가 무엇인 줄을 알지 못하오니, 정녀를 어찌 꺼리오리까마는, 다만 양상서께서 처음에 이미 약혼의 예물을 받았으며 후에 다시 첩으로 삼는 것은 예가 아니며, 정사도는 또한 여러 대에 걸친 재상이요, 명문 거족이니, 그의 여아로서 남의 첩을 삼게 함이 또한 원통하고 억울하지 않으리오? 이 또한 합당치 않사옵니다."

태후 이르시되,

"그러면 네 뜻에는 어떻게 조처하고자 하느뇨?"

공주 대답하되,

"국법에 제후는 부인이 셋이나니, 양상서가 성공하고 돌아오면 곧 크게는 왕이 될 것이요, 적어도 후는 반드시 될 것이오니, 두 부인을 두는 것이 실로 참람하지 않을 것이니, 이때를 당하여 또한 정녀에게 정실(正室)로 장가들도록 허락하심이 곧 어떠하오리까?"

태후 이르시되,

"이는 옳지 않도다. 딸의 입장이 다른 여자와 비슷하면 곧 함께 부인이 되어도 굳이 꺼리는 바가 없겠으나, 내 딸은 선제께서 사랑하셨던 딸이요, 금상께서 총애하시는 누이이니, 몸이 실로 귀중하고 지위 또한 존귀하거늘, 어찌 가히 여염집 여자와 더불어 어깨를 나란히 하고 한 사람을 섬기겠느뇨?"

---

11) 천생 연분.

공주 대답하되,

"소녀 또한 소녀의 몸이 높고 중한 줄은 잘 아나이다. 옛적에 성제명왕도 어진 이를 높이고 선비를 공경하여 몸의 존중함을 잊고, 그 덕을 사랑하여 만승(萬乘)의 천자[12]로써 필부를 벗 삼으신 이도 있나이다. 소녀가 듣자오매, 정씨 댁 딸의 용모와 절행이 비록 고금의 열녀라도 이에 미치지 못하리라 하오니, 진실로 이 말과 같을진대 저와 같이 어깨를 견줌이 또한 소녀에게 다행함이요, 소녀에게는 욕이 아니로소이다. 그러하오나 전하는 말과 틀리기 쉽사오니, 그 허실을 믿기 어렵사오매, 소녀가 아무쪼록 친히 정녀를 보아, 그 용모와 재덕(才德)이 과연 소녀보다 나으면 곧 소녀는 몸을 굽히고 우러러 섬길 것이요, 만일 소견이 소문만 못하면 곧 첩을 삼게 하거나 종을 삼게 하거나 오직 마마의 뜻에 따르겠나이다."

태후 탄식하되,

"재주를 시기하고 아리따움을 질투함은 여자의 상정(常情)이거늘, 내 딸아이는 남의 재주 사랑하기를 제 몸에 있는 것같이 하고, 남의 덕 공경하기를 목마른 사람이 물 찾듯이 하니, 그 어미된 자로서 어찌 기특하고 기쁜 마음이 없으리오? 나 또한 정녀를 한 번 보고 싶으니 내일 마땅히 정씨 집안에 조서를 내리로다."

공주 여쭈되,

"비록 마마의 명이 계시어도 정녀는 필연 칭병하고 오지 않을 것이며, 그렇다고 재상가의 여자를 함부로 협박하여 부르시지는 못할 터이온즉, 도관과 이원에 분부를 내리시와, 미리 정녀가 분향하는 날을 알면 한 번 만나 보기란 그다지 어렵지 않을 듯하나이다."

태후께서도 이를 옳게 여겨서 어린 환관을 시켜 근처의 사관에 물어 정혜원의 여승이 아뢰되,

---

12) 황제를 높이어 일컫는 말. 만승 지존(萬乘之尊).

"정사도 댁에서 본시 불사(佛事)[13]를 우리 절에서 올리되, 그 소저는 본디 사관(寺觀)에 왕래하지 아니하옵고 3일 전에 소저의 시비이며 양 상서의 소실인 가춘운(賈春雲)이 소저의 명을 받아 그의 발원(發願)하는 글을 불전에 바치고 갔사오니, 바라건대 환관께서는 이 글을 가지고 태후 마마께 복명하심이 어떠하시니이까?"

환관이 돌아와 이대로 아뢰면서 소저의 발원서(發願書)를 올리니, 태후 이르시되,

"진실로 이와 같다면 정녀의 얼굴을 보기가 어려우리라."

공주와 더불어 그 발원서를 함께 보았는데, 그 발원서에 씌었으되,

'제자 정씨 경패(瓊貝)는 삼가 비자 춘운(春雲)을 시켜 목욕 재계(沐浴齋戒)하고 머리를 조아리면서 여러 부처님과 보살님의 자리 아래에서 삼가 고하나이다. 제자 경패의 죄악이 심히 중하고 업장(業障)[14]이 없어지지 않아서 세상에 나매 여자의 몸이 되옵고 또 형제의 즐거움이 없사오며, 지난번에 이미 양가의 폐백을 받아 장차 몸을 양문에서 마치고자 하였는데, 양랑께서 부마의 간택에 뽑혀 군명이 지엄하시니 제자는 이미 양씨와 인연을 끊었나이다. 다만, 하늘의 뜻과 사람의 일이 어긋남을 서로 한탄하옵고 박명한 사람에게 다시는 소망이 없사오며, 몸은 비록 허락지 아니하였으나 마음은 이미 붙였사온즉, 지금에 이르러 두세 가지의 그 덕은 의에서 나오지 못할 것이니, 아직은 부모 슬하에 의존함으로써 미진한 세월을 보내고자 하나이다. 이 몹시 기구한 신세로 말미암아 다행히 일신에 청한(淸閑)함을 얻은고로, 이에 감히 작은 정성을 부처님 앞에 올려 제자의 심사를 아뢰옵니다.

엎드려 바라옵건대, 여러 불성(佛聖)의 영(靈)들께서는 이렇듯 지성스런 정성을 통촉하시와 자비지념(慈悲之念)을 드리우셔서 제자의 노부모로 하여금 하산(遐算)[15]을 누리시어 하늘과 함께 수(壽)를 하시도록 해

13) 불가(佛家)에서 행하는 모든 일. 14) 악업(惡業)이 능히 정도(正道)에 장애가 됨을 일컫는 말. 15) 장수(長壽).

주시옵고, 제자에게는 몸에 질병과 재앙이 없게 하여 곧 부모 앞에서 채색 옷을 입고 새 새끼를 희롱하는 즐거움을 다하게 해 주시면 부모님께서 돌아가신 후에 맹세코 공문(空門)으로 돌아가 세속의 인연을 끊고, 계행(戒行)에 복종하여 마음을 재계하고 경문을 외우며 몸을 정결히 하여 예불을 드려서 부처님들의 후은(厚恩)에 보답하겠나이다.

시비 가춘운은 본디 경패와 더불어 크게 인연이 있사와 이름은 비록 노주(奴主) 사이지만 사실은 곧 붕우(朋友)의 사이로 일찍이 주인의 명으로 양가의 첩이 되었더니, 일이 마음과 달라 아름다운 인연을 보존치 못하고 길이 양가와 하직하여 다시 주인에게 돌아오니, 사생 고락을 맹세코 같이 할 것이라. 바라옵건대 여러 부처님께서는 우리 두 사람의 심사를 굽어 살피시고, 가련히 여기시어 세세생생(世世生生)으로 다시 여자의 몸이 되기를 면하여 전생의 죄과를 소멸하고 후세의 복록을 주시어, 좋은 땅에 환생(還生)하여 쾌활한 낙을 길이 누리게 해 주옵소서.'

공주가 그 글을 다 보고 참연한 마음으로 이르되,

"한 사람의 혼사로 인하여 두 사람의 신세를 그르치게 하니, 아마도 이는 음덕(陰德)에 크게 해로우리로다."

태후께서 그 말을 들으시고 아무 말이 없으시더라.

## 난양(蘭陽)의 변장과 정소저

이 무렵 정소저는 그의 부모를 모시고서 얼굴을 좋게 하고 모습을 유쾌히 하여 털끝만큼도 원망해 하거나 슬퍼하는 빛이 없으니, 최부인이 매양 소저를 볼 적마다 문득문득 비상(悲傷)한 생각이 들었고, 춘운이 소저를 모시고 한묵(翰墨)[16]과 잡기로써 억지로 소유에 대한 생각을 물

16) 문한(文翰)과 필묵(筆墨).

리쳐 떨쳐 버리려 하나, 알지 못하는 사이에 쇠가 녹듯이 슬그머니 풀이 없어져서 날마다 몸이 점점 초췌해지고 고황(膏肓)의 병이 생기려 하거늘, 소저가 위로는 부모를 생각하고 아래로는 춘운을 불쌍히 여겨 자못 심서(心緖)가 산란하여 스스로 편안치 못하되 남들은 알지 못하더라. 소저가 모친의 쓸쓸한 마음을 위로하고자 하여 비복 등을 시켜 악기에 재주를 지닌 사람과 신기하고도 보기 좋은 물건들을 구하게 하고, 때때로 받들어 노모의 이목을 즐겁게 하려고 하더라.

하루는 한 계집아이가 찾아와 수놓은 족자 두 축(軸)을 팔려고 하기에, 춘운이 가져다가 펴 보니 한 폭은 꽃 사이에 공작새요, 다른 하나는 대숲에 자고새더라. 그 수놓은 품(品)이 극히 절묘하여서 춘운이 경찬하여 그 계집아이를 머무르게 하고, 그 족자를 부인과 소저께 비치며 여쭈되,

"소저께서 매양 춘운이 수놓은 것을 칭찬하시었는데, 시험삼아 이 족자를 보소서. 그 재품(才品)이 어떠하나이까? 이는 선녀의 틀 위에서 나오지 않았으면 필연 귀신의 손 속에서 된 것이리라."

소저가 부인의 자리 앞에서 족자를 펴 보고 깜짝 놀라 이르되,

"금세의 사람에게는 필연 이런 공교한 솜씨가 없겠거늘, 선(線)에 물들인 것이 오히려 새로워서 구물(舊物)이 아니로다. 괴이하도다! 어떤 사람에게 이런 재주가 있을꼬!"

춘운으로 하여금 그 여동에게 그 출처를 묻게 하니, 여동이 대답하되,

"이 수는 우리 집의 소저께서 스스로 놓으신 것이외다. 소저께서 바야흐로 객지에 계셔서 급히 쓸 곳이 있는고로 금은전폐(金銀錢幣)[17]를 가리지 아니하고 팔려고 하나이다."

춘운이 묻되,

"너의 소저는 뉘 집의 낭자이시며, 또 무슨 일 때문에 홀로 객지에 머물러 계시느냐?"

---

17) 값의 고하(高下)를 따지지 않음.

여동이 대답하되,

"우리 소저는 이통판(李通判)[18]의 매씨이신데, 통판께서 대부인을 모시고 절동(浙東)의 임소(任所)로 가시었으나, 소저께서는 병환이 있어서 따라가지 못하고 그 외삼촌 장별가(張別駕)[19] 댁에 머물러 계셨는데, 별가 댁에서 근일에 사소한 연고가 있기로, 이 길을 건너 연지점(臙脂店)[20] 사삼랑(謝三娘)의 집을 빌려 우거(寓居)하시며, 절동 고을에서 거마(車馬)가 오기를 기다리고 계시나이다."

춘운이 들어가서 그 말대로 소저에게 고하니, 소저가 비녀와 팔찌 그리고 수식(首飾)[21] 등의 물건으로 그 값을 넉넉히 주고 족자를 사서는 대청에 높이 걸고, 날이 지도록 사랑스레 바라보며 칭찬을 그치지 않더라. 이후에 그 여동이 족자를 매매함을 인연으로 하여 정부(鄭府)에 출입하고, 부중의 비복들과 서로 사귀었더라.

정소저가 춘운에게 이르되,

"이가(李家) 여자의 수놓는 재주가 이와 같으니 필연 비상한 사람일 것이니라. 내가 시비로 하여금 그 여동을 따라가서 이소저의 용모를 보고 싶구나."

거듭 영리한 한 계집종을 택하여 보내었더니, 그 계집종이 여동을 따라가서 본즉, 여염집이 답답할 만큼 좁아서 본디 안과 밖의 구별이 없더라. 이소저가 묻고서 정부의 비자(婢子)인 줄 알고 주식을 먹여 보내니, 그 비자가 돌아와서 고하되,

"이소저의 고운 태도와 아리따운 용모가 우리 소저와 조금도 다름이 없더이다."

춘운이 믿을 수가 없어서 이르되,

"그 수놓은 솜씨를 보건대, 이소저는 결코 노둔(魯鈍)한 재질은 아니려니와 네 어찌 지나친 말을 하느뇨? 이 세상에 우리 소저와 같은 이가

---

18) 통판은 관직명. 19) 별가는 관명. 20) 연지를 파는 점포. 21) 머리에 꾸미는 장식물.

있다 함은 내 실로 믿지 아니하노라."

비자가 대답하되,

"가유인(賈孺人)[22]이 실로 내 말에 의심이 들면 다시 다른 사람을 보내보시면 내 말이 망령되지 않음을 알 리이다."

춘운이 또 사사로이 한 사람을 보내었더니 그가 돌아와 말하되,

"괴이하도다, 괴이하도다! 그 소저는 곧 옥경(玉京)[23]의 선녀이오이다. 어제 들은 말이 과연 옳은즉 가유인께서 또 내 말에 의심이거든 친히 가 보시는 것이 좋을 듯하오이다."

춘운이 이르되,

"전후 말이 다 허탄(虛誕)[24]하도다. 어찌 두 눈이 없느뇨?"

서로 크게 웃고 헤어지더라.

수일이 지나자 연지점에 사는 사삼랑이 정부에 와서 부인을 배알하고 아뢰되,

"근자에 이통판 댁의 낭자가 소인의 집을 빌려 우거하시는데, 그 낭자가 용모와 재주를 함께 갖추어서 실로 늙은 이 몸이 처음 보는 바이옵니다. 그가 소저의 아름다운 이름을 깊이 사모하여 매양 한 번 뵈옵고 가르치심을 청하려 하되, 감히 바로 청하지 못하고, 소인이 사사로이 부인을 뵈옵는 줄을 알고서 부인께 품(稟)하여 보라고 하더이다."

부인이 소저를 불러 이 뜻을 말하니 소저가 여쭈되,

"소녀의 몸이 다른 사람과 다른 바 있어서 면목(面目)을 들어 남과 서로 대면하고자 아니하오나, 다만 듣자오매 이소저의 사람됨이 모두 그 수놓은 솜씨와 같다고 하오니, 소녀 또한 한 번 만나 보고자 하나이다."

사삼랑이 이 말을 듣고 기뻐하며 돌아가더니 이튿날 이소저가 그의

---

22) 유인은 아내의 통칭(通稱). 23) 하늘 위의 옥황상제가 산다는 가상적인 서울. 천상. 24) 허망(虛妄).

비자를 보내어 집을 방문하겠다는 뜻을 먼저 알린 후, 날이 저물자 이소저가 장(帳)을 드리운 소옥교를 타고 시비 수인을 거느린 채 정부에 이르니 정소저가 침방으로 맞아들이고 볼 때, 손님과 주인이 동가 서로 자리를 나누어 앉은즉 직녀(織女)[25]가 월궁의 손님이 되고 상원(上院)[26]이 요지(瑤池)[27]에 잔치를 베푸는 듯하여 광채가 서로 쏘아 온 방 안이 밝게 비치매 피차가 모두 깜짝 놀라더라.

정소저가 이르되,

"지난번에 시비들로 인연하여 이 근처의 땅에 옥지(玉趾)[28]가 계신 줄은 들었으나, 명(命)이 기구한 사람이 인사를 폐절(廢絶)하여 문후의 예가 아직껏 이토록 빠졌나이다. 이제 저저(姐姐)[29]가 고맙게도 왕림하시니 감격스럽고 죄송하며, 공경스럽고 감사해 하는 뜻을 어찌 구설로 다할 수가 있겠느뇨?"

이소저가 대답하되,

"소매(小妹)는 편벽하고도 고루한 사람이라. 엄친을 일찍 여의고 자모가 외곬으로 저만을 사랑하시어 평생에 배운 일이 없고 가히 취할 만한 재주가 없으니, 첩이 항상 스스로 한탄하기를 '남자는 사해에 두루 발자취를 두고 어진 벗을 사귀어, 서로 격려하는 유익함도 있고, 서로 경계하는 도(道)도 있거니와, 여자는 오직 집안 비복들 외에는 가히 상접하는 사람이 없으니, 어느 곳에서 허물을 지적받으며, 어떤 사람에게서 의심나는 것을 물어 바로 잡으리오?' 하면서 규중의 아녀자가 된 것을 한(恨)하였는데, 공손히 듣자온즉 저저는 반소(班昭)[30]의 문장과 맹광(孟光)[31]의 덕행을 겸하여 몸은 중문 밖에 나가지 아니하시고 이름은 이미 구중 궁궐에까지 들리시니, 첩은 이로 인해 자품이 비루하고도 졸렬함

25) 견우성의 상대별. 26) 상원 부인(上元夫人). 도가(道家)의 선녀(仙女). 27) 서왕모(西王母)가 산다는 곳. 28) 귀한 발걸음. 29) 여자에 대한 존칭. 30) 후한 초의 여류 문장가. 반고(班固)의 누이. 31) 후한 사람인 양홍의 처. 현처로 유명함.

을 헤아리지 아니하고 성덕(盛德)의 광휘 접하기를 원하였는데, 이제 소저 버리지 않으심을 입사와 족히 첩의 원을 이루었나이다."

정소저가 말하되,

"저저가 가르치시는 말씀이 곧 소매의 마음 사이에 본디 쌓인 바이라. 규중에 매인 몸이기에 종적에 또한 걸림이 있고, 이목(耳目)에 가리움이 많으므로 본디 창해(滄海)의 물과 무산(巫山)의 구름을 알지 못하오니, 이는 또 지기(志氣)가 막히고 견식이 편벽되어 고루하고도 옅은 탓이라. 어찌 족히 이를 괴이하다 하오리까? 이는 바로 형산(荊山)의 옥이 광채를 묻고 자랑하기를 부끄러워하며, 늙은 조개 속의 구슬이 고운 빛을 감추어 스스로 보배가 되는 것과 같나이다. 그러나 소매(小妹) 같은 사람은 스스로를 보아도 뜻에 차지가 않으니, 어찌 감히 과분하신 칭찬을 받을 수 있사오리까?"

인하여 다과(茶果)를 내어 놓고 환담을 주고받다가, 이소저가 말하되,

"소문에 듣사온즉 부중에 가유인이란 사람이 있다 하오니, 어떻게 볼 수가 있을는지요?"

정소저가 이에 대답하되,

"갑자기 또한 저저를 한 번 뵙게 하려 했나이다."

이에 춘운을 불러서 '와서 저저를 뵈어라!' 하니, 이소저가 몸을 일으켜 그를 맞으매, 춘운이 놀라며 탄복하되,

"전일의 두 사람 말이 과연 옳았구나! 하늘이 이미 우리 소저를 내시고 다시 이소저를 내시니, 뜻하지 않게도 비연(飛燕)[32]과 옥환(玉環)[33]이 나란히 세상에 있음이로다."

이소저도 또한 스스로 헤아리되,

'가녀의 소문을 익히 들었거니와 그 사람됨이 소문보다 월등하니, 양상서가 어찌 보살펴 사랑하지 않으리오? 마땅히 진중서(秦中書)와 더불

32) 한 성제(漢成帝)의 후(后) 인 조비연(趙飛燕). 33) 양귀비의 어릴 때의 자(字).

어 어깨를 견줄 만하니, 만일에 춘랑으로 하여금 진씨를 보게 하면, 어찌 윤부인(尹夫人)의 울음을 본받지 않을 수 있으리오? 주인과 종 두 사람이 이와 같은 자색을 지니고 또 이와 같은 재주가 있은즉, 어찌 기꺼이 양상서가 서로 버릴 수가 있으리오?'

이소저가 춘운과 함께 가슴 속을 털어놓고 진정으로 이야기하니, 그 정이 정소저와 조금도 다를 바가 없더라.

이소저가 고하되,

"날이 이미 늦었은즉, 청담(淸談)을 편안히 더 나눌 수 없음이 안타깝사오나, 소매가 들어 있는 집이 다만 한길을 사이에 두었을 뿐이오니, 마땅히 한가한 틈을 찾아 다시 찾아와 남은 가르침을 청하겠나이다."

정소저가 이 말에 답하되,

"외람되이 영화로움에 임(臨)하심을 입고 인하여 많은 가르치심을 받았은즉, 마땅히 소매가 당 아래에까지 나아가서 사례해야 할 것이나, 소매의 처신이 보통 사람과는 다른 까닭에 감히 집에서 한 걸음의 땅도 나가지 못하오매, 오직 바라건대 저저께서는 그 죄를 관대하게 해 주시고 그 정을 용서해 주소서."

두 사람이 작별을 하는데 오직 섭섭할 뿐이더라.

정소저가 춘운에게 이르되,

"보배로운 칼이 비록 옥 속에 매장되어 있으나 그 빛이 두우(斗牛)[34] 에 쏘이고, 늙은 조개가 비록 바닷속에 잠겼으되 기운이 누대(樓臺)[35]를 이루거늘, 이소저가 한 성중에 있으면서도 우리들이 아직껏 듣지 못하였으니, 정말로 괴이하도다."

춘운이 여쭈되,

"천첩의 마음에 한 가지 일이 가히 의심이 되나이다. 양상서가 매양 말씀하시되 '화주(華州) 진어사 딸의 얼굴을 누각 위에서 보고 주막 속

34) 이십팔수(二十八宿) 가운데의 두성(斗星)과 우성(牛星)을 가리킴. 35) 누각(樓閣)과 대사(臺榭).

에서 글을 얻어 아름다운 언약을 맺었는데, 진어사의 집이 화를 입어서 끝내 일이 어그러졌다' 하시고 거듭 진녀가 절세의 미인임을 칭찬하시며, 문득 추연(愀然)[36]히 한숨을 쉬시거늘 첩이 또한 양류사를 본즉 진실로 재주가 있는 여자이더이다. 혹 그 여자가 성명을 감추고 소저와 체결하여 전일의 인연을 이루고자 함이 아닐까요?"

소저가 이르되,

"진씨의 미색을 나도 또한 다른 길로 들었는데, 이 여자와 서로 비슷하나 '집안이 재앙을 만나 궁금(宮禁)[37]에 들었다'고 하니, 어찌 능히 여기에 이를 수가 있으리오?"

부인께 들어가 뵈옵고 이소저를 칭찬하는데 끝이 없더라.

그러자 부인이 이르되,

"나도 또한 한 번 청하여 보고 싶구나."

수일 후에 시비를 시켜서 이소저가 한 번 왕림하기를 청하니, 이소저가 흔연히 명을 받들고 또 정사도 정부에 이르거늘, 부인이 대청까지 나아가서 맞이하더라. 이소저가 자질(子姪)의 예로써 부인을 뵙거늘, 부인이 무척 사랑스레 따뜻이 맞이하여 이르되,

"지난날 소저가 내 어린 딸을 찾아 두터운 정을 드리우니 이 늙은 몸이 무척 감사해 하나, 그때 마침 병과 근심이 있어서 능히 꽃다운 자태를 접하지 못하였은즉, 지금까지도 부끄럽고 한탄하는 바이오이다."

이소저가 엎드려 대답하되,

"소질이 저저께옵서 하늘의 선녀 같음을 사모하였으되, 오직 천하다 하여 버릴까 두려워하더니, 존저(尊姐)가 소질을 한 번 만나고 다시금 형제의 의로써 소질을 대접하고 부인은 자질의 열(列)로써 기르시어 특별히 안색을 부드러이 하셔서, 사실은 이와 같이 실로 몸둘 바를 모르겠나이다. 소질은 이 몸이 다하도록 문하(門下)에 출입하여 부인 모시길

---

36) 수심에 잠겨 안색이 달라지는 모양. 37) 궁궐.

자모(慈母)처럼 섬기려 하나이다."

부인이,

"그것은 감히 당치 못하나이다."

재삼 일컫더라. 정소저와 이소저가 함께 부인을 모시고 앉았다가, 반나절이 되자 이에 이소저를 청하여 침방으로 돌아가서 춘운과 함께 솥발〔鼎足〕[38]같이 앉은 채, 교태로운 음성과 가느다란 소리로 정답게 주고받으니, 기운이 이미 합하고 정이 이미 은밀해지는데, 문장을 평하여 등급을 정하고 부덕(婦德)을 강론하며 그림자가 이미 서창(西窓)에 비낀 줄도 깨닫지 못하더라.

---

38) 셋이 삼각형을 이루며 나란히 앉아 있다는 뜻.

# 양미인휴수동거 장신궁칠보성시
# 兩美人携手同車 長信宮七步成詩

## 정소저의 궁중행

이소저가 돌아간 후 부인이 일러 소저와 춘운더러 말하되,

"정(鄭), 최(崔) 양 집안의 종족(宗族)이 아주 많아 거의 천 사람에 이르매, 내 어렸을 때부터 아름다운 여자를 많이 보았으나, 다 이소저와 멀어 따르지 못하니, 이소저는 실로 우리 딸아이와 서로 비등한즉, 두 미인이 서로 좇아서 의형제를 맺으면 실로 좋으리로다."

소저가 춘운이 전하는 진녀의 일을 고하여 이르되,

"춘운은 아무래도 의심이 없지 못하다 하나, 소녀의 소견은 춘운의 생각과는 다르오니, 이소저는 자색 외에도 기상의 표일(飄逸)[1]함과 위의(威儀)의 단중(端重)함이 여염집이나 사대부집 여자들과는 판이하게 다르오니, 진씨가 비록 재기(才氣)가 있다 하나 어찌 감히 이에 비기겠나이까? 소녀가 말을 들은즉, 난양공주는 용모가 그 마음씨와 같고 재주가 그 덕과 같다고 하오니, 혹시 두려운 말씀이오나 이소저의 기상이 난양공주와 서로 비슷한 듯하오이다."

부인 이르되,

"공주를 나도 또한 보지 못하였으니 가히 함부로 헤아리지는 못하려니와, 비록 공주가 높은 자리에 있기에 빛나는 이름을 얻었으나, 어찌 그가 반드시 이소저와 서로 같다고 알 수 있으리오?"

소저 말하되,

---

1) 모든 것을 마음에 두지 않고 내키는 대로 행동함.

"이소저의 종적이 실로 의심이 나오니, 후일에 마땅히 춘운을 시켜, 가서 그 동정을 살펴보라 하겠나이다."

이튿날 정소저가 춘운과 함께 바야흐로 이 일을 의논할 때, 이소저의 계집종이 정부에 이르러 말을 전하여 이르되,

"우리 아가씨께서 마침 절동(浙東)으로 되돌아가는 배편을 얻어서 내일 떠나려 하시는고로, 오늘 응당 부중에 이르러서 부인과 소저께 작별 인사를 아뢰려고 하시나이다."

소저가 바야흐로 난간을 소제하고 그를 기다리니 얼마 안 있어 이소저가 당도하여 들어와 부인과 정소저를 뵈매, 두 소저가 이별하는 뜻이 총총(忽忽)[2]하고 작별하는 정서가 의의(依依)[3]하여 어진 형이 사랑하는 아우를 이별함과 같고, 방탕한 남자가 미녀를 보내는 것과도 같더라.

이소저가 일어나 재배하고 이에 공경히 고하여 이르되,

"소질(小姪)이 모친 슬하를 떠나고 오라버님을 이별한 지 벌써 한 돌이 되매, 돌아가고 싶은 마음이 화살 같아서 아무래도 더 머무르지 못하오니, 다만 부인의 은덕과 저저의 정분(情分)으로 인하여 마음이 본디 실과 같아 풀어서 다시 맺고 싶나이다. 소질이 이에 한 말씀이 있사와 저저께 간청코자 하오나, 들어 주지 않으실까 두려워 먼저 부인께 아뢰나이다."

거듭 주저하며 선뜻 말을 하지 않자, 부인이 묻되,

"낭자(娘子)께서 간청코자 하시는 것이 무슨 일이뇨?"

이소저가 이르되,

"소질이 선친을 위하여 바야흐로 남해 대사[4]의 화상을 수놓아 가까스로 이미 마치었으나, 오라버니가 바야흐로 임소에 계시고, 소질은 여자인 까닭에 아직껏 문인의 찬(讚)[5]을 구하지 못하여 장차 이전에 수놓

2) 일이 매우 급하고 바쁜 모양. 3) 헤어지기 섭섭한 모양. 사모하는 모양. 4) 관음보살.
5) 미(美)를 칭찬하는 문체의 한 가지.

은 것이 허사로 돌아가게 되온즉 몹시 애석하옵니다. 그래서 저저의 두어 구 글과 두어 행의 글씨를 받으려 하나, 수폭(繡幅)이 자못 넓어서 펴고 접기에 어려움이 있으며 또 설만(褻慢)[6]할까 두려워 감히 가져오지 못하고, 부득이 잠깐 저저를 맞아 보고 필제(筆製)를 얻어, 그로써 소녀의 어버이를 위하는 효성을 완전케 하고, 또 그것으로써 원로에 서로 이별하는 정을 위로코자 하오나, 저저의 의향을 알지 못하여 감히 바로 청하지 못하고 사사로이 간청을 하여 감히 부인께 이렇듯 무례한 짓을 범하나이다."

부인이 소저를 돌아보며 이르되,

"네가 비록 가까운 친척의 집이라도 본래 왕래치 아니하였는데, 되돌아 생각해 보건대 이 낭자가 청하는 바는 대체로 어버이를 위하는 지성에서 나옴이요, 하물며 낭자가 교거(僑居)[7]하는 집의 거리가 이곳과 무척 가까우니 잠시 갔다오는 것이 어려운 일은 아닌 듯하도다."

소저가 처음에는 곧 어려워하는 기색이 있더니 번연(飜然)[8]히 속으로 깨달으며 이르되,

"이소저의 행색이 무척 바쁘니 춘운을 보낼 순 없을지라. 이 기회를 타 가서 그 종적을 탐지하는 것이 곧 묘안이 아니겠느뇨?"

이에 부인께 고하여 이르되,

"이소저께서 청하는 바가 만일 등한한 일이면 곧 실로 받들어 하기가 어렵겠으나, 어버이께 효도하고자 하는 정성은 사람이라면 누구에게나 있을 것이니, 소저의 말에 어찌 가히 따르지 않겠나이까? 다만 날이 어둡길 기다려서 가 보려 하나이다."

이소저가 크게 기뻐하며 일어나서 사례하여 이르되,

"날이 만일 저물면 붓을 잡기가 어려울 듯하오니, 저저께서 만일 도로가 번거로움을 꺼리실진댄 소매가 타는 교자가 비록 질박하고 누추하

---

6) 무례한 행동. 더럽히는 행동. 7) 남의 집에 붙어서 삶. 우거(寓居). 8) 돌려 생각하는 것.

나 족히 두 사람의 몸은 용납할 터이온즉, 나와 함께 타고 가셨다가 저녁에 돌아오심이 또한 어떠하리이까?"

정소저가 대답하되,

"저저의 말씀이 매우 합당하오이다."

이소저는 부인께 작별 인사를 드리고 춘운의 손을 잡아 이별의 인사를 나누고서, 정소저와 함께 한 교자를 타고, 정부의 시비 몇 사람이 소저를 뒤따르더라. 정소저가 이소저의 침실에 와 보니 벌여 놓은 집물(什物)이 심히 번다(繁多)치는 아니하되, 품(品)이 모두 정묘한 것들이요, 나오는 음식도 무척 비록 간략하나 맛이 모두 진미이거늘,

정소저가 그것들을 유의하여 보니 다 의심되는데, 이소저는 다시 글지을 말을 꺼내지 아니하고, 일색(日色)이 점점 저물어 가매, 정소저가 묻되,

"관음 화상(觀音畵像)은 어느 곳에 받들어 모셨느뇨? 소매는 급히 예배 보고자 하나이다."

이소저가 대답하되,

"마땅히 곧 저저로 하여금 받들어 구경케 하리이다."

말을 마치자 거마(車馬)의 소리가 문 앞에서 요란하며 기치(旗幟)의 빛이 길 위에 막아 가리고 있거늘, 정씨 집안의 시비들이 놀라 당황하여 고하여 이르되,

"일진(一陣) 군마가 이 집을 에워싸니 낭자여! 낭자여! 장차 어찌하리오?"

정소저는 이미 기미를 알아차리고 태연자약하게 앉아 있는데, 이소저가 이르기를,

"저저께서는 안심하소서. 소매는 다른 사람이 아니라 난양공주 소화(簫和)가 곧 소매의 직호 신명(職號身名)이오니, 저저를 이리로 맞이함은 이에 태후마마의 명이나이다."

정소저가 자리를 피하며 대답하되,

"여항(閭巷)간의 미천한 소녀가 비록 지식은 없으나, 천인의 골격이 예사 사람과 다른 줄은 또한 아오되, 귀주가 강림하시기는 실로 천만 몽매(夢寐)밖의 일이라. 이미 갈궐(竭蹶)[9]의 예를 잃었사옵고, 또 포만(逋慢)[10]한 죄가 많으니, 엎드려 바라옵건대 귀주께 생사를 맡기나이다."

공주가 미처 대답치 못하여 시녀가 고하여 이르되,

"삼전궁(三殿宮)에서 왕상궁(王尙宮)과 설상궁(薛尙宮) 그리고 화상궁(和尙宮)을 보내어 귀주께 문안케 하나이다."

공주가 정소저에게 이르되,

"저저는 여기에 잠깐 머물러 계시소오."

이에 나가서 당상에 앉으니, 세 상궁이 차례로 들어와 예로써 뵙기를 마치고 엎드려 고하되,

"옥주(玉主)[11] 대내(大內)[12]를 떠나신 지 이미 여러 날이오니, 태후마마 생각이 매우 간절하신즉, 만세야야(萬歲爺爺)[13]와 황후마마 또한 비자 등으로 하여금 문후하옵시고, 또 오늘이 곧 옥주께서 환궁하실 때인고로 거마와 의장(儀丈)이 이미 다 와서 대령하옵고, 황상이 조태감(趙太監)에게 명하사 호행(護行)하게 하시나이다."

세 상궁이 또 고하여 이르되,

"태후마마의 조칙이 있는데, 이르기를 '옥주는 정낭자와 더불어 연(輦)[14]을 타고 오라' 고 하시더이다."

공주가 세 상궁을 밖에 머무르게 하고 들어와서 정소저에게 이르되,

"크고 적은 말들은 응당 조용한 때에 은밀히 하려니와, 태후마마가 저저를 보고자 하사 바야흐로 난간에 임하시고 기다리시니, 저저는 아무쪼록 간절히 사양하지 말고 소매로 더불어 들어가서 곧바로 오늘 조현(朝見)[15]하소서."

---

9) 있는 힘을 다하여 뛰는 것. 10) 무례함. 11) 공주(公主)를 귀엽게 이르는 말. 12) 임금이 거처하는 곳. 13) 황제 폐하. 14) 임금이 타는 가마의 하나. 15) 신하가 임금에게 뵘.

정소저가 가히 면치 못할 줄 간절히 알면서 대답하되,

"첩은 벌써 옥주가 첩을 사랑하심을 아오나 여염집의 여아가 일찍이 지존(至尊)[16]을 찾아 뵈온 적이 없으니, 오직 예모(禮貌)에 허물이나 있을까 두려워하나이다."

공주가 말하되,

"태후마마가 낭자를 보고자 하시는 마음이 어찌 소매가 저저를 사랑하는 마음과 다르시리오? 저저는 조금도 의심을 마오."

정소저가 말하되,

"오직 귀주가 먼저 행차하시면 첩은 마땅히 집에 돌아가 이 사연을 노모께 말씀드리고 곧 뒤따라 돌아가려 하나이다."

공주가 말하되,

"태후마마가 저저로 더불어 연을 타고 오라는 조명(詔命)이 이미 있었으며, 그 사의(辭意)가 지극히 정중하고도 간곡하시매 저저는 굳이 더 사양마소서."

정소저가 말하되,

"천첩은 신(臣)이요, 미천한 자인데, 어찌 감히 귀주(貴主)와 같은 연을 탈 수 있겠나이까?"

공주가 이르되,

"여상(呂尙)[17]은 위수(渭水)의 어옹(漁翁)이로되 문왕(文王)의 수레를 함께 타고, 후영(侯嬴)[18]은 이문(夷門)[19]을 감시하는 자이지만 신릉군(信陵君)[20]이 말고삐를 잡았으니, 진실로 어진 이를 높이고자 할진대 어찌 감히 귀함을 가리려 하겠나이까? 저저는 후백(侯伯)[21]의 명문 대가요, 대신의 딸이니, 어찌 꺼려할 것이며 소매와 더불어 같이 타기를 꺼

---

16) 황제. 여기선 '태후'를 가리킴. 17) 주초(周初)의 정치가. 흔히 강태공(姜太公)으로 알려짐. 18) 전국 시대의 위나라 소왕 때의 은사(隱士). 19) 전국 시대 때 대량성(大梁城)의 문(門) 이름. 20) 위나라 소왕의 왕자. 21) 후작과 백작.

려하는 것은 몹시 지나치지 않나이까?"

드디어 손을 끌어 연에 오르거늘 정소저가 시비 한 사람은 부인께 고하게 하고, 시비 한 사람은 따라서 궁중에 들어가게 하더라.

## 장신궁(長信宮)의 칠보시(七步詩) 짓기

공주가 정소저와 함께 동행하여 동화문(東華門)으로 들어가서 겹겹이 싸인 아홉 문을 지나 협문(挾門) 밖에 이르니 공주가 정소저와 함께 연에서 내려 왕상궁에게 이르되,

"상궁은 소저를 모시고 잠깐 여기서 기다리도록 하라."

왕상궁이 여쭈되,

"태후마마의 명으로 정소저의 막차(幕次)[22]를 이미 베풀었나이다."

공주가 기뻐하며 소저를 그곳에 머물러 있게 하고는 들어가서 태후께 뵈옵더라. 원래 태후는 처음에 정씨에게 본디 호의가 없었는데, 공주가 미복으로 정사도 집 근처에 거처하면서 한 폭의 수 족자를 매개로 정씨와 사귐을 맺어 마음으로 이미 경복(敬服)하고 정 또한 친밀해졌으며, 한편 양상서도 끝내 정씨를 멀리 버리지 않을 줄 알고, 서로 사랑하며 서로 허락하여 형제가 되길 약속하고 장차 한 집에서 함께 한 사람을 섬기고자 하여, 자주 글을 올려 태후께 고간(苦諫)함으로써 태후 마음을 돌리시게 하매, 태후는 크게 깨달으시어 공주와 정씨가 소유의 두 부인이 되기를 허락하고 반드시 친히 그 용모를 보고자 하시어, 공주를 시켜서 계책을 내어 정씨를 데려오게 한 것이더라. 정소저가 막(幕) 속에서 잠깐 쉬는데, 궁녀 두 사람이 내전으로부터 의복을 담은 함(函)을 받들고 나아와, 태후의 명을 전하되,

---

22) 막을 쳐서 임시로 연(輦)을 두는 곳.

"'정소저가 대신의 딸로서 재상의 예폐를 받았는데 아직도 처자의 옷을 입었으니, 아무래도 평복으로는 내게 조현하는데 옳지 않을 것이라' 하시고 특별히 일품 명부(一品命婦)의 장복(章服)[23]을 내리신고로 첩 등이 조명을 받들고 왔나니, 오직 소저는 그것을 입으소서."

정소저가 재배하고 대답하여 이르되,

"신첩(臣妾)이 처자의 몸으로써 어찌 감히 명부의 복색을 갖출 수 있으리오? 신첩의 입은 옷은 비록 간단하고 단정치 못하오나 또한 일찍이 부모 앞에서 입던 옷이오며, 태후마마는 곧 만민의 어버이가 되시니, 청하옵건대 부모 앞에서 입던 의복으로써 들어가 태후마마를 조현하여지나이다."

궁녀가 들어가서 그대로 고한즉, 태후가 그를 가상히 여기시어 곧 불러 보시니, 정씨가 궁녀를 따라 들어가서 전전(前殿)에 이르매, 좌우의 궁빈들이 조용히 보고 다투어 탄식하여 이르되,

"내가 생각하기에 만고에 요염한 이는 오직 우리 귀주뿐인 줄 알았더니, 어찌 다시 정소저가 있을 줄 알았으리오?"

소저가 예(禮)를 마치고 궁녀의 인도로 전상에 오른즉, 태후가 자리를 내주며 하교하되,

"지난번에 여아의 혼사로 인해 조칙(詔勅)[24]으로써 양가의 예폐를 거두게 하였는데, 이는 나라 법에 따라 공사(公私)를 분별함이요, 과인이 처음으로 만든 바가 아닌데도 귀주가 내게 간하기를 '사람이 새 혼사(婚事)를 위하여 옛 언약을 저버리게 함은 왕자된 자로서 인륜을 바르게 하는 도리가 아니라' 하고, 또 너와 더불어 삼가서 소유를 섬기기를 원하므로 내 이미 황상과 상의하고 쾌히 귀주의 아름다운 뜻을 따른지라. 장차 양소유가 조정에 돌아오기를 기다려 다시 예폐를 보내게 하고, 너로 하여금 일체(一體)의 부인이 되게 하려 하니, 이런 은전(恩典)은

---

23) 벼슬아치의 관복. 24) 임금의 명령을 적은 문서.

옛날에도 또한 없었고, 지금에도 또한 없으며 전에도 볼 수 없었고, 후에도 볼 수 없은즉, 특별히 너로 하여금 알게 하노라."

정씨가 일어나서 대답하여 이르되,

"성은(聖恩)이 융중(隆重)하사 이는 실로 바라지도 못했던 일이오니 신첩의 몸을 빻아 가루를 만들어도 윗분의 은혜에 도저히 보답치 못할 듯하나이다. 다만 신첩은 신하의 딸이오매, 어찌 감히 귀주(貴主)와 함께 그 열(列)을 같이 하고, 그 위(位)를 가지런히 할 수 있으리이까? 신첩은 설령 명을 따르고자 할지라도 부모께서 죽기로 굳이 다투어 필연 조칙을 받지 아니할 것이옵나이다."

태후께서 이르시되,

"너의 사양하고 겸손함이 비록 가상하나, 정씨 집안은 여러 대에 걸친 후백(侯伯)이요, 사도(使徒)는 선조(先朝)의 노신이니 조정에서 예로 대함이 본디 남과 다른즉, 신자의 도리를 굳이 지킬 필요는 없느니라."

소저가 대답하여 이르되,

"신자(臣子)[25]가 군명(君命)을 순수히 받는 것은 만물이 스스로 그 때를 따르는 것과 같사오니, 끌어올려서 시첩(侍妾)을 삼으시든지 내려서 비복(婢僕)을 삼으시든지 어찌 감히 천명을 마다할 수가 있사오리까마는 양소유 또한 어찌 마음이 평온할 수 있으리이까? 필연 따르지 아니하오리이다. 신첩이 본디 형제가 없삽고 또한 부모가 노쇠하셨으니, 신첩의 간절한 소원은 오직 정성을 다하여 부모를 공양(供養)하면서 여생을 마치려 할 따름이로소이다."

태후가 조용히 이르되,

"오직 너의 어버이께 효도코자 하는 정성과 처자의 도리는 과연 지극하다고 이르려니와, 어찌 감히 한 물건이라도 그것을 얻지 못하게 할 수가 있겠느뇨? 하물며, 너는 백 가지가 아름답고 모두가 온전하여 한 가

---

25) 신하(臣下).

지도 흠을 찾기가 어려우니, 어찌 양소유가 흔쾌한 마음으로 너를 버릴 수 있으리오? 또한 딸자식이 양소유와 함께 퉁소 한 곡조로써 백 년의 숙연(宿緣)을 증험하였으니, 하늘이 정하는 바로 사람이 가히 폐하지 못할 것이요, 또 양소유는 일대의 호걸이며, 만고에 다시 없는 재자(才子)이니 두 부인에게 장가를 든다 해도 무슨 불가(不可)함이 있으리오? 과인에게 본디 두 딸이 있다가 난양의 언니가 열 살에 요절하매 내가 늘 난양의 외로움을 염려하였는데, 이제 너를 본즉 그 재주와 모습이 난양보다 못하지도 않고 죽은 내 딸을 본 듯하기에, 내 너를 양녀로 삼고, 황상께 말씀드려 너의 위호(位號)[26]를 정코자 하는 바, 첫째는 내가 딸을 사랑하는 정을 표하고, 둘째는 난양이 너를 사귀어 가까이 하는 뜻을 이루게 하고, 셋째는 너로 하여금 난양과 함께 양소유에게로 무척 많은 어렵고도 불편한 일이 없게 하려 함이니, 지금 네 뜻은 어떠하뇨?"

소저가 머리를 조아리고 절하며 이르되,

"성교(聖教)가 또 이에까지 이르시니 신첩이 복에 겨워서 죽게 될까 두렵나이다. 오직 바라건대, 곧 성명(成名)[27]을 거두시고 신첩을 편안케 해 주옵소서."

태후가 이르시되,

"내 황상과 상의하여 곧 감정할 것이니, 너는 굳이 고집하지 마라."

공주를 불러, 정소저를 보라 하시니, 공주가 장복(章服)[28]을 갖추고 위의를 베풀며 정소저와 함께 마주 보고 앉으매, 태후 웃으며 이르시되,

"딸아이가 정소저와 더불어 형제가 되기를 원하더니, 이제 참형제가 되었은즉, 과연 난형난제(難兄難弟)로구나. 네 마음에 다시는 한이 없느뇨?"

거듭 정씨를 취(取)하여 양녀삼을 뜻을 밝히시니 공주가 크게 기뻐하

---

26) 작위(爵位)와 명호(名號). 27) 신하의 일신상에 관하여 결정적으로 내리는 임금의 명령.
28) 딴옷과 구별하기 쉽게 하기 위하여 기호나 무늬를 놓은 옷.

며 일어나 사례하며 이르되,

"마마의 처분이 지극하시고 현명하시나이다. 소녀가 비로소 오매(寤寐)하던 소원을 성취하였으니, 이 마음의 쾌락(快樂)함을 어찌 가히 다 아뢰겠나이까?"

태후가 정씨 대접하기를 더욱 관곡(款曲)히 하시고 함께 옛적의 문장을 논의하시다가 태후 이르되,

"내 일찍이 난양으로 인하여 네가 음풍영월(吟風詠月)[29]하는 재주가 있다고 들었는데, 이제 궁중에 아무런 일이 없고 봄날이 무척 한가하매 한 번 읊조리기를 아끼지 말고 나의 즐거움을 도우라. 옛 사람 중에 칠보(七步)[30]에 문장을 이룬 자[31]가 있다 하니, 네 또한 능히 할 수 있겠느뇨?"

소저가 대답하여 이르되,

"이미 명을 들었으니, 감히 까마귀를 그려서 널리 한 번 웃으시도록 못하겠나이까?"

태후가 궁중의 걸음이 빠른 사람을 골라 전각 앞에 세우시고 글제를 내어서 시험코자 하시니, 공주가 아뢰어 이르되,

"정씨 혼자서 글을 짓게 하심은 옳지 않으니, 소녀 또한 정씨와 더불어 함께 그 재주를 시험코자 하나이다."

태후가 더욱 기꺼워하며 이르되,

"딸아이의 뜻이 또한 묘하도다. 그러나 다만, 반드시 맑고 청신(淸新)한 글제를 얻은 연후에야 시사(詩思)가 저절로 떠오르리라."

바야흐로 옛 글을 생각하시는데, 이때가 늦은 봄이라 벽도화(碧桃花)가 난간 밖에 성(盛)하게 피었거늘 홀연히 희작(喜鵲)[32]이 와서 울며 가지 위에 앉으매, 태후 까치를 가리키며 말씀하시되,

---

29) 맑은 바람과 밝은 달에 대해서 시를 짓고 즐겁게 노는 것. 30) 일곱 걸음을 걷는 사이에 시를 짓는 것. 조식(曹植)이 칠보시를 지었음. 31) 조식(曹植)을 가리킴. 32) 까치.

"내가 바야흐로 너희들의 혼인을 정하매 저 까치가 가지 위에서 기쁨을 알리니, 이는 길조(吉鳥)로다. 벽도화 위의 희작(喜鵲) 소리를 들은 것으로써 글제를 삼고, 각기 칠언 절구(七言絶句) 한 수씩을 짓되, 글 속에 반드시 정혼하는 뜻을 넣도록 하라."

궁녀를 시켜서, 각각 문방사우(文房四友)[33]을 벌여 놓더라.

두 사람이 붓을 잡으매, 궁녀들이 벌써 발걸음을 옮기고 마음에 칠보(七步) 내에 혹시 미처 글을 짓지 못할까 두려워 두 사람이 붓 놀리는 것을 흘겨보고 발 들기를 자못 더디게 하더라. 두 사람의 필세(筆勢)가 바람에 휘날리고 비가 몰아치는 것 같아 일시에 글을 써 바치니, 궁녀가 겨우 다섯 걸음을 걸었더라.

태후께서 먼저 정소저의 글을 보시니, 그 시에 읊었으되,

자금[34]의 봄빛이 벽도에 취했는데
어디서 좋은 새 날아와 교교[35]히 재잘대는가?
다락 머리 어기들은 새 곡조를 전하고
남국의 요화는 까치와 더불어 깃들이도다.
紫禁春光醉碧桃　何來好鳥語咬咬
樓頭御妓傳新曲　南國夭華與鵲巢

다음에 공주가 지은 글을 보시니, 그 시에 읊었으되,

봄 깊이 궁액에 백화가 번창한데
신령스런 까치 날아와 기쁜 소식 알리도다.
은하수에 다리 놓도록 모름지기 노력하여
두 천손[36]이 일시에 가지런히 함께 건너게 하라.

---

33) 종이, 붓, 먹, 벼루의 네 문방구. 34) 궁궐. 35) 새소리의 의성어.

春深宮掖掖花繁　靈鵲飛來報喜言
銀漢作橋須努力　一時齊渡兩天孫

태후가 읊어보며 탄식하시되,

"내 두 딸아이는 곧 여자 가운데 청련(靑蓮)[37]과 자건(子建)[38]이라. 조정에서 만일에 여자 진사를 취할진대, 마땅히 장원(壯元)과 탐화(探花)[39]를 나누어 차지하리로다."

두 시를 바꾸어 공주와 소저에게 보이니, 두 사람이 각자 공경하고 탄복하더라. 공주가 태후께 고하여 이르되,

"소녀가 비록 다행히 한 수를 완성하였으나, 그 시의(詩意)를 누가 능히 생각지 못하리이까? 저저의 글이 곡진 정묘(曲盡精妙)하여 소녀의 미칠 바 아니로소이다."

태후가 말씀하시되,

"연이나 여아의 시도 적이 빼어나고 날카로워 매우 사랑스럽도다."

이때 선조(先祖)의 늙은 궁인들이 모두 좌우에 있었는데, 태후와 양인(兩人)을 보고 모두 가쁜 표정을 지으며 나아와 아뢰어 이르되,

"비자(婢子)[40] 등은 어릴 때부터 학문과 문자가 조잡하고 천성이 순박하고 우둔하여 그 시 속의 뜻을 이해할 수가 없사오니, 엎드려 청하옵컨대, '마마가 두 시의 뜻을 해석하여 하교(下敎)하시면, 곧 비자 등도 또한 오늘의 즐거움을 함께 할 수가 있겠나이다."

태후가 미소를 지으시며 곧 두 시를 파악하여 그 뜻을 극진히 설명하시니, 노상궁들 또한 무척 기뻐하며 모두 만세를 부르더라.

---

36) 직녀성. 여기서는 난양공주와 정소저를 가리킴. 37) 성당(盛唐) 때의 시인 이태백(李太白). 38) 위 문제(魏文帝)의 아우. 조식(曹植)의 자(字). 39) 제2등으로 급제하는 것. 40) 여자 자신의 겸칭(謙稱).

# 양소유몽유상계　가춘운교전옥어
# 楊少游夢遊上界　賈春雲巧傳玉語

## 정소저, 영양공주(英陽公主)가 됨

이때 천자가 태후께 나아와 문후하시니, 태후가 난양과 정씨로 하여금 협실(挾室)로 피하게 하고 황상을 맞고 일러 가로되,

"내 난양의 혼사(婚事)를 위하여 양가의 예폐를 거두게 하는 것이 마침내 풍화(風化)[1]에 해롭고, 정씨를 난양과 더불어 양소유의 부인을 삼으려 한다면 곧 정사도 집에서 감히 따르지 못하겠다 할 것이요, 정씨로 하여금 첩을 삼음은 곧 또한 억지로 위협에 가깝기로, 오늘 내가 정녀를 불러보매 정녀의 미모와 재주가 난양과 족히 형제가 될 만한지라. 이리하여 내 이미 정녀를 양녀(養女)로 삼아, 난양으로 더불어 양가에게 돌아가게 하고자 하는데, 이 일이 과연 어떠하뇨?"

상이 매우 기뻐하사 하례하시되,

"이는 성덕의 일이 과연 천지와 한가지로 크오며, 자고로 깊고 후박한 인덕이 마마에 미칠 이 없도이다."

태후가 곧 정씨를 불러서 황상을 배알케 하시니, 상이 명하사 전상에 오르게 하고, 태후께 고하여 이르시되,

"정씨 댁 여자 이미 어매가 되었으되, 아직도 평복을 입음은 어찌됨이니까?"

태후가 이르시되,

"조명(詔命)이 내리지 않은고로 장복(章服)을 굳이 사양하나이다."

---

1) 풍습(風習)을 잘 교화시킴.

상이 여중서(女中書)에게 일러 이르시되,

'난봉문(鸞鳳紋)의 홍금지(紅錦紙) 한 축(軸)을 가져오라' 하시니, 진채봉(秦彩鳳)이 받들어 드리거늘 상이 붓을 들어 쓰시다가 태후께 품(稟)하여 이르되,

"정씨를 이미 공주로 봉하였으니 마땅히 나라 성을 내릴까 하나이다."

태후가 말하되,

"나도 또한 이 뜻이 있으나, 다만 들으니 정사도 내외의 나이가 이미 노쇠하고 다른 자녀가 없다 한즉, 내 차마 노신(老臣)의 성을 얻을 사람을 없애기 어려우니 이에 그 본성대로 둠이 또한 곡진(曲軫)[2]한 뜻이로소이다."

상이 어필로 크게 써 이르시되,

"짐이 태후마마의 성지(聖旨)를 받자와 양녀 정씨를 영양공주(英陽公主)로 봉(封)하노라."

양궁(兩宮)의 보물들을 갖다가 정씨에게 주고 궁녀를 시켜서 공주의 관복을 받들어 정씨에게 입히시니, 정씨는 전상에서 내려와 사은하고, 상이 난양공주로 하여금 좌석의 차례를 정하게 하시매, 정씨가 공주보다 한 해 위가 되나 감히 위에 앉지 못하기에 태후 이르시되,

"영양이 이제는 곧 나의 딸이라. 형이 위에 있고 아우가 아래에 있음이 예(禮)이거늘, 형제지간(兄弟之間)에 어찌 그리 겸양하리오?"

소저가 이마를 조아리며 말하되,

"오늘의 좌석 차례는 곧 다른 날의 항렬이오니, 어찌 감히 애초에 삼가지 아니하리이까?"

난양공주 말하되,

"춘추 시대(春秋時代)에 조쇠(趙衰)[3]의 아내가 곧 진문공(晉文公)의

---

2) 간곡한 임금의 마음. 3) 춘추 시대 때 진(晉)나라 사람. 자는 자여(子餘).

딸이로되, 먼저 얻은 정실(正室)에게 자리를 사양하였거늘, 하물며 저저는 소매의 형이온데, 다시 무슨 의심이 있으리이까?"

정씨 사양함이 자못 오래더니, 태후가 명하여 나이에 따라 자리를 정하시매, 이후로 궁중이 다 영양공주라 일컫더라. 태후가 두 공주의 시를 상께 보이시니, 상이 또한 칭찬하시고 이르되,

"두 글이 절묘하거니와 영양의 시는 주시(周詩)[4]의 뜻을 인하여 후비의 덕화로 돌아 보냈으니 더욱 득체(得體)하였나이다."

태후 또한 이르시되,

"상의 말씀이 옳도이다."

상이 또 이르시되,

"마마의 영양을 사랑하심이 이에 이르렀으니, 실로 국조에 없는 바이오라, 신이 또한 우러러 청할 일이 있삽나이다."

이에 진중서(秦中書)의 전후 일을 베푸시고 아뢰어 이르되,

"저 아이의 정세(情勢)가 유달리 매우 간측(懇惻)[5]하고, 그의 아비가 비록 죄로 인해 죽었사오나 그 조상이 다 본 조정의 신자(臣子)이오니, 그 정상을 굽어 살피시어 누이가 출가하는데 모시고 따르는 잉첩(媵妾)을 삼고자 하오매, 이를 마마께서는 불쌍히 여기시고 허락하소서."

태후가 두 공주를 돌아보시자 공주가 아뢰되,

"진씨가 일찍이 이 일을 소녀에게 말하더이다. 소녀 진녀와 이미 정분(情分)이 친밀하고 서로 떨어지고자 아니하오니, 비록 성교(聖敎)가 없을지라도 소녀 또한 이 마음에 있었나이다."

태후께서 진채봉을 불러 하교하시되,

"딸아이가 너와 더불어 생사를 서로 같이 할 뜻이 있는고로 특별히 너로 하여금 양상서의 잉시(媵侍)[6]를 삼으니, 너의 지극한 바람을 이루

---

4) 《시경》의 〈주남편(周南篇)〉. 5) 진정으로 측은히 여김. 지극히 간절함. 6) 시첩(侍妾). 곧 시중을 드는 첩.

었은즉, 이후로 반드시 더욱 정성을 다하여 공주의 은의를 갚을지어라."

진씨 감읍(感泣)하여 눈물을 줄줄 흘리며 사은한 후에, 태후 또 하교하시되,

"두 딸의 혼사를 내가 이미 쾌히 정하매 홀연 희작(喜鵲)이 와서 길조를 알리기에, 내가 이미 두 딸로 하여금 희작에 관한 시를 짓게 하였은즉, 너 또한 의지하고 돌아갈 곳을 얻어서 함께 가히 그 경사로움을 맛보았으니 너도 한 수의 시를 지으라."

진씨 명을 받들고 곧 지어 드리니, 그 시에 쓰였으되,

반가운 까치 재잘거려 자궁을 들렀나니
봉선화 위에 봄바람은 일도다.
깃살이 평안함을 남으로 날아가길 기다리지 않는고.
세다섯 별이 드물어 정히 동녘에 있는도다.

喜鵲查查繞紫宮　鳳仙花上起春風
安巢不待南飛去　三五星稀正在東

태후, 상과 더불어 보시고 기꺼워하며 이르시되,

"비록 설경(雪景)을 읊던 채녀(蔡女)라도 이를 따르지 못하리로다. 이 글 속에 또한 주시(周詩)를 이끌어 능히 적실(嫡室)과 첩의 분의[7]를 잘 지켰으니, 이것이 더욱 아름답도다."

난양이 이르되,

"희작시(喜鵲詩)에 쓸 시 재료가 본디 많지 않고 또한 소녀 두 사람이 이미 글을 지었사오니, 뒤에 오는 것은 가히 하수(下手)[8]할 것이 없나이다. 조맹덕(趙孟德)[9]의 이른 바 '가지로 세 겹을 둘렀으되, 가히 깃들일 만한 가지가 없다'는 것이 본디 길(吉)한 말이 아니오매, 그 말을

---

7) 자기 분수에 맞는 의리. 8) 착수, 시작. 9) 위(魏)의 무제(武帝) 조조(曹操).

끌어 쓰기가 어렵나이다. 이 글이 비록 조맹덕과 두자미(杜子美)[10]의 시에 주시(周詩)의 구절을 섞고 끌어들여서 한 귀를 이루었으나, 천연(天然)스럽고도 혼연(渾然)하여 도끼나 끌로 다듬은 흔적이나 세 사람의 문자가 보이지 않으니 진씨의 오늘 일을 위하여 있는 것과 같사오며, 이 시만큼 두루 갖춘 것은 옛날에도 또한 없었나이다."

태후 이르시되,

"예부터 여자로서 능히 글짓는 자는 오직 반첩여(班婕妤)[11], 탁문군(卓文君), 채문희(蔡文姬), 사도온(謝道蘊), 소야란(蘇惹蘭)의 너댓 사람뿐이더니, 이제 세 사람이 한자리에 함께 모였으니 가히 성하다고 일컬을 수 있겠노라."

난양이 말하되,

"영양 저저의 시비 가춘운(賈春雲)의 시재가 또한 기이하더이다."

이때 장차 날이 저물어 가매 황상이 침전(寢殿)으로 돌아가시고, 두 공주 또한 물러가서 한 방에서 함께 잠을 잤더라.

다음 날 새벽닭이 처음 울 적에 정씨가 들어가서 태후를 조현(朝見)하고 돌아가기를 청하면서 말하되,

"소녀가 궁중으로 들어올 때에 부모께서 반드시 놀라시고 두려워하셨을 것이옵니다. 오늘 돌아가서 부모님을 뵙고 마마의 은택(恩澤)과 소녀의 영총(榮寵)을 일가 친척들에게 자랑하고 싶사오니, 엎드려 바라옵건대 마마께서는 허락하여 주시옵소서."

태후가 이르시되,

"딸아이가 어찌 가벼이 대내(大內)를 떠날 수가 있으리오? 내 사도부인과 또한 상의할 일이 있도다."

곧, 정부(鄭府)에 받들어 전교(傳敎)를 하시어 최부인으로 하여금 입조(入朝)케 하시더라. 정사도 부처는 소저가 시비를 시켜서 전후 사실을

---

10) 당(唐) 시인 두보(杜甫). 11) 한(漢) 성제(成帝)의 시첩(侍妾).

가만히 알렸기 때문에 깜짝 놀랍고 근심스런 마음을 처음으로 가라앉히고 감격하는 마음이 바야흐로 깊어 갔는데 전교가 내리매, 홀연히 조지(詔旨)를 받들어 바삐 내전으로 들어오니, 태후가 인접(引接)하시고 이르시되,

"내가 영애(令愛)[12]를 데려옴은 다만 그 얼굴만을 보고자 함만이 아니라 난양의 혼사를 위함이니라. 한 번 영애의 아리따운 모습을 접하매 사랑하는 마음이 생겨서 드디어 양녀를 삼아 난양의 형이 되었으니, 생각컨대 과인의 전생의 딸이 이 세상에서 다시금 부인 집에 탄생한 듯하나이다. 영양이 이미 공주가 되었은즉, 마땅히 나라의 성을 줄 것이로되, 내가 부인에게 자식이 없음을 생각하여 성을 고치지 아니하였으니, 부인께서는 오직 나의 지극한 정을 받들어 주소서."

이에 최부인이 은혜를 받고 감격하여 머리를 조아리며 아뢰되,

"신첩이 늦게서야 여식 하나를 얻어서 옥과 같이 사랑하였삽더니, 급기야는 혼사가 한 번 그릇되어 예폐를 돌려 보내고 노신의 혼골이 모두 깨지는 듯하여 속히 죽어서 딸의 가련한 모습을 보지 않고 싶었는데, 귀주가 누차 누추한 제 집안까지 왕림하시어 존귀하신 몸을 굽히시고 천한 여식과 사귀시며, 거듭 금중에까지 데리고 들어가시어서 세상에 다시 없는 은장(恩章)을 입게 하시니, 이는 썩은 나무에 붙은 이파리요, 물을 찾는 고기에게 물과 같은즉, 오직 마땅히 정성을 다하고 힘을 다하여 그 은혜에 보답코자 하는 정성을 보이고 싶나이다. 하지만 신첩의 지아비는 나이가 많고 병이 깊으며 늙기는 했지만, 계처(計處)하는 것이 길어, 이미 힘을 다하여 일을 할 수가 없으며, 신첩 또한 사례함을 보이고 싶사오나 늙고 병들어 죽을 때가 가까운고로 궁녀를 뒤따라 액정(掖庭)[13]을 닦고 씻는 역할을 감당해 낼 수가 없으니, 구산(丘山)[14]과 같은 은덕에 장차 어찌 우러러 보답하오리까? 오직 감격하온 눈물만이 내를

12) 남의 딸에 대한 존칭. 13) 대궐(大闕). 궁중(宮中). 14) 언덕과 산.

이루고 비가 되어 쏟아질 뿐이옵나이다."

이에 부인이 일어나 절하고 엎드려 우니 양 소매가 벌써 촉촉히 젖는지라. 태후가 측은히 여기시어 또 말씀하시되,

"영양은 이미 내 딸이 되었으니, 부인께서는 다시 데려가시지는 못할 것이리라."

최씨가 엎드린 채 아뢰되,

"신첩이 어찌 감히 집으로 데리고 가겠나이까? 다만 모녀가 단란하게 모여서, 하늘 같은 은덕을 칭송치 못하오니, 이것이 가히 한이 되나이다."

태후가 웃으시며 이르시되,

"예를 거행하기 전을 넘기지 않을 터이니, 오직 부인께서는 아무 걱정마시오소서. 성혼(成婚)한 후에는 난양 또한 부인에게 부탁할 터인즉, 부인께서도 난양을 과인이 영양을 보듯이 해 주오."

이어서 난양공주를 불러 부인과 서로 보게 하시니, 부인이 전일의 무례한 허물을 거듭 사죄하더라. 태후가 말씀하시되,

"내 들은즉 부인 곁에 재녀(才女) 가춘운(賈春雲)이 있다 하니, 어찌 볼 수가 있겠나이까?"

부인이 곧 춘운을 불러서 전각 아래로 입조(入朝)하니, 태후가 '미인(美人)이로다' 하시고 다시 앞으로 나오라고 하신 다음에 말씀하시되,

"난양의 말을 들으니, 네가 시 짓기를 잘한다고 하니 과인을 위하여 능히 부(賦)를 지어 보겠느냐?"

춘운이 머리를 조아리며 아뢰되,

"신첩이 어찌 감히 천위(天威) 앞에서 당돌히 글을 짓사오리까. 연이나 시험삼아 글제나 듣고자 하나이다."

태후 명하여 세 사람의 희작시(喜鵲詩)를 보이며 이르시되,

"너도 능히 이 말과 같이 짓겠느냐?"

춘운이 붓과 벼루를 구하여 단번에 지어 올리니, 그 시에 읊었으되,

기꺼움을 알리는 작은 정성을 다만 스스로 알지니
궁정의 행운이 봉황의를 좇을세라.
진루의 봄빛꽃이 천수에 피었는데
세 겹으로 싸여 어찌 한 가지로 빌릴 수 없는고?

報喜微誠祗自知　虞庭幸逐鳳凰儀
秦樓春色花千樹　三繞寧無借一枝

태후가 다 보시고, 두 공주에게 돌려 보이시며 이르시되,

"비록 가녀(賈女)에게 재주가 있다고 들었으나, 어찌 그의 고품(高品)이 이에까지 이를 줄을 헤아렸겠느냐?"

난양이 여쭈되,

"이 글이 까치로써 스스로 그 몸을 견주고, 봉황으로써 저저를 비하였사오니, 문체(文體)를 얻었나이다. 끝 귀에 소녀가 서로 용납함을 허락치 아니할까 의심하여 한 가지에 깃들기를 빌리고자 하며, 옛 사람의 글을 모으고 시인(詩人)의 뜻을 캐고 다듬어서 한 구절로 이루었사오니, 의사(意思)가 정묘(精妙)하고 수단이 또한 민활하나이다. 옛말에 이르되 '나는 새가 사람을 의지하매 사람이 스스로 불쌍히 여긴다'는 구절은 가녀 자신을 일컬음이나이다."

이에 춘운에게 명하여 물러가 진씨와 얼굴을 서로 접(接)하게 하면서 소개하되,

"이 여중서는 곧 화음현 진가 여자인데, 춘운과 더불어 동거(同居)하면서 해로(偕老)할 사람이로다."

춘운이 대답하되,

"아니 그러하오면 이 양류사(楊柳詞)를 지은 진낭자이니까?"

진씨 이 말에 깜짝 놀라서 되묻되,

"낭자는 어떠한 사람으로 인하여 양류사를 들었느뇨?"

"양상서 매양 낭자를 생각하시고 번번이 그 글을 외시기로 얻어 들었

노라."

진씨가 감창(感愴)[15]함을 이기지 못하여 외치되,

"양상서께서 첩을 잊지 아니하였도다!"

춘랑이 말하되,

"낭자 어찌 그러한 말을 하느뇨? 상서께서 양류사를 몸에 감추시고, 그것을 보면 눈물이 흐르고 읊은즉 탄식 감추시더이다. 낭자 혼자 상서의 정을 어찌 알지 못하느뇨?"

진씨가 대답하되,

"상서 만일 옛 정이 남아 있으면 첩이 다시 상서를 못 뵙고 죽는다 해도 한할 바가 없도다."

이에 환선(紈扇)에 얽힌 시작과 끝을 얘기하니, 춘랑이 또한 이르되,

"첩의 몸 위에 있는 비녀와 팔찌, 지환(指環)은 모두 다 그날 얻은 것이니이다."

다시 말을 이으려 하자, 궁인이 갑자기 와서 알리되,

"정사도 부인이 돌아가시나이다."

두 공주가 들어가 모시고 앉으니 태후께서 최부인에게 이르시되,

"양소유가 오래지 않아서 마땅히 돌아올 터이니, 전인(前日)의 예폐가 마땅히 저절로 부인집 문에 다시 들어가겠으나, 이미 물린 예폐를 도로 받음은 자못 어렵고, 하물며 이제 영양은 곧 내 딸인즉, 두 딸아이의 혼례를 한 날에 함께 거행코자 하는데, 부인은 허락하겠느뇨?"

최부인이 땅에 엎드려 사뢰되,

"신첩이 어찌 감히 스스로 무엇이라 하오리까? 오직 마마의 명대로 하리이다."

태후가 웃으며 이르시되,

"양상서가 영양을 위하여 조명(朝命)에 세 번 항거하니, 내 또한 한

---

15) 사모하는 마음이 움직이어서 슬픔.

번 속이고자 하나니. 상언(常言)에 '흉언(凶言)이 도리어 길(吉)하다' 하였으니, 상서가 오길 기다려서 속여 이르되, '정소저가 병을 얻어 불행하다' 할지어다. 일찍이 상서가 올린 상소문 속을 보매 정녀와 서로 보았다 하였으니, 합근(合巹)[16]하는 날, 상서가 옛 얼굴을 능히 알아 내는지 못 알아 내는지 보고자 하노라."

최씨가 분부를 맡고서 하직하고 돌아갈 때 소저가 전문 밖에까지 나와 절하고 보내며, 춘운을 불러 상서를 속일 계교를 조용히 일러 주거늘 춘운이 여쭈어 이르되,

"첩이 신선도 되고 귀신도 되어 상서를 기만한 일이 많은데, 다시 재삼(再三)한다는 것은 또한 너무 무례한 짓이 아니리이까?"

소저가 말하되,

"이는 우리가 하는 짓이 아니라, 태후마마가 명하신 일 아니뇨?"

하니, 춘운이 웃음을 머금고 물러가더라.

## 양소유, 승상(丞相)이 됨

이 무렵, 양원수가 백룡담의 물로 장수와 사졸들에게 먹이매, 사기가 전에 없이 드높아서 모두들 한번 싸우기를 원하거늘, 상서가 모든 장수들을 불러 방략(方略)[17]을 가르쳐 주고, 북 소리를 울리며 진군하니, 찬보(贊普) 가까스로 요연(裊烟)이 보내는 구슬을 받았기에, 당병(唐兵)이 이미 반사곡(盤蛇谷)을 지난 줄로 알고, 크게 겁을 내어 바야흐로 나아가 항복하기를 의논할 때, 토번의 여러 장수들이 찬보를 사로잡아 결박하여 당영(唐營)에 이르러 항복하더라.

양원수가 다시 군용(軍容)을 가지런히 하고 도성으로 들어가 노략질

---

16) '술잔을 맞춘다'는 뜻으로, 곧 '부부가 됨'을 뜻하는 말. 17) 방법과 재략(才略).

을 금하고 백성들을 보살펴 편안케 하며, 곤륜산(崑崙山)에 올라가 돌비를 세워 대당(大唐)의 위엄과 덕망을 기록하고, 마침내 군사들을 돌려 개가(凱歌)를 부르며 서울로 향할새, 진주(眞州) 땅에 이르니 어느덧 가을이라. 산천이 소슬하고 천지가 황량하고 싸늘한 꽃잎이 애달픔을 빚어 내고 날아가는 기러기가 슬픔을 자아내어, 사람으로 하여금 나그네의 비창함을 더욱 간절케 하더라. 원수 밤에 객사에 드니, 회포는 매우 침울하고 기나긴 밤은 만만(漫漫)[18]할 따름이라. 능히 언뜻 잠을 이루지 못하다가 마음에 스스로 생각하고 이르되,

'뽕나무와 느릅나무가 있는 고향을 떠난 지 이미 삼 년이란 세월이 흘렀구나. 어머님의 학발(鶴髮)[19]이 생각컨대 옛날과 같지 않으실 터인데, 병구완은 누구에게 부탁하며 아침에 문안을 드리고 저녁에 잠자리를 보아드릴 때를 언제나 기약할 수 있게 될꼬?

난리 평정코자 하는 뜻은 오늘에 비록 펼쳤으되, 노모를 봉양할 마음을 펴는 데에는 이르지 못하였으니, 사람의 자식된 직분을 떨쳐 버리고 인도를 폐하였은즉, 이는 옛 사람들이 바람이 나무에 머물지 않음을 슬퍼하여, 그것이 가는 것을 바라보고 감흥에 젖는 것과도 같을지라. 하물며, 수년간 국사(國事)에 분주하여 여태 아내를 두지 못하였으며, 또한 정가와의 혼인을 보장하기가 어려워서 이른 바 뜻과 같이 되지 않기가 십상 팔구(十常八九)일 것이리라. 이제 내가 오천 리 땅을 회복하고 백만 적병을 평정하였으니, 그 공 또한 적지 않을 것인즉, 천자께서는 필연코 이에 큰 벼슬을 상전(賞典)[20]으로 내리시어 싸움터를 달렸던 이 몸의 수고를 갚으실 터이니, 내 그 벼슬을 도로 바치고 이 사정을 아뢰어 정씨와의 혼인을 허락하시도록 간청하면 곧 혹시 허락할 가망이 있으리라.'

---

18) 멀고 아득한 모양. 밤이 긴 모양. 19) 학(鶴)의 깃털같이 센 흰 무리. 곧 백발(白髮). 20) 과거에 급제한 자를 권장하기 위해 임금이 상을 하사하는 일.

생각이 이에 이르매 마음이 적이 풀려 침실로 나아가서 잠시 졸더니, 꿈 속에서 몸이 날아 하늘 문〔天門〕에 오르매 칠보 궁궐(七寶宮闕)의 단청이 찬란하고 오색 구름과 놀이 영롱하며 빛 그림자가 어둑어둑하더니, 시녀 두 사람이 상서에게 이르되,

"정소저가 삼가 상서를 청하나이다."

상서가 시녀를 따라 들어가니 넓은 뜰이 널리 드러나며 신선의 꽃이 난만히 피었고, 선녀 세 사람이 백옥루(白玉樓) 위에 함께 앉았는데, 그 복색이 후비같으며 양 눈썹이 청수(淸秀)하고 양 눈동자가 눈부시어서 그를 바라본즉 벽옥(碧玉)의 명주같이 서로 기대어 비취고 있더라. 바야흐로 난간에 의지하여 꽃가지를 희롱하다가 상서가 다다른 것을 보고 자리를 떠나서 맞으며 자리를 나누어 앉고, 윗자리에 있는 선녀가 먼저 묻되,

"상서, 이별한 후 무양(無恙)[21]하시나이까?"

상서가 자세히 보니 이는 곧 지난날 거문고 곡조를 의논하던 정소저임을 알겠기에 놀랍기도 하고 해괴하기도 하며 기꺼운 나머지 말을 하고자 하다가 도리어 말을 못하니, 선녀가 이르되,

"이제는 내 이미 인간 세상을 이별하고 천상에 와서 노닐며 지난 일을 회상하니 두 티끌 사이를 격(隔)한 듯하오며, 군자(君子)께서 비록 첩의 부모를 보시더라도 첩의 소식을 듣지 못하시리이다."

거듭 곁에 있는 두 선녀를 가리키며 이르되,

"이는 곧 직녀선군(織女仙君)[22]이요, 저는 곧 대향옥녀(大香玉女)[23]이니라. 군자와 더불어 전세의 연분이 있으니, 원컨대 군자는 첩의 몸을 생각치 마시고, 이 두 사람과 더불어 먼저 좋은 언약을 맺으시면 첩의 또 의탁할 바 있으리이다."

상서가 두 선녀를 바라보니 말석에 앉은 이는 낯이 비록 익으나 능히

---

21) 별탈 없음. 22) 별자리이름으로 직녀성(織女星). 23) 옥녀(玉女)는 선녀(仙女).

기억할 수가 없더라. 오래지 않아서 고각(鼓角)[24]이 일제히 울리매 호접(蝴蝶)[25]이 홀연히 사라진즉 곧 꿈이라. 꿈 속의 일을 생각하매 모두 좋은 징조가 아니므로 이에 베갯머리를 어루만지며 스스로 탄식하되,

"정낭자는 필연 죽었도다. 그렇지 않았다면 내 꿈이 어찌 그리 불길하리오?"

또 스스로 해석하여 이르되,

"생각을 하면 꿈으로 나타나고 혹시 간절히 그리워하면 이런 꿈이 있을 수도 있으리오? 계섬월(桂蟾月)의 천거와 두련사(杜鍊師)의 중매가 다 반드시 월로(月老)가 지시함이 아니요, 가약을 이루지 못하고 구원(九原)[26]이 갑자기 격하였으니, 소위 하늘에 반드시란 건 없구나. 이른바 '이치라는 것은 가히 믿을 만한 것이 못 되고, 흉한 것이 도리어 길한 것이 된다'! 하니, 혹시 내 꿈을 두고 이른 말이 아닐까?"

이 일이 오래 되매 전군(前軍)이 이미 서울에 이르니, 천자가 위교(渭橋)에 몸소 납시어 원수를 맞으실제, 양원수는 봉계자금(鳳係紫金) 투구를 쓰고, 황금쇄자갑(黃金鎖子甲) 옷을 입고, 천리대완마(千里大宛馬)를 타고, 황제가 내리신 백모황월(白旄黃鉞)과 용봉(龍鳳) 그린 기치를 앞뒤로 호위하고 좌우로 배열하여 찬보를 죄인 수레에 가두어서 진 앞에 세우고, 서역의 삼십 육도의 군장(君長)들이 각기 진공하는 보배로운 물건을 가지고 그 뒤를 따르니, 그 군위의 굉장함이 근고에 없는 일이더라. 구경하는 사람들이 백 리 길에 가득하였은즉, 이날 장안의 성 안은 텅텅 비어서 아무도 없더라.

---

24) 북과 뿔피리. 25) 호접지몽(蝴蝶之夢). 장자가 꿈에 나비로 화하여 즐거운 나머지 자기와 나비와의 구별을 잊었던 일에서 나온 말. 26) 황천(黃泉). 묘지.

## 춘운이 교어(巧語)로 승상을 속임

원수가 말에서 내려 머리를 조아리며 배알한즉, 상이 친히 부축하여 일으키시고 원역(遠役)의 노고를 위로하시며, 큰 공을 세움을 포장하시고 곧 조정에 조서를 내리시어, 곽분양(郭汾陽)의 옛 일에 의거하여 땅을 베어 주고 왕으로 봉하여 상전(賞典)을 후히 하시기에, 상서는 정성을 드러내어 힘써 사양하며 끝내 명을 받지 아니하니, 상이 그 간절한 뜻을 거듭 거슬려 다시금 은지(恩旨)를 내려 양소유로 대승상을 삼고, 위국공(魏國公)을 봉하며 식읍(食邑) 삼천 호, 황금 일만 근, 백금 십만 근, 촉금(蜀錦)[27] 십만 필, 준마 일천 필 등을 상으로 주시고, 그 밖의 진귀한 보물들은 이루 다 기록지 못하겠더라.

양승상(楊丞相)이 황제가 타신 수레를 따라 궐내로 들어가 천은(天恩)을 공경하니, 상이 곧 명하시어 태평연(太平宴)[28]을 베풀어 예의로써 대접하는 은전을 보이시고, 양승상 얼굴을 기린각(麒麟閣)에 그리라 조칙을 내리시더라. 승상이 스스로 대궐에서 물러나와 정사도 집에 이르니, 정가 친척들이 모두들 외당(外堂)[29]에 모여서 승상을 맞아 절하며, 각기 스스로 치하하기에, 승상이 먼저 사도와 부인의 안부를 물으니 정십삼이 대답하되,

"숙부와 숙모 비록 목숨은 지탱하시나 누이의 상척(喪慽)[30]을 당하시고는 너무 애통해하여 병이 자못 나시니, 기력(氣力)이 이전의 세월에 비해 무척 떨어지시고 능히 외당에 나와 승상을 맞아들이지 못하시기로, 바라건대 승상은 소저와 함께 내당으로 같이 들어가심이 어떠하오?"

승상이 갑작스럽게 이 이야기를 들으매 술에 취한 것도 같고 미친 것도 같아서, 능히 급히 묻지 못하고 한동안 생각에 잠겼다가 이에 묻되,

---

27) 촉나라 비단. 28) 당(唐) 태종(太宗) 때 공신의 상(像)을 그려서 보관한 누각(樓閣). 29) 사랑(舍廊). 30) 자녀가 일찍 죽는 변고(變故).

"악장(岳丈)이 누구의 상을 당하셨느뇨?"

정십삼(鄭十三)이 대답하되,

"숙부께서는 본디 아들이 없이 겨우 딸 하나만 있었는데, 천도(天道)가 무지(無知)하시어 늘그막에 마침내 이에까지 이르시니, 어찌 마음이 무척 상하시지 않겠소이까? 승상은 들어가 보실 때 삼가 일체 슬픈 말을 내지 마옵소서."

승상이 크게 놀라고 무척 슬퍼하여 말이 가까스로 귀에 들어오는데, 흐르는 눈물이 벌써 금포(錦袍)를 촉촉히 적시니 정생이 위로하여 이르되,

"승상의 혼약이 비록 금석(金石) 같으나 집안의 운수가 불행하여 대사가 이미 그르치니, 바라옵건대 승상은 오직 의리(義理)를 생각하여 힘써 스스로 물리쳐 보내소서."

승상이 사례(謝禮)하고 눈물을 닦으며 정생과 함께 들어가서 사도 부부를 뵈오니, 오직 기뻐 치하할 따름이요, 소저가 요척(夭慽)한 이야기에는 말이 미치지 아니하므로 승상이 이르되,

"소서가 다행히 나라의 위령(威靈)에 힘입어 외람되이 공을 봉(封)하는 남상(濫賞)[31]을 받으매, 바야흐로 벼슬을 돌려 주고 소저에 대한 지성스러운 마음을 아뢰어, 황상의 의향을 돌리시게 함으로써 전일의 언약을 이루고자 하였더니, 아침 이슬이 이미 먼저 마르고 봄빛이 이미 저물었으니, 어찌 존몰(存沒)[32]에 대한 감회가 없사오리까?"

사도가 이르되,

"팽상(彭殤)[33]과 모든 명(命), 애락(哀樂)이 운수에 달려 있은즉, 하늘이 실로 하는 것인데, 말로 더하여 무엇하리오? 오늘은 곧 온 집안이 모여서 경사를 치하하는 날이니, 비참하고 아픈 말은 말지어다."

정십삼이 자주 승상께 눈짓을 하거늘 승상이 말을 끝맺고 사도와 하

---

31) 어떤 기준도 없이 함부로 상(償)을 줌. 32) 존망(存亡). 존재와 멸망. 33) 장수(長壽)와 단명(短命).

직하여 화원 속으로 들어가니, 춘운이 섬돌 아래로 내려와 맞아 뵈거늘, 승상이 춘운을 보매 소저를 보는 것 같아서 슬픈 회포가 더욱 간절하고 남은 눈물이 줄줄 또 자주 아래로 흘러내리니, 춘운이 꿇어앉아 위로하되,

"노야(老爺),[34] 노야! 오늘이 어찌 노야의 서러워하실 수 있는 날이오니까? 엎드려 바라오니, 노야는 마음을 부드럽게 하며 눈물을 거두시고 굽혀 춘운의 말을 주의 깊게 들으소서. 우리 낭자는 본디 하늘의 신선으로서 잠시 인간 세계에 내려오신고로, 하늘에 오르시던 날 천첩에게 이르기를, '너도 몸소 양상서와 인연을 끊고 다시 나를 따르라. 내가 이미 티끌 세상을 버렸거늘, 네가 다시 양상서께로 돌아가서 그를 좌우에서 모셔라. 상서께서 조만간 돌아와 만일 나를 생각하고 마음에 슬퍼하시거든 너는 모름지기 내 뜻을 전하여 이르기를, 우리 집안에서 이미 상서의 예폐를 물렸은즉, 곧 노상에서 만나는 사람들과 다를 바가 없으며, 하물며 전일에 거문고 소리를 들은 혐의가 있다 하고 상서께서 만일 지나치게 생각하고 예에 지나칠 정도로 슬퍼하시면 이는 곧 군명을 거역하고 사사로운 정을 따르는 것이니, 이는 이미 죽은 사람의 덕에까지 누를 끼침이라. 어찌 민망치 아니하리오? 또한 내 무덤에 제사를 지내거나 혹은 영악(靈幄)[35]에서 조곡을 하시면, 이는 곧 나를 행실이 나쁜 여자로 대접하심이니 지하에서나마 어찌 섭섭한 마음이 없으리오? 또 이르되 황상이 반드시 상서의 돌아옴을 기다려 다시 공주와의 혼사를 의논하신다 하는데 내 들은즉, 공주 관저(關雎)[36]의 성덕이 군자의 배필 되기에 합당하다 하니, 반드시 군명에 순순히 따라서 죄에 빠지지 아니하심이 나의 바람이라' 고 하시더이다."

승상이 이 말을 들으매 더욱 서러워하며 이르되,

---

34) 늙은 남자. 노옹(老翁). 35) 죽은 사람의 영혼을 모시는 곳. 36) 《시경(詩經)》의 〈주남(周南)〉의 편명(編名). 문왕(文王)과 후비(后妃)와의 부부 화합(夫婦和合)의 덕을 기린 시.

"소저 유명(遺命)이 비록 이와 같으나, 내 어찌 이 비회를 억제할 수 있으리오? 하물며 소저가 죽음에 임하여서까지 이토록 소유를 간곡히 생각하시니, 내 비록 열 번 죽더라도 소저의 은덕을 갚기 어렵겠도다."

이에 객관에서 꾼 꿈에서의 소저 일을 이야기하니, 춘운이 눈물을 흘리며 이르되,

"소저는 반드시 황상제의 향안(香案) 앞에 계실지니, 승상께서 천추만세(千秋萬歲) 후에 어찌 서로 만나실 기약이 없사오리까? 삼가 너무 서러워하시다가 귀체(貴體)를 상치나 마옵소서."

승상이 또 물어 이르되,

"이 밖에 소저의 다른 말씀은 없었느뇨?"

이에 춘운이 대답하되,

"비록 다른 말씀이 있으나, 아무래도 춘운의 입으로는 말씀드리기 어려워하나이다."

승상이 이르되,

"말에는 깊고 옅음이 없으니, 너는 그것을 숨기지 말고 다 아뢸지어다."

춘운이 이르되,

"소저가 또한 일러 첩에게 이르시되 '내 춘운은 곧 한 몸이니, 상서가 만일 나를 잊지 아니하시고 춘운 보기를 나같이 하여 마침내 버리지 아니하시면 내 몸은, 비록 땅 속으로 들어가되 친히 상서의 은덕을 받는 것과 같으리라' 하시더이다."

승상이 더욱 슬퍼하여 말하되,

"내 어찌 차마 춘랑을 버릴 수 있겠느뇨? 하물며, 소저의 부탁하는 명이 있으니, 비록 직녀(織女)로 아내를 삼고 복비(宓妃)[37]로 첩을 삼을지라도, 내 맹세코 춘랑을 저버리지 아니하리라."

하더라.

---

37) 낙수에 익사하여 신(神)이 된 낙수(洛水)의 여신(女神), 복희씨의 딸.

# 卷之四

합근석난영상휘명 헌수연홍월쌍천장
# 合巹席蘭英相諱名 獻壽筵鴻月雙擅場

## 두 공주의 성례(成禮)

이튿날 천자가 양승상을 불러 보시고 하교하여 이르되,

"지난번에 누이의 혼사로 인하여 태후께서 특히 엄중한 교지를 내리사 짐의 마음이 또한 불평이였는데, 이제 들으니, 정녀가 이미 죽으매, 누이의 혼사는 오직 경이 조정에 돌아오기만 오래 기다리나니, 경이 비록 정가의 딸을 깊이 생각하나 이미 죽은 자이며, 경은 아직도 소년이요, 당상(堂上)에는 대부인이 있은즉 감취지공(甘毳之供)[1]을 스스로 담당하거나 부담치 못할 것이며, 하물며 대승상의 관부(官府)에 여군(女君)[2]이 없어서는 안 될 것이며, 위국공(魏國公)의 가묘(家廟)에 아헌(亞獻)[3]을 궐하지 못할지라. 짐이 이미 승상부와 공주궁을 짓고 성례의 날을 기다리나니, 누이의 혼사를 지금도 또한 허락지 아니하겠느뇨?"

승상이 머리를 조아려 아뢰어 이르되,

"신이 여러 차례 거역한 죄는 실로 부월(斧鉞)로 주살(誅殺)을 당하여도 합당하거늘, 성교(聖教)를 거듭 내리시어 말씀이 온후하시니, 신은 진실로 감운(感隕)하여 죽고자 하여도 죽을 데를 알지 못하나이다. 오직 전일에 여러 번 엄교(嚴教)를 거역함은 인륜에 구애됨이 있어서 부득이 마지못한 일이더니, 이제는 정녀가 이미 죽었으니 신에게 어찌 감히 다른 뜻이 있겠나이까? 다만, 문호가 한미(寒微)하옵고 재주와 술책이 허

1) '감취(甘毳)'는 맛있고 부드러운 음식. 좋은 음식으로 받들어 모시는 것. 2) 부인(夫人)의 경칭. 3) 제사 지낼 때 둘째 번으로 잔을 올리는 일.

(虛)하고 열사오니 부마의 존위(尊位)에는 합당치 못하여 두렵나이다."

상이 매우 기뻐하시며 곧 조서를 흠천감(欽天監)[4]에 내리시어 길일을 택하여 들이라 하시니, 태사(太師)가 추구월 망간(望間)[5]께라고 아뢰매, 다만 약간의 날이 남아 있을 따름이더라. 상이 승상에게 하교하여 이르되,

"전일에는 곧 혼사가 가부간(可否間)에 있는고로 경에게 미처 말하지 못하였도다. 실은 짐에게 누이가 두 사람 있으니 다 현숙함이 비범하며, 비록 다시 경 같은 사람을 구하고자 하나 어느 곳에서 가히 찾을 수가 있으리오? 이러므로 짐이 태후의 조칙을 공손히 받들어 두 누이를 경에게 하가(下嫁)케 하고자 하노라."

승상이 문득 진주(眞州) 객관에서의 꿈을 생각하고, 마음에 매우 괴이쩍게 여겨 땅에 엎드려서 아뢰어 이르되,

"신이 부마 간택(揀擇)을 입사온 후로는 없는 길로 피하고자 하고 없는 땅에 달려가고자 하였으나, 몸둘 곳을 얻지 못하옵더니, 가장 두려운 것은 이제 폐하의 두 공주로 하여금 한 사람 몸을 함께 섬기도록 하옵시니, 이는 사람이 사는 나라 있은 이래로 듣지 못한 바이온즉 신이 감히 어찌 당할 수 있사오리까?"

상이 타일러 이르시되,

"경의 훈업(勳業)이 족히 국조(國朝)의 제일이 되거늘, 이종(彝鐘)[6]에 그 공(功)을 족히 다 새길 수 없는고로, 모토(茅土)에서 그 노고에 상을 주려 해도 부족하나니 짐의 두 누이로 섬기게 함이요, 또 두 누이의 우애가 다 천성에서 나왔으므로 서면 서로 친숙해지고, 앉으면 서로 의지하여 매양 늙어 죽어도 서로 떨어지지 않기를 원함은 태후마마의 의향이시니 경은 결코 사양하지 말지어다. 또한 궁녀 진씨는 본디 사족이요,

---

4) 중국 명대(明代) 이후, 천문 역수(天文曆數)의 관측을 맡은 관아. 5) 보름께(15일 전후).
6) 종묘에 갖추어 두고 나라의 의식 때 쓰는 종(鐘).

자색(姿色)이 있고 글을 잘하매 누이가 수족(手足)같이 보아 진정으로 대하며 하가(下嫁)하는 날에 잉첩을 삼고자 하는고로, 먼저 경에게 알게 하노라."

승상이 또 일어나 사은(謝恩)할 뿐이더라.

이때 정소저는 공주가 되어 궁중에 있은 지 꽤 여러 달이라. 태후를 효성(孝誠)으로 섬기고 또 난양공주, 진씨와 더불어 정의(情誼)가 동기 같으며 경애(敬愛)함이 깊어서 태후는 더욱 사랑하시더니, 혼사 때가 거의 다다랐는지라. 조용히 태후께 고하여 이르되,

"당초 난양과 더불어 차례를 정하던 날 상좌(上坐)에 있기가 실로 참월하오나 꾸준히 사양하기를 고집하면 마마의 돌보고 사랑하는 온정을 푸대접하는 듯한고로 억지로 힘써 따름은 본디 저의 뜻이 아니었나이다. 이제 양가에게로 돌아가 난양이 만일 제일의 위(位)를 사양한다면 이 또한 무척 옳지 않사오니, 오직 바라옵건대 마마와 성상께서는 그 정례(情禮)를 짐작하시고 그 위차(位次)를 바르게 하시어 사분(私分)이 편안케 하시고 가법(家法)이 문란치 않게 하옵소서."

난양이 이르되,

"저저의 덕성(德性)과 재주, 학식이 다 소녀의 스승이 되오니, 저저가 비록 정씨 문중에 있을지라도 소녀가 마땅히 조쇠(趙衰)가 위(位)를 사양함과 같이 할 터이거늘, 이미 형제 되어 온 후에 어찌 존비(尊卑)의 분별이 있을 수 있겠나이까? 소녀가 비록 제2부인이 될지라도 스스로 인군의 딸로서 존귀함을 잃지 아니할 것이요, 만일 제1위에 있게 되오면, 곧 마마의 저저를 기르시는 본의가 과연 어디 있나이까? 저저가 반드시 위를 소녀에게 양보코자 하시면 소녀는 양가(楊家)에게로 돌아감을 원치 아니하나이다."

태후가 상께 물어 상이 이르되,

"누이의 사양함이 지정에서 나오나, 자고로 제왕가(帝王家) 귀주(貴主)에 이런 일이 있음을 듣지 못하였으니, 원컨대 마마께서는 그 겸양하

는 덕을 아름답게 여기사 이 일에 그 아름다운 뜻을 이루소서."

태후가 이르시되,

"상의 말씀이 옳도다."

이에 하교를 내리시어 영양공주로써 위국공의 좌부인(左夫人)을 삼으시고, 난양공주로써 우부인(右夫人)을 봉(封)하시며, 진씨는 본디 사부가(士夫家)의 여자이므로 봉하여 숙인(淑人)[7]을 봉하시니라.

자고로 공주의 혼례를 궐문 밖 관부(官府)에서 거행하였거늘, 이날에는 태후가 특별히 명하시어 대내(大內)에서 행례(行禮)하라 하시더니, 길일에 이르매 승상이 인포옥대(麟袍玉帶)[8]를 띠고 두 공주와 더불어 성례하니, 위의(威儀)의 성(盛)함과 예모(禮貌)의 장함은 이를 것도 없고, 예식이 끝나 자리를 잡은 다음에 진숙인(秦淑人) 또한 예로써 승상을 뵙고 이에 공주 곁에 섰더니, 승상이 자리를 주더라. 세 사람의 상계(上界) 선녀가 일제히 한자리에 모여 빛이 오운(五雲)에 꿈틀거리는 듯 그림자가 천문(千門)에 현란하여 승상의 두 눈동자가 어질어질하고 아홉 혼백이 흔들리어 다만 몸이 흑첨향(黑甛鄕)[9]에 있는 것이 아닌가 의심하더라.

이 밤에 승상이 영양공주와 더불어 이불을 같이 하고, 이튿날에 일찍이 일어나 태후께 침실로 문안드리니, 태후께서 잔치를 베풀어 주시는데, 황상과 황후께서 또한 들어와 태후를 모시고 종일토록 즐겨하시더라. 승상이 이튿날 저녁에는 또 난양공주와 더불어 베개를 한가지로 하고, 제삼일에는 진숙인 방으로 가니 숙인이 승상을 우러러보고 문득 눈물을 줄줄 흘리기에, 승상이 놀라서 물어 이르되,

"오늘 웃는 것은 곧 옳거니와 우는 것은 곧 옳지 못하도다! 숙인의 눈물에는 어떤 사연이 있느뇨?"

---

7) 명부(命婦)·종친(宗親)의 여(女)·처(妻)의 봉호(封號). 8) 기린의 가죽으로 만든 옷과 옥(玉)으로 맨 띠. 9) 꿈 속의 세계. '흑첨(黑甜)' 이란 '낮잠' 의 뜻.

진씨가 대답하여 이르되,

"승상이 소첩을 기억 못하시니 승상이 이미 잊어버렸음을 가히 알겠나이다."

승상이 잠시 후 곧 깨달아 진씨의 가냘픈 손을 잡고 이르되,

"그대는 화주(華州)의 진낭자(秦娘子)가 아니시오?"

채봉(彩鳳)이 말을 하려 하나 목이 메어서 소리가 입에서 나오지 못하거늘, 승상이 이르되,

"나는 낭자가 이미 지하의 사람이 된 줄로만 알았는데 궁중에 고이 있었구려. 그때 화주에서 서로 헤어짐은 낭자의 집이 참화(慘禍)를 겪었기 때문에 내 할 말이 없거니와, 그대는 어찌 듣기를 바라오? 객사에서 피난한 후로 어찌 하루라도 내가 낭자를 생각지 아니하였겠소? 다만 죽은 줄로만 알았지 살았음은 알지 못하였소이다. 오늘 옛 언약을 이루게 됨은 실로 내가 미처 생각지도 못한 바이며, 또한 낭자의 마음에도 어찌 기약하였겠소?"

드디어 주머니 속에서 진씨의 글을 내어 보이니, 진씨 또한 주머니 속을 더듬어 승상의 글을 받들어 올리매, 두 사람의 양류사(楊柳詞)가 의연히 서로 화답하던 날이 같은지라. 각자가 채전(彩牋)[10]을 쥐고 솟구쳐 오르는 마음을 억제할 따름이더라. 진씨가 이르되,

"승상은 오직 양류사로 함께 옛 언약을 맺은 줄만 아시고, 깁부채에 쓴 시로 인하여 오늘의 연분이 된 줄은 알지 못하시나이다."

드디어 조그만 상자를 열더니 그림 부채를 내어 승상에게 보이고, 거듭 그 일을 자세히 말하며 이르되,

"이는 모두 태후마마와 황제폐하 그리고 공주마마의 홍은 성덕(洪恩盛德) 덕택이옵니다."

승상이 이르되,

10) 빛깔 있는 종이.

"그때 남전산(藍田山)으로 피난갔다가 돌아와 객점 주인에게 물은즉, 객점 사람이 혹은 이르되 낭자가 액정(掖庭)에 박혔다 하며, 혹은 이르되 먼 고을의 관비로 되어 갔다 하며, 혹은 이르되 또한 흉화(凶禍)를 면치 못하였다 하여 비록 적실(的實)한 회보(回報)를 알지 못하여 다시 가망이 없는고로, 부득이 다른 집에 혼처를 구하나, 매양 화산(華山)과 위수(渭水) 사이를 지나매 몸은 짝 잃은 기러기 같고 마음은 낚시에 꿰인 고기 같더니, 황은(皇恩)이 미치어 비록 서로 함께 모였으되, 마음에 불안한 일이 있으니, 이는 다름이 아니요, 바로 객점에서 정한 처음의 언약이 어찌 소성(小星)[11]을 기약하였으리오? 마침내 낭자로 하여금 이 위(位)에 굽히게 하였으니, 참괴를 어찌 다 이루 말로 할 수 있으리오?"

진씨가 이르되,

"첩의 명이 기박함은 첩이 또한 스스로 알고, 그때 유모를 객점으로 보내어 고할 때, 낭군은 혹 약혼을 하셨거나 혹 처(妻)를 얻으셨으면 곧 첩은 스스로 소실(小室)이 되기를 원하였는데, 이제 귀주의 다음 가는 자리에 거하오니 첩의 영광이며 다행이오이다. 첩에게 만일 원한의 마음이 있다면 곧 하늘이 반드시 미워하고 미워하시리이다."

이 밤에는 옛 의(誼)와 새 정이 전일의 두 밤에 비하여 더욱 친밀하더라.

## 영양공주의 정소저 정체 알아채기

이튿날에는 승상이 난양공주와 더불어 영양공주 방 안에 모여 한가로이 앉아서 잔을 돌릴새, 영양공주가 소리를 낮추어 시녀를 불러서 진씨를 청하거늘, 승상이 그 목소리를 듣고 마음 속이 스스로 움직여 구슬

11) 소실, 첩(妾)의 뜻.

프고 슬픈 빛이 홀연히 낯에 서리니, 이는 일찍이 정사도 집에 들어가 소저를 대하고 거문고를 탈 적에, 그 곡조를 평하던 목소리를 듣고 그 용모가 더욱 눈에 익었더니, 이날 영양공주의 음성이 또한 정소저의 입 속에서 나온 것과 같아 이미 그 소리를 들은 듯하고, 또 그 얼굴을 보니 음성도 정소저요, 모습도 또한 정소저라. 승상이 곰곰이 생각하여 이르되,

"세상에는 과연 형제도 친척도 아니면서 서로 아주 비슷한 사람도 있도다! 내 정씨와 혼인을 약속할 적에, 사생(死生)을 한가지로 하고자 마음 먹었더니, 이제 나는 항려(伉儷)[12]의 즐거움을 맺었거니와 정씨의 외로운 넋은 어느 곳에 의탁하였는고? 내 허물을 멀리 떨치고자 하여 무덤 앞에 한잔 술과 또 그 빈소에서 외로운 곡 한 번 아니하였으니, 내 정낭자를 저버림이 심하였도다!"

마음 가운데 있던 생각이 스스로 바깥에서 발동하여 두 눈에 눈물이 흘러내려 볼을 적시려 하매, 정씨의 거울 같은 마음으로 승상이 가슴 속에 품은 뜻을 어찌 알지 못하리오. 이에 옷깃을 바로잡고 물어 이르되,

"첩이 듣기로는 임금이 욕을 당하면 신하는 죽고, 임금이 근심하면 신하는 욕을 당하며, 여자가 군자(君子)를 섬김은 신하가 임금을 섬기는 것과 같다고 하는데, 이제 상공이 잔을 잡으시고 홀연 슬퍼하여 즐겁지 않은 빛이 엿보이시매, 감히 그 연고를 묻고자 하나이다."

승상이 사례하고 이르되,

"소생(小生)의 마음 속 일을 어찌 귀주(貴主)께 감추리오? 소유가 지난날 정가(鄭家)에 가서 그 여자를 보았더니, 귀주의 음성과 용모가 정가의 여자와 흡사한고로 눈에 어른거리고 마음에 일어나기에 얼굴빛이 슬픈 표정을 띠어 마침내 귀주께 의혹이 생기게 하였으나, 귀주는 괴이쩍게 여기지 마옵소서."

영양이 이 말을 다 듣고 나자 얼굴의 두 볼에 약간 붉은 빛을 띠며

---

12) 짝. 남편과 아내. 배우(配偶), 부처(夫妻), 부부(夫婦)의 뜻.

홀연히 일어나서 내전으로 들어가 오래 나오지 아니하므로, 승상이 시녀를 시켜 청하나 시녀 또한 나오지 아니하기에 난양이 이르되,

"저저는 태후마마의 극진한 사랑을 받은고로 성품이 자못 교만하고 오만하여 첩의 잔폐(殘弊)함만 같지 못하더니, 아마도 상공께서 저저와 정녀로써 견주시매 이로 인해 저저가 좋지 않으신 마음이 있는가 보옵나이다."

승상이 곧 숙인으로 하여금 사죄하여 가로되,

"소유가 술마신 후 취하여 망발(妄發)하였으니, 귀주가 만일 나시면 소유는 마땅히 진문공(晉文公)과 같이 갇히기를 스스로 청하리이다."

오래 기다리다 후에 진씨가 나오나 전하는 말이 없으므로 승상이 물어 가로되,

"귀주가 무엇이라 하시더뇨?"

진씨가 대답하여 가로되,

"귀주께서 노기(怒氣)가 크시와 말씀이 꽤 과하시기로 천첩이 감히 전치 못하나이다."

승상이 이르되,

"귀주의 과도한 말씀이 숙인(淑人)의 허물이 아니니 모름지기 자세히 전하여 이르라!"

진씨가 대답하여 이르되,

"영양공주가 가르쳐 이르시길 '첩이 비록 비열하나 태후마마의 총애하는 딸이요, 정녀 비록 기이하나 여염의 천미(賤微)한 여자에 불과하니라.' 예법에 이르되 '길말〔路馬〕[13]에 허리를 굽힌다' 하였으니, 이는 말을 공경함이 아니라, 임금이 타신 바를 공경함이거늘, 하물며 임금이 사랑하시는 누이에 있어서랴? 상공이 만일 임금을 공경하고 조정을 존귀하게 여기실진대, 굳이 첩을 정녀와 비교함은 옳지 않나이다. 하물며 정

13) 천자(天子)의 승마.

녀가 일찍이 꺼리는 것을 생각지 아니하고 스스로 그 자색을 자랑하여 상공으로 더불어 말을 건네고 거문고 곡조를 논하였은즉, 아무래도 몸가짐이 예법에 옳지 않으며 그 넘침을 가히 알만하니라. 또 스스로 혼사의 시기를 잃고 이루지 못함에 마음 상하여 몸에 유울병(幽鬱病)을 일으켜 끝내 청춘을 일찍 재촉하였으니, 또한 복이 많은 사람이라고 할 수 없으며, 그 명이 매우 박하거늘 상공이 어찌 나를 여기에 견주시나뇨? 옛날에 노(魯)나라 추호(秋胡)가 황금으로써 뽕 따는 계집을 희롱하매, 그 아내가 곧 물에 빠져 죽었거늘, 첩이 어찌 부끄러운 얼굴로써 다시 상공을 대하리오? 진실로 행실이 없는 사람의 처가 되길 바라지 않으며, 또한 상공이 이미 죽은 얼굴을 기억하고, 그 목소리를 이별한 지 오랜 뒤에도 분별하여 내니, 이는 필연 탁녀(卓女 : 卓文君)가 당(堂)에서 거문고로 가리고 가씨(賈氏) 집에서 향을 도둑질함과 같으리니, 그 행실이 추호보다 심히 더러운즉, 첩이 비록 옛 사람이 물에 빠진 것을 능히 본받을 수는 없어도, 이로부터 맹세코 규문(閨門) 밖에 나가지 아니하고 끝내 늙어 죽으려 하나니, 난양은 성질이 유순하여 나와 같지 아니하매 오직 바라건대 '상공은 난양과 더불어 해로(偕老)[14]하심을 바라나이다' 하시더이다."

승상이 크게 노하여 마음 속에 이르되,

"천하에 어찌 여자로서 세(勢)를 믿음이 영양 같은 자가 있으리오? 과연 부마의 괴로움을 알겠노라."

난양공주에게 일러 가로되,

"내 정녀와 더불어 서로 만남에 곡절이 있거늘, 이제 영양공주가 도리어 음행(淫行)으로 내게 씌우고자 하는데, 이는 관계치 아니하되, 다만 욕이 이미 죽은 사람에게 미치니 이 실로 한탄할 바로다."

난양이 이르되,

14) 부부가 일생을 함께 늙음.

"첩이 마땅히 안으로 들어가 저저를 개유(開諭)[15]하여 보리이다."

곧 몸을 돌리고 들어가더니 날이 저물도록 또한 나오지 아니하고, 이미 방 안에 등촉을 벌여 놓고서 난양이 시비를 시켜 말을 전하여 이르되,

"첩이 온갖 방법으로 두루 타일러도 저저는 끝내 마음을 돌이키지 아니하시니, 첩이 당초 저저로 더불어 사생(死生)이 서로 떨어지지 아니하고 고락을 반드시 서로 함께 하자고 언약을 맺어 천지 신명께 아뢰었기로, 만일 저저가 심궁에서 홀로 늙으면 첩 또한 심궁에서 늙고자 하오며, 저저가 만일 상공을 가까이 하지 않으면 첩도 또한 상공을 가까이 하지 않을 것이오니, 바라건대 상공은 숙인의 방에 나아가사 오늘 밤을 안녕히 지내소서."

승상이 노기가 치밀어오르나 굳게 참고 견뎌 새어 나가게 아니하고, 빈 휘장과 찬 병풍이 또한 매우 무료하므로 침상에 비스듬히 의지하여 진씨를 똑바로 바라보니, 진씨가 곧 촛불을 들고 승상을 인도하여 침방으로 돌아가 금화로에 용향(龍香)을 피우며 상아 평상(象牙平床)에 비단 금침을 펴고서 승상께 일러 가로되,

"첩이 비록 불민(不敏)하오나 일찍이 군자의 풍도(風度)[16]를 듣사오니, 예법에 '첩을 어거함[17]이 감히 저녁을 당치 못한다〔妻不在 妾御不敢當夕〕' 하니, 이제 두 공주마마께서 다 내전에 드신지라. 첩이 어찌 감히 상공을 모시고 이 밤을 지낼 수 있사오리까? 오직 상공은 안녕히 취침하소서. 첩은 마땅히 물러가리이다."

곧, 얼굴을 감싸고 걸어가거늘,

승상이 만류하고 잡는 것을 괴로이 여겨 비록 못 가게는 아니하나, 이 밤의 경색(景色)이 자못 냉담(冷淡)한지라. 드디어 휘장을 드리우고 침실로 가매 몸을 뒤척거리며 잠을 이루지 못하고 혼자 이르되,

"이 무리들이 떼를 짓고 꾀를 내어 장부를 조롱하니, 내 어찌 저들에

---

15) 사리를 알아듣도록 타이름. 16) 풍채와 태도. 17) 거느려서 바른 길로 나가게 함.

게 애걸하리오? 내 전일에 정사도 집 화원에 있으매, 낮이면 정십삼과 더불어 주루에서 크게 취하고 밤이면 춘랑과 함께 촛불을 대하여 술을 마시니 하루도 한가하지 아니한 때가 없었고 불쾌함이 하나도 없거니와 이제 부마된 지 3일에 벌써 사람의 절제(節制)를 받느니라."

마음이 매우 번뇌하여 손을 들어 사창(紗窓)을 여니, 은하수가 하늘에 비끼고 달빛이 뜰에 가득하거늘, 이에 신을 끌고 나아가 이리저리 거닐다가, 멀리 영양공주의 침방 쪽을 바라본즉, 수호(繡戶)가 영롱(玲瓏)하고 은항(銀缸)이 휘황하기에 승상이 마음 속으로 되뇌이며 이르되,

'밤이 이미 깊거늘 궁인(宮人)이 어찌 지금껏 자지 않을꼬? 영양이 내게 노하여 나를 이리로 보내더니, 혹시 벌써 침실로 돌아갔는가?'

발 소리가 날까 두려워 발꿈치를 들고 사뿐사뿐 걸어 가만히 창 밖으로 나아가니 두 공주가 담소하는 소리와 박륙(博陸)[18]치는 소리가 밖으로 새어 나오므로, 가만히 창 틈으로 엿본즉, 진씨가 두 공주 앞에 앉아 한 여자로 더불어 주사위 판을 대하고 홍(紅)을 빌며 백(白)을 부르더니, 그 여자가 몸을 돌려 촛불을 돋우매 이는 틀림없는 가춘운이라. 원래 춘운은 공주들의 대례(大禮)를 보기 위해 궁중에 들어온 지 이미 여러 날이로되, 몸을 감추고 발자취를 숨기어 승상을 보지 아니한고로, 승상은 춘운이 온 줄은 알지도 못하더라. 승상이 놀라 의아하게 여기며 혼자 이르되,

'춘운이 어찌 이곳에 이르렀을꼬? 필연 공주가 보고자 하여 불렀음이로다.'

진씨가 홀연 주사위 판을 고쳐 마(馬)를 차리며 말하되,

"내놓은 물건이 없으므로 별반 흥미가 없으니, 내 마땅히 춘랑과 더불어 내기를 하겠노라."

춘운이 가로되,

18) 오락물의 일종.

"춘운은 본디 가난한 여자라, 이기면 곧 한 그릇의 주효(酒肴)[19]도 또한 다행으로 알거니와, 숙인께서는 귀주마마의 곁에 오래 계셨기로 추직(麤織)[20]과 같은 채색 비단을 보고 진귀한 것들에 싫증이 나셨을 것이니, 춘운에게 무슨 물건을 내기하라 하나이까?"

채봉이 대답하되,

"내가 이기지 못하면 곧 내 몸에 찬 노리개와 머리에 꽂은 비녀를 춘운이 구하는 대로 줄 것이요, 낭자가 이기지 못하면 곧 내가 청하는 말을 들을지니, 이 일은 실로 낭자에게는 굳이 허비될 것이 없소이다."

춘운이 다시 묻되,

"청하고자 하시는 바는 무슨 일이며, 듣고자 하시는 바는 무슨 말이뇨?"

채봉이 말하되,

"내 지난번에 두 귀주께서 사사로이 하시는 말씀을 들으매, 낭자가 신선도 되고 귀신도 되어 그로써 승상을 속이었다 일렀는데, 내 그 자세한 이야기를 듣지 못하였으니, 낭자가 지거든 이 일을 고담(古談)삼아 내게 들려 주도록 하나이다."

춘운이 이에 주사위 판을 밀고 영양공주를 향하여 여쭈어 말하되,

"소저, 소저! 소저는 평일에 춘운을 사랑하심이 무척 지극하시더니, 어찌 이런 우스운 이야기를 공주께 다 들리사, 숙인께서도 또한 들었다 하오니, 궁중에 귀 있는 사람이야 누가 알지 못하오리까? 이제 춘운이 무슨 면목으로 사람들 앞에 설 수 있으리이까?"

채봉이 말하되,

"춘낭자여! 우리 공주 어찌 춘낭자의 소저가 되리오? 영양 귀주께서는 곧 우리 대승상의 부인이요, 위국공의 여군(女君)이시니, 연세는 비록 젊으시나 작위는 이미 높으신즉 어찌 가히 또한 춘낭자의 소저가 될 수

---

19) 술과 안주. 20) 거칠게 짠 피륙.

있으리오?"

춘운이 이르되,

"십 년 익은 입을 하루 아침에 고치기 어렵고, 꽃을 다투고 가지를 갖고자 싸우던 일이 완연히 어제 같으니, 공주 부인께서 두렵다는 생각이 제겐 들지 않나이다."

이어서 소리내어 크게 웃거늘, 난양공주가 웃으며 영양공주에게 물으며 이르되,

"춘운의 이야기끝을 소매도 미처 듣지 못하였거늘, 과연 승상께서 춘운에게 속았나이까?"

영양이 말하기를,

"상공이 춘운에게 속임을 당한 일이 많으니, 불 아니 땐 굴뚝에 어찌 연기가 날 수 있겠나이까? 다만, 그 겁내는 형상을 보고자 하였더니 명완(冥頑)[21]하기가 너무 심하여 귀신을 미워할 줄 모르시니, 옛날에 이르는 바 '색(色)을 좋아하는 사람은 여색(女色)에 빠진 귀신이라' 하는 말이 과연 거짓말이 아니매, 귀신에 주린 자가 어찌 귀신을 미워할 줄 알리이까?"

좌중이 모두 크게 웃더라.

## 양승상, 두 공주 속이기

승상이 정녕 영양공주가 정소저인 줄 알고 죽은 사람을 만난 듯하여 놀랍고도 즐거운 마음을 이기지 못하여 곧바로 창을 열고 뛰어들어 가려 하다가 도로 멈추며 이르되,

"저들이 나를 속이고자 하니 내 또한 저들을 속이리라."

---

21) 사리에 어둡고 완고함.

이에 가만히 진씨 방으로 돌아가 이불을 덮고 잘 자고 나니, 날이 밝자 진씨가 나아와 시녀에게 묻고 이르되,

"승상이 이미 일어나셨느뇨?"

시녀가 대답하기를,

"아직 일어나지 아니하시나이다."

진씨가 장막 밖에 오래 서 있으니, 어느덧 아침 햇살이 창문에 가득하고 조반상이 곧 들어가겠으되, 승상이 일어나지 아니하고 이따금 신음하는 소리가 새어 나오기에, 진씨가 나아가서 묻고 이르되,

"몸이 불편하시나이까?"

승상이 갑자기 눈을 떠 직시(直視)하되 사람을 보지 못하는 것 같고 이따금 헛소리를 하니, 진씨가 다시 묻고 가로되,

"승상께서 어찌 잠꼬대를 하시나이까?"

승상이 어지러운 듯 오랫동안 머뭇거리다가, 갑자기 묻고 이르되,

"네 뉘뇨?"

진씨가 가로되,

"상공이 첩을 알지 못하시나이까? 첩은 곧 진숙인(秦淑人)이옵나이다."

"진숙인이 뉘뇨?"

진씨가 대답하지 못하고 손으로 승상의 이마를 어루만지며 이르되,

"이마가 자못 더우니 승상께서 편치 못하신 환후(患候)[22]가 계심을 가히 알겠으나, 하룻밤 사이에 무슨 병이 이렇듯 위중하시나뇨?"

승상이 이르되,

"내 정녀와 밤에 꿈 속에서 만나 서로 얘기를 나누었으니, 나의 기후(氣候)[23]가 어찌 평온(平穩)하리오?"

진씨가 다시 그 자세한 이야기를 물은즉, 승상이 대답지 아니하고 몸을 옮겨 돌아눕거늘, 진씨는 매우 걱정이 되므로 시녀를 보내어 공주에

---

22) 웃어른의 병의 높임 23) 기체(氣體).

게 아뢰되,

"승상이 환후가 계시니 속히 나와 뵈옵소서."

영양공주가 이르되,

"어제 술 마시던 사람이 이제 무슨 병이 있으리오? 아무래도 이는 우리들로 하여금 나아가 보게 함에 불과함이리라."

진씨가 급히 들어와 아뢰되,

"승상의 신기(神氣)[24]가 황홀하여 사람을 보아도 알지 못하시고 오히려 어두운 데를 향하여 광언(狂言)을 자주 하시니, 황상께 아뢰옵고 태의(太醫)를 불러 치료하심이 어떠하오리까?"

태후가 그 말을 들으시고 공주를 불러 꾸짖고 이르시되,

"너희들이 승상을 지나치게 속이고 또한 그 병이 중함을 듣고서도 나아가 보지 않으니 이 무슨 도리이뇨! 급히 나아가 문병하고 만일 병세가 중하거든 태의(太醫) 중에서 의술이 제일 신묘한 자를 바삐 불러 치료케 할지어다!"

영양이 부득이 난양과 더불어 승상의 침소로 나아가 당상(堂上)에 머무르고, 먼저 난양과 진씨가 들어가 보게 하였더니, 승상이 난양을 보자 혹은 두 손을 휘두르고 혹은 두 눈을 부릅뜨면서, 처음에는 서로 알지 못하는 듯하더니 비로소 목안엣소리로 말하되,

"내 명이 장차 다하겠기로 영양과 더불어 서로 영원히 이별하려 하거늘, 영양은 어찌 가서 오지도 않는고."

난양이 말하되,

"상공께서 병도 없으신데, 어찌 병으로 인해 장차 죽을 자와 같은 말씀을 하시나뇨?"

승상이 가로되,

"간밤에 비몽사몽(非夢似夢) 간에 정녀가 내게 와서 말하되 '상공은

---

24) 원기(元氣). 정신과 기운.

어찌 언약을 저버리시니이까?' 하고 무척 노하여 심히 꾸짖으며 내게 진주(眞珠) 한 움큼을 내려주거늘 내가 그것을 받아 삼켰으니, 이는 실로 흉한 징조요, 눈을 감은즉 정녀가 내 몸을 누르고 눈을 뜬즉 정녀가 내 앞에 섰으니, 이는 정녀가 내가 약속을 지키지 않은 것에 노하여 나의 수기(脩期)[25]를 빼앗아 버렸으니, 어찌 내 능히 살리오? 내 명이 후각(煦刻)[26] 사이에 있으니 영양을 보고자 하는 것은 이 때문이라."

말을 마치지 못하여 또한 혼곤(昏困)[27]한 시늉을 지으며 낯을 돌려 벽을 향하더니 다시 횡설수설(橫說竪說)하기에, 난양이 그 모습을 살펴보매 움직이지도 아니하므로 놀랍고 염려스런 마음이 활짝 일어나, 밖으로 나와서 영양에게 이르되,

"승상의 병인즉 흡사 아무래도 걱정과 의심에서 나온 것이오매, 저저가 아니면 능히 고칠 자가 없나이다."

이에 승상의 병 증세를 말하니, 영양이 반신반의하고 주저하여 난양이 손을 끌고 함께 들어가매, 승상이 아직도 헛소리를 하는데 모두가 정씨를 향한 말이라. 난양이 소리를 높여 말하되,

"상공, 상공! 영양 저저 왔으니 눈을 떠 보소서."

승상이 잠깐 머리를 들고 자주 일어나고자 하는 시늉을 하기에 진씨가 나아가서 몸을 부축하여 일으켜 평상 위에 앉히니, 승상이 두 공주를 향하여 이르되,

"소유가 편벽되게 천은(天恩)을 입어 다행히도 양위 공주(兩位公主)와 함께 혼인을 맺어, 같은 방과 같은 굴에서 같이 지내고자 했더니, 나를 잡아가려는 듯한 자가 있기로 세상에 오래 머무르지 못할 것 같나이다."

영양이 말하되,

"상공은 이치를 아는 분이거늘 어찌 덧없고 쓸데없는 말씀을 하시나

---

25) 원천적인 기운. 26) 따뜻한 시각. 27) 정신이 흐릿하고 맥이 빠져 고달픔.

이까? 정씨의 흩어진 넋과 혼이 남아 있을지라도 백신(百神)이 호위하는 구중의 깊은 곳에 어떻게 들어오리이까? "

승상이 말하되,

"정녀가 지금 당장 내 곁에 있거늘 어찌 감히 들어오지 못한다 이르시오?"

난양이 말하기를,

"옛 사람이 '잔 속의 활 그림자를 보고 의질(疑疾)을 얻었다' 고 하더니, 생각컨대 승상의 병 또한 활이 뱀이 된 것 같나이다."

승상이 대답지 아니하며 다만 손만 놀릴 따름이기에, 영양이 병세가 점차 위중한 줄 알고 어찌 감히 끝내 어길 수가 없어서 다가앉으며 이르되,

"승상은 다만 죽은 정씨만 생각하고, 산 정씨는 보고자 아니하시나이까? 상공이 만일 그를 보고자 하실진대 첩이 곧 정씨 경패(瓊貝)로소이다."

승상은 거짓으로 믿지 못하는 체하며 이르되,

"이 무슨 말이뇨? 정사도에게 다만 한 딸이 있다가 죽은 지 이미 오랜지라. 죽은 정녀는 이미 내 몸 곁에 있은즉, 죽은 정녀 외에 어찌 산 정녀가 있으리오? 죽지 않은즉 살고, 살지 않은즉 죽는 것이 사람에게 흔히 있는 일이요, 한 사람의 몸이 혹은 죽었다고도 이르고 혹은 살았다고도 한즉, 죽은 자가 정말 정씨이리요, 산 자가 정말 정씨이리요? 산 것이 굳이 진실이라면 죽은 것은 망령된 것이요, 죽은 것이 굳이 진실이라면 산 것이 거짓된 것이니라. 귀주의 말씀은 내 믿지 못하나이다."

이에 난양이 말하되,

"우리 태후마마가 정씨를 양녀로 삼으시고 영양공주로 봉하사 첩과 한가지로 상공을 섬기게 하였으니, 영양 저저가 곧 당일의 거문고를 듣던 정소저이니이다. 저저가 아니라면 어찌 정씨와 더불어 털끝만큼도 어긋남이 없을 수 있사오리까?"

승상이 대답지 아니하고 적이 신음하는 소리를 내더니, 홀연히 머리를 쳐들고 숨을 크게 쉬며 말하되,

"내 정씨 집에 있을 적에 정소저의 비자(婢子) 춘운이 내게 와 사환 노릇을 하였는데, 이제 춘운한테 한 말을 묻고자 한즉, 춘운 또한 어디에 있느뇨? 내 그를 보고 싶노라."

난양이 이르되,

"춘운이 영양 저저께 뵈옵고자 궁중에 들어왔다가 춘운 또한 승상의 병환을 근심하여 문 밖에 와서 문후하나이다."

곧 들어와 아뢰되,

"상공의 귀체(貴體) 어떠하시나이까?"

승상이 하는 말이,

"춘운만 혼자 머무르고 그 밖의 사람은 다 나가기 바라오."

두 공주와 숙인이 밖으로 나와 난간머리를 의지하여 섰더라.

승상이 곧 자리에서 일어나 소세(梳洗)[28]하고 의관(衣冠)을 정제한 다음, 춘운을 시켜 세 사람을 다시 불러들이니, 춘운이 웃음을 머금고 나와 두 공주와 진숙인에게 말하되,

"상공이 맞아들이라 하십니다."

네 사람이 함께 들어가니,

승상이 화양관(華陽冠)을 쓰고 궁금포(宮錦袍)를 입고 백옥여의(白玉如意)를 잡고 안석에 의지하여 앉았으니, 기상(氣像)이 호탕(浩蕩)한 봄바람 같고 정신은 맑고 깨끗하며 차가운 얼음같아 조금도 병들었다가 일어난 사람 같지 않으므로, 정부인이 비로소 속은 줄을 알고 조용히 웃으며 머리를 숙이고 다시 문병치 아니하나, 난양공주가 물어 이르되,

"승상의 기후 지금은 어떠하시나이까?"

승상(丞相)이 정색(正色)하며 이르되,

---

28) 머리 빗고 낯 씻는 일.

"소유가 근래 풍속이 심히 괴이함을 보매, 부녀자가 작당(作黨)하여 지아비를 기만하는지라. 소유의 직분이 대신 반열에 있기로 매양 교정할 술책을 곰곰이 생각하다가 그 도를 깨치지 못하고 근심과 괴로움으로 병이 되었으나, 지난날의 질병이 이제 쾌차하니 공주는 염려마소서."

난양과 진씨는 웃기만 하고 감히 대답지 못하고, 정부인이 말하되,

"이 일은 첩들이 알 바 아니오니, 상공의 병을 고치고자 하실진댄 태후마마께 우러러 품고(稟告)하여 보소서."

승상이 마음의 병앓이를 이기지 못하여 비로소 소리내어 웃으며 말하되,

"나와 부인이 다만 후생(後生)[29]에 상봉을 점쳤었는데, 오늘 내가 꿈속에 있은즉 또한 꿈임을 맏지 못하느뇨?"

정씨가 말하되,

"이는 태후마마의 자식같이 보시는 인자로움과 황상 폐하가 아울러 기르신 은혜이오며, 난양공주의 덕택이오니 오직 마음에 깊이 새길 뿐이오며, 어찌 입과 입술로 가히 사례할 수 있사오리까?"

하고서 거듭 그 전말(顚末)을 세세히 토로하매, 승상이 공주에게 사례하며 말하되,

"공주의 성덕은 실로 간책(簡策)[30] 위에서도 보지 못할 바이오며, 소유가 실로 그 은혜를 갚을 길이 없으니, 오직 더더욱 공경하고 복종하는 정성을 더하고 금슬의 즐거움을 갈마들게 아니하리이다."

공주가 칭찬하여 사례하며 아뢰되,

"이는 다 저저의 현모한 모습과 유연한 덕성이 천심(天心)을 감동케 함이니, 첩에게 무슨 공(功)이 있나이까?"

이때 태후가 궁인을 불러 승상의 병을 물은즉 숙인과 궁인들이 함께 들어와 승상이 병을 칭탁한 이유를 고하니 태후가 크게 웃으시고 이르

---

29) 내세(來世)의 삶. 30) 책, 서간(書簡).

시되,

"내 진실로 이미 의심하였느니라."

이에 승상을 불러 보실새 두 공주가 또한 모시고 앉았거늘 태후 하문하시되,

"승상이 이미 죽은 정녀와 더불어 끊어진 아름다운 인연을 다시 이었다 하니 한 마디의 하례가 없지 않으리오."

승상이 고개 숙여 엎드리고 대답하여 이르되,

"성은이 조화(造化)와 더불어 한결같이 크시니 신이 분골쇄신(粉骨碎身)하고 마음을 쏟아 은혜를 베풀어 성은의 만분의 일이라도 갚겠나이다."

태후가 이르시되,

"내가 고의로 희롱함이니 어찌 일러 은덕이라 하리오? 만일 승상이 어린 딸을 버리지 않으면 이것이 곧 늙은이 몸에 보답하는 것이오."

승상이 머리를 조아리며 명(命)을 받들더라.

## 양승상, 대부인(大夫人)의 잔치 벌임

이날 상(上)이 정전(正殿)에서 모든 신하들의 조회를 받으실새 여러 신하들이 아뢰되,

"근자에 경성(景星)[31]이 뜨며, 단 이슬이 내리고, 황하(黃河)의 물이 푸르고 곡식이 풍성하며, 세 진(鎭)의 절도사가 땅을 드리고 들어와 조회하고 토번(吐蕃)과 강한 오랑캐가 진심으로 항복하였으니, 이는 다 성덕(聖德)으로써 이룬 바이니다."

상이 겸양하여 공을 모든 신하에게 돌리므로, 모든 신하가 또 아뢰되,

31) 경사가 있을 때에 나온다는 별.

"승상 양소유가 근일 동용루(銅龍樓) 위의 교객(嬌客)[32]이 되어 옥퉁소를 불면서 봉황(鳳凰)을 길들이느라 오래도록 진루(秦樓)에서 내리지 아니하니 옥당(玉堂) 공무(公務)가 자못 지체하였나이다."

상이 크게 웃고서 이르시되,

"태후 마마가 연일 불러들이어 보니, 이로써 소유가 감히 나가지 못함이라. 짐이 가까운 때에 친히 효유(曉諭)하여 일을 보게 하오리다."

이튿날 양승상이 조정에 나아가 국정(國政)을 다스리고 드디어 상소를 올려 휴가를 청하고, 그 모친을 모셔 오려 하였는데, 그 상소문에 가로되,

'승상 위국공 부마도위(駙馬都尉) 신 양소유는 돈수백배(頓首百拜)하옵고 황제 폐하께 삼가 아뢰옵나이다. 엎드려 생각컨대 신은 본디 초 땅의 미천한 백성으로 생사(生事)가 불과 밭 몇 이랑에 지나지 않고 학업은 경서(經書) 한 권 정도를 읽는 것에 지나지 않사오며 노모(老母)께서는 집안에 계시어 끼니도 제대로 잇지 못하신데도 대수롭지 않은 녹봉(祿俸)을 받고, 맛있고 부드러운 음식(고기)을 즐기고자 하여 재주와 분수를 헤아리지도 않고 외람되이 향공(鄕貢)[33]을 입었나이다. 바야흐로 신이 과거길에 오르려 하자 노모(老母)께서 문까지 나와 신을 보내시며 당부하시길, '집안이 쇠잔하고 가업(家業)이 피폐했은즉, 집안을 일으켜 세우는 책임과 열 사람〔十口〕의 목숨이 모두 너 한 몸에 달렸으니, 너는 힘껏 학업에 열중하고 과거에 급제하여 부모를 드러나게 하는 것이 나의 바람이로다. 녹(祿)을 받기 위해 벼슬길에 오르는 것이 너무 이르면 마음을 조급히 굴어 남과 권세를 다투어 스스로 함정을 파기 쉽고, 관직이 너무 빨리 오르면 다른 사람을 짓밟고 올라서려는 근심이 있으니, 너는 이것을 경계하라' 하시기에 신이 감히 어머님의 가르치심을 받고 마음 깊은 곳에 굳게 새기어 두었나이다. 그런데 외람스럽게도 어린 나이

32) '남의 사위'를 일컬음. 소객(驕客). 33) 지방 장관이 천거하는 사람.

에 다행히 공명(功名)을 얻을 기회를 만나 조정에 선 지 수년만에 이름과 지위가 모두 혁혁(赫赫)하고, 좋은 말을 타고 좋은 집에 살면서 세상에서 이른 바 호화로운 생활로만 일관되어 왔나이다.

신은 이미 위험스럽게 웅거한 오랑캐들에게 황상께서 조서(詔書)를 내리시어 그들을 깨우치시는 데에 모름지기 온갖 재주를 다하며 왔나이다. 신은 또 분수에 넘게도 황상 폐하의 명(命)을 받들어 남(南)으로는 강한 도적들을 효유(曉諭)[34]하여 굴복시키며 무릎을 꿇게 하고 명(命)을 받들게 하였으며, 서(西)로는 흉악한 도적의 괴수를 정벌하여 어찌할 도리없이 항복케 하였으나, 신은 본디 일개 백면 서생(白面書生)이라 어찌 능히 한 계책을 세우고 한 가지 꾀를 내어 이에 이르렀겠나이까? 황상 폐하의 위엄이 미치지 않은 것이 없고, 여러 장수들이 죽기를 무릅쓰고 싸운 탓인데도 폐하께서는 이에 도리어 작은 수고를 가상히 여기시어 중한 벼슬로써 포장(褒奬)[35]하시니 신의 마음으로는 부끄럽고 두렵고 황송할 뿐 가히 아뢸 말씀이 없나이다.

그런데 노모께서 마음을 조급히 굴어 남과 권세를 다툴 위험과 다른 사람을 희생시킬 염려를 경계하셨는데도 불행히 이렇게 되었으며, 부마 간택에 이르러서는 더더욱 천하고 속된 신이 당할 바가 아닌데도 천신(賤臣)이 감히 그를 감당한 것은 성명(聖命)이 간곡하시고 은혜가 깊으시어, 신이 도망할 수가 없어 분수에 넘치게도 순순히 그 명을 받들었으니, 어찌 국가를 욕되게 하고 당세(當世)에 부끄러운 일이 아니었겠나이까?

오호(嗚呼)라! 노모께서 신에게 기대하신 바는 애당초 얼마 되지 않는 녹(祿)에 불과한 것이었고, 신이 국가에 바란 것도 본디 보잘것 없는 벼슬에 불과하였는데, 지금의 신은 장상(將相)의 위치에 있으며, 공후(公侯)의 부(富)를 누리고 있으면서도 왕사(王事)가 분주하여 장차 노모를

---

34) 알아듣게 타이름. 35) 칭찬하여 장려함. 포양(褒揚).

돌볼 겨를이 없었나이다. 신이 누운 곳은 호화로운 집이요, 신의 어미는 가까스로 띠로 지붕을 이을 정도이며, 신은 편안히 즐기며 상다리가 휘어지도록 잘 차린 음식을 먹고, 신의 어미는 궂은 쌀을 마지못해 잡수실 정도이며, 거처와 음식에 있어서 모자가 판이하게 다른즉 이렇듯 신은 부귀에 몸을 처하고 빈천으로써 노모를 대하니, 인륜을 폐하고 자식된 직분을 망각한 것이옵니다. 하물며, 신의 어미는 연세가 무척 높고 질병이 깊고 위독한데도 다른 자녀가 없고 가히 부호(扶護)할 만한 자가 없나이다. 산천이 아득하여 신의 정성을 막고 끊어 놓으며, 소식 또한 때때로 능히 통하지 못하여 신을 기다리지도 못하시고 동산 위에 올라 구름을 바라보시며 간장(肝腸)이 더할 나위 없이 마디마디 끊어지실 것이옵니다. 이제 다행히 관부(官府)도 무척 한가하오니 엎드려 애걸하옵건대 폐하께옵서는 신의 위박한 사정을 헤아리시고 신의 어미를 봉양코자 하는 바람을 살피시어 몇 달 동안의 틈을 내어 고향으로 돌아가서 조상의 묘에 성묘 드리고 노모를 모시고 장차 돌아와 모자가 함께 살면서 성덕을 기리며 깊고 큰 즐거움을 다하고, 반포(反哺)[36]의 정성을 본받을 수 있도록 특별히 윤허해 주신다면, 신은 삼가 효성을 다하고 그것을 충성으로 옮기어 맹세코 폐하의 은혜에 보답하오리니, 엎드려 애걸하옵건대, 폐하는 불쌍하고 딱하게 여기시어 윤허하옵소서.'

'효성스럽도다, 양소유여!' 하시고, 특별히 황금 일천 근(斤)과 비단 팔백 필을 하사하여, 돌아가서 그 노모를 헌수(獻壽)[37]케 하시더라. 또 '노모를 만나 속히 모시고 돌아오라' 고 하교하시매, 승상이 대궐로 들어가 사은하고 태후께 하직 인사를 드리니, 태후 또한 금과 비단을 내리시므로 승상이 황상의 은전(恩典)에 감사드리고 물러나와 두 공주와 신숙인, 가유인 두 낭자와 더불어 서로 작별하더라.

---

36) 까마귀 새끼가 어미에게 먹이를 물어다 먹임. 자식이 자라 부모를 봉양함을 말함. 37) '장수(長壽)' 하란 뜻으로 술잔을 올림.

길을 떠나서 천진교에 다다르니 적경홍(狄驚鴻), 계섬월(桂蟾月)의 두 기생이 부윤(府尹)의 기별을 받고 이미 객관(客館)으로 와서 기다리고 있기에 승상이 웃으며 두 기생에게 일러 이르되,

"나의 이번 행차는 사사로운 길이요, 왕명(王命)이 아니거늘, 두 낭자는 어찌 내가 오는 줄을 알았느뇨?"

경홍과 섬월이 대답하되,

"대승상 위국공 부마도위의 행차를 깊은 산과 험한 골짜기에서도 또한 다들 알고 분주히 소문이 들리어 용동(聳動)[38]스러운데 첩들이 비록 산림(山林)의 적료(寂寥)[39]한 땅에 있사오나 어찌 귀와 눈이 없으오리까? 하물며 부윤께서 첩들을 경대(敬待)[40]하기를 상공의 다음으로 하니 상공이 오시는 것을 어찌 알리지 않으오리까? 작년에 상공이 명을 받으시어 사신으로 여기를 지나시매 첩들이 오히려 만장(萬丈)[41]의 광휘(光輝)가 있었거늘, 이제 상공이 지위가 더 높고 이름도 더욱 드러나시매 신첩의 영광이 또한 백 배나 더하나이다. 듣자오매 상공이 두 공주의 남편이 되셨다 하오니, 두 분 공주는 능히 첩들을 용납하실는지 알지 못하나이다."

승상이 이르되,

"두 공주 가운데 한 분은 성천자(聖天子)의 매씨요, 또 한 분은 정사도의 딸인데, 태후의 양녀를 삼으셨은즉, 곧 계랑이 천거한 사람이요, 정씨와 계랑은 천거 중매한 은혜가 있고, 또 공주와 함께 사람을 사랑하는 어짐〔仁〕과 물건을 용납하는 덕(德)이 있으니, 어찌 두 낭자의 복이 아니느뇨?"

경홍과 섬월이 서로 돌아보며 하례하더라. 승상이 두 사람과 함께 밤을 지내고 떠나서 고향에 이르니, 처음에 열여섯 살의 서생(書生)으로서

---

38) 기쁘거나 즐거울 때, 몸을 솟구쳐 춤추듯이 함. 39) 적적하고 고요함. 40) 공경하여 접대함. 41) 한없이 높고 긺. 만인(萬仞).

그 모친을 떠나 멀리 갔다가 이제야 돌아와서 뵈온즉, 대승상의 헌거(軒車)를 타고 위국공의 인수(印綬)[42]를 늘어뜨리고 부마의 호기 있고 귀함을 겸하니, 4년 동안 성취함이 과연 어떠하리오. 들어가 모부인(母夫人)을 뵈온즉, 유씨(柳氏)가 그 손을 잡고 그 등을 어루만지며 이르되,

"네가 참으로 내 아들 양소유냐? 내 능히 믿지 못하겠구나. 마땅히 전일에 육갑(六甲)[43]을 외우며 오언(五言)의 시를 지을 때 어찌 오늘의 영화(榮華)가 있을 줄을 알았겠느뇨?"

기쁨이 극진하여 눈물을 흘리거늘, 승상이 이름을 세우고 공을 이룬 일의 시종(始終)과 장가들고 복첩(卜妾)한 일의 전말(顚末)을 남김없이 고하매, 유부인이 이르되,

"너의 부친이 매양 너더러 '우리 집을 빛나게 할 자라' 이르더니, 너의 부친이 친히 이를 보게 할 수 없음이 애석함이로다."

승상이 선조들의 묘에 가서 성묘 드리고, 황상께서 상으로 주신 금과 비단으로써 대부인을 위하여 곧 잔치를 베풀어 헌수(獻壽)하고, 이웃 마을의 일가 친척들과 옛 친구들을 청하여 열흘 동안 손님 잔치를 하고 대부인을 모시고 길을 떠나니, 각 도의 방백(方伯)들과 여러 고을의 수령들이 분주히 호위하며 떠나매, 광채(光彩)와 광영(光暎)이 한길에 가득하더라. 승상이 낙양을 지나며 본 고을에 분부하여 경홍과 섬월을 부르라 하였더니, 돌아와 알리고 이르되,

"두 낭자 함께 서울로 향한 지 이미 여러 날이옵니다."

승상이 길이 서로 어긋남을 자못 섭섭히 여기고 황성(皇城)에 이르러서는 대부인을 승상부에 모시고, 대궐로 나아가 황상을 뵈었는지라. 양궁(兩宮)[44]께서 불러 보시고 금은 채단 열 수레를 내리시어 대부인을 위하여 헌수하게 하시매, 만조 백관들을 청하여 3일 동안 큰 잔치를 베

---

42) 옛날 관인(官印)의 꼭지에 단 끈. 인끈. 43) 육십화갑자(六十花甲子). 44) 태후(太后)와 황상(皇上).

풀고 크게 즐겼더라. 승상은 길일(吉日)을 가려 잡아 대부인을 모시고 황상께서 내리신 새 집으로 옮겨드니 동산과 정자 그리고 누각, 연못이 황상께서 거처하신 곳과 비등할 정도로 굉장하더라. 정부인과 난양공주가 신혼(新婚)의 예를 행하고, 진숙인과 가유인이 또한 예를 갖추어 뵈오니 폐물의 융성함과 예모(禮貌)의 공손함은 족히 대부인으로 하여금 화기(和氣)가 흐뭇하게 하고 마음 속으로부터 기꺼워하게 하더라. 승상이 이미 '어버이의 장수를 기리라' 하는 황상의 명을 받은고로, 위에서 내리신 물건으로써 다시 3일간 대연(大宴)을 베풀매, 양궁(兩宮)에서 궐내의 악공(樂工)들을 내보내시며 상께서 잡수시는 음식을 내리시고, 빈객들이 모두 조정에 모인지라. 승상이 채색옷을 입고 두 공주와 더불어 옥잔을 높이 들어 차례로 대부인께 올리고 장수함을 기리자 유부인(柳夫人)이 무척 즐거워하였는데, 잔치가 아직 파하지 아니하였는데도 문 지키는 자가 들어와서 아뢰되,

"문 밖에 두 여자가 와서 대부인과 승상의 자리 아래에 명첩(名帖)을 드리나이다."

승상이 말하되,

'반드시 적경홍과 계섬월 두 여인일 것이니라' 하고 대부인께 이 뜻을 사뢰어 곧 불러들이매, 두 기생이 섬돌 아래에서 머리를 조아리며 절하고 뵈오니, 모든 손님들이 한가지로 칭찬하여 이르되,

"낙양 땅의 계섬월(桂蟾月)과 하북 땅의 적경홍(狄驚鴻)이 명예를 드날린 지가 오래이거니와 과연 절세의 미인이로다. 양상국(楊相國)의 풍류(風流)가 아니라면 어찌 능히 여기에 오게 할 수 있으리오?"

승상이 두 기생에게 명하여 그 가진 재주들을 보이게 하자, 경홍과 섬월이 동시에 함께 일어나 구슬 신을 끌고 연꽃 무늬가 아로새겨진 가벼운 적삼〔輕衫〕을 떨치고 석류(石榴)가 아름답게 새겨진 소매를 휘날리며 예상우의곡(霓裳羽衣曲)에 맞추어 춤을 추니, 떨어진 꽃과 나부끼는 가지가 봄바람에 요란스레 떠다니며 구름 그림자와 눈빛이 비단 휘

장에 나타났다 사라졌다 하니, 한궁(漢宮)의 비연(飛燕)[45]이 다시 도위궁중(都尉宮中)에 나타나고, 금곡(金谷)의 녹주(綠珠)[46]가 다시 위공(魏公)의 당상에 선 것과 같아서, 유부인과 두 공주는 온갖 비단을 상으로 두 사람에게 주고, 진숙인과 섬월은 옛적에 서로 안면이 있는지라. 옛일을 얘기하며 서로 쌓였던 회포를 풀며 즐거워하기도 하고 슬퍼하기도 하며, 정부인이 손으로 잔 하나를 잡아 따로이 계랑(桂娘)에게 권하여 천거하여 준 은혜에 보답하더라. 그러자 유부인이 승상에게 이르되,

"너희들이 섬월에게는 나아가 사례하면서, 내 종매(從妹)는 잊었느뇨? 근본을 저버렸다고 하지 않을 수 없으리오!"

승상이 가로되,

"소자의 오늘 즐거움은 모두 연사(鍊師)의 덕이옵고, 하물며 모친께서 이미 서울에 들어와 계신즉, 비록 하교가 없으시더라도 진실로 받들어 청하고자 하였나이다."

곧 사람을 자청관으로 보내니, 모든 여관(女冠)들이 말하기를,

"두련사께서는 촉(蜀) 땅으로 가신 지 이미 삼 년이라."

유부인이 마음 속으로 매우 섭섭해하더라.

---

45) 한나라 성제의 첩으로 가무(歌舞)를 잘 했음. 46) 진나라 석숭(石崇)의 애첩으로 피리를 잘 불었음.

## 낙유원회엽투춘색 유벽거초요점풍광
## 樂遊原會獵鬪春色 油壁車招搖占風光

### 낙유원(樂遊原)에서 월왕과 상봉

적경홍과 계섬월이 양승상의 부중(府中)에 들어온 후 승상을 모시는 사람들이 날로 더욱 많아져서 그 거처를 각각 정하니, 정당은 경복당(慶福堂)이나 대부인이 살며, 경복당 앞은 일러 연희당(燕喜堂)이니 좌부인 영양공주가 머무르며, 경복당 서쪽은 봉소궁(鳳簫宮)으로 우부인 난양공주가 머무르며, 연희당 앞의 응향각(凝香閣)과 청화루(淸和樓)는 승상이 거처하며 때때로 이곳에서 잔치를 베풀고, 그 앞의 태사당(太史堂)과 예현당(禮賢堂)은 승상이 손님을 접대하며 공사(公事)를 살피는 곳이라. 봉소궁 남쪽의 심흥원(尋興院)은 곧 숙인 진채봉의 거실이요, 연희당 동쪽의 영춘각(迎春閣)은 곧 유인 가춘운의 방이더라.

청화루 동서에 각각 소루(小樓) 있으니, 녹창(綠窓)과 주란(朱欄)이 이지러져 가리워 그늘지게 하고, 행각(行閣)[1]의 주위에 생겨 청화루와 응향각을 접하매 동은 일러 상화루(賞花樓)요, 서는 일러 망월루(望月樓)이니, 계섬월과 적경홍이 각각 한 누씩 차지하니라.

궁중(宮中)의 악기(樂妓)[2] 팔백 인이 다 천하에 자색이 드러나고 재주 있는 사람들로, 이를 동서부로 나뉘어 좌편의 사백 인은 계섬월이 거느리고, 우편의 사백 인은 적경홍이 맡아 가무를 가르치며 관현을 시험하고, 매월 청화루에 모여서 동서 양부의 재주를 비교하니, 승상이 대부인을 모시고 두 공주를 거느리며 누각에서 친히 등제(等第)하여 상벌을

1) 궁궐 등 정당(正堂) 앞 또는 좌우 두 옆에 지은 장랑(長廊). 2) 풍류를 하는 여자 기생.

내릴새, 이기는 자는 석 잔 술로써 상을 주고 머리에다 꽃 한 가지를 꽂아서 영광을 빛내고, 지는 자에게는 한 잔 냉수를 벌로 하고 먹붓으로 이마에 점 하나를 찍어서 그 마음에 부끄러움이 들게 하더라. 모든 기생들의 재주가 날로 점점 정숙(精熟)[3]하여 위부(魏府)와 월궁(越宮)의 여악(女樂)이 천하에 최고라. 비록 이원 제자(梨園弟子)[4]라 할지라도 이 양부의 기녀들을 미치지 못하리라.

하루는 두 공주가 모든 낭자와 더불어 대부인을 모시고 앉아 있으니, 승상이 한 통의 글을 가지고 바깥 마루로부터 들어와 난양공주에게 내주며 이르되, '이는 곧 월왕의 글월이라' 하니, 공주가 펴 보매 그 글월에 이르되,

'봄날이 아주 맑고 화창하온데 승상은 몸 편안하시고 널리 만복하시나이까? 지난날에는 나라에 일이 많고 공사(公私)에 겨를이 없어, 낙유원(樂遊原)[5]에 말을 머무르게 하는 사람을 보지 못하고, 곤명지(昆明池)[6] 머리에 다시 배를 대는 즐거움이 없으니, 마침내 가무를 즐기는 곳이 어느덧 잡풀의 마당을 이룬지라. 장안의 노인들이 매양 조종조(祖宗朝)의 성덕으로 시절이 번화(繁華)하던 옛 일을 그리며, 때로는 눈물을 흘리는 자가 있으니, 이는 자못 태평한 기상(氣像)이 아니외다. 이제 황제 폐하의 성덕과 승상의 훌륭한 업적으로 사해의 태평과 백성의 안락이, 다시 개원(開元)[7]과 천보(天寶)[8] 때의 즐거운 일로 오늘이 그때 이옵니다. 하물며 또 봄빛이 저물지 아니하고 천기(天氣)가 화창하여, 고운 꽃과 부드러운 버들이 능히 사람의 마음을 태탕(駘蕩)[9]케 하니, 아름다운 경치와 완상하는 마음이 이때에 있는지라. 원컨대 승상과 더불어 낙유원 위에 모여서 혹은 사냥하는 것을 보며, 혹은 풍악(風樂)을 들

---

3) 사물에 정통(精通)하고 능숙함. 아주 자세함. 아주 익숙함. 4) 예원(禮苑). 당 현종이 속악(俗樂)을 익히게 하던 곳. 5) 장안성(長安城) 서남쪽에 있는 언덕. 6) 중국 섬서성 장안현의 서남. 못의 이름. 한무제가 확장함. 7)~8) 당(唐) 현종(玄宗) 때의 연호(年號). 9) 봄의 경치가 화창한 모양. 넓고 큰 모양.

어 나라의 태평과 성대한 일을 펴 넓히매, 만일 승상의 마음이 이에 있거든, 곧 날짜를 정하여 회답을 주어, 과인으로 하여금 따르게 하면 매우 다행이로소이다.'

공주가 보기를 다하고 승상께 일러 가로되,

"상공은 이 월왕의 뜻을 아시나이까?"

승상이 이르되,

"무슨 깊은 뜻이 있으리오? 화류(花柳)의 경치[10]를 완상(玩賞)하려는 것에 불과한즉, 이것은 진실로 유한공자(遊閑公子)[11]다운 풍류로다!"

공주가 말하되,

"상공이 오히려 다 알지 못하나이다. 월왕 오라버니가 좋아하는 바는 오직 미색(美色)과 풍악이라, 그 궁중에 절색가인(絶色佳人)이 한둘이 아닐러니, 요사이 들리는 바로는 총첩(寵妾)을 얻으니, 무창(武昌)[12]의 명기로 꼽히는 옥연(玉燕)이라. 월궁의 미인이 옥연을 보고는 혼이 빠지고 넋을 잃어 스스로 무염(無鹽)[13]과 모모(嫫姆)[14]와 같이 아리땁지 못한 여자로 자처한다 하오니, 그의 재주와 용모가 세상에 견줄 바 없음을 가히 짐작할 수 있나이다. 월왕 오라버니 우리 궁중에 미인이 많음을 듣고, 아마도 왕개(王愷)[15]와 석숭(石崇)의 서로 비교함을 본받고자 함이로소이다."

승상이 웃으며 이르되,

"나는 과히, 범연히 보았더니 공주가 먼저 월왕의 뜻을 알리로다."

정부인이 말하되,

"이것이 비록 한때의 놀이인들, 남에게 지지는 아닐지라."

눈짓으로 경홍과 섬월을 보며 일러 이르되,

---

10) 봄날의 경치. 11) 한가로이 떠돌아다니며 풍류나 즐기는 귀공자. 12) 중국 무한시(武漢市)의 일부. 13) 추녀로서 제(齊)나라 선제(宣帝)의 왕비. 14) 황제(皇帝)의 제사비(第四妃)로, 추녀이자 현녀(賢女). 15) 진대(晉代)의 장군, 대부호(大富豪). 석숭(石崇)과 부(富)를 다투었다 함.

"군사를 비록 10년 동안 기르나 쓰기는 하루 아침에 있는 법이라. 이번 놀이의 승부는 오직 두 교사(教師)의 손아귀에 달렸으니 그대들이 모름지기 힘쓸지어다."

섬월이 대답하여 이르되,

"천첩은 아무래도 대적할 수 없음을 두려워하나이다. 월국(越國)의 풍악은 한나라를 진동하고, 무창(武昌)의 옥연(玉燕)은 구주(九州)에 그 이름이 떨쳤는데, 월왕 전하께서 이미 이렇듯 풍악을 거느리고 또 이렇듯 미인을 두시니 이는 천하에 대적할 자가 없을진대, 첩들은 편사소졸(偏師小卒)[16]로서 기율(紀律)이 밝지 못하며 기고(旗鼓)[17]도 정비되지 못하여 싸우지도 않고 문득 도망치고자 하는 마음이 생길까 두렵나이다. 첩들이 비웃음을 받는 것은 마음에 두지 않사오나, 다만 우리 승상의 부중에 수치를 끼칠까 두려워하나이다."

승상이 말하되,

"내가 섬랑과 낙양에서 처음 만났을 때 '청루(青樓)에 3절색이 있다'고 섬랑이 일렀는데, 옥연도 또한 그 가운데 있거늘 필연 이 사람이로다. 그러나 청루의 절색은 다만 세 사람만이 있을 뿐, 이제 나는 복룡(伏龍)[18]과 봉추(鳳雛)[19]를 얻었으니, 어찌 항우(項羽)[20]가 얻은 일개 범증(范增)[21] 따위를 두려워하리오?"

공주가 가로되,

"월왕의 총애하는 첩 중에 미색을 지닌 자가 비단 옥연 혼자뿐만 아니나이다."

섬월이 말하되,

"그러면 월궁 속에서 볼에 분을 바르고 뺨에 연지를 바른 자가 '팔공

---

16) '편사'란 일부의 군대, 한 패의 군대. '소졸'은 재주가 적은 병사. 곧 일부 군대의 재주 적은 병사. 17) 깃발과 북. 곧 필수적인 요건을 뜻함. 18) 공명, 곧 제갈량. 19) 방통(龐統). 20) 초나라의 패왕(覇王). 21) 항우의 모신(謀臣)으로 아부(亞父)라 칭함.

산(八公山)의 초목[22]이 아닌 것이 없으니 오직 도망갈 뿐인데, 우리가 어떻게 감히 당해 낼 수 있사오리까? 원컨대 마마는 홍랑에게 계책을 물어 보소서. 첩은 담약(膽弱)하여 이 말을 들으매 저절로 목이 막히어 노래를 부르려 하여도 한 곡조의 노래도 부르지 못할까 두렵나이다."

경홍이 분연(憤然)하여 이르되,

"섬낭자의 그 말이 과연 참말이뇨? 우리 두 사람이 관동(關東) 70여 주를 이리저리 떠돌아다니며, 기악으로 이름을 드날리어 그것을 '듣지 아니한 이가 없고 세상을 울리는 미색을 보지 아니한 이가 없을 정도로 일찍이 이 무릎을 남에게 꿇어 본 적이 없는데, 어찌 옥연에게 문득 그 자리를 사양하리오? 세상에 경성경국(傾城傾國)하는 한궁 부인(漢宮夫人)과 구름도 되었다 비도 되었다 하는 무산(巫山)의 신녀(神女)가 있으면 혹시 적이 부끄러운 마음이 저절로 일려니와 저 옥연 따위를 어찌 꺼리리오?"

섬월이 말하되,

"홍낭자는 말을 어찌 그리 너무 쉽게 하뇨? 우리들이 일찍이 관동에 있으면서 3인이 크면 곧 태수(太守), 방백(方伯)의 잔치이요, 작으면 호기로운 선비와 협객(俠客)들 모임뿐이라. 일찍이 강한 상대를 만나지 못하였기로 당연히 으뜸이였거니와 이제 월왕 전하는 대내에서 생장하여 귀하신 사람들 사이에서 안목이 매우 높고 평론함이 무척 날카로우시니, 이른 바 태산(泰山)을 보고 창해(滄海)에 떠 있는 것만 데면데면 본즉, 언덕에 있는 미미한 것, 작은 내에 졸졸 흘러 떠다니는 미세한 것 따위가 어찌 눈구멍 속에 들어오리오? 이는 손자(孫子)와 오자(吳子)를 적으로 삼고 분육(賁育)[23]과 더불어 힘을 다투는 것으로 사리에 맞지 않아 장차 젖먹이 어린애에게나 항거할 바이로다. 하물며 옥연은 곧 유

---

22) '전진(前秦)의 왕 부견의 고사(故事). 적진을 치다가 팔공산의 초목이 모두 군병같이 보여서 지레 겁을 먹었다고 함. 23) 맹분(孟賁)과 하육(夏育). 춘추 전국 시대의 용사(勇士)임.

악(帷幄)[24] 속의 장자방(張子房)이라. 능히 천 리 밖에서 승패를 내다보니 어찌 그를 가벼이 여기리이까? 이제 홍랑이 부질없게도 조괄(趙括)[25]처럼 큰소리를 치나 내 보기에는 반드시 패하리로다."

거듭 승상께 고하여 이르되,

"적랑에게 우쭐거리는 마음이 있사오니 첩이 청컨대 적랑의 생각이 부족한 점을 말씀드리리다. 적랑이 처음으로 상공을 좇을 적에 연왕(燕王) 천리마를 도적질하여 타고 하북 소년(河北少年)이라 자칭하며 상공을 한단(邯鄲)의 길 위에서 속였으니, 홍랑이 진실로 그 모습이 선연(嬋娟)[26]하고 자태가 요나(嫋娜)[27]하오면 곧 상공께서 어찌 남자로 아셨사오리까? 또한 상공의 사랑을 받아 모시던 밤에 어둠을 틈타 첩의 몸을 빌었으니, 이는 이른 바 다른 사람으로 말미암아 일을 이루었음이거늘, 이제 천첩에 대하여 이렇듯 참된 말만 늘어 놓으니 어찌 우습지 아니하오리이까?"

홍랑이 웃고 말하되,

"진실로 사람의 마음이란 측량치 못하리로소이다. 천첩이 상공을 따르지 아니할 적에는 월전(月殿)의 항아(姮娥)[28]처럼 첩의 몸을 칭찬하고 기리더니, 이제는 이에 한 푼의 값어치도 없는 것처럼 헐뜯으니, 이는 승상께서 첩을 대하심이 섬랑보다 못하신고로, 섬랑이 상공의 은총을 홀로 차지하고자 내뱉은 투기(妬忌)어린 말에 불과하나이다."

섬랑과 모든 낭자 다 크게 웃거늘, 정부인이 이르되,

"적랑의 부드럽고 가냘픔이 부족함이 아니라 남자로 보였으므로, 승상의 한 쌍 눈동자가 청명치 못하여, 홍랑의 이름값이 이로 말미암아 떨어지지는 아니려니와, 섬랑의 말은 아마도 확론(確論)이라. 여자가 남복(男服)으로 사람을 속이는 자는 필연 여자로서의 고운 태도가 없음이요,

---

24) 작전 계획을 세우는 곳. 25) 호언 장담하다가 진군(秦軍)에게 패하여 죽은 초(楚)나라 장수. 26) 몸 맵시가 날씬하고 아름다움. 27) 부드럽고 간들거림. 28) 달 속에 있는 선녀. 상아(嫦娥).

또 남자가 여장으로 사람을 속이는 자는 필연 장부로서의 기골(氣骨)이 없음이니, 다 그 부족한 것으로 인하여 그 거짓을 꾸밈이로다."

승상이 크게 웃고 이르되,

"부인의 말은 아마도 나를 희롱함이려니와, 부인의 별 같은 한 쌍의 눈동자 또한 청명치 못하여 능히 거문고의 곡조는 분별하되, 여복을 입은 남자는 분별치 못하였으니, 이는 바로 귀는 가졌으되 눈이 없음이라면 일곱 구멍 중에 하나가 없음인즉, 어찌 가히 온전한 사람이라 말할 수 있으리오? 부인은 비록 이 몸의 잔열함을 꾸짖으나 나의 능연각(凌烟閣)[29]의 화상을 보는 자는 다 외모의 웅장함과 위풍이 맹렬함을 칭찬하더이다."

모인 사람들이 또 크게 웃거늘, 섬월이 말하되,

"바야흐로 강한 적을 맞대하여 진을 칠 터이온데, 어찌 가히 그다지도 부질없이 희담(戱談)만 하리이까? 오로지 우리 두 사람만 믿기는 어렵사오니 또한 가유인(賈孺人)도 함께 가는 것이 어떠하오며, 월왕이 또한 모르는 분이 아니신, 숙인(淑人)도 함께 간들 무슨 혐의 있으리까?"

진씨가 말하되,

"계랑, 적랑의 두 낭자가 만일에 여자의 과거장(科擧場) 중에 들어가면 내 마땅히 미력한 힘이나마 도우려니와, 가무하는 마당에서 첩을 어디다 쓰리오? 이는 이른 바 시정아치를 몰아가 싸우는 것이나 다를 바 없으니, 양랑과 계랑은 반드시 능히 성공치 못할 것이리라."

춘운이 이르되,

"춘운이 비록 가무에 재주 없으나 오직 첩의 한 몸이 남에게 비웃음을 받으며 곧 첩의 몸이 수치를 당할 뿐이라면, 어찌 성대한 모임을 구경코자 하는 마음이 없으리오마는, 첩이 만일 따라가면 곧 사람들이 필연 손가락질을 하며 '저는 이에 대승상 위국공의 첩이요, 정부인과 공주

29) 당 태종 때 공신(功臣)들의 초상을 그려서 보관한 누각.

의 잉첩이라' 하면서 비웃을 터이니, 이는 곧 상공께 비웃음을 끼치고 두 정실 부인께 근심을 남김이니, 춘운은 결단코 가지 못하리로다."

공주가 말하되,

"어찌하여 춘운이 가는 것으로 상공께서 타인들에게 비웃음을 받으리오. 또 우리가 그대로 말미암아 근심이 있으리오?"

춘운이 이르되,

"채색으로 된 비단 보장(步障)[30]을 나란히 펼치고 흰구름의 장막을 높이 걷으면 사람들이 모두 말하되, '양승상의 총첩 가유인이 온다' 하며 어깨를 비비대고 발꿈치를 돋우며 앞을 다투어 구경하거늘, 마침내 걸음을 옮겨 자리에 오르매 이에 '쑥대강이에 때 묻은 얼굴〔蓬頭垢面〕'이라. 그런즉, 사람들이 모두 크게 놀라 내뱉기를 '양승상이 등도자(登徒子)[31]와 같은 병이 있도다' 하니, 이 어찌 상공께서 비웃음을 받으심이 아니며, 월왕 전하는 일찍이 평생에 누추하고 더러운 물건을 보지 못하였기로 첩을 보시면 필연 구역이 나서 심기가 편치 않으실 터이니, 이 또한 마마께 근심이 아니리이까?"

공주가 이르되,

"춘운의 겸손함이 너무 심하다! 춘랑이 옛적에는 사람으로 귀신이 되더니, 이제는 서자(西子)[32] 같은 미녀로써 무염(無鹽) 같은 추부(醜婦)가 되고자 하니 춘랑의 말을 아무래도 믿지 못하겠도다."

이에 승상에게 묻고 이르되,

"상공은 답서에 어느 날로써 기약하셨나이까?"

승상이 이르되,

"내일로 모임을 기약하였나이다."

---

30) 대나무를 세워 간살을 막은 울타리. 31) 중국 고대의 전설상의 호색한(好色漢). 그의 처가 몹시 못생겼다 함. 송옥(宋玉)이 지은 '등도자 호색부(登徒子好色賦)에서 나온 말.' 한문본에는 '등도자(鄧都子)'로 되어 있음. 32) 월왕 구천이 오왕 부차에게 미인계로 바쳤던 월(越)의 미녀.

경홍과 섬월이 크게 놀라며 말하되,
"동서 양부의 교방(敎坊)[33]에 오히려 영을 내리지 못하였으니, 사세(事勢)가 이미 급한지라."
곧 우두머리 기생을 불러 말하되,
"내일 상공이 월왕과 더불어 낙유원에 모이기로 언약하셨으니, 양부의 모든 기생은 각자 악기를 가지고 새 단장을 하여 내일 새벽에 승상을 모시고 갈지어다."
팔백 명의 기생이 일시에 영을 받고 얼굴 치장을 하며 눈썹을 그리고, 악기를 잡아 풍류를 익히어 내일 일을 준비하더라.

## 양승상과 월왕의 쟁기(爭技)

이튿날 새벽에 날이 밝자 승상은 일찍 일어나 융복(戎服)[34]을 입고 활과 살을 차고서 눈빛같이 흰 천리 숭산마(嵩山馬)를 타고 사냥꾼 3천 명을 불러 호위케 하며 성문 밖 남쪽으로 향할제, 섬월과 경홍의 의복 치장은 금과 옥을 아로새기고 꽃을 수놓아 잎새를 그렸으며, 각기 부하 기생들을 거느리고 결속(結束)하고 수행하는데, 오화마(五花馬) 금안장에 걸터앉아 은으로 만든 등자(鐙子)[35]를 디디고 나란히 올라타고 산호(珊瑚) 채찍을 비껴 들어 구슬 고삐를 느슨하게 잡고, 승상의 뒤를 가까이 따르매, 팔백 명의 기생들도 단장을 예쁘게 하고 모두 준총(駿驄)을 잡아 타고서 적경홍과 계섬월을 빙 둘러 좌우로 호위하며 나아가다가, 가운뎃길에서 월왕을 만나니 군용(軍容)[36]과 여악(女樂)은 족히 승상의 행차와 더불어 맞먹을 정도더라. 월왕과 승상은 더불어 말머리를 가지

33) 금중(禁中)에서 음악(音樂)과 창우(倡優)를 교습하는 곳. 34) 철릭과 주립(朱笠)으로 된 옛 군복의 하나. 35) 말을 탈 때에 디디는 제구. 36) 군의 장비.

런히 하여 나아가더니, 월왕이 승상에게 묻되,

"승상이 타신 말은 어느 나라의 종자이니까?"

승상이 대답하되,

"대완국(大宛國)[37]에서 났나이다. 대왕께서 타신 말도 또한 완종(宛種)인 듯하나이다."

월왕이 이르되,

"정이 옳도다. 이 말 이름은 천리 부운총(千里浮雲驄)인데, 작년 가을에 천자를 모시고 상림원(上林苑)에서 사냥할제, 나라 마구간에 있는 만여 필의 말이 모두 바람을 박차며 빨리 달리되, 이 말을 능히 따르는 것이 없고, 지금 장부마(張駙馬)의 도화총(桃花驄)과 이장군(李將軍)의 오추마(烏騅馬)[38]가 다 용마(龍馬)라 일컫되, 이 말에 비하면 모두 느리고 둔하나이다."

승상이 말하되,

"지난 해 번국(蕃國)을 칠 때 깊고 험한 물과 높고 가파른 벼랑에 사람은 도저히 발을 붙이지 못하거늘, 이 말은 그곳을 평지 밟듯 하여 한 번도 실족함이 없었으니, 소유의 공을 이룬 것이 실로 이 말의 힘을 입은 것인즉, 두자미(杜子美)의 이른 바 '사람과 더불어 일심이 되어 큰 공을 이룬다' 함이 아니리이까? 소유가 군사를 돌이킨 후에 작품(爵品)이 높아지고 직무가 또한 한가하므로 편히 평교자(平轎子)를 타고 평탄한 길을 서서히 다니는고로 사람과 말이 모두 병이 나려 한즉, 청컨대 대왕과 더불어 채찍을 둘러 한 번 다투어 달려서서 건마(健馬)의 빠른 걸음을 견주며, 옛 장수의 나머지 용맹을 시험해 보고자 하나이다."

월왕이 크게 기꺼워하여 이르되,

"그것 또한 나의 생각이로다!"

---

37) 지금의 아프가니스탄. 38) 검은 털에 흰 털이 섞인 말. 옛날 중국의 항우(項羽)가 탔었다는 준마(駿馬).

드디어 시중드는 자에게 분부를 내려 양가의 손님들과 여악(女樂)들을 막차(幕次)[39]에 돌아가 기다리게 하고, 채찍을 들어 말을 치려 할 즈음, 마침 큰 사슴 한 마리가 사냥꾼에게 쫓겨 월왕 앞을 지나치기에 왕이 말 앞의 장사를 시켜 쏘게 하니, 여러 장사들이 일시에 활을 당기되 모두 맞히지 못하므로 왕이 무척 노하여 말을 채쳐 나아가며 한 살로 그 옆구리를 맞히어 거꾸러뜨리니 모든 군사가 일제히 천세(千歲)를 부르고, 승상이 칭찬하여 이르되,

"대왕의 신궁(神弓)은 여양왕(汝陽王)[40]과 다름이 없나이다."

왕이 말하되,

"적은 재주를 어찌 그토록 칭찬하리오? 내 승상의 활 쏘는 법을 또한 보고 싶나이다."

또한 가부를 시험코자 하는데, 미처 말을 마치지도 아니하여 때마침 고니〔天鵝〕[41] 한 쌍이 흰구름 사이로 날아오니, 모든 군사가 말하되,

"저 새는 가장 맞히기 어려운지라, 마땅히 해동청(海東靑)[42]을 쓸지어다."

승상이 웃으며 말하되,

"아직 서두르지 말지어다!"

곧, 허리 사이에서 금비전(金鞞箭)[43]을 뽑아 내어 몸을 위로 하고 높은 곳을 향해 쏘아 고니의 왼쪽 눈을 맞혀서 말 앞에 떨어지게 하니, 월왕이 크게 칭찬하여 이르되,

"승상의 묘한 수는 이제 양유기(養由基)[44]라!"

양인이 드디어 채찍을 한번 휘두르매 두 말이 일제히 나와서 별같이 흐르며 번개같이 힘써 나아가고 귀신같이 번득이어 순식간에 너른 벌판

---

39) 주연(駐輦)을 위해 임시로 베풀어 놓은 막. 40) 당대(唐代) 현종 때의 왕자로 활을 잘 쏨. 41) 고니. 백조(白鳥). 42) 송골매. 43) 금으로 꾸민 빠른 화살. 44) 춘추(春秋) 시대의 초나라 대부로 활을 잘 쏨.

을 가로질러 높은 언덕에 오르더니, 두 사람이 고삐를 당겨 나란히 서니라. 산천의 경개를 두루 둘러보며 풍경을 대략 이에 살펴보고 양승상과 월왕이 활 쏘는 법과 검술을 논의하니 그 얘기가 그치지 않는데, 시중드는 이들이 비로소 뒤쫓아 따라와 푸른 사슴과 흰고니를 은반(銀盤)에 담아 바치니, 양인이 말에서 내려와 무성한 풀을 헤치고 앉아서 허리에 찬 보도(寶刀)를 뽑아 고기를 베어서 구워 먹으며 서로 술을 권할 때, 멀리 보매 홍포(紅袍)를 입은 두 관원이 급히 오며 데리고 다니는 그 뒤에 사람의 한무리가 따르니 이는 성중으로부터 나오는 자들이더라.

한 사람이 빨리 달려와 고하여 이르되,

"양전궁(兩殿宮)에 술을 내렸나이다."

월왕이 막중에 가서 기다리니 두 내관이 어사하신 황봉미주(黃封美酒)를 부어 두 사람에게 권하고, 이어 용봉의 무늬가 든 시전지(詩箋紙) 한 봉을 주거늘, 두 사람이 낯과 손을 씻고 꿇어 엎드려서 펴 보니, 교원(郊原)에서 크게 사냥놀이함을 글제로 하여 글을 지어 바치라' 하셨더라. 양인이 머리를 조아려 네 번 절하고 각기 사운(四韻)으로 글 한 수를 지어 내관에게 주어 바치게 하니, 승상 시에 읊었으되,

새벽에 장사를 몰아 들로 나아가니
검은 가을 연꽃 같고 화살은 별 같더라.
장막 속 뭇 계집은 천하 미인이요,
말 앞에 쌍 깃촉은 해동청일러라.
어사하신 술 나누어 마시매 다투어 감동함을 머금고
취하여 금칼을 뽑아 스스로 비린 것을 베었더라.
뒤이어 지난 해의 서쪽 요새 밖을 생각하며
대황산 풍설을 맞으며 왕정에서 사냥하였더라.

晨驅壯士出郊坰　劍若秋蓮矢若星
帳裏群娥天下白　馬前雙翮海東青

恩分玉醞爭含感　醉拔金刀自割腥
仍憶去年西塞外　大荒風雪獵王庭

월왕 시에 읊었으되,

나는 듯 내닫는 용마가 번쩍하는 번개같이 지나치니
안장을 어거하고 북을 울리며 평탄한 언덕에 섰더라.
흐르는 별은 기세가 빨라 푸른 사슴을 죽이고
밝은 달은 훤히 비춰 흰 고니를 떨구었더라.
살기는 능히 호기로운 흥취를 가르쳐 일게 하고
성은은 머물러 취한 얼굴을 더욱 붉게 하더라.
여양왕의 신통히 쏘는 것을 그대는 말하지 마라.
다투어 오늘 아침에 살찐 고기 얻은 것이 많도다.
蹀躞飛龍閃電過　御鞍鳴鼓立平坡
流星勢疾殲蒼鹿　明月形開落白鵝
殺氣能教豪興發　聖恩留滯醉顔酡
汝陽神射君休說　爭似今朝得雋多

내관이 하직 인사를 드리고 돌아가니라. 이에 두 집안의 빈객(賓客)들이 차례대로 늘어앉아 주방 사람들이 주찬(酒饌)을 올리매 음식을 늘어놓고도 먹지 않아 향기가 그대로 진동하고 낙타(駱駝)의 등과 성성이(猩猩二)[45]의 입술은 취부(翠釜)[46]에서 나오고 남월(南越)의 여지(荔枝)[47]와 영가(永嘉)의 노란 귤〔黃柑〕은 옥반(玉盤)에 가득 넘치매, 서왕모(西王母)의 요지연(瑤池宴)에서조차 사람들이 볼 수 없는 것들이요,

---

45) 오랑우탄. 유인원과의 짐승. 46) '푸른 가마'로 요리의 이름. 47) 무환자나뭇과의 일년생 만초. 열대 아시아 원산. 여름 · 가을에 노란 꽃이 피고 과실은 긴 타원형. 고과(苦瓜).

한무제 때의 백량회(柏梁會)[48] 일은 이미 오래 되었으니, 억지로 그와 비교할 필요는 없으나 인간이 볼 수 있는 진귀한 물품과 음식들이 이보다 더할 수는 없더라.

여악 수천 명이 세 겹 네 겹으로 둘러싸서 비단으로 장막을 이루고 패물 소리는 우레와도 같으며, 한 줌밖에 안 되는 가는 허리는 마치 수양버들 가지처럼 부드럽고, 많은 무리의 교태(嬌態)어린 얼굴은 연화(烟花)의 빛을 훔치듯 하며 호방하고 애달픈 관현 소리는 곡강(曲江)의 물을 끓어 오르게 하며 열창(冽唱) 소리와 시끄러운 소리는 종남산(終南山)을 움직이게 하더라.

술이 반취한 월왕이 승상에게 이르되,

"소생이 승상의 지극한 보살핌을 입었기로 구구한 적은 정성이나마 스스로 표할 길 없어 데리고 온 소첩 수인으로 하여금 한번 승상의 즐거움을 돕고자 하니, 청컨대 앞에 불러서 노래하며 춤추게 하고, 승상께 잔을 올리도록 하면 어떠하리오?"

승상이 사례하여 이르되,

"소유가 어찌 감히 대왕 청첩과 더불어 상대할 수 있으리오마는 무릇 처남과 매부지간의 정의만을 믿고 감히 참월(僭越)[49]한 생각이 있사온즉, 소유의 소첩 수인이 또한 구경코자 따라왔으니 소유 또한 그들을 불러들여 대왕의 시첩들과 더불어 각기 잘하는 기예(技藝)를 겨루어 남은 흥을 돕고자 하나이다."

왕이 이르되,

"승상의 말씀이 또한 좋도다!"

이에 섬월과 경홍과 월왕궁의 네 미녀가 분부를 받고 이르러 장막 앞에서 머리를 조아리며 네 번 절을 드리니, 승상이 말하되,

---

48) 시를 짓던 모임. 한무제가 백량대를 짓고 시회(詩會)를 열었음. 한시(漢詩)에 백량체(柏梁體)가 있음. 49) 분수에 넘침.

"옛적에 영왕(寧王)이 한 미인을 두었으니 이름은 부용(芙蓉)이라. 태백(太白)이 영왕께 간청하여 다만 그 목소리만 듣고 그 얼굴은 보지 못하였는데, 이제 소유는 마음껏 네 선녀들의 얼굴을 보니 그 얻는 바가 태백보다 열 배나 더하도다! 저 네 미인의 성명은 무엇이뇨?"

네 미인이 일어나 대답하여 이르되,

"첩들은 곧 금릉(金陵)의 두운선(杜雲仙)과 진류(陳留)의 소채아(少蔡兒)와 무창(武昌)의 만옥연(萬玉燕)과 장안(長安)의 호영영(胡英英)이로소이다."

승상이 월왕에게 이르되,

"소유가 일찍 가난한 선비로 두 서울 사이로 떠돌며 놀 적에 옥연 낭자의 이름을 천상인(天上人)같다고 들었는데, 이제 비로소 그 얼굴을 보니 실로 그 이름보다도 지나침을 알겠나이다."

월왕이 또 경홍과 섬월의 두 사람 이름을 들어서 알고 있는지라 이에 말하되,

"이 두 사람을 온 천하가 함께 추앙하더니, 이제 승상부로 모두 들어왔음은 가히 그 주인을 잘 만났도다. 승상께서는 언제 이 두 사람을 얻으셨느뇨?"

승상이 대답하여 이르되,

"계씨(桂氏)는 소유가 과거 보러 올 적에 때마침 낙양을 지날제 제 스스로 좇았고, 적녀(狄女)는 일찍이 연왕궁(燕王宮)에 들어갔다가, 소유가 명을 받들어 사신으로 연나라에 가매 적녀가 바쁜 중에 몸을 빼쳐 나를 따라 복로(復路)로 뒤좇아서 따라왔나이다."

월왕이 손뼉치고 크게 웃으며 이르되,

"적낭자의 협기(俠氣)는 양가(楊家)의 자의자(紫衣者)[50]도 비할 바 아니로다! 하지만 적낭자가 상공을 따를 때는 상공의 직위가 한림학사(翰

50) 양소(楊素)의 시비(侍妃) 홍불(紅拂).

林學士)요, 또 옥절(玉節)[51]을 받았은즉, 기린과 봉황의 상서로움을 사람들이 모두 쉽게 알 수 있었겠지만, 계낭자는 옛날 상공이 곤궁할 때에도 오늘날 이렇듯 부귀(富貴)를 누리고, 이른 바 누추한 자에서 재상이 될 것을 알았으니 또한 더더욱 기특하도다. 승상께서 어떻게 객지에서 계낭자를 만날 수 있었는지 알지 못하나이다."

승상이 웃으며 말하되,

"소유는 그때의 일을 생각하면 정말 가소로우니, 하잘것없는 시골 땅의 곤궁한 유생(儒生)으로서 나귀 한 마리에 서동(書童) 한 아이를 거느리고 관(關) 사이의 먼 길을 가니 시장기가 급히 와서, 시골 주막에서 막걸리를 과음(過飮)하고 길을 떠나 천진교(天津橋) 위를 지나는데, 낙양(洛陽)의 재자(才子) 수십 인이 누 위에서 창악(娼樂)을 크게 베풀고 음주하며 시부(詩賦)하는데 소유(少游)는 해진 옷과 부서진 두건을 쓰고는 그 좌상으로 나아가니, 섬월 또한 그 속에 있었더이다. 비록 여러 유생들의 노복 가운데서도 소유와 같이 누추한 자는 없었는데도 취흥이 바야흐로 깊어지니 부끄럼조차 알지 못하고, 거칠고 조잡한 말들을 이리저리 모아서 시 한 편을 지었는데, 그 시의(詩意)와 구격(句格)이 어떠하였는지 기억하지 못하지만 계랑의 여러 편 시 가운데 그 시를 집어 들고 노래를 불러 읊조리되, 대개 좌중에서 처음에 이미 서로 언약이 있는고로 '여러 사람들이 지은 것 가운데서 만일 계랑의 노래에 실린 것이 있으면 그 사람에게 마땅히 섬랑을 양보해야 한다' 하였으니, 감히 소유와 더불어 서로 계랑을 다투는 자 없었으매, 이 또한 인연인가 하나이다."

월왕이 크게 웃고 말하되,

"승상이 과거의 양장(兩場)[52] 장원한 나는 천지하에 쾌락(快樂)한 일로 알았더니, 이 일은 상쾌하기는 장원한 것보다 훨씬 더하니라. 그 시

---

51) 임금이 신표(信標)로 주던 옥으로 만든 기표(旗標). 52) 과거의 초시(初試)와 복시(覆試).

는 반드시 오묘할 터이니, 가히 얻어 들으리이까?"

승상이 대답하되,

"취중에 무심히 지은 것을 어찌 능히 기억하리이까?"

왕이 섬월에게 이르되,

"승상은 비록 이미 그 시를 잊었으되, 낭자는 혹시 기억하여 외울 수 없느뇨?"

섬월이 이르되,

"천첩은 아직도 그것을 기억하고 있사오나 지필(紙筆)에 써서 보이리이까, 노래를 부르며 그 곡을 읊으리이까?"

왕이 더욱 즐거워하며 이르되,

"만일 그 시에 겸하여 낭자의 옥성(玉聲)을 들으면 더욱 기쁘리로다."

섬월이 앞으로 나아가 구름을 막는 듯한 소리로 시를 읊으며 노래를 부르니 만좌(滿座)가 모두 깜짝 놀라 얼굴빛이 변하는데, 왕은 더더욱 칭찬하며 공경스러이 말하여 이르되,

"승상의 시재와 섬월의 뛰어난 용모, 맑은 노랫소리는 가히 삼절(三絶)이요. 세 번째 시에 이른 바 '꽃가지가 옥인의 단장을 부끄러워하니 가는 노랫소리가 미처 나오기도 전에 입이 이미 향기롭더라〔花枝羞殺玉人粧 未吐纖歌口已香者〕' 한 것은 섬랑의 자색을 능히 다 그려 내고 마땅히 태백으로 하여금 물러가게 할 것인즉, 낙양의 범상한 무리들이 어찌 감히 엿볼 수 있으리오?"

마침내 금잔〔金鍾〕에 술을 그득히 부어 섬월에게 상으로 내리더라. 경홍과 섬월 두 사람이 월궁(越宮)의 네 미인들과 더불어 노래를 부르고 서로 춤추며 빈주(賓主)에게 헌수(獻壽)케 하니 진실로 하늘이 맺어 준 맞수로 조금도 가지런하지 않음이 없더라. 하물며, 옥연(玉燕)은 본디 경홍이나 섬월과 함께 이름을 날린 자이고, 나머지 세 사람도 비록 옥연에는 미치지 못하나 또한 크게 떨어지지 않으매, 월왕이 자못 저절로 위안이 되고 기꺼워하더라. 심히 취하여 잔 돌리기를 그치고 빈객들과 더불

어 장막 밖으로 나아가 무사(武士)들의 칼 쓰며 서로 충돌하는 형상을 보고 왕이 말하되,

"미녀의 말 타고 활 쏘는 양이 또한 무척 볼 만하기로, 우리 궁중에 활과 말에 익숙한 자가 수십 인이 있고, 승상 부중의 미인 중에도 또한 반드시 북방으로부터 온 자 있으니, 조발(調發)[53]하도록 명을 내려서 꿩을 쏘고 토끼를 쫓아 한바탕 웃음을 돕게 함이 어떠하나이까?"

승상이 무척 즐거워하며 활과 화살에 익숙한 자 수십 인을 골라 월왕궁(越王宮)에서 활을 잘 쏘는 자와 누가 더 나은지 내기하도록 명을 내리니, 경홍이 일어나 고하여 이르되,

"비록 칼과 활에는 익숙지 못하오나, 또한 다른 사람들이 말을 달리고 활을 쏘는 것을 자세히 보았사오니, 오늘 잠시 그것을 시험코자 하나이다."

승상이 기뻐하며 곧 허리에 찬 활을 풀어서 주매, 경홍이 그 활을 잡고 서서 여러 미인에게 이르되,

"비록 능하지 못한 점이 있을지라도 원컨대 여러 낭자들은 비웃지 마소서."

이에 준마(駿馬)에 나는 듯이 올라타고 장막 앞을 박차며 달리는데, 때마침 붉은 꿩이 풀 사이에서 위로 날아오르거늘, 경홍이 문득 가는 허리를 젖히고 활시위를 당겨 올리매, 꿩이 오색의 고운 깃을 펼친 채 말 앞에 떨어지니, 승상과 월왕이 손뼉치며 즐거워하더라.

경홍이 장막 밖에서 내려 서서히 걸어 자리에 나아가니, 여러 미인들이 모두 칭하(稱賀)하여 말하되,

"우리들은 십년 공부를 헛되이 하였도다."

이때 사냥에서 얻은 것이 산과 같이 쌓이고 양가(兩家)의 사녀(射女)들이 잡은 꿩과 토끼가 또한 많았는데, 각각 승상과 월왕의 자리 앞에

53) 바삐 선발함.

바치니 승상과 월왕이 각기 그 공(功)의 등급을 매기어 각각 많은 금을 상으로 주었으며, 다시 술자리를 만들어 중악(衆樂)은 들을 게 없다고 그치게 하고, 다만 오륙 명의 미인들만 시켜 각각 많은 현악기(絃樂器) 소리를 연주케 하고 잔을 비운 즉시 또 기울이더라. 섬월이 속으로 곰곰이 생각하고 이르되,

"우리 두 사람이 비록 월궁의 미인들에게 지지는 않았지만, 저들은 곧 네 사람이요, 우리는 곧 한 쌍이니 심히 고단(孤單)[54]하니 춘랑을 데려오지 못함이 매우 애석하도다. 가무가 비록 춘운의 제일 장점(長點)은 아니나, 그 고운 용모와 아름다운 말씨〔艶色美談〕가 어찌 운선(雲仙)의 무리를 능히 압도하지 못하리오?"

슬픔에 잠겨 탄식하고 한탄하더니, 문득 멀리 바라보매 곧 두 미인이 야외로부터 유벽거(油壁車)를 몰고 낙화방초(落花芳草) 위를 굴려 점점 앞으로 나오고 있더라.

## 심요연의 검무와 백능파의 비파 소리

두 미인이 얼마 안 되어 장문(帳門) 밖에 이르거늘, 문 지키는 자가 묻되,

"월궁으로부터 오셨느뇨, 위부(魏府)를 따라 이르신 것이뇨?"

수레를 끄는 자가 대답하여 이르되,

"이 수레에 타신 두 낭자는 곧 양승상의 소실이시니, 마침 일 있어서 처음에 함께 오시지 못하였노라."

군졸이 들어가서 승상에게 아뢰니, 승상이 말하되,

"이는 필연 춘운이 구경하고 싶어 온 것일진대, 행색(行色)이 어찌 그

54) 외로움. 고혈(孤孑).

토록 너무 간단하도다!"

곧 불러들이게 하니, 두 여자가 주박(珠箔)을 걷어 올리고 수레에서 나오는데 앞에는 심요연이요, 뒤에는 진중에서 꿈 속에 만났던 동정 용녀라. 두 사람이 승상 자리 아래에 나아가 머리를 조아리며 절하고 뵙거늘, 승상이 월왕을 가리키고 이르되,

"이분은 월왕 전하(越王殿下)이시니 너희들은 예로써 뵈올지어다."

이에 두 미인이 예로써 뵙기를 마치자, 승상이 자리를 주어 경홍과 섬월도 같이 앉게 하고, 승상이 월왕에게 일러 말하되,

"저 두 사람은 서번(西蕃)을 정벌할 적에 얻은 바이나 근래 다사(多事)한 연고로 미처 데려오지 못하였더니, 필연 소유가 대왕과 더불어 함께 놀이함을 듣고 성거(盛擧)를 구경코자 하여 이곳에 이름이로소이다."

월왕이 다시 두 사람을 보니 그 용모가 경홍·섬월과 더불어 고하(高下)가 없으되 표묘(縹緲)[55]한 태도와 초월한 기상은 한결 빼어나서 왕이 그 점을 이상히 여기고, 월궁 미인들도 또한 부끄러워 얼굴이 잿빛 같은지라. 왕이 물어 이르되,

"두 낭자의 성명은 무엇이며, 어느 땅의 사람이뇨?"

한 사람이 먼저 대답하여 이르되,

"소첩은 요연이라 하온데 성은 심씨로 서양주(西涼州) 사람이옵나이다."

이어서 한 사람이 또 대답하여 이르되,

"소첩은 능파라 하오며, 성은 백씨인데, 일찍이 소상강(瀟湘江) 사이에 거처하옵다가 불행히도 변을 만나 부득이 서역(西域)의 변방으로 피하였고, 이제 상공을 좇아 나왔나이다."

월왕이 또 물어 이르되,

"두 낭자는 특히 인간 세상의 사람이 아니라 신기하려니와 능히 관현

---

55) 높고 먼 모양.

을 아느뇨?"

요연이 대답하되,

"소첩은 변방(邊方)에 살던 천첩(賤妾)이라, 일찍부터 사죽(絲竹)[56]의 소리를 듣지 못하였으니, 장차 무슨 재주로 대왕 전하를 즐겁게 할 수가 있으리이까? 다만 어렸을 적부터 다사(多事)하여 부질없이 검무(劍舞)를 배웠으되, 이는 군중(軍中)에서의 장난이라, 귀인이 보실 바 아닐까 하나이다."

월왕이 크게 기뻐하고 승상에게 일러 말하되,

"현종조(玄宗朝)의 공손대랑(公孫大娘)[57]의 검무가 천하에 이름을 떨치더니, 그 후로 그 곡조(曲調)가 아주 끊어져서 세상에 전치 못하매, 내가 매양 두자미(杜子美)의 시를 읊으되 시원스럽게 한 번 보지 못함을 한스러이 여겼는데, 이제 이 낭자가 검무를 안다 하니 아주 대단히 유쾌하나이다."

승상과 더불어 각기 허리에 찬 칼을 끌러 내어 주니, 요연이 소매를 걷어올리고 띠를 풀어 놓고는 금란(金鑾)[58] 위에서 한 곡을 추매, 상하로 번득이고 좌우로 뛰놀아 밝은 단장과 흰 칼날이 한빛이 되어, 3월에 날리는 눈송이가 복사꽃 떨기 위에 흩뿌려지는 것 같더라. 이윽고 춤추는 소리가 더욱 급하여 칼이 더욱 빨라지더니 눈서리 날리는 기색이 홀연 장막 속에 가득하며, 요연의 한 몸이 아주 보이지 않더니, 별안간 한 가닥 무지개가 하늘로 뻗치며 찬바람이 배반(杯盤) 사이에 스치니, 좌중이 다 뼈가 시리고 머리털이 오싹하더라. 요연이 배운 술법을 다 하고자 하나 월왕이 너무 놀랄까 염려하여, 이에 춤을 파하고 칼을 던지며 재배하고 물러가니, 왕은 오랜 후에야 비로소 정신을 가다듬고 요연을 보고 일러 말하되,

---

56) 사죽관현(絲竹管絃)으로 관악기와 현악기를 일컫는 바, 곧 모든 악기. 57) 당나라 때의 교방기(敎坊妓)로 검무(劍舞)를 잘했다고 함. 58) 당(唐)의 대명궁(大明宮)에 있는 전명(殿名).

"인간 세상에 사는 사람의 검무가 어찌 능히 이토록 신묘한 경지에 이를 수가 있으리오? 내 들으매 신선 가운데에 검술이 능한 자가 많다고 하던데, 낭자가 바로 그 사람이 아니뇨?"

요연이 이르되,

"서방 풍속에는 병기를 희롱함을 좋아하는고로 첩이 어렸을 적에 비록 혹시 배웠다 하나, 어찌 신선의 기이한 술법을 따를 수 있사오리오?"

왕이 이르되,

"내가 궁중으로 돌아가면 마땅히 미인 중에서 춤 잘 추는 자를 가려 뽑아 보낼 터이니, 바라건대 낭자가 가르치는 수고를 아끼지 말지어다."

요연이 절하고 명을 받으니, 왕이 또 능파에게 물어 가로되,

"낭자는 무슨 재주 있느뇨?"

능파가 대답하여 이르되,

"첩의 집이 옛 소상강 위에 있사온데, 상수(湘水) 황영(皇英)[59]이 노닐던 곳이오라. 이제 하늘이 높고 밤은 고요하고 달이 밝고 바람이 맑은 즉, 비파 소리가 구름 사이로 흐르는고로, 첩이 어려서부터 그 음률을 모방하여 몸소 비파를 타며 스스로 즐겼을 따름이오나, 귀인의 귀에 맞을까 두렵나이다."

왕이 이르되,

"비록 옛 사람의 시구(詩句)로 인하여 상비(湘妃)[60]가 능히 비파를 탄 줄은 아나 그 곡조가 세상 사람에게 전함을 듣지 못하였는데, 낭자가 만일 능히 그 곡조를 전하여 알고 있다면 새 울음소리와 어찌 견줄 바 있으리오?"

능파가 소매 속에서 이십 오현(二十五絃)[61]을 꺼내어 문득 한 곡조를 타니, 그 소리가 슬픈 듯, 원망하는 듯하며 더할 나위 없이 깨끗하여 물

---

59) 순 임금의 부인인 아황(娥皇)과 여영(女英)의 묘. 60) 위의 아황과 여영. 61) 25현의 거문고.

이 삼협(三峽)[62]에 떨어지며 기러기가 추운 하늘 가에서 우는 것 같거늘, 모든 사람들이 어느덧 홀연 마음이 처량하여 눈물을 흘리는데, 이윽고 초목이 저절로 움직이며 가을 소리가 잠깐 나더니 가지 위의 마른 잎새가 분분히, 어지러이 떨어지매 월왕이 크게 이상히 여기며 물어 이르되,

"인간의 곡률[63]이 능히 천지 조화를 부릴 수 있다는 말을 내 믿지 아니하나니, 낭자가 만약 인간 세상의 사람이라면 낭자가 어찌 만물이 발육한 봄이 가을이 되도록 하며, 또한 한참 성한 나뭇잎을 저절로 떨어지게 하느뇨? 범인(凡人)들도 또한 그 곡조를 배울 수 있으리오?"

능파가 대답하여 이르되,

"첩은 오직 옛 곡조의 찌꺼기를 전할 따름이라. 무슨 신묘한 술법이 있으며, 남이 어이 배우지 못하리까?"

이때 만옥연(萬玉燕)이 왕에게 이르되,

"첩이 비록 재주는 없으나 평일에 익힌 바 풍악으로써 백련곡(白蓮曲)을 시험삼아 아뢰겠나이다."

진쟁(秦箏)[64]을 안고 자리 앞에 나아가 줄을 고르는데 능히 이십 오현 소리를 내며, 손 놀리는 법이 맑고 높고 물 흐르듯하고 생동감이 있어서 가히 들음직하기에 승상과 섬월, 경홍 두 사람이 칭찬함을 마지 아니하고 월왕 또한 가장 기꺼워하더라.

---

62) 양자강 상류의 세 협곡. 63) 악곡의 선율. 64) 진(秦)나라의 쟁(箏).

# 부마벌음금치주 성주은차취미궁
# 駙馬罰飮金巵酒 聖主恩借翠微宮

## 양승상의 벌주(罰酒)

이날 낙유원 잔치에 심요연과 백능파 두 사람이 끝 무렵에 이르러 즐거움을 돋우니 왕과 승상은 비록 흥이 아직 남았으나, 날이 저물었는지라. 이에 잔치 파할새 양가에가 각각 금은 채단(金銀綵緞)을 내어 전두(纏頭)[1]를 하니, 구슬을 헤아려 보니 몇 말〔斗〕이나 되고 비단을 쌓은 것은 언덕과 같아서 자각봉(紫閣峯)에 가득하더라.

월왕이 승상과 말에 올라 달빛을 띠고 돌아와 성문으로 가만히 들어가는데 종이 울리려 하매, 두 집의 여악(女樂)들이 길을 다투어 앞서려고 한즉, 패물 소리가 졸졸 흐르는 물소리와도 같고 향기가 거리에 가득하고, 버려진 비녀와 떨어진 구슬이 말발굽에 밟혀 바람에 부딪치듯 우지직거리는 소리가 티끌 속에까지 들리더라. 장안(長安)의 사녀(士女)[2]들이 모여서 담처럼 빙 둘러서서 구경하는데, 백 세 된 늙은 노인이 눈물을 줄줄 흘리면서 이르되,

"우리가 어렸을 적[3]에 현종 황제의 화청궁(華淸宮) 거동을 보니, 그 위의(威儀)가 바로 이러하더니, 뜻밖에도 오래 살아남아 다시 태평 경상(太平景像)을 보는도다."

이때 두 공주는 진씨와 가씨와 더불어 대부인을 모시고 승상이 돌아옴을 기다리더니, 승상이 심요연과 백능파를 데리고 당(堂)에 올라가 대

1) 가무(歌舞)의 대가로 빈객(賓客)에게 비단을 주는 일. 2) 남자와 여자. 3) 한문본의 '발미총시(髮未總時)' 의 번역.

부인과 두 공주를 뵈오니, 정부인이 이르되,

"승상이 매양 말씀하시되, '두 낭자에게 급난(急難)할 때에 은혜를 입어 다행히 수천 리의 땅을 회복하는 공을 이루었다' 하기로 나도 매양 곧 보지 못함을 한스럽게 여겼거늘, 두 낭자의 찾아옴이 어이 이다지도 늦었느뇨?"

요연과 능파가 대답하여 이르되,

"첩들은 먼 지방의 촌스런 사람이라. 비록 승상의 한 번 돌봐 주신 은혜를 입었으되, 오직 두 귀주 부인(貴主夫人)께서 한 자리를 내어 주길 허락치 아니하실까 염려되기로 감히 곧 문하(門下)에 이르지 못하더니, 서울에 들어오면서 들은즉 사람들이 일컫기를, 곧 '두 부인의 관저(關雎)[4]와 규목(樛木)[5]의 덕화(德化)가 천한 첩들에게 이르고, 상하에 고루 은혜가 미친다' 하옵기로 외람되이 나아와 뵙고자 생각할 즈음, 마침 승상이 낙유원에 사냥하시는 때를 만나 성대한 놀이에 외람하게도 참석하였거늘, 두 부인의 가르치심을 받게 되오니 첩들은 천만다행으로 아뢰나이다."

공주가 웃으며 일러 승상에게 이르되,

"오늘은 궁중에 화색이 정말로 가득하니 상공은 필연코 오늘의 풍류를 자랑하실 터이오나, 이는 다 우리 형제들이 세운 공이온즉 상공은 이 점을 아소서."

승상이 크게 웃으며 이르되,

"속언에 '귀인(貴人)은 칭찬하는 말을 듣기를 좋아한다'는 것은 헛된 말이 아닌데, 저 두 사람이 새로이 궁중에 들어와 공주의 위풍(威風)을 무척 두려워하여 아첨하는 말을 하였거늘, 공주는 이를 자신의 공으로 삼고자 하시느뇨?"

모든 사람들이 떠들썩하고 시끄럽게 크게 웃고,

---

4)~5) 둘 다 후비(后妃)의 덕(德)을 읊은 《시경(詩經)》의 시편명(詩篇名).

진씨와 가씨의 두 여인이 섬월을 향하여 묻되,

"오늘 잔치에서 승부는 어찌 되었느뇨?"

경홍이 답하여 이르되,

"섬랑이 첩의 큰소리치는 것을 비웃더니, 첩이 한 말로써 월궁으로 하여금 놀라 기운 빠지게 하였으니, 이는 제갈공명(諸葛孔明)이 조그만 배 한 척으로 강동으로 들어가 세 치〔三寸〕 혀를 놀리어 이해를 들어 말한즉, 주공근(周公瑾)·노자경(魯子敬)[6]의 무리가 다만 입을 벌리고 헐떡거리며 의지가 눌려 감히 한 말도 토하지 못함과 같사오며, 또 평원군(平原君)[7]이 초나라에 들어가 합종(合縱)을 협상할 때 따라간 열아홉 사람은 모두 용렬하여 일을 이룰 수 없지만, 조나라로 하여금 중요한 일을 한 것은 모선생(毛先生)[8] 한 사람의 공이리오? 첩의 마음이 큰고로 또한 말도 크온데, 이 큰 말에 반드시 실속이 있을지라. 섬랑에게 물으시면 곧 첩의 말이 허망치 않음을 가히 아시게 되오리이다."

섬랑이 가로되,

"홍랑(鴻娘)의 궁마(弓馬)라도 재주가 가히 신묘타 이르나, 풍류하는 마당에라도 쓰면 혹시 가히 칭찬을 받을 수 있으려니와, 화살과 돌이 비오듯 하는 싸움터에 내어 놓으면 곧 어찌 능히 한 걸음을 달리며 하나의 살을 쏠 수 있으리오? 월궁 편에서 기세를 잃었음은 새로 들어선 두 낭자의 신선 같은 모습과 천신 같은 재주에 탄복한 바이니, 어찌 홍랑의 공이 되리오? 내게 한 가지 말이 생각나서 마땅히 홍랑을 향하여 털어놓으리라! '춘추 시대(春秋時代)에 가대부(賈大夫)의 외모가 매우 누추하므로 천하가 모두 침을 뱉었으며, 첩을 얻은 가대부가 처와 더불어 들에 나아가서 마침 꿩 한 마리를 쏘아 잡거늘, 처가 비로소 웃었다' 하거

6) 노숙(魯肅). 삼국 시대 오(吳)나라 정치가. 7) 전국 시대 조(趙)나라 정치가 조승(趙勝)의 봉호. 8) 모수(毛遂)를 가리킴. 중국 전국 시대(戰國時代) 조(趙)나라 사람. 평원군(平原君)의 식객(食客).

늘, 오늘 놀이에서 홍랑이 꿩을 쏘아 얻음이 혹시 가대부로 더불어 같음이 이와 같도다."

경홍이 이르되,

"가대부는 누추한 외모로도 능히 활과 말의 재주로 말미암아 그 처를 웃게 하였거늘, 만일 재주와 용모가 있으면서 또 능히 활로 꿩을 쏘아 얻었으면, 어찌 사람들로 하여금 더욱 사랑하며 공경케 하지 아니하리오?"

섬월이 웃고 말하되,

"섬랑의 자랑이 갈수록 심히 더해 가니, 이는 모두 승상의 총애가 과하시매, 그 마음을 교만케 하신 탓이로소이다!"

승상이 웃으며 이르되,

"내 본디 섬랑의 재주가 많음을 익히 알았으나 경술(經術)[9]에 능통한 줄은 알지 못하였으되, 이제 춘추(春秋)의 고사(故事)를 즐겨 말하는 버릇이 있도다."

섬월이 이르되,

"첩이 한가한 때에 혹은 경서(經書)와 사기(史記)를 두루 훑어 보았으나, 어찌 능통하다 할 수 있으리오?"

이튿날 승상이 입궐하여 황상께 조회 드리니, 태후가 승상과 월왕을 불러서 만나 보더니 두 공주도 이미 입궁(入宮)하여 앉아 있었다. 태후가 일러 월왕께 이르시되,

"내 아들이 어제 승상 더불어 춘색을 서로 겨룬다 하니, 뉘 승부가 과연 어떠하더뇨?"

월왕이 아뢰어 이르되,

"부마의 온전한 복은 사람이 다투지 못할 바이오나, 다만 승상의 이 같은 복이 여자에게도 또한 복이 될지 안 될지는 마마는 이것을 승상더

9) 유가(儒家)의 경서(經書)에 관한 학문.

러 물어 보소서."

승상이 아뢰어 이르되,

"월왕이 신(臣)에게 못 이긴다 함이니, 정말로 이백(李白)이 최호(崔顥)[10]의 시를 보고 기세가 꺾였다 함과 같사온지라. 공주의 복되며 못됨은 신이 공주가 아니오니, 어찌 능히 스스로 알 수 있사오리까? 원컨대 공주더러 물어 보소서."

태후가 웃으시며 두 공주를 돌아 보니, 공주가 대답하되,

"부부는 한몸이니 영욕(榮辱)과 고락(苦樂)이 마땅히 다를 리 없으니, 장부에게 복이 있은즉 여자 또한 복이 있삽고, 장부에게 복이 없으면 여자 또한 복이 없을 터이오니, 승상이 즐기는 바를 소녀 또한 같이 즐길 뿐이로소이다."

월왕이 이르되,

"매씨의 말이 비록 좋으나 폐부(肺腑)에서 우러난 말은 아니요, 자고로 부마된 자에게 승상처럼 방탕한 자 없으니, 이는 나라의 기강(紀綱)이 엄하지 못한 탓이온즉, 원컨대 마마께서는 소유를 유사(有司)에 내리사 조정(朝廷)을 업신여기고 국법(國法)을 멸시한 죄를 다스려지이다."

태후가 진실로 크게 웃고 이르되,

"부마가 진실로 죄 있거니와 만일 이를 법으로 다스린다면 곧 늙은 이 몸과 어린 딸아이들의 근심이 적지 아니할 것이니, 고로 부득불 공법(公法)을 굽히지 아니할 수 없어서 사사로운 정을 따르리로다."

월왕이 다시 아뢰어 이르되,

"비록 그러하오나 승상의 죄를 가벼이 풀어 주지는 못하올지니, 청하옵건대 어전에서 추문(推問)[11]하사 그 도움말〔援辭〕 하는 바를 보아 결하심이 옳은 줄로 아나이다."

태후는 크게 웃고, 월왕이 대신 조목을 하나하나 들어 소유를 힐책하

---

10) 당(唐)의 개원(開元) 연간의 진사(進士). 11) 추구(推究)하여 힐문(詰問)함.

고, 그 죄를 묻는 조목에 이르되,

'예부터 부마된 자가 감히 희첩(姬妾)을 거느리지 못함은 풍류가 부족해서도 아니요, 의식이 넉넉지 못함이 아니라, 모두가 군부(君父)를 공경하며 국체(國體)를 존중한 바이라. 하물며 두 공주는 지위인즉 과인의 딸이요, 행실인즉 임사(姙姒)[12]의 덕이 있거늘, 부마 양소유는 이를 공경하여 받들 길은 생각지도 아니하고, 다만 광탕(狂蕩)한 마음만 품어 이상한 자들에게 깃들이고 비단을 모으는 데에만 온갖 신경을 곤두세우고, 미색을 몰아 들임이 목마른 자보다 심한즉, 아침에는 동(東)에서 구하고 저녁에는 서(西)에서 취하니, 눈에는 연조(燕趙)[13]의 미색이 오히려 부족하고, 귀에는 정위(鄭衛)의 소리[14]만이 들려 저저의 전각 댓돌의 개미같이, 방마루에 벌 떼와 같이 지껄이니, 두 공주가 비록 규목(樛木)의 덕[15]으로써 질투하는 마음을 내지 아니하나, 소유의 공경하고 삼가는 도리가 어찌 감히 이러하리오. 교만하고 방자한 죄를 불가불 징계할지니, 숨김없이 사실을 바른 대로 아뢰어, 그로써 처분을 기다리라.'

승상이 이에 전각에 내려 땅에 엎드려 관(冠)을 벗고 대죄하니, 월왕이 난간 밖으로 나서서 소리를 높여 조목조목 문초하는 것을 승상이 다 들은 후, 공사(供辭)를 하였으되, 그 사에 이르되,

'소신 양소유 외람되이 두 양전(兩殿)의 두터운 은혜를 입사와, 별안간에 잘못되어 삼태(三台)[16]의 높은 벼슬을 차지하였은즉, 영광이 이미 극진하며, 두 공주 색연(塞淵)[17]의 덕을 베풀어 금실(琴瑟)의 화락(和樂)이 있사와 소원이 이미 족하거늘, 어린 마음이 오히려 남아 있고 호기(豪氣)가 줄지 아니하와 지나치리만큼 기녀들의 풍악 소리에 탐닉하

---

12) 태임(太姙)과 태사(太姒). 태임은 주 문왕(周文王)의 모비(母妃). 태사는 주 문왕의 비(妃).
13) 한 무제가 광명궁(光明宮)을 이룩하고 연조(燕趙)의 미녀 2천 인을 끌어들인 데서 유래된 말. 14) 춘추 시대 정(鄭)과 위(衛)의 음악. 15) '규목'이란 가지가 아래로 드리워진 나무. 그래서 이는 남을 감싸 주는 포용력을 흔히 일컬음. 16) 삼공(三公). 곧 당대(唐代)의 태위(太尉), 사도(司徒), 사공(司空). 17) 생각이 깊고 성실함.

였고, 가무하는 계집들을 많이 모았사오니, 이는 소신이 다소 부귀에 눌리고 성상 폐하의 은덕이 넘치와 스스로 삼가지 못한 것이 신의 과실이오나, 신이 엎드려 가만히 국가의 영갑(令甲)[18]을 살펴보건대, 부마된 자에게 설령 비첩이 있을지라도 만일 혼인 전에 얻은 것을 분간(分揀)[19]하는 도리가 있사온지라. 소신이 비록 시첩을 가졌사오나, 숙인 진씨(秦氏)는 황상이 명을 내리신 바이니, 마땅히 손꼽아 논할 바가 아니옵고, 소첩 가씨〔賈春雲〕는 신이 일찍이 정가의 화원(花園) 별당에 머무를 무렵에 수종들던 자이고, 소첩 계씨〔桂蟾月〕·적씨〔狄驚鴻〕·심씨〔沈裊烟〕·백씨〔白凌波〕 등 네 사람은 혹은 이름도 없던 선비 시절에, 혹은 명을 받들어 외국으로 사신갔을 적에, 혹은 출전하였을 적에 따라 온 자들이니, 이 모두가 또한 혼례 전의 일이옵고, 승상 부중(丞相府中)에 한가지로 있게 하옴은 대체로 공주의 명을 좇음이옵고, 소신이 감히 제 마음대로 하였음이 없사온즉, 나라의 제도(制度)로써 논하거나 왕법(王法)으로써 단연 가히 죄가 된다고 논할 만한 여지가 없나이다. 그러하옵거늘, 성교(聖敎)가 이에까지 이르시니 오직 황공지만(惶恐遲晩)[20]이로소이다.'

태후가 열람을 마치매 크게 웃고 이르되,

"희첩(姬妾)이 많이 따르는 것은 장부된 풍도(風度)에 해로움이 없으니 가히 용서하려니와, 술을 너무 좋아하니 아무래도 질병이 염려되는 바이니 차후로는 이 점을 추고(推考)함이 가하도다!"

월왕이 다시 아뢰어 이르되,

"부마의 부중(府中)에 희첩이 있는 것은 마땅치 아니한 일이며 소유가 이것을 비록 공주의 탓으로 미루나, 그 자처(自處)하는 도리에 실로 만만불가하니, 다시 한 번 추문(推問)하심이 옳은 줄로 아뢰나이다."

---

18) 법령(法令)의 수장(首章). 법령에는 선후가 있어서, '令甲, 令乙, 令丙'이라 함. 19) 죄상을 보아 용서하여 처리함. 20) 옛날 죄인이 자복(自服)함을 일컬음.

승상이 급히 앉아 이에 머리를 조아리며 아뢰어 이르되,

"신의 죄는 만 번 죽어 아까울 것이 없사오나 자고로 죄가 있는 자는 그가 평소에 세운 공(功)을 의론하는 규구(規矩)[21]가 있사온데 신이 외람되이 황상(皇上)의 위덕(威德)에 힘입어 남으로는 삼진(三鎭)을 정복하고, 서로는 토번(吐蕃)을 평정하여 그 공 또한 가볍지 아니하오니 엎드려 바라옵건대, 마마는 그 공으로써 죄를 씻어 주시옵소서."

태후가 크게 웃으시며 이르되,

"양랑은 진실로 사직지신(社稷之臣)[22]이니 내 어찌 사위로서만 대접하겠는가?"

이에 명을 내리시어,

"관(冠)을 정제하고 전(殿)에 오르라."

또 월왕이 아뢰어 이르되,

"소유가 큰 공이 있으므로 죄를 더하기는 어렵사오나 국법이 또한 엄한즉 그대로 놓아 줄 수는 없사오니, 마땅히 술로써 벌을 주려 하나이다."

태후가 웃고 허락하신대, 궁녀가 백옥 소배를 높이 받들어 내오매 월왕이 이르되,

"승상의 주량(酒量)이 본디 고래 같고, 죄명이 또한 무겁거늘 어찌 작은 잔을 쓰리오?"

스스로 한 말이 드는 금굴치(金屈卮)[23]에다 맑고 진한 술을 가득히 부어 주니, 승상이 비록 주량이 적이 크나 잇따라 여러 말을 마시매 어찌 취하지 아니하리오! 이에 승상이 머리를 조아리며 아뢰되,

"견우(牽牛)가 직녀(織女)를 지나치게 사랑하다가 장인에게서 꾸지람을 들었더니, 이제 소유 집에서 희첩(姬妾)을 받아들임으로써 장모에게

---

21) 준칙(準則). 22) 나라의 안위(安危)를 맡은 중신(重臣). 23) 굽은 손잡이가 달린 금속제의 술잔.

벌을 받은즉, 천왕가(天王家)의 사위 노릇하기는 진실로 어렵소이다. 신이 이제 대취하였으니 물러감을 청하나이다."

인하여 일어나고자 하다가 갑자기 자리 위로 엎드려지거늘 태후가 크게 웃으며 궁녀를 명하사 전문 밖으로 내어 보내고 두 공주에게 일러 이르되,

"양랑이 술에 곤(困)하여 반드시 신기가 불편하리니, 너희가 곧 따라가서 옷을 벗기고, 그 몸을 편안케 하며 차(茶)를 드리워 그 갈증을 풀어 주도록 하니라."

두 공주가 웃으며 말하되,

"비록 소녀들이 없더라도 옷을 벗기고 차를 내올 사람이 부족하리라는 걱정은 없나이다."

태후가 이르되,

"비록 그러하나 부녀(婦女)의 도리를 폐하지는 못하리라."

두 공주가 명을 받들고 곧 승상을 따라가더라.

## 모두 벌주 마시기

이즈음 대부인이 당상(堂上)에 등불을 베풀고 승상이 돌아옴을 기다리더니, 승상이 대취(大醉)하였음을 보고 묻되,

"전일에는 비록 술을 내리라는 명이 있을지라도 일찍이 취하는 일이 없더니, 오늘은 어찌 이토록 과취하였느뇨?"

승상이 취한 눈으로 오랫동안 공주를 흘겨보다가 멈칫하고 대답하여 이르되,

"공주의 오라비인 월왕이 태후께 알소(訐訴)[24]하여 소자의 죄를 억

24) 남을 헐뜯기 위해 사실을 날조하여 윗사람에게 고해 바침.

지로 만들어 내매, 소자가 장차 어떤 일을 당하게 될지 측량할 수가 없었는데, 제가 말을 잘하여 가까스로 벌을 모면하기는 하였사오나, 월왕이 오로지 소자에게 죄를 씌우고자 태후께 터무니없는 말을 사뢰어 독주(毒酒)로써 벌을 내렸거니와, 만일 소자의 주량이 적었던들 거의 죽을 뻔하였나이다. 이는 오직 월왕이 낙유원 놀이에서 진 것에 원망의 마음을 품어 필연 보복코자 함이오며, 또한 난양공주도 나에게 희첩이 너무 많음을 시기하고 투기(妬忌)하는 마음이 일어서, 그 오라비와 더불어 계교를 꾸며 꼭 나를 곤(困)케 함이니, 평일의 인후(仁厚)한 마음을 어이 믿으리오. 엎드려 바라건대 모친은 난양공주에게 술 한 잔을 벌로 내리사 소자를 위하여 설분(雪憤)하여 주소서."

유부인(柳夫人)이 크게 웃고 이르되,

"난양의 죄목이 분명치 아니하며 또 능히 한 잔 술을 마시지 못하니, 네가 나를 통하여 반드시 벌을 주고자 할진대, 차(茶)로써 술을 대신함이 옳으리라."

승상이 아뢰되,

"소자는 반드시 술로써 벌하려 하나이다."

유부인이 웃으며 이르되,

"공주가 만일 벌주(罰酒)를 마시지 아니하면 곧 취객(醉客)의 마음이 반드시 풀리지 아니하리라."

시녀를 시켜서 난양공주에게 벌주를 내리니라. 공주가 술잔을 받아 마시려 할 적에, 승상이 문득 의심이 일어 그 잔을 빼앗아 맛보고자 하거늘, 난양이 그 잔을 급히 자리 위에 던져 버리니, 승상이 손가락으로 잔 밑에 담가 찍어서 그 남은 것을 맛보니 이는 바로 사탕물이라. 승상이 이르되,

"태후마마가 만일 꿀물로써 소자를 벌하셨으면 곧 모친이 또한 마땅히 꿀물로 난양을 벌하심이 마땅하시려니와, 소자가 마신 것은 술이거늘, 난양이 어찌 홀로 사탕물을 마시나이까?"

다시 시녀를 불러 이르되, '술단지를 가져오라' 하여 몸소 술 한 잔을 가득히 부어 보내니 공주 부득이 이를 다 마시거늘. 승상이 또 고하여 부인께 이르되,

"태후께 권하여 신을 벌한 자가 비록 난양공주이기는 하오나, 정씨 또한 계책에 참여한 연고로 태후마마 앞에 앉아서 소자의 괴로워함을 보고 난양께 눈짓하며 서로 웃었으니, 소자는 그 속마음을 가히 헤아리지 못하올지라. 원하옵건대 모친께서는 정씨를 또한 벌하여 주소서."

부인이 크게 웃고 또 정씨께 벌주를 보내니, 정씨가 자리를 옮겨 이를 다 마시더라.

부인이 말하기를,

"태후마마가 소유를 벌하심은 그 희첩이 있음으로서라. 이로 인하여 이제 주모(主母)[25] 두 사람이 다 벌주를 마셨으니 희첩 등이 어찌 안연(晏然)[26]하리오?"

승상이 이르되,

"월왕의 낙유원 모임이 대체로 미색을 다툼이거늘 경홍·섬월·요연·능파 등이 소(小)로써 무리〔衆〕를 누르고 약한 것으로써 강한 것을 대적하여 단 한 번의 싸움에 공훈을 세워 먼저 승리를 아뢰매, 월왕이 분한 마음을 품게 하여 이에 소자로 하여금 벌을 받게 하였은즉, 이 네 사람도 마땅히 벌할지니이다."

유부인이 말하되,

"싸움에 이긴 자에게도 또한 벌을 주다니, 취객의 말이 가히 우습도다."

곧 네 희첩을 불러 각각 한 잔 술을 벌로 내리니라.

곧 네 사람이 이를 다 마시자 경홍과 섬월 두 사람이 꿇어앉으며 아뢰어 이르되,

---

25) 주부(主婦). 26) 마음이 편하고 침착함. 안여(晏如).

"태후마마가 승상을 벌하심은 실은 희첩이 많음을 꾸짖음이요, 낙유원에서 이긴 때문이 아니온데, 저 심요연과 백능파의 두 사람은 아직 승상의 침석을 받들지 아니하였거늘, 첩들과 한가지로 벌주를 마시니 또한 억울치 아니하리이까? 또한 가유인(賈孺人)은 승상을 섬김이 저렇듯이 오래며 승상의 사랑을 받음이 저렇듯 전일하되, 다만 낙유원 모임에 불참하와 혼자만 벌을 면하니, 하정(下情)[27]이 다 울적함을 참기 어렵나이다."

유부인이 이르되,

'너희 말이 가장 옳도다!' 하고, 큰 잔으로 춘운을 벌하라 하니, 춘랑이 웃음을 머금고 마시더라. 이때 여러 사람이 두루 벌주를 마시니 좌중이 뒤숭숭하고 시끄러우며 감히 그 난양공주는 자못 술이 곤(困)하여 괴로움을 견디지 못하여 하되, 오직 진숙인(秦淑人)만이 모퉁이에 단정히 앉아 말도 아니하고 웃지도 아니하거늘, 승상이 가로되,

"진씨 혼자 취하지 아니하여 취객의 광태(狂態)를 몰래 비웃으니, 어찌 가히 다시 한 번 벌하지 아니치 못하리라."

하고, 한 잔을 가득 부어 전하니, 진씨는 오히려 웃으며 이를 받아 마셨는지라.

유부인이 공주에게 묻고 이르되,

"공주, 평소에 마시지 못하는 술을 이제 마셨으니, 기운이 어떠하뇨?"

공주 답하여 이르되,

"머리가 아파서 참으로 괴롭나이다."

유부인은 진씨로 하여금 공주를 부축하여 침방으로 보내 이어서 춘운으로 하여금 술을 가져오게 하여 잔을 잡으며 말하여 이르되,

"우리 양인은 부녀 가운데 성인(聖人)이라. 내가 매양 혹시 복을 해칠까 두려워하였는데, 이제 소유가 미친 주정(酒酊)을 부려 공주로 하여금

27) 어른에 대해 자기 심정을 이르는 말.

편치 못하게 하니, 태후마마가 쓰라린 사실을 들으시면 곧 반드시 과도히 염려하시리니, 늙은 이 몸이 능히 올바로 아들을 잘 가르치고 지난날의 잘못을 깨우치지 못하여 이런 망거(妄擧)[28] 있게 하였으니, 늙은 이 몸이 또한 죄없다 못할지니, 이 잔을 들어 스스로 벌을 받겠노라."

그것을 다 마시니 승상이 황공하여 꿇어앉아 고하여 이르되,

"모친이 아이의 광패(狂悖)[29]한 소행으로 말미암아 이렇듯 스스로 벌하시기를 가르치시니 아이의 허물이 어찌 종아리채쯤으로 마땅하리이까?"

경홍으로 하여금 술을 큰 잔에 가득 부어 오라 하여, 잔대를 잡고 꿇어앉아 다시 이르되,

"소유가 모친의 교령(敎令)[30]을 따르지 아니하옵고, 도리어 모친께 근심 걱정만 끼치니, 사죄할 도리 없사와 삼가 이 벌주를 마시겠나이다."

다 마시매 대취하여 바로 앉지를 못하고 응향각(凝香閣)으로 향하고자 손으로 그곳을 가리키거늘, 대부인이 춘운으로 하여금 부축하여 모시고 가도록 하자, 춘운이 가로되,

"천첩은 감히 모시고 갈 수가 없나이다. 계낭자와 적낭자가 소첩이 승상의 전총(專寵)이 있음을 시기하나이다."

인하여 섬월에게 당부하여 두 낭자로 하여금 부축하여 모시고 가도록 시키매, 섬월이 이르되,

"춘낭자가 나의 말 한 마디를 트집잡아 가지 아니한즉, 첩은 더욱 마음에 거리끼도다."

경홍은 웃고 일어나서 승상을 부축하여 잡으며 응향각을 향해서 가거늘 제 낭자 각자 흩어지더라.

---

28) 망령된 짓. 29) 미친 사람처럼 도의에 벗어난 언행을 가짐. 30) 가르침과 명령(命令). 제후나 왕의 명령.

## 양승상의 두 부인과 여섯 첩의 결의(結義)

승상이 심요연과 백능파 두 사람의 성품이 산수를 사랑하매, 화원 속에 있는 한 이랑〔一畝〕의 멋진 연못이 있으니, 맑기는 강이나 호수 같고, 그 못 가운데 채각(彩閣)[31]이 있으니, 이름은 영아루(映娥樓)라. 능파로 하여금 거처케 하고, 또 연못 남쪽에 가산(假山)[32]이 있으니, 뾰족한 봉우리는 옥을 깎아 세운 듯하고, 겹겹이 쌓인 석벽은 쇠를 쌓은 듯하며, 노송(老松)은 그늘이 그윽하고 파리한 대나무는 그림자를 그리는데, 그 속에 정자 하나가 있으니 이름은 빙설헌(氷雪軒)이라. 요연으로 하여금 거기에서 거처케 하니, 제 부인과 여러 낭자들이 화원에 노닐 때에는 두 사람이 산중(山中)의 주인이 되더라. 제 부인들이 조용히 능파에게 일러 가로되,

"낭자의 신통한 변화를 가히 한 번 볼 수 있느뇨?"

능파가 대답하여 이르되,

"이는 천첩의 전생(前生) 때의 일이러니, 첩이 천지의 기운을 타고 조화(造化)의 힘을 빌어 전신(前身)을 다 벗고 사람 모습으로 태어남을 받으매 허물 벗은 껍질과 비늘이 산더미같이 쌓였나니, 이를테면 참새가 변하여 조개가 된 후에 어찌 양 날개가 있어서 감히 날아다니리오?"

제 부인들이 이르되,

"이치가 본디부터 그러하도다."

요연이 비록 때때로 대부인과 승상, 그리고 두 공주 앞에서 검무로 일시의 즐거움을 제공하나 또한 자주 춤추기는 즐겨하지 아니하면서,

"당시에 비록 검술(劍術)을 빌어 승상을 만났을지언정 살벌한 놀이는 본디 상시 볼 것은 가히 아니니라."

이후로 두 부인과 여섯 낭자의 서로 뜻이 맞는 즐거움이, 마치 고기

---

31) 채색(彩色)한 누각(樓閣). 32) 정원에 돌을 쌓아서 만든 산.

가 물에서 헤엄치며 새가 구름을 따라 나는 듯하여, 서로 따르고 서로 의지하여 형제가 서로 화목하는데다 또한 승상의 은정(恩情)이 피차에 균일하니, 이는 비록 제인(諸人)의 성덕(盛德)이 능히 온 집안에 화목한 기운을 이룸이거니와, 이는 대개 당초 아홉 사람이 남악(南嶽)에 있을 때 그 발원(發願)[33]이 이와 같았던 때문이리라.

하루는 두 공주가 서로 의논하여 이르되,

"옛날 사람들은 제매(娣妹) 여러 사람이 한 나라 안에서 혼인하여 혹은 아내가 된 자도 있고, 혹은 첩(妾)이 된 자도 있었는데, 이제 우리 2처와 6첩의 친숙함이 골육과 같고, 정은 자매와 같으며 그 중에 혹은 외국으로부터 따라온 자도 있으니, 이 어찌 하늘이 명하신 바가 아니리오? 몸과 성씨가 같지 않고 또 신분이 같지는 아니하나 이에 거리낄 것 없으리니, 마땅히 형제를 맺어 제매로 칭하는 것이 옳으리라."

이 뜻을 여섯 낭자에게 밝히니 여섯 낭자 모두가 힘써 사의하는 중에도 춘운과 경홍, 섬월이 더욱 거절하고 응하지 아니하매, 정부인이 이르되,

"유현덕(劉玄德)과 관운장(關雲長)과 장익덕(張翼德) 삼인은 군신이로되, 끝내 형제의 의(義)를 폐(廢)하지 아니하였으며, 나는 춘랑과 본디 규중(閨中)에서부터 관중(管仲)과 포숙아(鮑叔牙) 같은 사귐을 맺었으니, 언니와 동생이 됨에 무슨 옳지 못한 점이 있겠느뇨? 석가 세존(世尊)의 아내와 동가(東家)[34]의 계집과는 그 높고 천함이 아주 다르며, 또 그 정음(貞淫)이 판이하게 다르지만, 한가지로 부처님의 제자 되어 마침내 상승(上乘)[35]의 정과(正果)[36]를 얻었으니, 처음의 미천함이 결국 뜻을 이루는데 무슨 관계가 있으리오?"

두 공주는 드디어 여섯 낭자와 더불어 궁중으로 나아가 깊이 모신 관음보살(觀音菩薩)의 화상(畵像) 앞에 나아가 분향 전배(展拜)하고, 서약

---

33) 소원을 비는 것. 34) 마등가(摩登伽). 곧, 아난존자(阿難尊子)를 고행(苦行)케 한 음녀(淫女). 35) 진리를 깨달음. 대승(大乘). 36) 수도(修道)하여 성취한 결과.

문을 지어 아뢰었는데, 그 글에 이르되,

'유세차 연월일[37]에 제자 경패 정씨(瓊貝鄭氏), 소화 이씨(簫和李氏), 채봉 진씨(彩鳳秦氏), 춘운 가씨(春雲賈氏), 섬월 계씨(蟾月桂氏), 경홍 적씨(驚鴻狄氏), 요연 심씨(裊烟沈氏), 능파 백씨(凌波白氏)는 월숙재목(越宿齋沐)[38] 하고 삼가 남해 대사(南海大師)님 앞에 고하나이다. 불경에 일렀으되, 혹은 '사해(四海) 안에 사는 사람은 모두 형제가 되니라' 하였으니, 이는 다름이 아니오라 기미(氣味)[39]가 서로 상합(相合)하는 연고이오며 혹은, 천륜(天倫)의 친함을 들어 길 가는 나그네와 같다고 보는 사람이 있으니, 이는 다름 아니오라 그 정(情)과 뜻〔志〕이 서로 다른 까닭이옵나이다.

제자 팔인 등이 처음에는 비록 남북으로 갈리어 각각 태어나서, 다시 동서로 흩어져 살다가 커서는 한 사람을 함께 섬기옵고, 또 같은 집에 거처하오매, 어느덧 기(氣)가 상합(相合)하고 의(義)가 상부(相孚)하오니, 이를 물건으로 비유하오면 한 나무에 핀 꽃이 비바람에 흔들려서 혹은 궁전(宮殿)에 떨어지고 혹은 규합(閨閤)[40]에 흩날리며 혹은 맥상(陌上)[41]에 떨어지고 혹은 산중에 날리며 혹은 흐르는 시내를 따라 강이나 호수에 도달하기도 하오나, 그 근본(根本)을 말하자면 똑같은 한 뿌리이라. 다만 똑같은 뿌리인 까닭에 꽃은 본디 무심(無心)[42]한 물건으로 처음에는 가지에서 똑같이 피었다가 끝내는 똑같이 땅으로 떨어지는 것이오니, 하물며 사람에 있어서는 한 기운을 타고났을 따름이온즉, 그 기운이 흩어졌다가도 어찌 한 곳으로 함께 돌아가지 아니하오리오?

예와 지금이 비록 멀고도 너르오나 한때에 함께 나고, 사해가 비록

---

37) 제문(祭文)이나 축문(祝文)의 첫머리에 쓰는 상투어. 38) 의식이나 제사 등의 기일(期日)에 앞서 목욕 재계(沐浴齋戒)함. 39) 지기(志氣)와 의미(意味). 40) 규중(閨中). 41) 길거리 위. 42) 아무런 사심(邪心)이 없음.

넓고도 크오나 한집에서 같이 살고 있사오니, 이는 실로 전생으로부터의 숙연(宿緣)이요, 인생에서 좋은 기회라 하나이다.

이런 까닭으로 제자 등 팔 인은 맹세하여 맺은 굳은 약속으로 형제를 맺삽고 길흉생사(吉凶生死)를 같이하려 서로 떨어지지 아니하려 하오니, 팔 인 중 만일 다른 마음을 품고 맹세한 말을 저버리는 사람이 있으면, 하늘이 반드시 죽여 주시고 신명이 반드시 꺼리시려니와 엎드려 바라옵건대, '대사(大師)께서는 복을 내려 주시고 재앙을 없이 하여 주시며, 그로써 첩들을 도우사 백 년 후 한가지로 극락 세계(極樂世界)로 돌아가게 하소서.'

이후, 여섯 낭자들이 비록 스스로 명분(名分)을 지켜 감히 형제 칭호를 못하나, 두 부인은 동생이라 부르고 은애(恩愛) 더욱 친밀하더라. 팔 인이 모두가 각각 자녀가 있으니, 양 부인과 춘운, 요연, 경홍, 섬월은 아들을 낳고 채봉과 능파는 함께 딸을 낳았은즉, 일찍이 이들을 낳고 기를 적에 한 번도 참경(慘景)을 맛보지 않았으매, 이 또한 범인과 다름이러라.

## 사직 상소(辭職上疏) 올리기

이때 천하가 승평(昇平)[43]하여 백성들은 편안하고, 문물(文物)은 풍성하여 묘당(廟堂) 위에는 아무런 일이 없이 무척 한가롭고, 승상이 나아가 성천자(聖天子)를 모시고 상림원(上林苑)에 사냥하고 들면 대부인을 받들어 북당(北堂)[44]에서 잔치를 베풀고 술에 취하여 춤추는 소매와 더불어 광음은 재빨리 흘러가고, 거문고 줄을 급히 튕겨 떠들썩하게 시끄러웠으며, 봄 가을이 되면 새 것과 묵은 것이 오고 보내지듯이 서로 바

---

43) 세상이 고요하고 잘 다스려짐. 태평(太平), 승평(升平). 44) 모친(母親)이 계신 곳.

뀌는 법[45]이지만, 승상이 재상의 지위에 오른 지 수십 년에 만종(萬鍾)의 부(富)를 누리고 정성을 다하여 만든 음식은 모두 맛보았는데, 천도(天道)로서 항상 변하지 않는 것은 흥진비래(興盡悲來)[46]로 이는 인간만사에서 흔히 있는 일이라. 유부인이 천년[47]을 마치매 이때의 연세가 아흔아홉이더라. 승상이 슬퍼하며 애통해하는 모습은 예를 한 단계 더 나아가서 거의 멸성(滅性)[48]의 지경에까지 이르매, 양전(兩殿)께서 그것을 우려하여 중사(中使)를 보내어서 심심한 조의(弔意)를 표시하고 왕후의 예로서 장사를 지내더라. 정사도 부처도 또한 상수(上壽)[49]를 누리다 임종(臨終)하니, 승상이 슬퍼하는 정경은 유부인이 세상을 떠났을 때에 못지 아니하더라. 승상의 여섯 아들과 두 딸이 다 부모의 모습을 닮아 얼굴 모양이 아름다운지라. 옥수지란(玉樹芝蘭)[50]이 집 안에 환히 비치었는지라. 맏아들 대경(大卿)은 정부인의 소생인데 이부상서(吏部尙書)에 오르고, 둘째 아들 차경(次卿)은 적씨의 소생으로 경조윤(京兆尹)이 되었고, 셋째 아들 순경(舜卿)은 가씨의 소생으로 어사중승(御史中丞)의 벼슬에 오르고, 넷째 아들 계경(季卿)은 난양공주의 소생인데 병부시랑(兵部侍郞)이 되었으며, 다섯째 아들 오경(五卿)은 계씨의 소생으로 한림학사(翰林學士)가 되었고, 여섯째 아들 치경(致卿)은 심씨의 소생인데 열다섯 살에 힘이 남달리 뛰어나고 지략이 귀신 같은지라 천자께서 매우 사랑하시어 금오상장군(金吾上將軍)을 삼아 군사 경영군(京營軍) 십만 명을 거느려 대궐을 호위케 하셨더라. 또 맏딸 부단(傅丹)은 진씨의 소생인데, 월왕의 아들 낭랑왕(瑯琅王)의 왕비가 되고 둘째 딸 영락(永樂)은 백씨의 소생으로 황태자의 첩(妾)이 되어 첩여(婕妤)[51]에

---

45) 한문본 '대사(代謝)'의 번역. 46) 즐거운 일이 다하면 슬픈 일이 닥쳐온다는 뜻으로, 세상이 돌고 돌아 순환됨을 가리키는 말. 47) 천연(天然)의 수명. 천수(天壽). 정명(定命). 48) 친상(親喪)을 당하여 지나친 슬픔으로 자기의 성명(性命)을 잃음. 49) 높은 나이. 100세 이상의 나이. 50) 밝고도 고결한 풍채를 지닌 사람의 비유. 51) 천자께 승봉(承奉)하고 접행(接幸)하는 여관(女官)을 일컬음.

봉(封)하였더라.

양승상이 일개 서생(書生)으로 우연히 마음이 통하는 임금을 만나고 또 곧바로 때를 만나 무(武)로써 화란(禍亂)을 평정하고 문(文)으로써 태평 성대를 이루니 공명 부귀가 곽분양(郭汾陽)[52]과 더불어 명성을 나란히 할 만한데, 분양은 나이 60이 되어서야 상장(上將)이 되었으나, 소유는 이미 특출하여 대장이 되고 승상이 되어 오래도록 그 자리에 우뚝 서 있으면서 국정을 보살폈은즉, 오히려 분양의 이십사고(二十四考)[53]보다 더 낫다고 할 만하더라.

위로는 임금의 신임을 얻고, 아래로는 인망(人望)이 자자하여 복록(福祿)의 완전함이 진실로 만고에 다시 듣지 못할 정도라.

승상이 스스로 성만(盛滿)[54]함을 경계하고 대명(大名)은 오래도록 지속하기 어렵다 하여, 이에 상소하여 벼슬에서 물러가기를 간청하는데, 그 상소문(上疏文)에 이르되,

'승상 위국공 부마도위(魏國公駙馬都尉) 신 양소유는 삼가 돈수백배하옵고 황제 폐하께 말씀 올리나이다. 신이 가만히 엎드려서 생각하옵건대 신하된 자로 세상에 태어나서 바라는 것이 장상 공후(將相公侯)를 지나지 못하오며 벼슬이 장상 공후에 다다르면 남은 소원이 없사옵고, 부모는 자식을 위하여 축원하는 것이 공명 부귀에 지나지 못하고, 몸이 공명 부귀를 이루면 곧 나머지 소원이 없사옵니다.

그러하온즉, 장상 공후의 영화와 공명 부귀의 즐거움이 어찌 인심이 흠모하는 바와 시속(時俗)이 다투는 바가 아닐 수 있으리이까? 세상의 영화와 부귀가 어찌 흡족함을 알며 화를 스스로 만드는 줄 헤아릴 수 있으리이까? 신이 재주 적고 능력이 부족하되 높은 벼슬을 차지하고 있으며, 공이 없고 명망이 낮되 한자리에 오래도록 머무르니, 귀함이 신에

52) 곽자의(郭子儀). 53) 당(唐)의 곽자의가 오랜만에 중서령(中書令)이 되어 사(士)를 시험하기 24번에 이르렀다고 함. '考'는 고시(考試). 54) 넘치도록 가득함.

게 이미 극진하오며 영화가 또한 부모에게 이미 미치었나이다. 신의 처음 소원은 또한 감히 이의 만분의 일도 되지 못하였는데, 외람스럽게도 부마(駙馬) 되어 예(禮)로 대우하심이 모든 신하와는 소원하고 은혜로 상을 주심이 격외(格外)로 각별하시어 채소를 먹고 자라난 몸이 기름진 음식을 배불리 먹사옵고, 미천한 신분으로 감히 궁중에 출입하여 위로는 성군(聖君)께 욕되며 아래로는 신의 분수에 어긋나오니, 어찌 감히 스스로 마음 편할 수 있사오리까? 일찍이 자취를 거두고 영화를 피하며, 문을 닫고 은덕을 사양하와 그로써 참람하고 몰염치한 죄를 들어 스스로 천지 신명께 사죄코자 하오나, 본디부터 베푸시는 은택이 융숭하시매 갚을 길이 아득하옵고, 또한 신의 근력(筋力)이 아직도 말을 타고 달릴 만하옵기로 부득이 도로 주저앉아, 더불어 만분의 일이라도 우러러 천은(天恩)을 갚사옵고, 곧 물러가 구원(丘園)[55]을 지키며 여생을 마치고자 하였는데, 이제 각별하신 은덕을 갚지 못하고 천한 나이만 이미 더하여 가고, 또한 정성을 펴지 못한 채 이처럼 머리털이 먼저 쇠하오매, 비록 이제 다시 견마(犬馬)의 충성을 다하여 태산 같은 은덕을 갚고자 하오나 사세는 이미 글러 어찌할 도리가 없나이다. 이제 천하가 황제의 신성하심을 힘입어 변방이 항복하매 병혁(兵革)[56]을 쓰지 아니하오며, 만백성이 또한 편안하매 북채와 북이 놀라지 아니하오며, 하늘의 상서(祥瑞)가 더 이르매 삼대(三代)[57]의 화락한 다스림을 이루게 되올지라. 비록 신으로 하여금 조정에 머무르게 하실지라도 녹봉(祿俸)만 허비하고 강구(康衢)의 격양가(擊壤歌)[58]만 들으실 뿐이요, 신기한 계교를 낼 일이 없겠나이다.

예부터 인군(人君)과 신하는 부자(父子) 같다 하오니 부모의 마음에 비록 미흡한 자식이라도 슬하에 있은즉 기꺼워하고 밖에 나간즉 염려하

55) 언덕에 있는 화원이나 과수원. 전하여 선영(先塋). 56) 무기 또는 전쟁의 총칭. 57) 하(夏)·은(殷)·주(周). 58) 풍년이 들어 농부가 태평한 세월을 구가하는 노래.

는 법이오니, 신이 엎드려 생각하옵건대, 황상 폐하께서 반드시 신을 가리켜 늙은 몸이고 옛 물건이라 불쌍히 여기시어 차마 하루 아침에 물러가지는 못하게 하시겠사오나, 사람의 자식으로써 부모를 생각함이 어찌 그 부모가 자식을 사랑함과 다를 수 있사오리까? 신이 폐하의 은덕을 입음이 이미 깊사오니, 신이 어찌 멀리 하직하고 산 속에 엎드려서 요순(堯舜) 같은 인군을 영결할 수 있겠나이까? 이미 물이 가득 찬 그릇은 아무래도 넘치게 하지 못할 것이며, 이미 엎어진 멍에는 아무래도 다시 타지를 못하는 법이오니, 엎드려 바라건대, 신이 많은 일에 견디어 내지 못할 것을 헤아리시고 또한 신이 높은 자리에 있기를 바라지 않음을 살피시어, 특별히 고향으로 돌아가게 하여 남은 세월을 마치도록 허락하시고, 신으로 하여금 성덕을 노래하며 은덕에 감격해 하고, 그 은덕(恩德)을 갚을 길을 생각하며 살아가게 해 주시옵소서.'

황상이 이 상소를 보시고 친히 붓을 들어 비답(批答)[59]을 내리시어 이르되,

'경의 큰 훈업(勳業)[60]이 종정(鐘鼎)[61]에 넘치고 덕택(德澤)이 산 백성들에게 두터이 덮이니, 곧 국가의 주석(柱石)이요, 짐의 팔다리로다. 옛날의 강태공(姜太公)과 소공(召公)이 나이가 거의 백 세로되, 오히려 주(周)나라를 도와 능히 치적(治績)을 이루었는데, 경은 아직도 예기(禮記)에 이른 바 '벼슬을 돌려 보낼 나이'가 아닌즉, 경은 비록 일을 사양하고 곧바로 물러가려 하나 짐은 아무래도 허락지 않을 것이요, 경의 풍채(風彩)가 요즈음은 오히려 새로워서 옥당(玉堂)에서 조서를 초안 잡던 날과 견주어 손색이 없으며, 정력이 아직도 왕성하여 위교(渭橋)에서 도적의 무리를 섬멸할 때와 다름없은즉, 경이 비록 늙었다 칭하나 짐은 이를 진실로 믿지 아니하니, 모름지기 기산(箕山)[62]의 높은 절개를 돌이

59) 상소에 대한 임금의 하답(下答). 60) 공업(功業). 큰 공로(功勞). 61) 종(鐘)과 솥 등 고기(古器)의 통칭. 정종(鼎鐘). 62) 요(堯) 시대의 은자(隱者)인 소부와 허유가 이곳에 숨어 있었음.

켜 짐이 당우(唐虞)[63]의 선정을 베푸는 데에 도움 되길 바라노라.'

승상은 본디 불문(佛門)의 고제(高弟)[64]요, 또 남전산(藍田山)의 도인(道人)에게 비결(秘訣)을 전수받고 수련(修鍊)의 공이 많아서 춘추 비록 높으나 그 용안(容顏)은 아직도 쇠하지 아니하여 당시 사람들이 다 신선에 비기는고로 그 때문에 황상이 조서(詔書)에 이렇게 이르신 것이니라. 그 후, 승상이 또 상소하여 물러가기를 바람이 더욱 간절해 황상이 승상을 인견하시고 이르되,

"경의 사양함이 이에까지 이르니 짐이 어찌 힘써 경의 높은 뜻을 이어 주지 아니하리오. 다만 경이 만일에 봉(封)한 나라에 나아가면 국가대사를 가히 상의하기 어렵고, 하물며 태후 이미 승하하셨으니 가을이 되면 더더욱 허전한지라. 짐이 어찌 차마 영양과 난양의 두 공주와 더불어 멀리 떨어져 있을 수 있는가? 성남 사십 리 땅에 이궁(離宮)[65]이 있으니, 곧 취미궁(翠微宮)이라. 옛 현종 황제 피서하던 곳으로 고요하고 깊으며, 외져서 그윽하고 넓어서 가히 모년(暮年)에 우유(優遊)[66]함이 가장 마땅한고로, 특별히 경을 주어 거처케 하라."

하고, 곧 조서를 내려 승상 위국공(魏國公)에 태사(太史)[67] 벼슬을 더하시고, 상급으로 오천 호를 봉(封)하여 승상 인수(印綬)를 도로 올리라 하시더라.

---

63) 요순(堯舜) 64) 불가(佛家)의 이름 있는 제자. 65) 행궁(行宮). 임금이 거동할 때 머무는 별궁(別宮). 66) 평안하고 한가하게 지냄. 67) 삼공(三公) 가운데 으뜸인 관명(官名).

양승상등고망원 진상인반본환원

# 楊丞相登高望遠 眞上人返本還元

## 양 승상, 높은 대에 올라 먼 데 바라봄

승상, 더욱 성은에 감격하여 머리를 조아려 삼가 사은하고, 거가(擧家)하여 곧 취미궁으로 거처를 옮아가니, 이 궁이 종남산(終南山) 가운데 있으되, 누대의 장려함과 경치의 기절(奇絶)함이 마치 봉래산(蓬萊山)[1]의 선경(仙景)이니,

왕유(王維)[2]학사의 시에 이르되,

'신선의 집이 별로 이보다 낫지 못할 것이니, 무슨 일로 퉁소를 불고 벽공(碧空)으로 향하리오〔仙居未必能勝此, 何事吹嘯向碧空〕?' 라 하니, 이한 글귀로 가히 그 절승을 엿볼 수 있으리라.

양승상 정전(正殿)을 비워 조서와 어제 시문을 봉안(奉安)[3]하고 그 남은 누각대사(樓閣臺榭)에는 두 공주와 제 낭자들이 나눠 거처를 정하게 하시니라. 승상은 두 부인, 여섯 낭자와 더불어 날마다 물가에 나아가 달빛을 즐기며 골짜기로 들어가 매화를 찾고, 운벽(雲壁)을 지나 곧 시부(詩賦)를 지어 쓰며, 소나무 그늘에 앉아 곧 거문고를 안고 타니, 늘그막의 청한(淸閑)한 복이 더욱 사람들로 하여금 부러워지게 하더라.

승상이 한가함을 즐긴 나머지 손님을 맞지 아니함이 또한 벌써 여러 해 지났더니,

팔월 열엿새가 곧 승상의 생일이라. 모든 자녀들이 잔치를 베풀고 장수함을 기리며 잔치가 십여 일에 이르니, 그 번화(繁華) 경치가 도저히

1) 삼신산(三神山) 가운데 하나. 2) 성당(盛唐)의 시인. 자는 마힐(摩詰). 3) 받들어 모심.

말할 수 없을러라. 잔치를 파하매 모든 자녀들이 각기 집으로 돌아가고, 어느덧 9월이 이미 다다르니 국화 꽃봉오리가 벌어지고 수유(茱萸)[4] 검붉은 열매가 드리우매, 정히 등고할 때라. 취미궁 서쪽가에 높은 대가 있으니, 그 위에 오르면 팔백 리 진천(秦川)[5]을 손바닥 금 보듯이 하여 가린 곳이 없은즉, 태사가 가장 사랑하는 땅이러라.

이날, 두 부인과 더불어 여섯 낭자가 그 대에 올라 머리에 국화 한 송이씩을 꽂고 추경을 즐길새, 이에 진미(珍味)도 싫고 귀에 관현(음악)도 싫은지라. 다만 춘운으로 하여금 과합(果榼)[6]을 붙들고 섬월로 하여금 옥호(玉壺)[7]를 이끌며 국화주(菊花酒)를 가득 부어 처첩이 차례로 헌수(獻壽)하더니, 이윽고 비낀 날이 곤명지(昆明池)에 돌아 떨어지고 구름 그림자 광야에 드리우니 가을 빛이 한결 찬란하여 마치 그림 폭을 펼친 듯하더라.

승상이 스스로 옥퉁소를 내어 두어 곡조를 부니 그 소리가 매우 처량하여 마치 원망하는 듯, 사모하는 듯, 흐느끼는 듯, 하소연하는 듯, 형경(荊卿)이 역수(易水)를 건널 적에 고점리(高漸離)와 더불어 축(筑)을 두드려 연주하고 서로 화답하듯, 초패왕이 장막 안에서 우미인(虞美人)과 더불어 노래 불러 이별을 원망하듯 하니, 모든 낭자들이 슬픈 생각으로 가슴이 메여 즐겁지 않기에 먼저 두 부인이 물어 보되,

"상공이 공명(功名)을 일찍 이루고 부귀를 오래 누리심은 일세에 한결같이 부러워하는 바요, 또한 근고에도 보기 드문 사실이오며, 좋은 계절의 좋은 날을 당하여 아름다운 풍경을 희롱하며, 국화꽃 잎을 술잔에 띄우고 미인이 자리에 가득한즉, 이 또한 인생의 즐거운 일이거늘, 퉁소 소리가 너무나도 처량하여 첩들로 하여금 눈물을 참을 수 없게 하오니, 오늘 퉁소 소리가 지난날의 곡조와 다름은 어찌 된 일이니이까?"

---

4) 식물의 이름으로, 9월 9일에 이것을 머리에 꽂고서 높은 대에 오름. 5) 지금의 섬서성 일대.
6) 과실을 담은 함. 7) 옥으로 만든 술병.

승상이 퉁소를 던지고, 팔 인과 더불어 난간을 의지하고 손을 들어 명월을 가리키며 가로되,

"북으로 바라보면 평탄한 들은 사방으로 넓고, 무너진 고갯마루가 홀로 섰는데, 쇠잔한 석양볕이 거친 수풀 사이로 희미하게 비치는 것은 곧 진시황의 아방궁(阿房宮)이요, 서로 바라보니 슬픈 바람이 쓸쓸한 수풀에 불고 저문 구름이 산을 덮은 데는 한 무제의 무릉이요, 동으로 바라보니 분칠한 담장이 청산을 둘렀고 붉은 용마루는 하늘에 숨었는데, 명월은 오락가락하는데, 다만 옥난간 머리에 다시 의지할 사람 없으니 곧 현종 황제가 양귀비(楊貴妃)와 더불어 노니던 화청궁(華淸宮)이라. 슬프도다! 이 세 인군(人君)이 모두 다 천고의 영웅이거늘, 사해로써 집안을 삼고 억조로 새 신첩을 삼아 영웅호걸 의기로 고금의 헌헌장부들이 곧 삼광을 돌이켜 천세를 지내고자 하더니, 이제는 다 어디 있나뇨?

소유는 하동 땅의 미천한 선비로서 성주로부터 은덕을 입어 벼슬이 장상(將相)에 이르고, 또 제 낭자들과 더불어 서로 만나서 두텁고도 깊은 정이 늙도록 친밀하니, 만일 전생(前生)에 기약하지 않은 연분이면 반드시 이에 이르지 못하리니, 남녀가 인연으로 만나지만 인연이 다하면, 각각 돌아감은 천리(天理)의 떳떳한 일이라. 우리들이 한 번 돌아간 후면 높은 대(臺)는 스스로 무너지고 깊은 연못은 저절로 메워지며, 노래와 춤을 추던 집이 변하여 메마른 풀과 싸늘한 연기를 이루러니, 반드시 나무하는 아이와 소 먹이는 더벅머리 총각들이 슬픈 노래를 주고받으면서 일러 '이는 바로 양태사가 모든 낭자와 더불어 놀던 곳이라. 태사의 부귀 풍류와 제 낭자의 아리따운 용모와 고운 태도가 이미 적막하도다' 하리니, 인생이 이에까지 이른즉, 어찌 한순간에 지나지 않는다고 할 수 있으리오? 천하에 세 가지 도가 있으니, 유도(儒道)와 불도(佛道)와 선도(仙道)이라. 이 세 도 중에서 오직 불도가 높고 유도는 순일함을 이루어 윤기(倫紀)를 밝히며 사업을 귀히 하여 이름만을 후세에 전할 따름이요, 선도는 허탄한 것에 가까워서 예부터 구하는 자는 많으나, 마

침내 구함을 얻지 못하니, 진시황과 한 무제와 현종 황제의 사적을 보면 가히 알리로다. 내 치사한 후로부터 밤에 잠들면 꿈 속에 반드시 포단(蒲團)[8] 위에서 참선(參禪)하는 모습이 보이니, 이는 필연 불가로 더불어 연이 있는지라. 내 장차 장자방(張子房)의 적송자(赤松子)[9] 좇음을 효칙하여 집을 버리고 도를 구하여, 남해를 건너 관음을 찾고, 의대(義臺)에 올라 문수(文殊)[10]께 예(禮)를 하여 불생 불멸(不生不滅)할 도를 얻어 이 진세 고해(塵世苦海)를 뛰어나려 하되, 다만 그대들과 더불어 반생을 서로 좇았다가 장차 멀리 이별하려 하니 슬픈 마음이 자연 퉁소 속에 나타남이로소이다."

모든 낭자는 전신(前身)에 다 남악(南嶽)의 선녀요, 다만 이때에 이르러 세속 인연이 다 하려 하는지라. 급기야 승상의 말을 듣고 자연 감동스런 마음이 일어 일제히 말하여 이르되,

"상공이 번화(繁華)한 중 이 마음이 있으니, 어찌 하늘이 정하신 바 아니오리까? 첩 자매 팔 인이 마땅히 깊은 규중(閨中)에 한가지로 거처하여 조석으로 부처 뵈옵고, 상공이 돌아오시기를 기다릴 것이니, 상공이 이번 행하시매 반드시 밝은 스승과 어진 벗을 만나 큰 도를 얻으리니, 엎드려 바라옵은 상공이 득도한 후에 부디 첩들을 제도(濟度)[11]하소서."

## 성진과 팔 선녀(八仙女), 참〔眞〕에 돌아옴

승상이 크게 기꺼워하며 이르되,

"우리 9인의 마음이 서로 맞으니, 그 밖에 어떠한 일이 염려가 되겠

---

8) 부들로 만든 방석. 9) 옛날 중국의 선인(仙人). 10) 보살의 이름. 여래(如來)의 왼편에 있으면서 지혜(智慧)를 맡음. 11) 보살이 중생들을 고해(苦海)로부터 건져 내어 극락으로 인도함.

느뇨? 내 당당히 명일로 행할 것이니, 금일은 제 낭자로 더불어 진취하리라."

제 낭자 이르되,

"첩들이 마땅히 각기 한 잔씩 받들어 상공을 전송하리이다."

바야흐로 시녀들을 명하여 잔을 씻고 다시 술을 부으려 하더니, 홀연대 악기〔筑〕 흔드는 소리가 난간 바깥 돌길에서 나거늘, 모든 사람들이 '어떤 사람이 감히 이곳에 올라오는고?' 하더라.

이윽고 한 장삼 입은 호승(胡僧)[12]이 자리 앞으로 다가오는데, 흰 눈썹이 길고 눈이 물결처럼 맑으며 용모와 동정이 매우 괴이하더라. 의젓이 대에 올라 승상을 보고 절하며 이르되,

"산야(山野) 사람이 태사께 뵈나이다."

승상은 이미 그가 속승이 아닌 줄 알고, 황망히 일어나 답례하고 묻되,

"사부(師傅)는 어디에서 오신고?"

호승이 웃으며 이르되,

"평생 고인(故人)[13]을 몰라 보시니, 일찍이 듣건대 '귀인(貴人)이 잊기를 잘 한다' 하더니 과연 그러하도다."

승상이 눈여겨 자세히 본즉, 구면(舊面)인 듯하나 오히려 분명치 아니하더니, 홀연 크게 깨닫고 여러 부인들을 돌아보며 이르되,

"소유가 일찍이 토번을 정벌할 때 꿈에 동정 용궁의 잔치에 참석하고 돌아오는 길에 잠시 남악(南嶽)에 올라서 늙은 화상(和尙)이 법좌(法座)[14]에 가부좌(跏趺坐)한 채로 모든 제자들에게 불경을 강론함을 보거늘, 사부님은 혹시 바로 그 꿈 속에서 만났던 화상 아니시니이까?"

호승이 박장대소하며 이르되,

"옳다, 옳다. 비록 그 말이 옳으나 다만 몽중에 한 번 본 일은 기억하

---

12) 호국(胡國)의 중. 13) 오래 된 벗. 14) 설법(說法)하는 회합(會合)의 자리.

고, 십 년을 동처하던 일을 기억하지 못하니 누가 승상을 총명타 하더뇨?"

승상이 망연하여 말하되,

"소유는 십오륙 세 이전에는 부모의 안전(眼前)을 떠나지 않았으며, 십육 세에 급제하여 연하여 직명(職名)이 있으니, 남으로 사신이 되어 연(燕)나라를 진압하고, 서로 토번(吐蕃)을 정벌한 것 외에는 일찍이 경사(京師)를 떠나지 아니하였으니, 족히 언제 사부로 더불어 십 년을 상종하였으리오?"

호승이 여전히 웃으며 이르되,

"승상이 아직도 혼몽(昏夢)을 깨지 못하였도소이다!"

소유가 이르되,

"사부, 가히 소유로 하여 능히 대각하게 하리오?"

호승이 이르되,

"이는 어렵지 아니하나이다!"

하고 손 가운데 석장(錫杖)을 높이 들어 난간을 두어 번 크게 두드리니, 갑자기 사면의 산과 골짜기에서 흰구름이 뭉게뭉게 일어나 풍겨 날아오르고 대(臺) 위를 감싸고 뒤덮고, 무척 깜깜하여 지척조차 분변치 못하매, 승상이 마치 취몽(醉夢) 중에 있는 듯하더니 얼마 있다가 이에 소리 질러 가로되,

"사부가 어찌 정도로 소유를 지교(指敎)하지 아니하고 환술(幻術)로 서로 희롱하나뇨?"

말을 아직 다하기 전에 구름 기운이 거의 걷히는데, 호승과 두 부인 및 여섯 낭자는 모두 종적이 없는지라. 크게 경황하여 하더니, 날이 개어 자세히 보매, 누대와 여러 집들의 성긴 주렴과 빽빽한 발 등 모두가 볼 수 없어지고 자기 몸을 돌아보니, 홀로 한 암자 속의 포단(蒲團) 위에 앉았으되, 향로엔 불이 이미 사라지고 달이 서편 봉우리로 지고 있더라. 스스로 그 머리를 만져 보니, 머리털이 갓깎여져 있고 그 뿌리도 가

칠가칠하며 백팔 염주(百八念珠)가 이미 손목에 걸려 있으매, 정말 이는 소화상(小和尙)의 모양이요, 태사의 위의(威儀)가 아니니, 정신이 황홀하여 가슴 속이 콱 막히고 그저 어리벙벙할 뿐이더니,

오랜 후에야 홀연 제 몸이 연화도량(蓮花道場) 성진(性眞) 소화상임을 깨닫고 생각하니, 처음에 사부에게 계책(戒責)을 받고 역사(力士)를 따라 풍도옥(酆都獄)으로 가고, 다시 인세에 환생(幻生)하여 양가의 아들이 되어, 일찍이 장원 급제하여 한림원(翰林院)의 관원이 되고, 출장(出將)하여 삼군(三軍)의 원수가 되며, 들어와서는 재상이 되었다가 상소를 올려 벼슬에서 물러나, 사사 취한(謝事就閑)하며, 두 부인과 여섯 낭자와 더불어 가무(歌舞)를 대하고 비파 소리를 들으면서 즐기던 것이 다 일장 춘몽(一場春夢) 속의 일이로다. 이에 이르되,

'이 필연 마음에 사부가 나의 염려가 그릇함을 알고, 성진으로 하여금 이 꿈을 꾸어 인간 부귀와 남녀 정욕(情欲)이 다 망령되이 허황한 것인 줄 알게 함이로다.'

급히 석천(石泉)으로 향하여 세수하고 의관을 정제하며 방장(方丈)[15]으로 나아가니 모든 제자들이 이미 다 모였더라.

대사가 소리를 높여 묻고 이르되,

"성진아! 인간 세상의 재미가 과연 어떠하더뇨?"

성진이 머리를 조아리며 눈물을 흘리면서 가로되,

"성진이 이미 크게 깨달았나이다. 제자가 무상(無狀)하여 생각이 조잡스럽고 행실이 올바르지 못하여 스스로 지은 죄이니, 누구를 원망하고 누구를 탓하리오? 마땅히 만족함이 없는 세계[16]에 있으면서 윤회(輪迴)하는 재앙을 받을 것이어늘, 사부가 하룻밤의 허망한 꿈을 불러 일으켜 능히 성진의 마음을 깨닫게 해 주시니, 사부의 깊은 은혜는 비록 천만겁(千萬劫)을 나도 가히 갚지 못할 줄 아나이다."

---

15) 화상이나 국사(國師) 등 높은 중들의 처소. 16) 인간 세계. 속세를 일컬음.

대사가 가로되,

"네가 흥(興)을 타고 갔다가 흥이 다하여서 돌아왔으니 내 새삼 무슨 간예함이 있으리오? 네 또 이르되, 네가 인세에 윤회할 것을 꿈꾼다 하니, 이는 네가 '인세와 꿈을 나누어서 둘〔二〕이라' 함이, 네가 오히려 꿈을 채 깨지 못하였도다. 옛날에 '장주(莊周)가 꿈[17]에 나비가 되었다가 나비가 장주 되니, 도대체 어느 것이 꿈이며 어느 것이 참인지 마침내 분변치 못하나니, 이제 성진이 네 몸이 되고, 꿈에서 네 몸이 또 꿈이 되니, 네 또한 몸과 꿈이 이른 바 일물(一物)은 아니로다. 성진(性眞)과 소유(少游)에 있어 어느 것이 참이며 어느 것이 허망한 꿈이뇨?"

성진이 가로되,

"제자 아득하여 꿈이 참이 아닌지, 참이 꿈이 아닌지를 분변치 못하겠사오니, 바라옵건대 사부는 설법하사 제자로 하여금 그것을 깨닫게 하소서."

대사 이르되,

"내 마땅히 금강경(金剛經)의 큰 법을 일러 그로써 네 마음을 깨닫게 하려니와, 당당히 새로 오는 제자 있을 것이니, 너는 기다릴 것이라."

성진이 채 물러가기도 전에 문을 지키는 도인이 손 들어 왔음을 이르되,

"어제 왔던 위부인(魏夫人) 좌하(座下) 선녀 팔 인〔八仙女〕이 또 이르러, 대사께 뵙기 청하나이다."

대사가 명(命)을 내리어 불러들이라 하니, 팔 선녀가 대신 앞에 나와 조여 합장하며 이르되,

"제자 등이 비록 위부인을 모셨으나, 실로 배운 일이 없어 망상을 억누르지 못하여 정욕(情慾)이 잠시 고개를 쳐들매, 무거운 죄악이 뒤따라 이르러, 인간계의 헛된 꿈을 꾸되 깨워 주는 사람이 없더니, 다행히 대자대비(大慈大悲)하옵신 사부가 친히 급히 오셔서 저희와 만났나이다.

17) 《장자(莊子)》의 〈제물론(齊物論)〉 인용.

어제는 위부인의 궁중에 가서 부인에게 전일의 죄를 깊이 사죄하였으며 도리어 사례하여 하직하고 영원히 불문(佛門)으로 돌아왔사오니, 엎드려 비오니, 사부는 저희들의 묵은 죄를 쾌히 사하시고 각별히 밝은 가르치심을 드리우소서."

대사가 말하되,

"여선(女仙)의 뜻이 비록 아름다우나, 불법(佛法)이 깊고 머니, 큰 덕량(德量)과 큰 발원(發願)이 아니면, 곧 도(道)에 이르지 못하나니, 선녀는 스스로 헤아려 처신토록 하라."

팔 선녀가 곧 물러나와 얼굴에 가득 칠한 연지분을 씻어 버리고 몸에 걸친 비단 옷을 버렸으며, 금가위〔金剪刀〕를 내어 스스로 흑운 같은 머리를 깎고 들어와 사뢰되,

"제자 등이 이미 얼굴을 변하였으니, 맹세하여 사부의 가르치심과 교훈을 태만치 아니하리이다."

대사가 매우 기꺼워하며 이르되,

"선재, 선재라! 너희 팔 인이 지극한 정성이 이와 같으니 어찌 감동치 아니하리오?"

드디어 법좌(法座)에 올라 경문(經文)을 강론하니,

'백호[18] 빛이 세계에 쏘이고〔白毫光射世界〕, 하늘 꽃이 비같이 흩날리더라〔天花下如亂雨〕.' 설법(說法)을 장차 마치매, 이에 네 귀의 진언(眞言)[19]을 송하여 가로되,

"모든 유위(有爲)의 법은 꿈과 헛것, 물거품, 그림자와 같으며, 이슬과 번개 같으니, 마땅히 이와 같이 볼지니라〔一切有爲法 如夢幻泡影 如露亦如電 應作如是觀〕."

이리 이르니, 성진과 여덟 이고(尼姑)[20]가 일시에 그 본성(本性)을 깨

---

18) 부처의 미간에 있는, 빛을 발하여 무량의 국토를 비춘다는 털. 19) 불타(佛陀)의 말씀.
20) 여승. 비구니(比丘尼).

닫고 적멸(寂滅)의 도(道)를 크게 얻으니,

대사가 성진의 계행(戒行)[21]이 높고 순숙(純熟)함을 보고, 이에 여러 제자들을 모으고 가로되,

"내 본디 불법의 전도함을 위하여 널리 중국에 들어왔더니, 이제 이미 정법을 전할 사람을 얻었으니, 나는 이제 돌아가노라."

염주와 바리와 정병(淨甁)[22]과 석장(錫杖)과 금강경(金剛經) 한 권을 성진에게 주고 서녘 하늘을 향해 떠나가더라.

이후에, 성진이 연화도량 대중을 거느리고 크게 교화를 베푸니, 신선과 용신과 사람과 귀신이 한가지로 성진을 존중함을 육관대사와 같이 하고, 여덟 이고가 모두 성진을 스승으로 섬겨 깊이 보살 대도를 얻어 마침내 한가지로 극락세계로 가더라. 오호 이재(嗚呼異哉)라! World Best

21) 계율(戒律)을 잘 지키어 닦는 행위. 22) 정결한 병.

*Hyewon World Best*

황금을 바구니에 가득 담아
후손에게 물려 주는 것보다
한 권의 책을 가르쳐 주는 것이 낫다.
재물은 쓸수록 없어지지만
지식과 지혜는 사용할수록 늘어나기 때문이다.

*Hyewon World Best*

황금을 바구니에 가득 담아
후손에게 물려 주는 것보다
한 권의 책을 가르쳐 주는 것이 낫다.
재물은 쓸수록 없어지지만
지식과 지혜는 사용할수록 늘어나기 때문이다.